Ontspoorde Evolutie

Het explosieve slot van de
Chimera-urban-fantasytrilogie!

Caryssa Cole

Shenanigans Press

Copyright © 2023 Shenanigans Press. Alle rechten voorbehouden.

Dit boek en alle inhoud ervan zijn beschermd door het auteursrecht. Geen enkel deel van deze publicatie mag worden gereproduceerd, verspreid of overgedragen in welke vorm of op welke wijze dan ook, inclusief fotokopieën, opnamen of andere elektronische of mechanische methoden, zonder voorafgaande schriftelijke toestemming van de uitgever, behalve in het geval van korte citaten in recensies of ander niet-commercieel gebruik zoals toegestaan door de auteurswet.

Voor toestemmingsverzoeken kunt u contact opnemen met:

Shenanigans Press

Box 323, MORAYFIELD QLD 4506 AUSTRALIË

E-mail: admin@shenaniganspress.com

INHOUDSOPGAVE

HOOFDSTUK ÉÉN

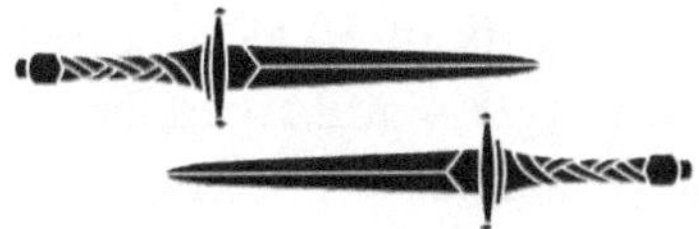

MIJN OGEN GAAN MET tegenzin open en ik knijp ze samen tegen het felle schijnsel van de tl-lampen boven me. Ik probeer overeind te komen, maar een stekende pijn in mijn slapen dwingt me met een kreun weer naar beneden. Mijn hoofd bonkt alsof iemand het als slaghout heeft gebruikt. Langzaam knipperend neem ik de onbekende, steriele kamer in me op, terwijl de bedompende geur van een bijtend ontsmettingsmiddel in mijn neus prikt.

Waar ben ik? De vraag weerklinkt door mijn pijnlijke geest terwijl ik voorzichtig mijn ledematen test. Elke spier protesteert bij de geringste beweging, stijf en pijnlijk. Mijn keel voelt rauw als ik probeer te slikken en mijn tong is zo droog als schuurpapier.

Naarmate de mist in mijn hersenen optrekt, laait paniek op. De spierwitte muren en verzegelde deur schreeuwen maar één ding: gevangenschap. Ik zit in de val. Gevangen door een onbekende vijand.

Ademhalingsoefeningen, herinner ik mezelf eraan, in een poging mijn razende hart te kalmeren. *Hou je kop erbij, Artemis. Beoordeel de situatie en zoek een uitweg. Je bent uit ergere situaties ontsnapt dan deze.*

Maar ben ik dat echt? Twijfel slaat zijn ijzige klauwen om mijn borstkas en dreigt de lucht uit mijn longen te persen. Ik dwing mezelf de opkomende angst de kop in te drukken. *Je hebt nergens wat aan als je in paniek raakt. Concentreer je gewoon.*

Ik pijnig mijn bonzende hersenen in een poging te reconstrueren hoe ik hier ben gekomen, maar mijn meest recente herinneringen zijn een vage waas. Het laatste wat ik me herinner, is dat ik met Declan een lab infiltreerde, waar onze laarzen op de koude metalen vloeren echoden terwijl we zochten naar het serum dat misschien mijn enige hoop was om de onvolledige evolutie die mijn lichaam gedwongen onderging te overleven. Maar daarna is alles wazig, als de herinnering aan een droom die door je vingers glipt zodra je wakker wordt.

Declan. Mijn hart krimpt ineen van angst voor mijn partner. Was hij ook gevangengenomen? Of is hij ontsnapt? Laat hem alsjeblieft in orde zijn, smeek ik in stilte, me vastklampend aan de hoop dat Declan is ontsnapt en al naar me op weg is. Dat is het enige wat de pure angst op afstand houdt.

Omdat ik geen aanwijzingen uit mijn verwarde geheugen kan halen, neem ik mijn kale omgeving in me op. Het is een kleine, raamloze cel, leeg op het smalle bed na waar ik op lig. De muren zijn van naadloos wit plastic. Zelfs de zware deur heeft aan deze kant geen klink of markeringen. Degene die me hier heeft opgesloten, heeft ervoor gezorgd dat ontsnappen onmogelijk is.

Gefrustreerd klem ik mijn kaken op elkaar en ga met mijn handen over elke centimeter, op zoek naar enige onvolkomenheid. Maar de cel is tergend perfect, ontworpen om iets gevaarlijks vast te houden. Mij.

Ik verstijf als de muur tegenover me plotseling oplicht en een scherm toont met het lachende gezicht van Diana Foxberry, mijn oude tegenstander. Bij het zien van haar triomfantelijke uitdrukking ontsteekt er een withete woede in mijn borstkas.

'Heb je het naar je zin?', vraagt ze met gespeelde bezorgdheid. 'Ik wil zeker weten dat je accommodatie naar wens is.'

'Loop naar de hel', grauwhaal ik, mijn handen gebald in een poging de drang te bedwingen om een vuurbal op haar beeltenis af te vuren.

Diana glimlacht alleen maar breder, duidelijk genietend. 'Nou, nou. Is dat een manier om je gulle gastvrouw te behandelen?'

'Als je dankbaarheid verwacht, kun je lang wachten', kaats ik bitter terug.

Ze negeert mijn giftige toon en bekijkt haar nagels. 'Je zou me eigenlijk moeten bedanken. De moeite die ik heb gedaan om dit knusse kooitje voor je te regelen...'

'Wat wil je van me?', kap ik haar scherp af, mijn bonzende hart logenstraft de kalmte die ik probeer uit te stralen.

'Van jou? Niets.' Diana haalt haar schouders op. 'Beschouw jezelf als een... geschenk voor iemand die je heel graag wil ontmoeten.'

Ik onderdruk een rilling bij de boosaardigheid die onder haar nonchalante woorden schuilt. Iemand wil specifiek mij? Dit is dus geen willekeurige gevangenschap. Het is iets ergers.

'Wie?', eis ik, niet in staat een lichte trilling in mijn stem te onderdrukken.

Diana's glimlach wordt breder. 'Wel, je grootste fan natuurlijk. Mijn vader staat te popelen om jou in handen te krijgen, Artemis. Uw unieke talenten intrigeren hem.'

Het bloed bevriest in mijn aderen. 'Dr. Foxberry', breng ik uit, mijn vuisten gebald. Natuurlijk zit hij achter deze nachtmerrie.

'Hij heeft zulke spannende plannen voor u', vervolgt Diana, duidelijk genietend van mijn zichtbare angst. 'Maar maakt u zich geen zorgen. Ik laat hem de details zelf uitleggen. Gedraagt u zich maar voor papa.'

Het scherm wordt abrupt zwart en laat me alleen achter met de ijzingwekkende wetenschap van wat me te wachten staat door toedoen van dr. Foxberry. Terreur en woede strijden in mij, voordat ik mijn emoties met geweld weer onderdruk. Ik mag nu niet instorten. Declan zal me vinden. Dat moet hij.

'Verdomme', mompel ik en sla met mijn vuist tegen de muur. De schok trilt door mijn botten, maar doet niets af aan mijn frustratie. 'Je gaat niet winnen, Diana. Dat laat ik niet toe.'

Hoe graag ik ook gewoon deze deur zou intrappen om haar te zoeken, ik weet dat ik een plan nodig heb. Ik kan het me niet veroorloven hier blindelings in te duiken. Maar met elke seconde die verstrijkt, voel ik de muren dichter op me afkomen en mijn opties verstikken.

'Diep ademhalen', zeg ik tegen mezelf, in een poging kalm te blijven. 'Er moet hier een uitweg zijn. Blijf gewoon zoeken.'

En dus zoek ik diep, speurend naar elke zwakte in deze schijnbaar ondoordringbare gevangenis. Er moet hier een uitweg zijn. En als ik die vind, zullen ze niet weten wat hen overkomt.

'Declan', fluister ik, tegen beter weten in hopend dat hij veilig is en mijn redding beraamt. 'Haast je alsjeblieft.'

Nu Diana weg is, overweeg ik mijn opties. Mijn blauwe-vuurkracht is mijn troefkaart sinds ik de gave onder controle kreeg, en misschien is dit het perfecte moment om haar te gebruiken. De kamer is steriel en leeg, dus er valt niets te verbranden behalve de muren zelf. Ik buig mijn vingers en voel de vertrouwde hitte aan de toppen ervan opbouwen. Laten we dit doen.

'Kom op, Artemis', zeg ik, mijn tanden op elkaar geklemd terwijl ik mijn hand naar de muur stoot. Een uitbarsting van blauwe vlammen schiet uit mijn handpalm en veegt over het oppervlak. Maar er is iets mis. In plaats van het bevredigende geknetter van brandend materiaal, hoor ik een sissend geluid terwijl de vlammen naar zuurstof snakken.

'Shit!', hijg ik, me realiserend dat de kamer luchtdicht moet zijn. Het vuur verbruikt de zuurstof sneller dan ik kan ademen, en mijn longen schreeuwen om lucht. Ik onderdruk een hoestbui en dwing mezelf de vlammen te doven voordat ik stik. 'Natuurlijk hebben ze daaraan gedacht', kreun ik, terwijl ik mijn slapen masseer. 'Wat voor gevangeniscel zou dit zijn als ik er gewoon uit kon branden?'

'Denk na, Artemis', mompel ik, mijn hersens pijnigend voor een ander ontsnappingsplan. Er schiet me niets te binnen, maar ik kan mezelf niet aan wanhoop overgeven. Zolang ik leef, is er nog een kans. Declan is ontsnapt, wat betekent dat er een zwakte in hun beveiliging moet zijn. Ik hoef die alleen maar te vinden.

'Goed, dus vuur is geen optie', mompel ik, mijn tanden op elkaar geklemd. Als ik me geen weg naar buiten kan branden, moet ik gewoon creatief worden.

Ik loop de kamer door en laat mijn vingertoppen over het koude, gladde oppervlak van de muur glijden. Het voelt naadloos en ondoordringbaar, maar er moet iets zijn, een kleine onoplettendheid die ik kan uitbuiten. Mijn hart bonkt in mijn borst als ik denk aan wat Diana en haar gestoorde vader voor me in petto hebben.

'Oké, klootzakken', fluister ik, vastberadenheid gegrift in elke lijn van mijn gezicht. 'Eens zien hoe goed jullie me echt hebben opgesloten.'

Voorzichtig om niet te veel lawaai te maken, tik ik met mijn knokkels tegen de muur, luisterend naar enige aanwijzing van een hol geluid. Niets dan een doffe dreun bereikt mijn oren.

'Verdomme!', roep ik uit en sla mijn vuist tegen de muur. De scherpe pijn dringt nauwelijks tot me door terwijl ik mijn meedogenloze zoektocht naar een uitweg voortzet. Wanhoop klauwt aan mijn ingewanden en knaagt aan mijn vastberadenheid. Maar ik weiger me over te geven aan de wanhoop.

'Prima, ik wacht wel', mompel ik, terwijl ik tegen de koude, steriele muur zink. 'Maar je krijgt me niet klein, Foxberry. In de verste verte niet.'

Ik kijk de kamer rond, mijn ogen getrokken naar het kleine ventilatierooster aan het plafond. Het is te hoog en te klein voor mij om door te ontsnappen, maar het biedt een vleugje hoop. Als er ook maar de kleinste opening is, vinden Declan en de anderen misschien een manier om bij me te komen.

'Declan', mompel ik, mijn hart pijnlijk bij de gedachte aan hem. Ik zie zijn warrige bruine haar voor me, zijn hazelnootkleurige ogen vol vuur en vastberadenheid. 'Je kunt er maar beter uitgekomen zijn, jij koppige klootzak.'

'God, als u daarboven bent of zoiets', fluister ik, mijn stem zelfs voor mezelf nauwelijks hoorbaar, 'laat hem dan alstublieft veilig zijn. En laat hem eens flink wat schoppen voor me uitdelen.'

De schim van een glimlach trekt aan mijn lippen als ik me voorstel hoe Declan als een wrekende engel door het lab raast en niets dan vernietigde apparatuur en bewusteloze wetenschappers in zijn spoor achterlaat. Het is een troostende gedachte, ook al weet ik dat de werkelijkheid heel anders kan zijn.

'Kom op, Artemis', zeg ik tegen mezelf, en dwing mijn gedachten terug naar het heden. 'Je hebt in ergere situaties gezeten dan deze. Weet je nog die keer dat je vastzat in een brandend gebouw? Daar ben je toch ook prima uitgekomen?'

'Soort van', geef ik morrend toe. De herinnering aan vlammen die mijn huid likten, rook die mijn longen verstikte, kan me nog steeds doen rillen. 'Maar dit is anders. Dit gaat niet alleen over mij; het gaat over iedereen die ze pijn hebben gedaan, iedereen die ze van plan zijn pijn te doen.'

'Verdomme,' vloek ik, terwijl ik weer met mijn vuist tegen de muur sla. De pijn is dit keer scherper, maar het voelt goed – een herinnering dat ik nog leef, dat ik nog vecht. 'Ik laat ze niet winnen. Dat kan ik niet.'

'Declan,' fluister ik, mijn hart zwaar van zorg. 'Vind alsjeblieft een manier om me te helpen. Ik weet niet hoe lang ik het in mijn eentje nog volhoud.'

De schermmuur knippert met een zacht geluid weer aan, en daar staat hij – dr. Terrence Foxberry zelf, de gekke wetenschapper achter al deze waanzin. Hij heeft een warme glimlach op zijn gezicht geplakt alsof we oude vrienden zijn die afspreken voor een kop koffie, niet een gevangennemer en een gevangene in een of ander gestoord lab.

'Ah, juffrouw Blackwell,' zegt hij, en geeft een klein begroetend wuifje dat ik opzichtig negeer. 'Het is me een genoegen u eindelijk te ontmoeten.'

'Kan niet zeggen dat het wederzijds is,' antwoord ik, terwijl ik mijn armen over elkaar sla en een wenkbrauw optrek. Zijn grootvaderlijke houding jaagt me op de zenuwen; het is alsof ik naar een wolf in schaapskleren kijk.

Er schuilt een monster onder die gerimpelde, vriendelijke buitenkant.

'Noemt u me alstublieft Terrence.' Hij kijkt me teleurgesteld aan als ik niet reageer. 'Ik begrijp dat deze situatie niet ideaal is, maar ik hoop dat we onze meningsverschillen opzij kunnen zetten en kunnen samenwerken voor het grotere goed.'

'Het grotere goed?' proest ik, terwijl ik probeer mijn woede in bedwang te houden. Het laatste wat ik wil, is hem enige voldoening schenken. 'Wat is er goed aan het ontvoeren van mensen en ze veranderen in uw persoonlijke wetenschappelijke experimenten?'

Zijn uitdrukking vertrekt geen spier. In plaats daarvan zucht hij zachtjes en schudt zijn hoofd. 'Je ziet slechts een klein deel van het plaatje, Artemis. We staan op de drempel van buitengewone ontdekkingen, van het ontsluiten van het volledige potentieel van paranormale gaven. Stel je voor wat we zouden kunnen bereiken.'

'Door onschuldige mensen te martelen? Nee, bedankt.' Mijn stem is koud, onverzettelijk. 'En denk maar geen seconde dat ik met uw gestoorde spelletjes ga meespelen.'

Dr. Foxberry's ogen worden iets smaller, maar die ergerlijke glimlach blijft op zijn gezicht. 'Nou, dan moeten we het er voorlopig maar over eens zijn dat we het oneens zijn. In ieder geval, welkom in onze faciliteit. Ik weet zeker dat je het... verhelderend zult vinden.'

'Bespaar me de beleefdheden,' snauw ik, terwijl mijn geduld opraakt. 'Ik ben hier niet uit vrije wil en u gaat me niet voor u winnen met nepglimlachen en loze woorden.'

'Goed dan,' zucht hij, alsof ik degene ben die onredelijk is. 'Ik zal niet meer van je tijd in beslag nemen. Maar overweeg wat ik heb gezegd, Artemis. Je zou zomaar kunnen ontdekken dat onze doelen toch niet zo verschillend zijn.'

Ik bal mijn vuisten, mijn nagels graven in mijn handpalmen terwijl ik naar dr. Foxberry staar. 'U houdt niemand voor de gek met uw toneelstukje,' snauw ik. 'Kap nu met die onzin en vertel me wat u van me wilt.'

'Ah, meteen ter zake dan,' zegt hij, terwijl hij verwachtingsvol in zijn handen wrijft. 'Nou, ik moet zeggen, ik vind je gaven fascinerend, Artemis. Zo zeer uniek onder onze paranormale vrienden.'

'Moet dat een compliment voorstellen?' Mijn stem druipt van het sarcasme, maar ik kan een rilling van onbehagen niet onderdrukken. Als hij opgewonden is over mijn krachten, kan dat niets goeds betekenen.

'Natuurlijk!' straalt hij naar me, alsof we een of andere triviale kwestie bespreken, en niet mijn gevangenschap. 'Men komt tenslotte niet elke dag iemand als jij tegen. We hebben zo veel van je te leren.'

'Leren? U bedoelt experimenteren, nietwaar?' schiet ik terug, mijn hart bonkt in mijn borst. 'Ik ben uw proefkonijn niet, Foxberry.'

'Wat een vijandigheid,' tikt hij afkeurend met zijn tong, zijn hoofd schuddend. 'Maar dat geeft niet. Ik verzeker je, ik wil alleen het beste voor ons allemaal.'

'Bekijk het maar,' breng ik ertegen in, mijn woede laait op. 'U denkt dat u zomaar mensen kunt ontvoeren, ze uit elkaar kunt trekken en het "het beste" kunt noemen? U bent waanzinnig.'

'Ah, tja.' Hij haalt zijn schouders op, onaangedaan door mijn uitbarsting. 'We hebben allemaal onze eigen manieren om vooruitgang te boeken, nietwaar?'

'Vooruitgang?' Ik snoef. 'Dit is marteling, puur en simpel.'

'Misschien,' geeft hij toe, zijn ogen glinsteren met iets wat ik niet helemaal kan thuisbrengen – opwinding, misschien, of nieuwsgierigheid. 'Maar soms vereisen grote ontdekkingen grote offers.'

'Bewaar het maar voor iemand die het wat kan schelen,' spuug ik, mijn zicht wordt wazig als mijn woede overkookt. 'Ik zal geen deel uitmaken van uw gestoorde experimentjes, Foxberry.'

'Uw mening over de kwestie is genoteerd,' antwoordt hij koel, me bestuderend alsof ik een fascinerend specimen onder een microscoop ben. 'Irrelevant. Maar genoteerd.'

Irrelevant. Ik moet onwillekeurig huiveren. Gelukkig denk ik niet dat hij het opmerkt. Ik wil niet dat deze man ook maar iets van mijn zwaktes te weten komt.

'Je blauwe vuur is werkelijk uitzonderlijk,' mijmert dr. Foxberry, zijn ogen glinsteren met een ziekelijke fascinatie, alsof hij zojuist op een onontdekte schat is gestuit. 'Ik heb nog nooit zoiets gezien bij andere paranormalen. Waar heb je geleerd het te beheersen?'

'Dat zou u wel willen weten, hè?' snauw ik, mijn armen over mijn borst gekruist, weigerend hem een duimbreed toe te geven.

Hij grinnikt zachtjes, het geluid raspt over mijn zenuwen. 'Oh, dat wil ik zeker. En ik ben van plan erachter te komen.'

'Succes daarmee,' werp ik tegen, mijn ogen vernauwend. 'Want ik vertel u niets. En u kunt er donder op zeggen dat mijn vrienden me komen halen.'

'Ah, ja, jouw vrienden,' zegt hij, bedachtzaam op zijn kin tikkend. 'Kijk, dat is ook een onderwerp waar ik erg in geïnteresseerd ben. Zijn zij net zo... uniek als jij? Declan Reed was zeker een interessant specimen.'

Ik zie rood bij de gedachte aan deze man en wat hij Declan heeft aangedaan. Ik spring op en moet mezelf ervan weerhouden om blauw vuur naar het scherm te schieten. Het is overduidelijk dat ze de deur niet gaan openen tenzij het moet, dus dit is mijn enige manier om met hen te communiceren. Ik ben er nog niet helemaal klaar voor om die communicatie af te sluiten.

'Wat een vijandigheid,' tikt hij afkeurend, zijn hoofd schuddend. 'Je zou echt coöperatiever moeten zijn, juffrouw Blackwell. Je zult de ervaring veel aangenamer vinden als je dat bent.'

'Zoals ik al eerder zei, u kunt stikken in de hel,' sis ik, mijn vuisten gebald langs mijn zij. De gedachte om me aan deze man te onderwerpen – om hem me te laten onderzoeken, prikken en ontleden als een of ander laboratoriumexperiment – doet mijn maag omdraaien.

Een sluwe glimlach verschijnt op zijn gezicht en ik weet dat ik meer heb prijsgegeven dan ik van plan was. 'Goed dan, Artemis. We kunnen dit op de moeilijke manier doen, als dat is wat je verkiest. Maar ik verzeker je, ik zal de antwoorden krijgen die ik zoek, op de een of andere manier.'

'Blijf dromen, doc,' snauw ik, en ik leg elke greintje terughoudendheid dat ik nog heb in mijn woorden. Mijn hart bonkt tegen mijn ribbenkast, maar ik weiger hem mijn angst te laten zien. 'Want ik zal niet breken, en mijn vrienden ook niet.'

'O, nee?' antwoordt hij, zijn ogen vernauwen zich terwijl hij mijn vastberadenheid in zich opneemt. 'Nou, dat zullen we nog wel eens zien, nietwaar?'

Ik dwing mezelf om mijn ademhaling rustig te houden. 'U denkt dat u me kunt laten doen wat u wilt?'

'O, Artemis, liefje,' zegt hij met een sinistere grinnik, 'je onderschat de kracht van wetenschap en overtuiging.'

Ik proest en rol met mijn ogen om zijn arrogantie. 'Succes daarmee. Mocht het u nog niet zijn opgevallen, overtuigingskracht is niet bepaald uw sterkste kant.'

Een duistere glimlach trekt aan zijn mondhoeken terwijl hij langzaam zijn hoofd naar me schudt. Het is buitengewoon griezelig, en ik zweer dat ik de temperatuur in de kamer een paar graden voel dalen.

'Misschien niet in de traditionele zin,' geeft hij toe, 'maar ik heb andere methoden.' Zijn stem is doorspekt met een verontrustende mix van dreiging en nieuwsgierigheid.

'Het zal niet lang duren voordat je te popelen staat om mee te werken.'

'Blijf dromen, oude man,' spuug ik, terwijl ik hem boos aanstaar en mijn woede elk spoor van vrees laat verstikken.

'Goed dan' – hij haalt nonchalant zijn schouders op, alsof we het weer bespreken – 'dan laat ik je over je opties nadenken. Maar onthoud: de tijd tikt, en hoe eerder je meewerkt, hoe beter voor alle betrokkenen.'

'Stik in de hel,' snauw ik, maar hij glimlacht alleen, alsof ik hem zojuist een goede dag heb gewenst.

Het scherm knippert weer uit, en ik ben weer alleen, mijn hart bonzend in mijn borst. Dr. Foxberry's kalme, vriendelijke act maakt me er alleen maar zekerder van dat hij een waar monster is. En nu is het aan mij om uit te zoeken hoe ik hem kan stoppen – voordat het te laat is voor ons allemaal.

Terwijl ik door de steriele kamer ijsbeer, racen mijn gedachten. Dr. Foxberry weet misschien niet alles over mijn krachten, maar het is duidelijk dat hij er graag achter wil komen. En dat kan alleen maar problemen betekenen voor mij en iedereen om wie ik geef. Ik moet ontsnappen – en snel – voordat hij de kans krijgt om me te veranderen in slechts weer een van zijn proefkonijnen.

Maar één ding is zeker: wat er ook gebeurt, ik zal dr. Foxberry niet de voldoening geven mij te breken.

HOOFDSTUK TWEE

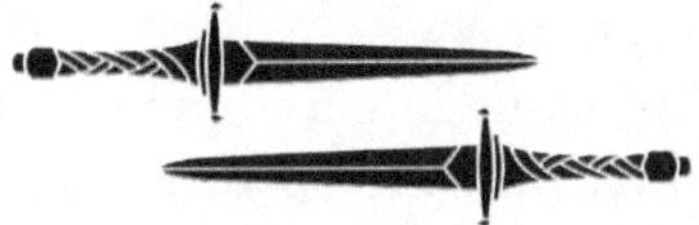

'Artemis, mijn liefste,' mompelt dr. Foxberry, zijn stem druipend van giftige honing. Ik deins terug voor zijn stem, maar al te goed wetend dat zijn zachtaardige uiterlijk een façade is die een monster verbergt. 'Ik hoop dat u zich beter voelt.'

'Bespaar je de moeite, doc.' Mijn stem klinkt scherp en bitter terwijl ik mezelf overeind duw en kijk naar het wandscherm dat is opgelicht met zijn levensgrote beeltenis.

'Goed dan.' Hij zucht en veinst teleurstelling. 'Nu we wat tijd samen hebben, laat mij u een paar dingen uitleggen. Ziet u, ik was de pionier achter de ontwikkeling van de hybridisatieserums en het verbeteren van paranormale gaven.'

'Gefeliciteerd,' snauw ik sarcastisch, mijn hart razend van haat. 'Je moet wel apetrots zijn.'

Hij negeert mijn sarcasme en leunt dichterbij. De geur van ontsmettingsmiddel vult mijn neusgaten en ik krijg de neiging om over te geven. 'Het is werkelijk een hele prestatie. En u, Artemis... u bent zelf ook een waar wonder.'

'Bedankt, maar ik heb jouw goedkeuring niet nodig.' Mijn gedachten schieten alle kanten op, op zoek naar een uitweg uit deze nachtmerrie, maar ik weet dat er geen ontsnappen aan is. Nog niet.

'Uw unieke gaven fascineren me, vooral dat blauwe vuur van u.' De ogen van dr. Foxberry glinsteren boosaardig terwijl hij spreekt, en ik kan zijn verwrongen genot bijna voelen bij het vooruitzicht me te ontleden als een van zijn labratten.

'Val dood,' spuug ik en bal mijn vuisten. Ik wil niets liever dan dat blauwe vuur oproepen en zijn arrogante gezicht in de as leggen. Ik zal mijn tijd afwachten, wachten op het perfecte moment om toe te slaan. Ze kunnen me niet voor altijd opgesloten en geïsoleerd houden. Niet als hij zijn kleine experimentele spelletjes met me wil spelen.

'Ah, wat een pit!' Dr. Foxberry grinnikt, en zijn lach werkt op mijn zenuwen. 'U bent echt uniek, Artemis Blackwell.'

'Reken maar,' mompel ik door samengeklemde tanden, kokend van woede en frustratie. Ik moet het echter slim spelen. Als ik dit hellegat wil overleven, moet ik scherp blijven en mijn emoties niet de overhand laten krijgen.

'Inderdaad,' stemt dr. Foxberry in, zijn stem huiveringwekkend kalm. 'En dat is precies waarom ik zo graag u wil bestuderen.'

'Bestuderen' is gewoon een mooi woord voor martelen, en dat weten we allebei. Maar ik laat me niet door hem breken. Dat kan ik niet. Te veel mensen rekenen op me – Declan, Malcolm, Nadia... ze vertrouwen er allemaal op dat ik terugvecht tegen de gestoorde experimenten van deze gek.

'Veel succes daarmee,' sneer ik, terwijl elke vezel in mijn lijf verzet schreeuwt. 'Je krijgt nooit van me wat je wilt.'

'Ah, maar Artemis,' pareert dr. Foxberry gladjes, 'ik denk dat u zult merken dat ik manieren heb om u tot medewerking te dwingen.'

De dreiging hangt zwaar in de lucht, koud en genadeloos als het zwaard van een beul. Maar ik weiger me te laten intimideren door deze sadistische klootzak. Wat hij ook voor me in petto heeft, ik zal het recht in de ogen kijken en er aan de andere kant sterker uitkomen.

'Kom maar op, doc,' daag ik hem uit, mijn ogen vlammend van vastberadenheid. 'Ik heb met erger dan jij te maken gehad.'

'De tijd zal het leren, mijn liefste.' De glimlach van dr. Foxberry is wolfachtig, roofzuchtig. 'De tijd zal het leren.'

Mijn hart bonst in mijn borst, zwaar en dreunend als een drilboor, terwijl ik mezelf dwing de roofdierachtige blik van dr. Foxberry te beantwoorden.

'Oké, kappen met die onzin,' snauw ik, mijn stem schor maar vastberaden. 'Wat wil je in hemelsnaam eigenlijk van me? Waarom al die moeite doen voor slechts één hybride?'

Dr. Foxberry houdt zijn hoofd schuin, zijn ogen vernauwend alsof hij een fascinerend specimen bestudeert. 'Wel,' zegt hij langzaam, het woord zo uitrekkend dat mijn huid ervan gaat kriebelen, 'uw unieke gaven zijn van groot belang voor mij. Uw blauwe vuur is anders dan alles wat ik ooit ben tegengekomen. Het is een zeldzame en fascinerende gave, een die nog nooit bij andere hybride proefpersonen is gezien.'

'Ja, nou, ik krijg er niet bepaald zin van om een feestje te geven,' riposteer ik, zonder ook maar te proberen mijn afkeer te verbergen. 'En het betekent verdomme zeker niet dat ik jouw proefkonijn ga zijn.'

'Wat een getrotseer.' Hij leunt dichterbij, zijn ogen vernauwend van belangstelling. 'Maar ik kan niet zeggen dat ik verrast ben. Het is een deel van wat u zo... uniek maakt.'

'Uniek' is niet het woord dat ik zou gebruiken voor hoe ik me nu voel. Eerder 'gevangen' en 'doodsbang' en 'ongelofelijk kwaad' – maar ik ga hem absoluut niet de voldoening geven mij te zien kronkelen.

'Luister, dr. Frankenstein,' snauw ik met samengeklemde tanden, 'het kan me niet schelen hoe speciaal je mijn gave vindt. Ik speel niet mee met je gestoorde spelletjes.'

'Ah, wat zonde,' zucht hij, teleurstelling veinzen. 'U had echt iets buitengewoons kunnen zijn.'

'Even een nieuwtje, doc: dat ben ik al,' kaats ik terug, mijn hart bonzend in mijn borst. 'En dan nog liever de dood dan dat ik iemand als jij dat van me laat afpakken.'

'Goed dan, Artemis,' zegt hij met een huiveringwekkende glimlach. 'Uw koppigheid is bewonderenswaardig, maar uiteindelijk zinloos. U zult deelnemen aan mijn experimenten, of u dat nu vrijwillig doet of niet.'

'Over mijn lijk,' sis ik, hem boos aanstarend. Hij grinnikt alleen maar, duidelijk geamuseerd door mijn pogingen om tegen hem op te staan.

'Wat een pit,' merkt hij bijna liefkozend op. 'Het is waarlijk een genoegen om te aanschouwen. Maar ik vrees dat u mij geen keus laat.'

'Kom maar op, klootzak,' denk ik bij mezelf terwijl hij zich omdraait, mijn lichaam gespannen in afwachting van welke gruwelen hij nu voor me in petto heeft. 'Ik heb wel voor hetere vuren gestaan, en ik doe het weer als dat nodig is om de mensen om wie ik geef te beschermen.'

'Prima, werk dan niet vrijwillig mee,' zegt dr. Foxberry koeltjes, zijn ogen een fractie vernauwend. 'Uw medewerking is niet van belang. Ik heb manieren om u te laten gehoorzamen.'

'Probeer het maar,' spuug ik uitdagend uit, mijn armen over elkaar.

'Goed dan,' antwoordt hij, zijn stem een dreigend gefluister. Hij heft zijn hand en drukt op een knop op de muur. Bijna onmiddellijk stroomt de bekende geur van slaapgas de cel in. Shit, niet weer.

'Loop naar de hel, gestoorde klootzak!' schreeuw ik naar hem, mijn zicht wordt wazig. Ik weet dat ik maar een paar seconden heb voordat het gas me uitschakelt, maar ik kan het niet laten om elke belediging en elk scheldwoord dat ik kan bedenken naar hem te slingeren. Het is alles wat ik op dit moment nog heb.

Dr. Foxberry blijft daar gewoon staan, even onverstoorbaar als altijd, en kijkt me met koude ogen aan terwijl het gas de kamer vult. Hij vertrekt geen spier als mijn tirade steeds wanhopiger wordt, de woorden in elkaar overvloeien tot ze nauwelijks verstaanbaar zijn. Mijn benen wiebelen onder me; het voelt alsof ik op twee luciferstokjes sta.

'De... Declan... zal het je niet... laten...' weet ik eruit te persen, denkend aan de man van wie ik hou en hoe fel beschermend hij over mij is. Maar mijn stem sterft weg als de duisternis mijn zicht binnendringt, en al snel word ik volledig verzwolgen door bewusteloosheid.

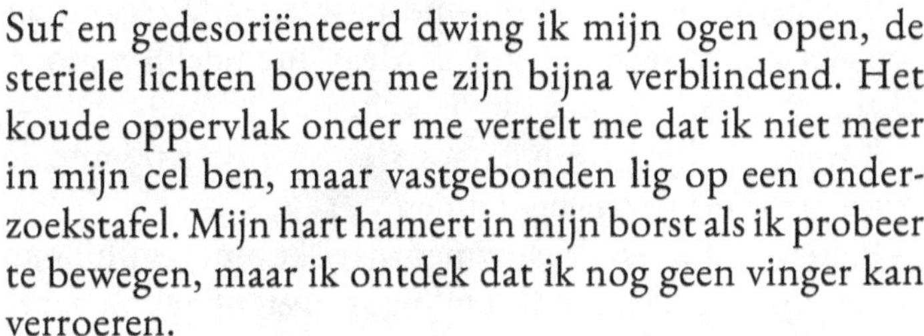

Suf en gedesoriënteerd dwing ik mijn ogen open, de steriele lichten boven me zijn bijna verblindend. Het koude oppervlak onder me vertelt me dat ik niet meer in mijn cel ben, maar vastgebonden lig op een onderzoekstafel. Mijn hart hamert in mijn borst als ik probeer te bewegen, maar ik ontdek dat ik nog geen vinger kan verroeren.

'Ah, u bent wakker,' glibbert de stem van dr. Foxberry mijn oren in. 'Ik hoop dat u comfortabel ligt.'

'Alsof ik een dagje naar de spa ben,' kaats ik terug, op mijn tanden bijtend. Alsof het een teken is, bemerk ik de metalen handschoenen die mijn handen omhullen, waardoor ik mijn blauwe vuur niet kan gebruiken. Pogingen om het te ontsteken zouden alleen mijn eigen vlees verbranden – slimme klootzak.

'Die zitten op slot,' zegt hij zelfvoldaan, terwijl hij met een klein sleuteltje voor mijn neus zwaait. 'We kunnen niet hebben dat u de boel in lichterlaaie zet, of wel?'

'Krijg de klere,' snauw ik. Paniek borrelt onder mijn woede, maar ik weiger hem dat te laten zien.

'Even charmant als altijd, Artemis,' antwoordt hij, schijnbaar onaangedaan door mijn vijandigheid.

Met een golf van kracht span ik me tegen de boeien, in de hoop los te breken of ze op zijn minst losser te krijgen. Ik ben nu sterker dan een normaal mens. De boeien zijn echter duidelijk gemaakt met versterkte hybriden in gedachten; ze houden stand en bespotten mijn hulpeloosheid. Zweetdruppels parelen op mijn voorhoofd, mijn frustratie kookt over.

'Voelt u zich gevangen?' vraagt dr. Foxberry, met een vleugje amusement in zijn stem, de arrogante kwal.

'Val dood,' spuug ik, hem venijnig aanstarend. Hij grinnikt zachtjes, wat me nog woedender maakt.

'Uw getrotseer is werkelijk indrukwekkend,' zegt hij, als een gier om de tafel cirkelend. 'Maar uiteindelijk zinloos. U zult meewerken, linksom of rechtsom.'

'Over mijn lijk,' grom ik, nog steeds worstelend met de banden die me gevangen houden.

'Laten we hopen dat het niet zover komt,' zegt hij met een dunne glimlach, en ik kan niet zeggen of het oprechte bezorgdheid is of gewoon weer een gestoord spelletje. Alsof er ook maar iets aan die man oprecht zou kunnen zijn.

'Declan vindt me wel, weet je,' zeg ik, meer om mezelf gerust te stellen dan wat anders. 'Je komt hier niet mee weg.'

'Ah, ja, uw ridder op het witte paard,' mijmert dr. Foxberry, zijn ogen vernauwend. 'We zullen zien hoe heldhaftig hij is als de tijd daar is.'

'Geloof me, hij zal verdomd veel heldhaftiger zijn dan jij ooit zult zijn,' snauw ik, mijn stem druipend van het venijn.

'De tijd zal het leren, Artemis,' antwoordt hij, zijn toon ijzig. 'De tijd zal het leren.'

De steriele geur van ontsmettingsmiddel hangt in de lucht terwijl dr. Foxberry een reeks experimentele serums begint voor te bereiden, waarbij de glazen flesjes het koude licht van boven vangen. Ik kan niet anders dan me een proefkonijn voelen, in het nauw gedreven en overgeleverd aan de genade van een gestoorde wetenschapper. Wat, gezien de omstandigheden, niet ver van de waarheid is.

'Dr. Foxberry,' begin ik, in een laatste smeekpoging, 'alstublieft, heroverweeg wat u doet. Dit... dit is niet juist.'

'Heroverwegen?' spot hij, terwijl hij de flesjes met nauwgezette precisie op een rijtje zet. 'Dit is het hoogtepunt van mijn levenswerk, Artemis. Er is geen weg meer terug.'

'Je levenswerk is het martelen van onschuldige mensen,' spuug ik uit, worstelend om mijn stem stabiel te houden. 'Je hoeft dit niet te doen. Je kunt een ander pad kiezen.'

Hij neemt niet eens de moeite om mijn kant op te kijken. Mijn woorden zijn niets meer dan achtergrondruis voor hem. Het is als praten tegen een muur – een kwaadaardige, sadistische muur.

'Genoeg,' zegt hij op een bijna verveelde toon. 'Je pogingen om me over te halen zijn zinloos. Binnenkort zul je zien hoe buitengewoon je krachten kunnen worden onder mijn leiding.'

'Loop naar de hel,' sis ik, niet langer in staat mijn woede te bedwingen. De gedachte dat hij met mijn gaven knoeit, bezorgt me de kriebels.

'Wat een vijandigheid,' mompelt hij afkeurend en hij draait zich eindelijk naar me toe. Zijn ogen zijn koud, zonder enige emotie of empathie. 'Maar ik veronderstel dat dat onder de omstandigheden te verwachten is.'

'En terecht,' mompel ik binnensmonds, terwijl ik nog steeds vecht tegen de boeien die me vastbinden.

'Zullen we maar beginnen?' zegt dr. Foxberry op een zenuwslopend kalme toon terwijl hij de eerste spuit vol serum oppakt.

'Wacht!' roep ik, wanhopig om tijd te rekken. 'Denk gewoon... denk na over wat je doet. Er moet een andere manier zijn.'

'Artemis,' zegt hij, zijn stem druipend van de neerbuigendheid, 'dit is de enige manier. Hoe eerder je dat accepteert, hoe makkelijker dit voor ons beiden zal zijn.'

Ik knars met mijn tanden en vervloek mezelf omdat ik op dit moment zo machteloos ben. Ik wil alleen maar losbreken en hem laten boeten voor alles wat hij heeft gedaan. Maar voor nu kan ik alleen maar hopen en bidden dat Declan me vindt voordat het te laat is.

'Zet je schrap, mijn waarde,' zegt dr. Foxberry met een walgelijk zoete glimlach terwijl hij de naald in mijn arm duwt. 'Dit kan een beetje prikken.'

Ik heb niet eens de tijd om met mijn ogen te rollen om zijn zielige poging tot humor voordat het serum mijn lichaam overspoelt en elke cel in vuur en vlam zet. Het voelt alsof er gesmolten lava door mijn aderen stroomt die me van binnenuit verschroeit. Ik kan de schreeuwen die uit mijn keel worden gerukt, rauw en wanhopig, niet bedwingen.

'Stop! Stop, alsjeblieft!' smeek ik, terwijl ik tegen de koude metalen boeien ruk die in mijn polsen en enkels snijden.

'Interessant,' observeert dr. Foxberry, totaal onbewogen door mijn ondraaglijke pijn. 'Je reactie op het serum is... intens.'

'Intens?' pers ik er met opeengeklemde tanden uit, terwijl het zweet op mijn voorhoofd parelt. 'Sadistische klootzak!'

'Let op je taalgebruik, Artemis,' berispt hij me, zonder de moeite te nemen zijn vermaak te verbergen. 'Je wilt toch geen tere zieltjes beledigen, nietwaar?'

'Tere zieltjes?' snauw ik, en ruk mijn hoofd naar hem toe in een poging zijn zelfvoldane blik te vangen. 'Je bent echt een geval apart, hè? Denk je dat mensen martelen een grootse prestatie is? Je bent niets meer dan een monster!'

'Monster?' grinnikt hij en trekt een wenkbrauw op. 'Misschien. Maar ik zie mezelf liever als een kunstenaar die meesterwerken boetseert uit ruw, onbenut potentieel.'

'Onbenut potentieel?' spuug ik, terwijl de pijn het moeilijk maakt om samenhangende gedachten te vormen. 'Als ik ooit vrijkom, zal ik je laten zien wat voor potentieel ik heb—'

'Subject vertoont extreme angst en verhoogde pijngevoeligheid,' mompelt dr. Foxberry, terwijl hij aantekeningen maakt in een journaal alsof ik niets meer ben dan een interessant laboratoriummonster.

'Natuurlijk ben ik in paniek!' snauw ik, terwijl ik de brandende pijn probeer te negeren die door me heen stroomt. 'Ik ben je verdomde proefkonijn niet!'

'Ah, maar dat ben je wel, Artemis,' zegt hij op een ijzingwekkend kalme toon. 'En hoe eerder je dat accepteert, hoe makkelijker dit voor ons beiden zal zijn.'

'Loop naar de hel,' grom ik met opeengeklemde kaken.

'Wat een vijandigheid,' mompelt hij afkeurend en schudt zijn hoofd. 'Welnu, laten we verdergaan, zullen we?'

Hij haalt de dop van een andere spuit, gevuld met een ziekelijk groene vloeistof waar mijn maag al van omdraait als ik er alleen al naar kijk. Mijn hart bonkt wild in mijn borst als hij dichterbij komt en ik onderdruk de neiging om over te geven.

'Zet je schrap, waarde,' waarschuwt hij, terwijl hij de naald in mijn arm stoot.

De pijn is onbeschrijfelijk, alsof ik overreden word door een goederentrein van zuur en gebroken glas. Mijn zicht wordt wazig en een gesmoorde schreeuw ontsnapt aan mijn lippen. Het kost me elke greintje resterende kracht om niet ter plekke flauw te vallen.

'Opmerkelijk,' mijmert dr. Foxberry, terwijl hij meer observaties noteert. 'Dit serum had je nu bewusteloos moeten maken. En toch ben je hier, nog steeds weerspannig.'

'Krijg de klere,' weet ik door mijn opeengeklemde tanden te persen, terwijl mijn lichaam schokt onder de aanval van ondraaglijke pijn.

'Je veerkracht is werkelijk indrukwekkend,' geeft hij bijna met tegenzin toe. 'Maar laten we eens zien hoe lang dat duurt, zullen we?'

In de volgende minuten word ik onderworpen aan een meedogenloos bombardement van injecties, de een nog ondraaglijker dan de ander. Elke spier in mijn lichaam schreeuwt om verlichting, mijn botten voelen alsof ze verbrijzelen onder het gewicht van mijn kwelling. Mijn verstand rafelt als een versleten touw en dreigt elk moment te knappen.

'Wat een fascinerende resultaten,' merkt dr. Foxberry op, zijn stem dringt nauwelijks door tot mijn door pijn benevelde geest. 'Ik had verwacht dat je tolerantie zou afnemen, maar je blijft me verbazen, Artemis.'

'Stop ermee!' stoot ik met tranen die over mijn gezicht stromen uit. 'Alsjeblieft... stop er gewoon mee!'

'Goed dan,' zegt dr. Foxberry eindelijk, met een vleugje teleurstelling in zijn stem alsof ik hem een grote prijs had ontzegd. 'We gaan hier later mee verder.' Hij trekt zijn latexhandschoenen met een zwierig gebaar uit en gooit ze in een nabijgelegen afvalbak.

'Kan verdomme niet wachten,' spuug ik, mijn stem amper meer dan een schor gefluister.

Hij werpt me een laatste, taxerende blik toe voordat hij bij de onderzoekstafel vandaan stapt. 'Ik laat je nu rusten, Artemis. Maar geloof me als ik zeg dat ik nog lang niet klaar met je ben.'

'Het gevoel is wederzijds,' grom ik, zelfs nu mijn lichaam trilt van de aanhoudende effecten van zijn experimentele serums.

Met een nonchalant gebaar draait dr. Foxberry zich op zijn hielen om en verlaat de kamer, me opnieuw alleen latend in mijn koude, steriele gevangenis. De metalen deur slaat met een daverende klap dicht, die onheilspellend door de ruimte galmt.

Mijn adem komt in oppervlakkige happen terwijl ik in en uit bewustzijn drijf. De donkere afgrond van bewusteloosheid is verleidelijk dichtbij, maar net buiten bereik. Elke keer als ik denk dat ik over het randje ga glijden, trekt de pijn die door mijn aderen giert me terug in het wrede licht van het bewustzijn.

Laat ze me alsjeblieft snel vinden, bid ik in stilte, waarbij de gedachte aan mijn vrienden een kleine sprank hoop biedt te midden van de meedogenloze kwelling. Ik heb hun hulp nu meer dan ooit nodig.

Een nieuwe golf van pijn overspoelt me en trekt me terug onder haar verpletterende getij. Mijn zicht wordt wazig en even weet ik niet of ik wakker ben of droom.

'Artemis...' fluistert een stem in de verte. Ik span me in om het te horen, wanhopig op zoek naar een teken van mijn vrienden. Maar de stem vervaagt, opgeslokt door de duisternis die me dreigt te verzwelgen.

'Declan,' fluister ik, mijn stem schor en nauwelijks hoorbaar. Ik heb hem nu meer dan ooit nodig, om zijn warmte en kracht te voelen als hij me in zijn armen houdt. Het beeld van zijn gezicht verschijnt achter mijn gesloten oogleden, een baken van hoop te midden van de duisternis die me dreigt te overspoelen.

'Blijf sterk, Artemis,' stel ik me voor dat hij zegt, zijn hazelnootkleurige ogen vol bezorgdheid. 'Je kunt alles doorstaan wat dr. Foxberry je ook aandoet.'

'Jij hebt makkelijk praten,' mopper ik in gedachten, ondanks dat ik weet dat Declan zijn eigen deel van gruwelijke experimenten heeft doorstaan door toedoen van deze monsters. Maar de gedachte aan hem, samen met mijn vrienden, geeft me de kracht om te blijven vechten.

'Dr. Foxberry!' roep ik, mijn stem gespannen maar uitdagend. 'Je denkt dat je me met je experimentjes kunt breken? Je weet niet waartoe ik in staat ben.'

Stilte is mijn antwoord, maar ik weiger me daardoor te laten afschrikken. In plaats daarvan concentreer ik me op de gedachte aan mijn vrienden, de mensen van wie ik houd. Ik zal niet toelaten dat dr. Foxberry of wie dan ook hen pijn doet. Ik zal alle martelingen doorstaan die ze hebben gepland als dat betekent dat ik hen veilig kan houden.

'Artemis,' hoor ik opnieuw het zachte gerommel van Declans stem, dit keer vergezeld van de herinnering aan hoe zijn vingers aanvoelen als ze mijn huid strelen. 'Vergeet niet wie je bent. Laat ze je dat niet afnemen.'

'Nooit,' beloof ik, mijn hart zwelt van vastberadenheid. Ondanks de pijn en hulpeloosheid die me dreigen te bedelven, houd ik vast aan de gedachte aan Declan en onze vrienden. Zij zijn mijn reddingslijn, de reden dat ik niet kan – en niet zal – opgeven.

'Kom maar op, dr. Foxberry,' daag ik uit, mijn stem amper luider dan een fluistering maar gevuld met het vuur van mijn overtuiging. 'Ik ga nergens heen.'

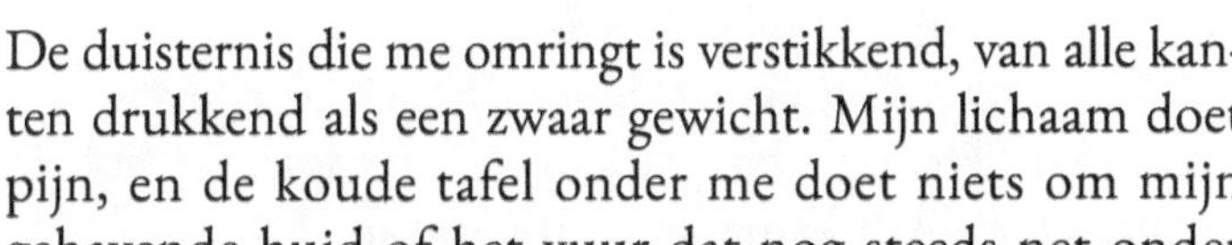

De duisternis die me omringt is verstikkend, van alle kanten drukkend als een zwaar gewicht. Mijn lichaam doet pijn, en de koude tafel onder me doet niets om mijn gehavende huid of het vuur dat nog steeds net onder de oppervlakte smeult te verzachten. Ik kan nauwelijks ademhalen, elke inademing is scherp en pijnlijk. Ik ben de tel kwijtgeraakt van hoeveel injecties hij me heeft gegeven. Hoeveel dagen ik hier al ben.

'Is dit echt het beste wat je in huis hebt, dr. Foxberry?' hijg ik, mijn stem zwak maar druipend van sarcasme. 'Ik heb ergere zonnebrand gehad.'

'Je weerspannigheid is bewonderenswaardig, Artemis,' antwoordt hij gladjes, zijn stem een irritant kalm contrast met de mijne. 'Maar uiteindelijk zinloos.'

'Leuke poging, maar je raakt me niet.' Ik grinnik bitter en negeer het bonzen in mijn hoofd. 'O wacht, dat heb je al gedaan – letterlijk.'

'Inderdaad. Je veerkracht is behoorlijk fascinerend.' Hij klinkt bijna verveeld, alsof mij martelen gewoon een alledaagse taak op zijn takenlijstje is.

Ik klem mijn tanden op elkaar tegen de pijn en weiger hem de voldoening te geven me te zien breken. Mijn gedachten dwalen af naar Declan, de warmte van zijn armen en de manier waarop zijn aanraking er altijd in slaagt mijn angsten te verjagen. Het is een kleine troost, maar het is genoeg.

'Wat je ook van plan bent, het zal niet werken,' waarschuw ik, de woorden sijpelen tussen mijn opeengeklemde tanden door. 'Je legt het aan met de verkeerde heks.'

'Mogelijk, maar dat is wat het zo intrigerend maakt.' De glimlach in zijn stem stuurt een rilling over mijn rug. 'Ik kijk uit naar onze volgende sessie, Artemis.'

'Sluit maar achteraan,' mompel ik, maar mijn weerspannigheid begint op te raken. Elke seconde die voorbijtikt, voel ik me zwakker, kwetsbaarder.

'Slaap lekker, mijn koppige subject.' De afscheidswoorden van dr. Foxberry hangen als een kwaadaardige wolk in de lucht terwijl de kamer opnieuw stilvalt.

Uitputting besluipt me, wikkelt haar koude vingers om mijn bewustzijn en trekt me de afgrond in. Ik probeer ertegen te vechten, maar mijn gehavende lichaam weigert mee te werken. De duisternis slokt me volledig op, en even is er niets dan gezegende verlichting van de pijn.

'Blijf sterk, Artemis,' weerklinkt Declans stem in mijn gedachten, een reddingslijn om me aan vast te klampen terwijl al het andere vervaagt. 'Ik zal je vinden. We slaan ons hier wel doorheen.'

'En of we dat doen,' fluister ik tegen mezelf terwijl de slaap me meesleept, de koude tafel biedt weinig troost voor mijn gekneusde en gebroken lichaam.

HOOFDSTUK DRIE

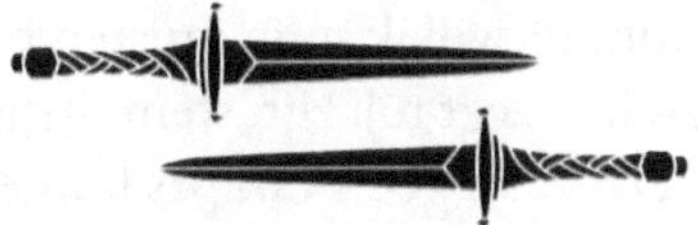

ALLEEN. WEER. DE MUREN van de cel komen op me af als een bankschroef en ik zweer dat ze elke seconde dichterbij sluipen. De experimenten van dr. Foxberry hebben een zure nasmaak in mijn mond achtergelaten en ik kan het gevoel niet van me afschudden dat er iets in me is veranderd.

Er loopt een rilling over mijn rug als ik mijn vingers buig en de nieuwgevonden kracht door mijn aderen voel stromen. Mijn spieren spannen zich aan en mijn lichaam gonst van kracht, als een roofdier dat zijn prooi besluipt. En het jaagt me de stuipen op het lijf.

'Artemis, hoe voelen we ons vandaag?' dr. Foxberry's stem glijdt de kamer in, zalvend en onoprecht.

'Alsof ik in een proefkonijn ben veranderd,' spuug ik terug, terwijl ik me omdraai om naar het scherm te staren.

'Interessante woordkeuze,' peinst hij, zijn toon bezorgt me de kriebels. 'U zou dankbaar moeten zijn voor deze verbeteringen.'

'Dankbaar? U maakt een monster van me,' snauw ik, mijn woede borrelt net onder de oppervlakte. Het vergt al mijn zelfbeheersing om die niet te laten overkoken.

De dierlijke instincten die nu in me opborrelen zijn verontrustend, vreemd, maar ontegenzeggelijk krachtig. Een deel van me wil ze omarmen, hun kracht gebruiken tegen degenen die me gevangen hebben gezet. Maar ik geef dr. Foxberry niet de voldoening me te breken.

'Monster is zo'n hard woord, Artemis,' berispt hij me. 'Ik zie u liever als... geëvolueerd.'

'Geëvolueerd of niet, u blijft een sadistische klootzak,' breng ik ertegenin, terwijl ik mijn vuisten bal.

'Ach, altijd zo fel,' zegt hij, zijn stem druipt van de valse bewondering. 'Dat zal u goed van pas komen.'

'Loop naar de hel,' mompel ik, en beëindig het gesprek terwijl ik me van het scherm afwend en langs de muur naar beneden glijd om op de koude vloer te gaan zitten.

Mijn gedachten racen terwijl ik mijn nieuwe vermogens probeer te begrijpen. Kan ik ze gebruiken om te ontsnappen? Of zullen ze me alleen maar verder verstrikken in het verwrongen web van dr. Foxberry?

'Concentreer je, Artemis,' fluister ik tegen mezelf, in een poging de chaotische wervelwind in mijn hoofd te onderdrukken.

Ik weet niet hoelang ik dit nog volhoud. Maar één ding is zeker: ik ga niet zonder slag of stoot ten onder.

Er loopt een rilling over mijn rug als ik de mogelijkheid overweeg een gedaanteverwisselaarsvorm te ontwikkelen zoals die van Declan. Zou ik een gestroomlijnd roofdier worden zoals hij, of iets heel anders? De gedachte jaagt me nog een rilling over de rug, maar die is niet geheel onaangenaam. Sterker nog, er is een deel in mij dat nieuwsgierig is naar wat er onder deze nieuwe laag van mezelf schuilt.

'Oké, Artemis,' vermaan ik mezelf zachtjes. 'Het heeft geen zin om te verdwalen in "wat-als". Tijd om je te concentreren.'

Ik kruis mijn benen en neem de meditatiehouding aan die Athina me heeft geleerd, in een poging mijn razende gedachten en de adrenaline die nog steeds door me heen giert tot rust te brengen. Het is moeilijker dan ooit, met de dierlijke instincten die net onder de oppervlakte op de loer liggen, maar ik dwing mezelf om langzaam, diep adem te halen.

'Vind je kern, Artemis,' herhaal ik in stilte, en laat Athina's kalme, moederlijke stem me in mijn gedachten leiden. 'Adem in, adem uit.'

Terwijl ik doorga met mediteren, begint de spanning in mijn lichaam af te nemen, hoewel niet volledig. Er is een aanhoudend onbehagen dat zich in me opkrult, wachtend op een kans om toe te slaan. Maar voor nu vind ik troost in de stilte en laat ik mijn gedachten de vrije loop.

'Declan,' denk ik, een pijn vestigt zich in mijn borst bij de enkele gedachte aan hem. 'Wat heeft dr. Foxberry met je gedaan?'

Mijn herinneringen aan zijn jaguarvorm flitsen voor me langs: zijn krachtige spieren die onder zijn geelbruine vacht rimpelden, zijn roofdierlijke gratie terwijl hij door de schaduwen bewoog. Als ik een gedaanteverwisselaarsvorm zou ontwikkelen, zou ik dan als zijn gelijke aan zijn zijde kunnen staan?

'Genoeg,' vermaan ik mezelf, en schud de fantasie van me af. 'Speculeren brengt me nergens. Concentreer je op wat echt is, op wat er op dit moment gebeurt.'

Maar zelfs als ik terugkeer naar mijn meditatie, kan ik het niet helpen me af te vragen of er meer schuilt achter deze nieuwgevonden krachten dan ik besef. En of ze de sleutel zouden kunnen zijn tot het ontsluiten van mijn vrijheid.

'Verdomme, Artemis,' mompel ik binnensmonds, mijn concentratie is verbrijzeld. 'Je moet gecentreerd blijven. Focus op je ademhaling,' herinner ik mezelf, terwijl ik diep inadem en langzaam uitadem. 'In... en uit...'

Voor nu is dat alles wat ik kan doen: ademhalen en hopen dat welke transformatie dr. Foxberry ook in mij heeft losgelaten, me sterker zal maken. Sterk genoeg om los te breken en mijn weg terug naar Declan te vinden.

'Houd vol, Declan,' fluister ik in de koude lucht van mijn cel. 'Ik zal je vinden.'

Mijn ademhaling synchroniseert met het stille ritme van mijn hart en ik verlies mezelf in de meditatie die Athina me geleerd heeft. De kou van de cel verdwijnt en wordt vervangen door een gevoel van innerlijke warmte en kalmte. Tenminste, totdat ik ze hoor.

'Verdomme, ze is nog steeds aan het mediteren,' vult een norse stem mijn hoofd, waardoor ik opschrik uit mijn concentratie. Ik open mijn ogen en speur de duisternis af naar de bron, maar er is niemand.

'Wie zei dat?' mompel ik in mezelf en besef dat ik gek moet worden. Maar dan dringt een andere gedachte mijn bewustzijn binnen, dit keer vergezeld van het gerinkel van sleutels ergens buiten mijn cel.

'Had moeten wedden hoelang ze het hier vol zou houden,' mijmert een tweede stem, zelfvoldaan geamuseerd. 'Dan had ik een fortuin kunnen verdienen.'

'Wacht eens even,' denk ik, mijn hartslag versnelt terwijl ik de puzzelstukjes in elkaar leg. 'Lees ik... hun gedachten?' De cel is absoluut geluiddicht. De enige geluiden die ik heb gehoord sinds ik hier ben, waren wanneer het communicatiescherm aanstond.

'Testen. Eén, twee, drie.' Ik projecteer mijn eigen gedachten mentaal naar buiten, gericht op de bewakers net buiten de muren van mijn cel. 'Kunnen jullie me horen?'

'Hou je kop eens, wil je? Ik probeer me te concentreren op mijn kruiswoordpuzzel,' snauwt de eerste stem, duidelijk geïrriteerd. Maar er is geen enkele aanwijzing dat ze mijn poging tot communicatie gehoord hebben.

'Goed dan,' puf ik, gefrustreerd maar geïntrigeerd. Als ik hun gedachten nog niet kan beheersen of beïnvloeden, kan ik in ieder geval meeluisteren en informatie verzamelen. En wie weet, misschien kom ik er met een beetje oefening wel achter hoe ik door hun mentale barrières kan breken.

'Concentreer je, Artemis. Laat ze niet weten wat je kunt,' herinner ik mezelf, en ga weer in mijn meditatieve houding zitten. Dit keer laat ik mijn zintuigen echter afgestemd op de gedachten die als mistflarden om me heen zweven.

'Nog twee uur tot de dienstwissel,' denkt een bewaker, zijn verlangen naar het einde van zijn dienst is bijna voelbaar. 'Ik kan niet wachten om uit deze godvergeten plek te komen.'

'Nog maar twee weken tot ik mijn dochter weer zie,' mijmert een andere bewaker, een flikkering van warmte en liefde snijdt door de koude duisternis van hun gedachten.

'Interessant,' denk ik, en sla deze flarden op in mijn geheugen voor toekomstig gebruik. 'Deze bewakers hebben een leven buiten dit hellegat. Misschien zijn ze niet allemaal zo harteloos als ze lijken.'

'Blijf geconcentreerd, Artemis,' coach ik mezelf, terwijl ik de toenemende druk aan de basis van mijn schedel probeer te negeren. 'Laat ze je zwakte niet zien.'

'Drie verticaal: zesletterwoord voor "een kleine, afgeronde steen",' peinst een bewaker, zijn irritatie groeit.

'Kie...zel?' fluister ik het antwoord mentaal, hopend dat het op de een of andere manier door zijn mentale verdediging zal breken. Maar er is geen reactie, geen indicatie dat hij me heeft gehoord.

'Verdomme,' vloek ik innerlijk, gefrustreerd door mijn gebrek aan vooruitgang. 'Ik heb meer tijd nodig, meer oefening.'

Maar diep vanbinnen weet ik dat de tijd dringt, en met elk voorbijgaand moment worden mijn kansen om aan deze nachtmerrie te ontsnappen kleiner.

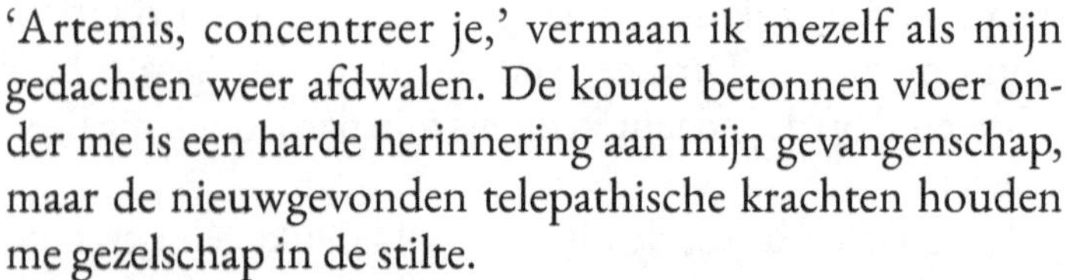

'Artemis, concentreer je,' vermaan ik mezelf als mijn gedachten weer afdwalen. De koude betonnen vloer onder me is een harde herinnering aan mijn gevangenschap, maar de nieuwgevonden telepathische krachten houden me gezelschap in de stilte.

'Misschien is er meer te ontdekken,' overweeg ik en duw mijn bewustzijn naar buiten. Mijn hand zweeft boven de grond en ik concentreer me op het kleine stukje gruis dat net binnen de deur van mijn cel ligt, vermoedelijk afkomstig van de laars van een bewaker of dr. Foxberry de laatste keer dat er iemand bij mij was. Met een diepe zucht roep ik het blauwe vuur in mij op, voel de vertrouwde warmte door mijn lichaam stromen. Maar in plaats van mijn hand te omhullen zoals het altijd deed, vlamt het vuur enkel rond het gruis op. Het komt helemaal niet uit mij.

'Shit,' fluister ik binnensmonds, geschokt door deze nieuwe ontwikkeling. Het gruis gloeit met een griezelig blauw licht voordat het tot as vergaat. 'Sinds wanneer is mijn blauwe vuur zo... op afstand?'

'Hé, wat was dat? Hoorde je iets?' vraagt een van de bewakers aan zijn collega, hun voetstappen echoën door de gang terwijl ze mijn cel naderen.

'Zal wel een stroomstoot of zo zijn geweest,' antwoordt de andere bewaker, duidelijk verveeld door de situatie. Ze vervolgen hun ronde, van niets wetend.

'Dat was op het nippertje,' denk ik, de angst pulseert nog steeds door mijn aderen. Het duurt even voordat ik mijn kalmte hervind. 'Maar dit verandert de zaak.'

'Zeker weten,' zeg ik tegen mezelf, en probeer een grijns te onderdrukken. In feite kan ik niet anders dan me een beetje zelfvoldaan voelen over deze nieuwe upgrade. 'Ik ben nu praktisch een wandelende vlammenwerper. Wat vind je van die vuurkracht?'

'Concentreer je, Artemis,' vermaan ik mezelf opnieuw. Mijn situatie is nog steeds nijpend, en ik kan het me niet veroorloven om arrogant te worden. 'Maar hoe kan ik dit gebruiken? Kan het me helpen ontsnappen?'

'Zeker, je zou je gewoon een weg naar buiten kunnen schieten,' klinken mijn met sarcasme doorspekte gedachten. 'Wat is het ergste dat kan gebeuren?'

'Geweldig idee,' sneer ik in gedachten, en rol met mijn ogen. 'Behalve het deel waar ik door bewakers aan flarden word geschoten.'

'Goed, goed,' grom ik tegen mezelf en neem mentaal verschillende scenario's door. Er moet een manier zijn om deze nieuwe krachten in mijn voordeel te gebruiken zonder de hele faciliteit te alarmeren.

'Misschien als ik gewoon een kleine, gecontroleerde explosie kan creëren...' denk ik, de mogelijkheid overwegend. Maar dan stop ik mezelf. 'Nee, te riskant. Voor zover ik weet, houden ze elke beweging van me in de gaten.' Ik kijk naar het wandscherm. Het is meestal leeg, maar ik heb geen idee of de camera-array erin altijd aanstaat en al mijn bewegingen volgt.

'Houd het geheim. Houd het veilig,' besluit ik, en kanaliseer mijn innerlijke Gandalf. Tenminste totdat ik erachter kom hoe ik het beter kan beheersen, of een kans vind om het te benutten.

'Wie weet wat voor trucs dr. Foxberry nog meer achter de hand heeft?' herinner ik mezelf, huiverend bij de gedachte aan wat hij me nog meer had kunnen aandoen. 'Ik heb elk voordeel nodig dat ik kan krijgen.'

'Oké, genoeg peptalks voor jezelf,' berisp ik mezelf, en probeer mijn concentratie te hervinden. Ik ga weer in mijn meditatiehouding zitten en sluit mijn ogen, zodat mijn zintuigen zich opnieuw kunnen afstemmen op de gedachten van degenen om me heen.

'Laat ze me maar onderschatten,' beloof ik in stilte. 'Als de tijd rijp is, zal ik ze laten zien wat voor monster ze hebben gecreëerd.'

◆

Een plotselinge gedachte schiet door mijn hoofd en ik kan het niet helpen me af te vragen: als ik al deze nieuwe vaardigheden heb, zou ik dan mogelijk een gedaanteverwisselaarsvorm kunnen ontwikkelen zoals Declan? Er is maar één manier om daarachter te komen. Ik concentreer me naar binnen en tap in op de dierlijke instincten die nu onder de oppervlakte van mijn bewustzijn sudderen.

Mijn spieren spannen zich aan terwijl ik me concentreer, en dan gebeurt het plotseling. Mijn lichaam verandert, botten kraken, veren ontspruiten uit mijn huid, en voor ik het weet, ben ik een grote raaf die op de koude vloer van mijn cel zit. 'Verdomme,' kraai ik verrast, mijn stem klinkt tegelijkertijd menselijk en vogelachtig.

'Dat beantwoordt die vraag, denk ik,' denk ik bij mezelf, en neem mijn gladde, donkere verenkleed in me op. Met een diepe zucht verander ik terug in mijn menselijke vorm, en krimp ineen bij het griezelige gevoel van veren die zich terugtrekken in mijn huid.

'Ah, juffrouw Blackwell,' onderbreekt de stem van dr. Foxberry mijn gedachten als het scherm aanspringt, zijn koude ogen nemen me op. 'Ik zie dat u meer van uw nieuwgevonden vaardigheden heeft ontdekt.'

'Geweldig,' grom ik inwendig, 'net wat ik nodig heb, een publiek.' Toch kan ik niet anders dan een perverse trots voelen bij zijn tevreden uitdrukking. Hoe vaak krijgt een meisje de kans om indruk te maken op een psychotische dokter met haar vogelimitatiekunsten?

'Ja, nou, u bent degene die me dit heeft aangedaan,' snauw ik, en sla mijn armen defensief over elkaar. 'Wat wilt u?'

'Enkel observeren,' antwoordt hij, terwijl hij een notitieblok en pen uit de zak van zijn labjas haalt. 'Uw vooruitgang is... hoogst intrigerend.'

'Nooit gedacht dat ik een rol zou krijgen in uw verknipte wetenschappelijke experiment,' breng ik ertegenin en kijk hem boos aan. 'Maar ja, hier zijn we dan.'

'Inderdaad,' stemt dr. Foxberry in, en maakt wat aantekeningen. 'U blijkt een zeer waardevolle aanwinst te zijn, juffrouw Blackwell.'

'Bezit? Is dat alles wat ik voor u ben?' snauw ik. 'Nog zo'n proefkonijn voor uw zieke experimenten?'

'Uw potentieel overstijgt dat van een simpel proefkonijn veruit,' zegt hij minachtend. 'U zou iets werkelijk buitengewoons kunnen worden, als u maar zou meewerken.'

'Meewerken?' Ik kan een bittere lach niet onderdrukken. 'Waarom zou ik in vredesnaam meedoen aan uw gestoorde spelletje?'

'Omdat, mijn waarde,' antwoordt dr. Foxberry terwijl zijn ogen zich vernauwen, 'ik geloof dat we allebei weten dat hier meer op het spel staat dan alleen uw eigen vrijheid.'

'Is dat een dreigement?' grom ik en bal mijn vuisten.

'Slechts een observatie,' antwoordt hij koeltjes. 'En nu stel ik voor dat u zich focust op het trainen van uw nieuwe gaven. Ze kunnen weleens... nuttig blijken in de komende dagen.'

'Is dat alles?' vraag ik, mijn woede nauwelijks de baas.

'Voor nu,' antwoordt hij, voordat hij zich omdraait en mij weer alleen achterlaat in mijn cel.

'Klootzak,' mompel ik binnensmonds, terwijl ik de woede in me voel opborrelen als een vulkaan die op uitbarsten staat. Maar ik druk het de kop in en zet het in plaats daarvan om in vastberadenheid.

'Oké, Foxberry,' denk ik, tandenknarsend. 'U wilt zien wat voor monster u hebt geschapen? Wacht maar af.'

<hr>

Het koude metaal van de onderzoekstafel snijdt in mijn rug terwijl ik daar lig en naar het steriele, witte plafond staar. Ik kan de ogen van dr. Foxberry praktisch op me voelen, hoe hij elke centimeter van mijn lichaam onderzoekt terwijl hij weer in dat verdomde notitieboekje van hem krabbelt.

'Interessant,' mompelt hij en cirkelt om me heen als een gier. 'De snelheid van uw transformatie is vrij opmerkelijk.'

'Bedankt, ik haat het,' antwoord ik, mijn stem druipend van sarcasme. Hij lijkt het niet eens op te merken, te diep verzonken in zijn perverse fascinatie voor mijn nieuwe gaven.

'Uw celstructuur lijkt zich goed te hebben aangepast aan deze verbeteringen,' gaat hij verder en port in me met een of ander instrument dat ik niet goed kan zien. De ijzige aanraking ervan bezorgt me een rilling over mijn rug. 'Nu eens zien hoever we uw grenzen kunnen verleggen.'

'Pardon?' snauw ik en til mijn hoofd op om hem boos aan te staren. 'Wat moet dat in vredesnaam betekenen?'

'Slechts dat we uw behandeling voortzetten, juffrouw Blackwell,' antwoordt hij, zwaaiend met een injectiespuit gevuld met een onheilspellend uitziende vloeistof. 'We moeten er immers voor zorgen dat u uw volledige potentieel bereikt.'

'Door van mij een freak te maken?' snauw ik, maar hij wuift het gewoon weg.

'Vooruitgang vereist opoffering,' zegt hij koeltjes, terwijl hij de naald zonder aarzelen in mijn arm steekt. De pijn is scherp en onmiddellijk, en ik kan het niet laten om te sissen door mijn op elkaar geklemde tanden terwijl het serum mijn aderen binnenstroomt.

'Rotza...' Ik maak mijn vloek niet af, omdat de kamer begint te tollen. Mijn hart bonst in mijn borst, het gevoel is bijna oorverdovend in zijn intensiteit.

'Rustig maar,' murmelt dr. Foxberry, zijn stem irritant kalm. 'Deze bijwerkingen zouden tijdelijk moeten zijn.'

'Fijn om te weten,' denk ik sarcastisch, terwijl ik wou dat ik die zelfvoldane blik van zijn gezicht kon vegen. Maar voor nu kan ik alleen maar de pijn verdragen en mijn tijd afwachten. Op een dag zal ik hem – en iedereen die bij dit gestoorde experiment betrokken is – laten zien wat voor gevaarlijk wapen ze hebben geschapen.

'Opmerkelijk,' zegt dr. Foxberry nogmaals, terwijl hij iets in zijn notitieboekje krabbelt en toekijkt hoe ik moeite doe om bij bewustzijn te blijven. 'Absoluut opmerkelijk.'

'Bespaar me de moeite,' grom ik, mijn stem nauwelijks meer dan een fluistering. 'U hebt nog niets gezien.'

De pijn blijft hangen, als duizend naalden die van binnenuit in mijn huid prikken. Ik klem mijn tanden op elkaar en bal mijn vuisten als een golf van wanhoop me overspoelt. Zal het leven ooit iets meer worden dan deze cel en de gestoorde experimenten van dr. Foxberry?

'Houd je taai, Artemis,' mompel ik binnensmonds, in een poging me op iets anders te concentreren dan de foltering die door mijn aderen giert.

'Iets aan de hand, Blackwell?' vraagt een van de bewakers spottend als hij langs mijn cel loopt. Ik onderdruk de drang om giftige woorden naar hem te spuwen. Iets zegt me dat dat mijn situatie niet ten goede zal komen.

'Niets wat ik niet aankan,' antwoord ik in plaats daarvan, terwijl ik een glimlach forceer die meer op een snauw lijkt. Terwijl hij wegloopt, reik ik uit met mijn nieuwe telepathische krachten, nieuwsgierig naar de geheimen die zijn geest zou kunnen bevatten.

'Nutteloze overheidspion,' denk ik bitter terwijl ik zijn gedachten doorploeg. Maar dan, begraven onder lagen van minachting en arrogantie, voel ik een flikkering van iets anders: bezorgdheid. Om mij.

'Wacht, wat?' Ik knipper verrast met mijn ogen en pauzeer een moment. Zou het kunnen dat niet iedereen die hier werkt een harteloos monster is? Misschien is er nog een sprankje menselijkheid over in sommige van deze mensen.

'Focus, Artemis.' Ik herinner mezelf eraan en schud mijn schok van me af. Het laatste wat ik kan gebruiken, is valse hoop. Maar misschien ... heel misschien ... is er binnen deze muren een bondgenoot te vinden.

'Hé, bewaker!' roep ik, terwijl ik probeer nonchalant te klinken. 'Hebt u een minuutje?'

'Schiet op,' antwoordt hij nors, terwijl hij zijn ogen op de gang gericht houdt.

'Hebt u zich ooit afgevraagd waarom we hier zijn?' vraag ik, terwijl ik mijn stem onschuldig probeer te laten klinken. 'Ik bedoel, niet alleen ik, maar al die andere paranormalen die ze hebben opgesloten.'

'Luister, Blackwell, ik word niet betaald om over dingen na te denken,' snauwt hij terug. 'Ik word betaald om mensen zoals u in het gareel te houden.'

'Juist,' zeg ik en forceer een lach. 'Wat dom van me. Ik probeerde alleen maar een praatje te maken, dat is alles.' De bewaker gromt iets onverstaanbaars en loopt verder.

'Verdomme,' denk ik, terwijl mijn frustratie toeneemt. Maar ik geef niet op, nog niet. Als er ook maar een kans is dat iemand hier me kan helpen ontsnappen, moet ik het proberen. Voor Declan... en voor iedereen die verstrikt is geraakt in het web van leugens van het Bureau.

'Blijf sterk, Artemis,' fluister ik tegen mezelf en leun weer tegen de koude stenen muur. 'Je zult een uitweg vinden uit dit hellegat. Dat moet gewoon.'

***

'Oké, Artemis, pokerface opzetten,' mompel ik tegen mezelf. Tijd om dieper in het hoofd van de bewaker te duiken, degene die zich zorgen om me leek te maken. Ik concentreer mijn nieuwe telepathische krachten en peil zachtjes de oppervlakte van zijn geest, op zoek naar elke hint van schuld of twijfel.

'Hé, jij daar!' roep ik als hij langs mijn cel loopt, terwijl ik mijn stem stabiel probeer te houden. 'Hoe heet u?'

'Doet er niet toe,' moppert hij, zijn ogen flitsen naar me toe voordat ze terugkeren naar de gang. Perfect, ik heb zijn aandacht. Nu dieper graven.

'Natuurlijk doet dat ertoe,' zeg ik met een geforceerde grijns. 'We zijn op dit punt praktisch kamergenoten. Het minste wat ik kan doen is uw naam leren.'

'Goed dan. Alex.' Zijn toon is kortaf, maar zijn geest verraadt een korte flits van emotie. Schuldgevoel, misschien zelfs spijt? Bingo.

'Aangenaam, Alex,' antwoord ik en dring verder zijn gedachten binnen. 'Weet u, toen ik me hiervoor aanmeldde, dacht ik dat ik mensen zou helpen, niet dat ik zou wegrotten in een cel.'

'Het leven loopt niet altijd zoals gepland, hè?' Alex' ogen vernauwen zich en ik voel een muur oprijzen in zijn geest. Maar zo makkelijk laat ik me niet afschrikken.

'Dat is waar,' geef ik toe en verander van tactiek. 'Maar wat als we dat konden veranderen? Wat als we de zaken weer recht konden zetten?'

'Daar kunnen we nu niks aan doen,' zegt hij afwerend, maar ik voel het zaadje van twijfel wortel schieten in zijn geest.

'Misschien niet,' stem ik toe en geef hem een trieste glimlach. 'Maar het is het proberen waard, nietwaar? Omwille van al die paranormalen daarbuiten die onze hulp nodig hebben?'

'Blackwell, ik weet niet waar u naartoe wilt, maar ik stel voor dat u uw mond houdt,' waarschuwt Alex, zijn stem laag en gevaarlijk. Maar achter die muur in zijn geest begint het zaadje van twijfel te groeien.

'Oké, oké,' geef ik me over en hef mijn handen in een schijnsurrender. 'Maar denk er gewoon over na, oké? Dat is het enige wat ik vraag.'

'Wat dan ook.' Alex beent de gang door en laat me alleen met mijn gedachten – en mijn plannen.

'Verdomme,' sis ik binnensmonds, terwijl ik gefrustreerd mijn vuisten bal. Alex' geest stond op het punt te breken, maar nu voelt het alsof ik door een stalen muur probeer te breken. Hij heeft zijn misplaatste loyaliteit aan dr. Foxberry weten te behouden, ondanks het schuldgevoel dat aan hem knaagt.

'Artemis, wat bent u aan het doen?' De bekende stem van dr. Foxberry onderbreekt mijn gedachten en ik haast me om de woede van mijn gezicht te vegen.

'Niets,' zeg ik, nonchalance veinend. 'Ik was gewoon aan het... denken.'

'Denken is gevaarlijk hier,' antwoordt hij met een grijns. 'Zeker voor iemand als u.'

'Bedankt voor de waarschuwing,' mompel ik en rol met mijn ogen. Ik moet mijn nieuwe gaven voor hem verborgen houden. Als hij erachter komt dat ik telepathisch ben of van gedaante kan veranderen, wie weet wat hij me dan nog meer zal proberen aan te doen?

'Hoe dan ook,' gaat dr. Foxberry verder, zich niet bewust van mijn innerlijke onrust, 'u moet zich concentreren op uw training. We hebben grote plannen met u, mevrouw Blackwell.'

'Ik kan niet wachten,' zeg ik droogjes, terwijl ik een rilling probeer te onderdrukken die over mijn rug loopt. Ik ben het zat om hun proefkonijn te zijn, maar totdat ik een bondgenoot kan vinden, zit ik vast in hun gestoorde spelletjes.

'Goed. Dan zie ik u morgen.' Met die woorden draait dr. Foxberry zich om en verlaat mijn cel, de deur achter zich op slot draaiend.

Zodra hij weg is, adem ik langzaam en diep uit. Ik weiger hen te laten winnen, zelfs als dat betekent dat ik moet beitelen aan de menselijkheid die begraven ligt onder hun verharde buitenkant. Er moet een overblijfsel van over zijn in elk van deze bewakers; ik hoef het alleen maar te vinden en uit te buiten.

'Oké, Artemis, plan B,' fluister ik tegen mezelf en maak gebruik van mijn pas ontdekte telepathische gaven. Ik reik aarzelend uit, op zoek naar de gedachten van degenen die het dichtst bij mijn cel zijn.

'Laten we ons een bondgenoot zoeken, zullen we?'

Mijn hoofd bonkt van de mentale inspanning om de geesten van deze bewakers open te breken. Het is alsof ik met mijn blote handen een kluis probeer te kraken en ik kom geen steek verder. Frustratie knaagt aan me, maar ik weiger toe te geven. Was er maar een hint van menselijkheid in hun zielen die ik kon uitbuiten. Slechts één persoon, en misschien, heel misschien, kon ik uit dit hellegat ontsnappen.

Wanhopig op zoek naar zelfs het kleinste beetje troost, dwalen mijn gedachten af naar Declan – zijn warme omhelzing, de ondeugende twinkeling in zijn hazelnootkleurige ogen en de manier waarop zijn stoppelbaard mijn wang kietelde als hij zijn lippen op de mijne drukte. Als ik mijn ogen sluit, is het alsof ik hem weer naast me voel, de sensatie van zijn vingertoppen die het litteken op mijn wang natekenen.

'Artemis,' fluistert zijn stem in mijn hoofd, 'we vinden wel een uitweg.'

Ik klamp me vast aan die hoop, zelfs als de uitputting me overvalt. Mijn lichaam doet pijn van de injecties en het onophoudelijke bombardement van tests waaraan dr. Foxberry me heeft onderworpen. Uiteindelijk geef ik me over aan de vermoeidheid en krul me op op het dunne matras, terwijl ik de kou door de stof van mijn kleren voel sijpelen. Mijn ademhaling vertraagt en slaap wikkelt zich als een sluier om me heen en trekt me naar beneden.

'Declan,' mompel ik terwijl ik wegdrijf, hopend dat waar hij ook is, hij veilig is.

In het droomlandschap sta ik onder een volle maan, het zilveren licht werpt lange schaduwen over de verlaten stadsstraat. Het vertrouwde gezoem van mijn motor trilt onder me, geruststellend en verkwikkend. Declan zit achter me op de motor, zijn armen beschermend om mijn middel geslagen.

'Klaar voor?' vraagt hij, zijn adem heet tegen mijn oor.

'Altijd,' antwoord ik, geef gas en voel de opwinding van de jacht door me heen stromen.

We slingeren door de lege straten, onze lach echoot in de nachtelijke lucht. Ik voel me levend en vrij, vol energie door de kracht van de motor en de warmte van Declans lichaam tegen het mijne. We zijn niet te stoppen, een kracht om rekening mee te houden – samen.

'Artemis,' mompelt Declan, zijn lippen strijken langs mijn nek, 'ik hou van je.'

'Ik ook van jou,' zeg ik, mijn stem verstikt door emotie.

De droom verschuift en we liggen verstrengeld in bed, onze lichamen als klimopranken in elkaar vervlochten. Zijn aanraking is teder en vurig, een vuur dat mijn ziel doet ontbranden. Onze ogen ontmoeten elkaar en voor een moment is alles goed met de wereld.

'Beloof het me,' fluistert hij, zijn hazelnootkleurige ogen glinsterend, 'beloof me dat we ons nooit meer uit elkaar laten drijven.'

'Ik beloof het,' zweer ik en bezegel ons pact met een zinderende kus.

Maar als onze lippen zich scheiden, begint de fantasie te vervagen, als zand dat door mijn vingers glipt. Wanhopig om me vast te klampen aan de laatste restjes van de droom, reik ik naar Declan, maar hij is al weg.

'Declan!' roep ik, maar mijn stem echoot terug, hol en verloren.

En zomaar, ben ik wakker – weer opgesloten in mijn kale cel, de herinnering aan Declans omhelzing niets meer dan een wrede herinnering aan wat ik heb verloren.

HOOFDSTUK VIER

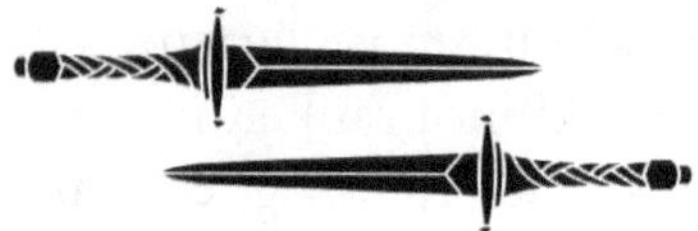

DE STANK VAN ONTSMETTINGSMIDDEL en de koude metalen tafel onder me zijn een grimmige herinnering aan dit hellegat. Ik klem mijn tanden op elkaar en vecht tegen de boeien die me gevangen houden. Ik hoor voetstappen naderen en mijn hart begint te razen. Dan verschijnt ze in de deuropening, haar groene ogen fonkelend als vergiftigde smaragden.

'Artemis, het is te lang geleden,' zegt Diana met een wrede glimlach en ze leunt met haar armen over elkaar tegen de deurpost. 'Je ziet er... ongemakkelijk uit.'

Ik snauw naar haar, mijn woede brandend als een lopend vuurtje. 'Kap met die onzin, Diana. Wat voor zieke krachten heb je nu? Ik weet dat je geen genoegen hebt genomen met mens blijven na alles wat je vader heeft gedaan.'

Ze grinnikt duister en slentert de kamer in tot ze boven me staat. Haar rossige haar omlijst haar gezicht, wat de sinistere gloed om haar heen versterkt. 'O, Artemis, denk je nu echt dat ik alles zomaar zou onthullen?' Ze slaakt een lage, spottende lach. 'Al moet ik zeggen, het is best vermakelijk om je zo hulpeloos te zien.'

'Zeg het me,' grom ik met opeengeklemde tanden, mijn blik op haar gericht. 'Ik verdien het om te weten wat voor verwrongen monster je bent geworden.'

'Verdienen?' snuift Diana, terwijl haar ogen zich spottend vernauwen. 'Jij verdient helemaal niets, behalve misschien een langzame, pijnlijke dood voor wat je met het werk van mijn vader hebt gedaan.'

'Je vader is een monster, en jij ook,' bijt ik haar toe, terwijl ik tegen mijn boeien worstel. Mijn spieren doen pijn van de inspanning, maar ik weiger op te geven. 'Waar heb je jezelf in veranderd, Diana? Welke zieke, onnatuurlijke kracht bezit je?'

'Goed dan, Artemis,' zegt Diana met een boosaardige grijns op haar lippen. 'Sta me toe het te demonstreren.'

Voordat ik kan reageren, voel ik een plotselinge druk in mijn hoofd, alsof een bankschroef mijn schedel samendrukt. Het gevoel is ondraaglijk en ondanks mijn uiterste pogingen kan ik de kreet die uit mijn mond ontsnapt niet onderdrukken.

'Voel je iets?' treitert Diana, haar ogen glinsterend van kwaadaardig genoegen.

De pijn wordt heviger, en ik klem mijn tanden op elkaar, wanhopig om haar niet nog meer voldoening te schenken. Net zo snel als hij kwam, verdwijnt de druk, waardoor ik naar adem hap. Maar er voelt iets anders niet goed, alsof een stukje van mijn ziel uit me is gerukt.

'Ga je gang, probeer het maar,' dringt Diana aan, haar stem druipend van zelfgenoegzaamheid. 'Probeer maar in je dierbare ravenvormpje te veranderen.'

Ik concentreer mijn resterende energie om mijn gedaanteverwisselingskunsten aan te boren, maar er gebeurt niets. Paniek zwelt in me op; ik kan niet geloven dat ze die echt heeft afgenomen. Met elke vezel van wilskracht die ik bezit, dwing ik mezelf kalm te blijven en plooi mijn gezicht in een uitdrukking van nauwelijks verholen minachting.

'Blij nu, Diana?' spuug ik, terwijl ik wanhopig mijn afschuw probeer te verbergen. 'Je hebt je punt bewezen.'

'Extatisch,' antwoordt ze, haar glimlach breder wordend. 'Nu zie je pas hoe machtig ik werkelijk ben.'

'Geniet ervan zolang het duurt,' mompel ik binnensmonds, terwijl ik mijn krachten verzamel voor wat ik weet dat ik hierna moet doen.

'Pardon?' Diana trekt een wenkbrauw op, haar glimlach wankelt even.

'Niks,' lieg ik soepel, terwijl ik een nepglimlach op mijn gezicht tover. 'Ik bewonder gewoon je... talenten.'

'Goed,' knikt ze, schijnbaar tevreden. 'Je zult genoeg tijd hebben om die te waarderen zodra je volledig onder mijn controle bent.'

'Ik kan niet wachten,' antwoord ik, mijn sarcasme druipend als vergif. Vanbinnen racen mijn gedachten, op zoek naar een manier om tijd te rekken, om een zwakte in haar verwrongen krachten te vinden. Ik mag haar niet laten zien hoe dicht ze bij mijn breekpunt is.

'Rust maar uit,' zegt Diana, terwijl ze naar de deur van mijn cel loopt. 'We hebben morgen veel werk te doen.'

'Ik kijk ernaar uit,' lieg ik met opeengeklemde tanden, terwijl ik toekijk hoe ze in de gang verdwijnt.

Alleen in de schemerige cel sta ik mezelf een moment van kwetsbaarheid toe, mijn lichaam trillend van de brute schending door Diana's kracht. Maar ik weiger op te geven, niet nu, nooit. Ik moet sterk blijven tot ik een manier vind om haar in haar eigen verwrongen spel te verslaan.

De bijtende stank van scherpe ontsmettingsmiddelen valt mijn zintuigen aan, terwijl de onvergeeflijk koude metalen tafel onder me een immer aanwezige herinnering blijft aan mijn grimmige omstandigheden. Ik vecht vergeefs tegen de onverbiddelijke boeien die mijn ledematen vastpinnen, terwijl woede en frustratie mijn bloed doen koken. De scherpe echo van naderende voetstappen doet mijn hart overslaan. Dan verschijnt ze, een silhouet in de open deuropening, haar smaragdgroene ogen glinsterend van wreed genot.

'Artemis, het is veel te lang geleden,' spint Diana, haar volle lippen krullend tot een sinistere glimlach terwijl ze nonchalant tegen de deurpost leunt en me bestudeert zoals een wetenschapper een interessant laboratoriumexemplaar zou bestuderen.

Ik ruk aan de genadeloze boeien, wanhopig om mijn vingers om haar slanke keel te klemmen, om die zelfvoldane uitdrukking voorgoed van haar mooie gezicht te vegen. In plaats daarvan kanaliseer ik die razernij in mijn stem. 'Bespaar me de valse beleefdheden, Diana,' spuug ik met opeengeklemde tanden. 'We weten allebei waarom je hier bent. Ga er gewoon mee door en vertel me welke nieuwe onnatuurlijke krachten je nu bezit. Ik weet dat je niet zomaar tevreden bleef als louter mens na alles wat je gestoorde vader heeft gedaan om je te creëren.'

Diana gooit haar hoofd achterover en lacht, het geluid melodieus en toch huiveringwekkend, wat een onwillekeurige rilling over mijn ruggengraat stuurt. Langzaam, weloverwogen, duwt ze zich van de deur af en begint ze om de tafel te cirkelen, terwijl ze met een lange nagel over het metalen oppervlak sleept.

'O Artemis, dacht je nu echt dat ik al mijn geheimen zo gemakkelijk zou onthullen?' vraagt ze op een spottende toon en komt naast me tot stilstand. Ze reikt snel uit, grijpt mijn kin in een ijzeren greep en dwingt me haar hypnotiserende blik te beantwoorden. 'Ik moet zeggen, deze hulpeloze positie staat je wel.'

Ik ruk mijn hoofd los uit haar greep en weiger haar te laten zien hoe diep haar aanraking me van mijn stuk brengt. 'Ik verdien het om te weten in wat voor een gruwel je bent veranderd,' eis ik met opeengeklemde tanden, terwijl ik al mijn afkeer in mijn blik leg.

Diana lacht weer, het geluid raspt op mijn zenuwen. 'Verdienen? Het enige wat je verdient, is een lange, pijnlijke dood voor de ravage die je hebt aangericht in het visionaire werk van mijn vader.' Haar vingernagels graven pijnlijk in mijn arm, haar prachtige gezicht vertrekt tot een masker van woede voordat het weer gladstrijkt tot kille spot.

Ik weiger haar de voldoening van een reactie te geven. 'Je vader is een verdorven gek. En jij bent geen haar beter, Diana, zijn verwrongen protégé,' breng ik scherp in. 'Zeg me nu, welke smerige onnatuurlijke kracht verberg je achter dat mooie gezicht?'

Diana bestudeert me een lang moment, stil en onbeweeglijk als een opgerolde slang. Dan spreiden haar volle lippen zich in een langzame, boosaardige grijns. 'Weet je, ik geloof dat een demonstratie veel verhelderender zal zijn dan louter woorden.'

Voordat ik me kan schrapzetten, slaat er een kwellende druk in mijn geest, alsof een vurige metalen bankschroef mijn schedel samendrukt. Ik bijt een gekwelde schreeuw af, mijn kaken zo krachtig op elkaar geklemd dat ik bloed proef. De pijn wordt zo hevig dat zwarte vlekken voor mijn ogen dansen. Net wanneer ik mezelf voel wegglippen in gezegende bewusteloosheid, verdwijnt de druk.

Ik hap hijgend naar adem, lucht naar binnen slokkend terwijl de pijn wegebt. Maar zelfs door de nevel van aanhoudende pijn voel ik dat er iets vreselijk mis is. Een stuk van mijn diepste wezen voelt weggerukt, een pijnlijke leegte achterlatend.

Diana buigt zich over me heen, haar gezicht verlicht door kwaadaardige vreugde. 'Ga je gang dan. Probeer het maar,' dringt ze zachtjes aan. 'Verander maar in dat ravenvormpje waar je zo trots op bent.'

Ik sluit mijn ogen en probeer wanhopig de innerlijke bron van kracht aan te boren die mijn gedaanteverwisseling mogelijk maakt. Maar waar ooit een kolkende rivier stroomde, rest nu enkel nog stof. Paniek snoert mijn borstkas samen, zelfs terwijl ik mijn gezichtsuitdrukking neutraal dwing te blijven. Ik mag haar niet laten zien hoe diep haar schending me heeft geschokt.

Ze lacht, het geluid huiveringwekkend ondanks haar oprechte vrolijkheid. En dan verdwijnt ze, een zwarte raaf zweeft in de lucht waar ze stond. Een spottende kraai verlaat haar snavel.

Ik word misselijk. Ze heeft mijn gedaanteverwisselingsgave gestolen, als een soort afschuwelijke psychische vampier, stal het net zo makkelijk als ik een snoepreep in een supermarkt zou stelen.

In een oogwenk verandert ze terug en staat ze boven me, minachtend lachend om de blik van afschuw die ik niet van mijn gezicht kan houden.

'Tevreden?' vraag ik koel, terwijl ik haar verwachtingsvolle blik beantwoord.

'O ja, zeer zeker.' Diana lacht langzaam, gevaarlijk en betoverend als een cobra die danst op de muziek van een slangenbezweerder. 'Nu heb je slechts een voorproefje gekregen van mijn ware vermogens. Het kleinste deeltje van de kracht die ik bezit.'

Ik fatsoeneer mijn gelaatstrekken tot een masker van verveelde minachting. 'Nou, gefeliciteerd. Geniet ervan zolang het duurt.' Zelfs terwijl de brutale woorden mijn mond verlaten, draaien mijn gedachten verwoed, opties afwegend, op zoek naar elke denkbare zwakte om uit te buiten. Ik mag haar niet laten zien hoe dicht ik bij mijn breekpunt ben. Hoe diep haar aanval me tot in het diepst van mijn wezen heeft geschokt.

Diana's gevormde wenkbrauwen rijzen van verbazing. 'Pardon? Bespeur ik nog steeds een zweem van onbeschaamd verzet in die woorden?'

Ik dwing mezelf haar doordringende blik onwrikbaar vast te houden. 'Helemaal niet,' antwoord ik zo soepel als ik kan. 'Ik waardeer gewoon je... wonderbaarlijke talenten.' De vals zoete woorden branden als zuur op mijn tong.

'Hmm, ja, natuurlijk.' Diana lijkt gesust, voor nu. Ze haalt haar vingers bijna teder door mijn haar. Ik moet de neiging onderdrukken om terug te deinzen. 'Binnenkort heb je meer dan genoeg tijd om mijn gaven ten volle te waarderen, zodra je volledig onder mijn uitgelezen controle staat.'

'Ik kijk er enorm naar uit,' kaats ik terug, waarbij ik de woorden doordrenk met zoveel sarcasme als ik durf. Vanbinnen schieten mijn gedachten alle kanten op. Ik heb tijd nodig, tijd om een manier te vinden om me te verzetten, om haar krachten op de een of andere manier tegen haar te keren. Maar haar vaardigheden gaan alles wat ik me had kunnen voorstellen ver te boven. Misschien zelfs alles wat ik ooit hoop te kunnen verslaan.

Diana strijkt haar smetteloze witte labjas glad, en is weer het toonbeeld van beheerste professionaliteit. 'Rust nu maar wat uit, Artemis,' instrueert ze kordaat. 'We hebben morgen veel werk voor de boeg.'

Ze beent de kamer uit zonder om te kijken en laat me weer alleen achter in de kale, steriele cel. Pas als haar voetstappen volledig zijn weggestorven, sta ik mezelf een moment van kwetsbaarheid toe. Mijn lichaam trilt onbeheersbaar na haar venijnige aanval. Maar ik weiger me over te geven, haar de voldoening te geven dat ze mijn verzet eindelijk heeft gebroken.

Met vastberaden kaken maak ik mentaal de balans op van mijn innerlijke krachtreserves en beoordeel welke wapens ik nog tot mijn beschikking heb. Ik kan haar niet verslaan in haar eigen spelletje van pure kracht. Maar ik heb nog steeds mijn sluwheid, mijn wilskracht. En het belangrijkste: tijd. Tijd om deze nieuwe vijand te bestuderen, om de gebreken en zwaktes te ontdekken die ongezien onder het oppervlak van haar formidabele vaardigheden schuilen. Ik moet mijn tijd afwachten en toeslaan wanneer het juiste moment daar is. Want ik weiger te geloven dat ze echt onoverwinnelijk is. Niets en niemand is dat, als je ze maar ver genoeg drijft.

Op de een of andere manier, zo zweer ik aan mezelf in de eindeloze stilte... zal ik een manier vinden om een eind aan haar te maken.

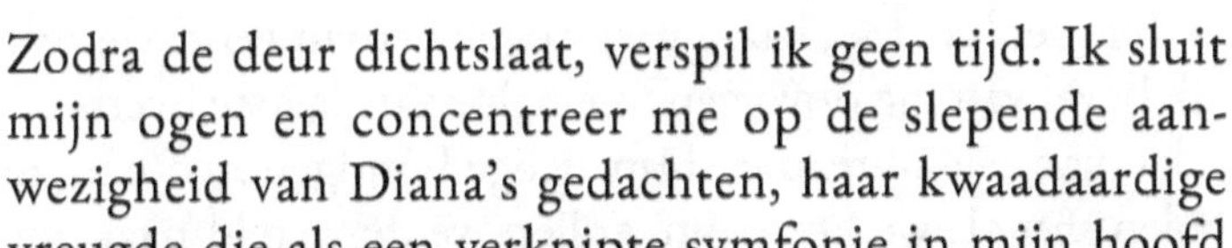

Zodra de deur dichtslaat, verspil ik geen tijd. Ik sluit mijn ogen en concentreer me op de slepende aanwezigheid van Diana's gedachten, haar kwaadaardige vreugde die als een verknipte symfonie in mijn hoofd weerklinkt. Ik zift door de chaos, vastbesloten om elk voordeel te vinden dat ik kan.

'Kom op,' mompel ik binnensmonds, terwijl de spanning in mij zich opbouwt als een gespannen veer. Mijn paranormale krachten zijn tot nu toe wisselvallig, maar nu, meer dan ooit, moeten ze werken.

Een zweem van informatie trekt mijn aandacht, en als ik erop focus, word ik beloond met de wetenschap dat Diana's gestolen vaardigheden maar een paar uur duren. De onthulling doet een sprankje hoop in de duisternis oplichten – als ik het maar lang genoeg kan volhouden, kan ik misschien mijn gave om in een raaf te veranderen terugkrijgen.

'Artemis,' Diana's stem doorbreekt mijn concentratie, en ik open mijn ogen en zie haar grijnzend naar me kijken vanaf het scherm aan de andere kant van de cel. 'Ik heb grote plannen met je.'

'Spannend,' antwoord ik, terwijl ik probeer mijn stem stabiel te houden ondanks mijn bonzende hart. 'Vertel het me alsjeblieft.'

'Je kracht, je sluwheid – het is allemaal zo verspild aan je misplaatste pogingen om goed te doen,' zegt ze, met minachting die van elk woord afdruipt. 'Ik ga je vormen tot het ultieme wapen – een krachtige supersoldaat onder mijn controle.'

'Klinkt als een feestje,' kaats ik terug, terwijl ik mijn angst probeer te verbergen met sarcasme. 'Wat is het addertje onder het gras?'

'Simpel,' zegt ze, haar groene ogen vernauwend. 'Je zult elk bevel van me opvolgen, me helpen de laatste overblijfselen van het Bureau en hun zielige bondgenoten neer te halen. En als we klaar zijn, zullen we de wereld naar ons beeld hervormen.'

'Wauw, iemand heeft een godcomplex,' snauw ik, terwijl ik mijn best doe om tijd te rekken. Vanbinnen duizelt het me bij de gedachte dat ik als een marionet in haar verknipte plannen zal worden gebruikt. Maar dat kan ik haar niet laten weten – nog niet.

'Lach maar, maar binnenkort zul je de waarheid zien,' zegt Diana, met een ijzingwekkende ondertoon in haar stem. 'Je wordt van mij, Artemis. Volledig en totaal.'

'Ik kan niet wachten,' zeg ik met een geforceerde glimlach, terwijl mijn maag omkeert bij de gedachte. Als het scherm weer op zwart gaat, kan ik een rilling niet onderdrukken en vraag ik me af hoelang ik deze poppenkast kan volhouden voordat het me verteert.

Zodra ze weg is, laat ik de adem die ik heb ingehouden ontsnappen en sluit ik mijn ogen, terwijl wanhoop me dreigt te verzwelgen.

Mijn hart raast in mijn borst, mijn gedachten racen nog sneller. Ik heb een plan nodig, een uitweg uit deze nachtmerrie. En snel, voordat Diana haar klauwen te diep in me zet. Maar voor nu kan ik alleen maar hopen dat Declan en de anderen aan iets werken – wat dan ook – om me te redden van dit lot dat erger is dan de dood.

Ik probeer me op iets anders te concentreren dan de koude metalen tafel onder me, de riemen die in mijn vlees snijden, het beklemmende gevoel van gevangenschap. In plaats daarvan stel ik me Declans warme omhelzing voor, zijn armen om me heen terwijl we samen naar de zonsondergang kijken, vrij van al deze waanzin. Alleen al de gedachte aan hem stuurt een vonk van vastberadenheid door me heen – ik laat Diana niet winnen, niet zolang er nog een kans is op een leven met hem.

Maar voor nu zit ik hier vast, alleen met mijn gedachten en de altijd aanwezige angst dat Diana elk moment kan terugkeren om haar zieke manipulatie voort te zetten. Ik bid dat mijn vrienden snel zullen komen, dat ze me niet hebben opgegeven.

'Alsjeblieft,' fluister ik in de duisternis, mijn stem nauwelijks hoorbaar voor mezelf. 'Schiet op.'

Enkele uren later begint mijn gave om in een raaf te veranderen langzaam terug te sijpelen. Het is als een jeuk in mijn botten waar ik niet bij kan, maar het bevestigt wat ik al wist – Diana's krachtendiefstal is slechts tijdelijk. Kleine overwinningen, denk ik.

'Werd verdomme tijd,' mompel ik binnensmonds, en probeer mijn ledematen zo goed mogelijk te strekken terwijl ik nog vastgebonden ben. Ik kan nog niet veranderen, maar ik voel dat het niet lang meer zal duren. Geduld is nooit mijn sterkste punt geweest, maar deze wacht ik wel uit.

Nu gewapend met de kennis dat Diana's gestolen vaardigheden een tijdslimiet hebben, besluit ik dat het tijd is om wat nuttige informatie te verzamelen. Misschien kan ik een uitweg uit deze puinhoop vinden, of op zijn minst iets om tegen haar te gebruiken. Mijn paranormale krachten zijn niet zo sterk als de hare, maar ze zijn alles wat ik op dit moment heb.

Ik reik uit met mijn geest en scan de gedachten van de nabijgelegen bewakers, wadend door hun alledaagse zorgen en kleinzielige grieven. De meesten van hen zijn geen haar beter dan Diana, en genieten opgetogen van het lijden van anderen. Maar één bewaker trekt mijn aandacht. Zijn gedachten zijn anders, meer conflictueus.

'Interessant,' peins ik, me op hem concentrerend. Hij is niet zoals de anderen; er is een zweem van twijfel, een hint van schuldgevoel. Zou hij een bondgenoot kunnen zijn? Of gewoon een nieuwe pion die klaarstaat om me te verraden?

'Hé,' roep ik, terwijl ik alle charme en charisma die ik als gevangene kan opbrengen, verzamel. 'Bewaker, heeft u even?'

Hij kijkt op, aarzelt een moment voordat hij naar mijn cel loopt en door het kleine luikje in de deur naar binnen tuurt. Zijn ogen zijn op hun hoede, voorzichtig.

'Wat wilt u?' vraagt hij, zijn stem laag en gespannen.

'Kijk, ik weet niet wat uw verhaal is,' zeg ik, en kijk hem recht aan. 'Maar ik voel dat u niet bent zoals de rest van deze sadistische klootzakken. Gaat u echt toekijken en Diana me laten veranderen in haar persoonlijke speeltje?'

Zijn ogen flikkeren met iets – twijfel, misschien zelfs angst. Maar hij antwoordt niet, en kijkt in plaats daarvan nerveus achter zich.

'Prima,' snauw ik, terwijl de frustratie overkookt. 'Doe maar alsof dit u niets doet. Onthoud alleen dat u met uzelf zult moeten leven als alles achter de rug is.'

Hij aarzelt nog een moment voordat hij wegloopt en me weer alleen laat. Maar ik voel die twijfel nog steeds aan hem knagen, en ik klamp me eraan vast als aan een reddingslijn.

'Uw zet, bewaker,' fluister ik, in de ijdele hoop dat hij een bondgenoot zal blijken te zijn. Maar voor nu kan ik alleen maar wachten, mijn tijd afwachten en proberen Diana en haar verknipte spelletjes een stap voor te blijven.

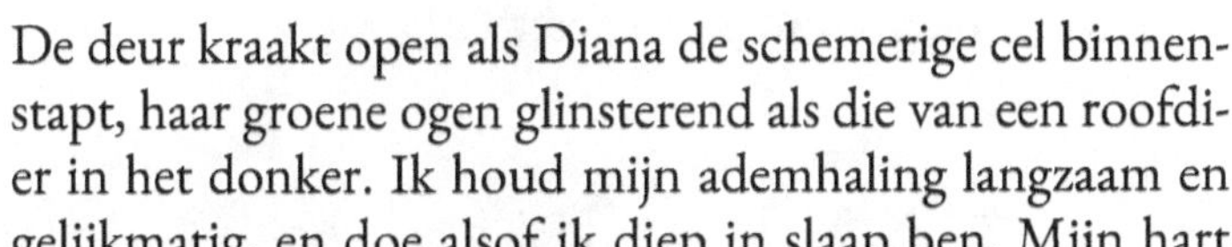

De deur kraakt open als Diana de schemerige cel binnenstapt, haar groene ogen glinsterend als die van een roofdier in het donker. Ik houd mijn ademhaling langzaam en gelijkmatig, en doe alsof ik diep in slaap ben. Mijn hart bonst tegen mijn borst en dreigt me te verraden.

'Slapen we nog?' smalt Diana, met een stem die druipt van arrogantie. Ze buigt zich over me heen, zo dichtbij dat ik haar warme adem op mijn gezicht kan voelen, de misselijkmakende zoetheid van haar parfum kan ruiken. Een rilling loopt over mijn rug, maar ik onderdruk de drang om terug te deinzen.

'Goed,' fluistert ze, haar hete adem streelt mijn oor. 'Rust maar uit, Artemis. Je zult je kracht nodig hebben voor wat hierna komt.'

Ik houd een sarcastische opmerking in en concentreer me in plaats daarvan op het volhouden van deze daad van onderwerping. Als ik wat tijd kan winnen, kan ik misschien een manier bedenken om uit deze nachtmerrie te ontsnappen. Elke seconde telt.

Diana richt zich op, haar hakken tikken op de koude betonnen vloer terwijl ze naar de uitgang loopt. De deur slaat achter haar dicht, het geluid galmt door de cel als een geweerschot.

'Eindelijk,' denk ik, terwijl ik mijn ogen open en ril bij de gedachte aan haar terugkeer. Wat voor verknipte kwelling heeft ze voor me gepland? Diana kennende, zal het niets prettigs zijn.

'Blijf geconcentreerd, Artemis,' herinner ik mezelf, en bal mijn vuisten stevig. 'Je hebt wel voor hetere vuren gestaan. Je moet dit gewoon slim spelen.'

Mijn gedachten racen, proberen een plan te bedenken, maar de mogelijkheden lijken eindeloos en ontmoedigend. Voor nu kan ik alleen maar wachten en bidden dat ik een manier zal vinden om terug te vechten tegen de gruwelen die Diana ook maar in petto heeft.

Hoofdstuk Vijf

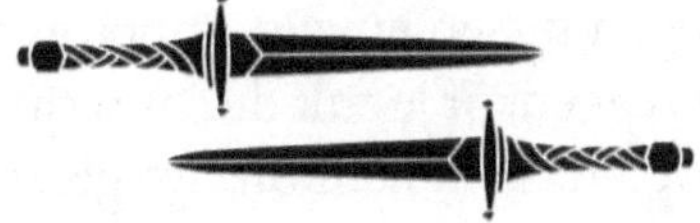

De deur van de steriele kamer zwaait open en Dr. Foxberry stapt naar binnen. Zijn witte haar staat in schril contrast met zijn donkere, toegeknepen ogen. Hij heeft dat verdomde klembord weer vast.

'Artemis,' zegt hij, geen begroeting, maar eerder een beschuldiging. 'Het lijkt erop dat je niet de vooruitgang boekt die we van je hadden verwacht.'

'Sorry dat ik je teleurstel,' kaats ik terug, terwijl ik mijn gehandschoende handen over mijn borst vouw. 'Maar je kunt een bloem niet dwingen te bloeien, Doc.'

Hij negeert mijn sarcasme en bestudeert in plaats daarvan de notities op het klembord. 'Ik vermoed dat je opzettelijk je gaven onderdrukt in een poging mijn onderzoek te besmetten.'

'Nieuwsflits: niet alles draait om jou, Doc.' Mijn stem is ijskoud terwijl ik hem aanstaar. 'Ik werk niet vrijwillig mee aan experimenten die tegen mijn wil worden uitgevoerd. En wat het onderdrukken van gaven betreft?' Ik houd mijn handen omhoog en wijs naar de metalen handschoenen die ik niet uit kan doen. 'Wie heeft me deze ook alweer aangedaan?'

'Jouw wil betekent hier niets, Artemis,' sneert Dr. Foxberry. 'Je bent in onze hechtenis en we zullen je gebruiken zoals wij dat goeddunken.'

'We zullen zien hoe dat voor je uitpakt,' snauw ik terug, terwijl mijn ogen tot spleetjes vernauwen. 'Want ik word niet jouw proefkonijn.'

'Je hebt geen keus,' houdt Dr. Foxberry vol. De woede begint duidelijk onder zijn schijnbaar kalme houding te borrelen; zijn ogen flitsen en zijn lippen worden dunner. 'Je doet wat we zeggen, of je zult de consequenties dragen.'

'Kom maar op,' daag ik hem uit, weigerend om terug te krabbelen ondanks het gevaar dat me omringt. Ik voel de energie in me roeren, jeukend om los te breken en hen te laten zien wat een vergissing ze begaan hebben door me te onderschatten. 'Wil je weten wat ik denk?' Mijn stem is laag, een gevaarlijke grom. 'Ik denk dat je bang bent. Je bent doodsbang voor waartoe ik in staat zou kunnen zijn als ik mijn volledige potentieel bereik.'

Dr. Foxberry's gezicht vertrekt in een lelijke grijns. 'Je hebt geen idee waar je het over hebt,' snauwt hij, maar ik zie de angst die in zijn ogen flakkert.

'O nee? Want ik ben er vrij zeker van dat ik je dat net hoorde denken.' De woorden glippen eruit voordat ik ze kan tegenhouden. Een golf van schok en ongerustheid stroomt door me heen als ik me realiseer wat ik zojuist heb onthuld.

Zijn ongeloof slaat snel om in razernij, zijn ogen vlammen van ongetemde woede. 'Hoe durf je!' gromt hij, zijn knokkels wit terwijl hij de rand van de tafel vastgrijpt. 'Jij vuile kleine telepaat, mijn gedachten binnendringen!'

'Hé, ik heb niet om deze gave gevraagd, oké?' kaats ik defensief terug. 'En als je zou stoppen met me als een wetenschappelijk experiment te behandelen, zou ik misschien niet de behoefte voelen om het tegen je te gebruiken.'

'Tegen mij?' snauwt Dr. Foxberry, en hij stapt dichterbij tot we praktisch neus aan neus staan. 'Denk je dat je je zielige gave tegen *mij* kunt gebruiken?' Hij lacht, een bitter, hol geluid dat me rillingen bezorgt. 'Je hebt geen idee met wie je te maken hebt, meid.'

'Waarom licht je me dan niet in?' daag ik hem uit, weigerend voor hem te buigen. 'Wat is er zo speciaal aan jou?'

'Genoeg!' brult hij, zijn gezicht vertrokken van woede. 'Zo praat je niet tegen me! Je toont me respect, of je zult de consequenties dragen.'

'Respect?' Ik proest het uit, mijn hart bonst in mijn borst. 'Je hebt me ontvoerd, gedrogeerd en nu wil je me als je persoonlijke proefkonijn gebruiken. En je verwacht dat ik je respecteer?'

'Je onbeschaamdheid wordt niet getolereerd,' sist hij, zo dichtbij komend dat ik de hitte van zijn adem op mijn gezicht kan voelen. 'Als je volhardt in deze opstandigheid, zal ik ervoor zorgen dat je dienovereenkomstig wordt gestraft.'

'Gestraft?' Ik kan een lach niet onderdrukken, ondanks de angst die in mijn maag knijpt. 'Denk je echt dat je me daarmee gaat breken? Jij weet ook niet met wie je te maken hebt, Doc.'

'Misschien is het tijd dat je leert hoe serieus ik ben, Artemis,' dreigt Dr. Foxberry, zijn stem vol gif.

'Prima,' snauw ik, mijn bloed kookt van verontwaardiging. 'Je wilt zien waartoe ik in staat ben? Hier is een voorproefje.'

Zonder waarschuwing concentreer ik al mijn woede en kracht op het oproepen van blauw vuur en richt het op Dr. Foxberry's smetteloze witte jas. De vlammen vatten onmiddellijk vlam en werpen griezelige azuurblauwe schaduwen over het steriele laboratorium.

'Wat de hel--' Dr. Foxberry strompelt geschrokken achteruit terwijl hij verwoed probeert de laaiende vuurzee te doven die zijn kleding snel verteert.

'Oeps,' mompel ik binnensmonds, me realiserend dat ik misschien een beetje te ver ben gegaan. Maar er is geen tijd voor spijt als de chaos om ons heen losbarst. De brandblussystemen treden in werking en doorweken alles in zicht, inclusief mij, met koud, met chemicaliën doordrenkt water.

'Artemis, je idioot,' berisp ik mezelf, rillend van de plotselinge kou. Het vuur had nu moeten verdwijnen, maar in plaats daarvan brandt het heter dan ooit en verandert het in een oncontroleerbare, napalmachtige substantie die zich als een wraakzuchtige geest aan Dr. Foxberry's laboratoriumjas vastklampt.

'W-wat is dit?' sputtert Dr. Foxberry, nog steeds worstelend om de nu gerafelde overblijfselen van zijn eens zo smetteloze jas te verwijderen. De angst in zijn ogen wakkert alleen maar mijn verlangen aan om uit dit hellegat te ontsnappen.

'Ik zit blijkbaar vol verrassingen,' zeg ik door mijn tanden geknarst, mijn handen trillen terwijl ik kijk hoe het blauwe vuur met een meedogenloze intensiteit brandt. Dit heeft het nog nooit gedaan en ik voel een mengeling van afschuw en fascinatie voor de monsterlijke kracht die ik heb ontketend.

'HAAL HET ERAF!' schreeuwt Dr. Foxberry, zijn stem een schrille echo van pijn. Het venijnige vuur verbrandt zijn huid ondanks het blusmiddel dat hem doordrenkt. Hij strompelt rond, wanhopig proberend de vlammen te doven die als een tweede huid aan hem kleven.

'Shit,' mompel ik binnensmonds. Dit was absoluut niet mijn bedoeling. Mijn hart bonst in mijn borst – deels schuld, deels angst – terwijl ik hem zie lijden, maar ik weet dat ik hier niet stil kan blijven staan. Tijd om ervandoor te gaan.

'Hé, Doc,' roep ik, mijn stem doordrenkt van sarcasme. 'Aangename kennismaking.'

Ik sprint naar de deur, wanhopig om te profiteren van het pandemonium. De alarmen schallen in mijn oren, een kakofonie van lawaai die op mijn zenuwen werkt. Mijn ogen prikken van de bijtende rook die de kamer vult, maar er is geen tijd te verliezen; ik moet hier weg.

'Houd haar tegen!' schreeuwt iemand achter me – waarschijnlijk een van die stomme bewakers. Het geluid van voetstappen komt dichterbij, waardoor mijn adrenaline piekt. Ik dwing mezelf harder te gaan, sneller, mijn longen branden bij elke ademhaling.

'Pak haar, idioten!' brult Dr. Foxberry terwijl hij blijft worstelen met het onverbiddelijke vuur.

'Veel succes daarmee,' mompel ik in mezelf en bereik de deur die ik openzwaai. Mijn vrijheid ligt ergens voorbij deze gang, maar ik ben niet zo naïef om te denken dat ik daar zonder slag of stoot zal komen.

'Handen thuis!' schreeuw ik als ik sterke armen om mijn middel voel. Ik sla om me heen en gebruik elk greintje kracht in mijn uitgeputte lichaam om mijn belagers af te weren. Maar ze zijn met te velen en ik raak snel vermoeid.

'Laat me los, klootzakken!' Ik worstel tegen hun greep, maar de bewakers overmeesteren me en slepen me terug naar het lab. De smaak van vrijheid blijft op mijn tong hangen, bitter en vluchtig.

'Mooie poging, mevrouw Blackwell,' sneert een bewaker terwijl hij zijn greep op mijn armen verstevigt. 'Maar je gaat nergens heen.'

'Blijf met je vieze poten van me af!' spuug ik terug, schoppend tegen zijn schenen. Het is een zinloze poging, maar ik weiger me zonder slag of stoot over te geven.

'Genoeg!' Dr. Foxberry's stem snijdt als een scheermes door de chaos. Zijn verkoolde huid ziet eruit als iets uit een horrorfilm en de woede die in zijn ogen brandt, bezorgt me rillingen. 'Gooi haar in de isoleercel tot ze wat verdomde gehoorzaamheid leert!'

'Maak je een grapje?' snauw ik, mijn sarcasme het enige wapen dat ik nog tegen hem kan gebruiken. 'Ik waag liever mijn kansen in het donker dan nog een seconde in de buurt van je zielige persoontje door te brengen!'

'Jouw keus,' sneert hij. Ik krijg er rillingen van als de bewakers me wegslepen, weg van zijn brandende blik.

Ik word in een kleine, pikzwarte cel gesmeten. De deur slaat achter me dicht als de laatste nagel aan mijn doodskist. De duisternis is verstikkend, dringt van alle kanten op me in en slokt me volledig op.

'Geniet van je verblijf, schatje,' honet een van de bewakers voordat hun voetstappen wegsterven en ze me alleen laten met niets anders dan mijn gedachten als gezelschap.

'Klootzak,' mompel ik binnensmonds, terwijl ik probeer mijn razende hart te kalmeren. Mijn armen zijn rauw door de hardhandige behandeling van de bewakers en ik voel de eerste tekenen van paniek aan de randen van mijn geest klauwen.

'Focus,' beveel ik mezelf, en val terug op de meditatietechnieken die ik door de jaren heen heb geoefend. Ik stel me een rustig bos voor, zonlicht dat door de bladeren stroomt, Declans sterke armen om me heen.

Maar het kalmerende beeld vervaagt snel, opgeslokt door de meedogenloze zwarte leegte die me omringt. Elke ademhaling voelt zwaarder dan de vorige, de lucht is zwaar en benauwend. Tijd wordt een abstract concept dat als water door mijn vingers glipt, waardoor ik geen idee meer heb hoe lang ik al in deze helse kamer opgesloten zit.

'Declan,' fluister ik in de duisternis, mijn stem klinkt klein en gebroken. 'Geef me alsjeblieft niet op.'

'Praat je nu tegen jezelf, Blackwell?' spot een bewaker van buiten mijn cel, waardoor ik opschrik. 'Dat duurde niet lang.'

'Loop naar de hel!' schreeuw ik terug, mijn woede ontbrandt als een vonk in het donker. 'Daar zou ik tenminste beter gezelschap hebben dan jij!'

'Blijf dromen,' antwoordt hij voordat hij wegloopt en me opnieuw achterlaat om mijn demonen te bevechten.

Ik kruip ineen op de koude vloer, rillend en wanhopig op zoek naar ook maar een sprankje licht. Mijn gedachten zijn een verwarde knoop, gefragmenteerd en rafelend aan de randen, terwijl realiteit en fantasie in deze surrealistische nachtmerrie samensmelten.

'Blijf sterk,' zeg ik tegen mezelf, terwijl ik me vastklamp aan herinneringen aan Declan en mijn vrienden. 'Ze komen je halen. Dat moeten ze wel.'

Maar terwijl de duisternis op me drukt en elke hoop die ik nog heb verstikt, kan ik het niet helpen me af te vragen of ik mezelf alleen maar voor de gek houd. En het jaagt me de stuipen op het lijf.

◆○◆

Een koude luchtstroom sijpelt de cel binnen, alsof de leegte zelf in mijn nek hijgt. De duisternis lijkt te leven en kruipt als duizenden insecten over mijn huid. Ik kan niet zeggen of het mijn verbeelding is of een nieuwe vorm van marteling.

'Zijn jullie überhaupt wel naar me op zoek?' fluister ik, de woorden ontsnappen nauwelijks aan mijn lippen. 'Denken jullie dat ik dood ben?'

'Tegen wie praat je, Blackwell?' snerpt een bewaker door de spleet in de deur. 'De muren kan het niks schelen.'

'Loop naar de hel,' snauw ik, mijn stem breekt. Ik heb niet veel gesproken sinds ze me hierin hebben gegooid.

'Charmant als altijd,' antwoordt hij, voordat zijn voetstappen wegsterven.

'Idioot,' mompel ik binnensmonds, maar ik vraag me af of hij gelijk heeft. Misschien word ik gek. De zintuiglijke deprivatie en de experimentele drugs die ze in mijn systeem hebben gepompt, hebben hun tol geëist. Mijn gedachten versplinteren en verstrooien, waarbij werkelijkheid en fantasie zich verweven tot surrealistische, wakkere nachtmerries.

Visioenen van Dr. Foxberry's verwrongen, verbrande gezicht kwellen me, vergezeld van de gekwelde kreten van anderen die in dit hellegat gevangen zitten. Is dat wat me te wachten staat als ze me eindelijk terug naar het lab slepen? Zal ik een van die monsterlijke hybriden worden die ze hebben gecreëerd, noch mens, noch monster, maar gevangen in een staat daartussenin?

'Blijf sterk,' zeg ik tegen mezelf, terwijl ik probeer het gevoel van Declans armen om me heen, het geluid van zijn lach, te herinneren. Maar het voelt als een eeuwigheid geleden, en elk voorbijgaand moment tast mijn vastberadenheid aan.

'Artemis!' roept een bekende stem, die door de duisternis echoot. 'Houd vol! We komen eraan!'

'Declan?' hijg ik, mijn hart bonst. Maar zodra de hoop in me opflakkert, sluipt de twijfel binnen. Is dit gewoon weer een hallucinatie, een wrede streek van mijn gebroken geest?

'Artemis, we stoppen niet tot we je vinden,' belooft de stem, die zo echt klinkt dat ik mijn hand wil uitsteken om hem aan te raken.

'Bewijs het,' daag ik uit, mijn stem trilt. 'Geef me een teken dat je er echt bent.'

'Herinner je je dat vreselijke motel waar we naartoe vluchtten, in niemandsland?' vraagt de stem, op samenzweerderige toon. 'We zwoeren samen een einde te maken aan de gruweldaden van het Bureau.'

Mijn adem stokt in mijn keel. Het is waar, die belofte hebben we gedaan. Maar is dit slechts een verzinsel van mijn verbeelding of een echt bericht van Declan? De grens tussen realiteit en fantasie is zo vervaagd dat ik mijn eigen zintuigen niet meer kan vertrouwen.

'Verdomme,' mompel ik, mijn handen trillen terwijl de duisternis zich als een verstikkende omhelzing om me heen sluit. De herinneringen aan Declan en de anderen voelen met elke voorbijgaande seconde afstandelijker en glippen als zand door mijn vingers, ondanks mijn wanhopige pogingen om ze vast te houden.

'Kom op, Artemis, herinner je,' fluister ik, en dwing mezelf te focussen op het gevoel van Declans lippen op de mijne, de manier waarop de hoeken van zijn ogen rimpelen als hij lacht. Maar het wordt steeds moeilijker om het echte van het verzonnen te scheiden, en paniek grijpt me naar de keel.

'Wie ben ik?' breng ik met moeite uit, de vraag echoot spottend naar me terug. Hoe lang zal het duren voordat Dr. Foxberry mijn geest volledig verbrijzelt en niets dan een holle huls achterlaat?

'Hé, Artemis, waag het niet ons nu op te geven,' klinkt plotseling de stem van Malcolm, scherp en helder. 'We hebben je nodig, we stoppen niet tot we je gevonden hebben.'

'Malcolm?' Mijn stem is amper hoorbaar, een gebroken smeekbede. Het voelt zo levendig, zo dichtbij, maar kan ik nog iets vertrouwen? 'God, laat dit alsjeblieft echt zijn.'

'Herinner je je de avond dat we elkaar ontmoetten?' gaat zijn stem dringend verder. 'Je verleidde me, noemde jezelf Annabelle. Ik kan nog steeds niet geloven dat ik er zo dom in trapte.'

'Laat dit alsjeblieft een teken zijn,' smeek ik, mijn hart bonst in mijn oren. Uitputting dreigt me mee te sleuren, maar ik vecht om bij bewustzijn te blijven, om vast te houden aan de herinnering aan mijn vrienden – mijn familie.

'Artemis, blijf vechten!' De stem van mijn mentor Athina snijdt door de nevel, een fel bevel. 'Je bent sterker dan dit, laat hem niet winnen.'

'Reken maar,' grom ik, en klem mijn kaken op elkaar. 'Ik scheur Dr. Foxberry lid voor lid uit elkaar voordat ik hem mij laat breken.'

'Goed zo, meid,' sust ze, haar toon vol goedkeuring. 'Blijf sterk, blijf gefocust, en we zullen je vinden. Dat beloof ik.'

'Alsjeblieft,' fluister ik, mijn lichaam trilt terwijl ik op de koude, onvergeeflijke vloer ineenstort. Terwijl de duisternis me opeist, blijft één gedachte hangen: *Laat deze hel me niet breken voordat ze komen.*

⬥

De koude, onvergeeflijke vloer verandert in een ijzige greep om mijn lichaam als ik door de hardhandige aanraking van bewakers wakker word geschud. Mijn zicht zwemt, maar de misselijkmakende geur van chemicaliën die mijn neusgaten vult is onmiskenbaar – het lab van Dr. Foxberry.

'Opstaan, prinsesje,' gromt een van de bewakers terwijl hij me overeind sleept, mijn benen wiebelen onder me. 'Lief vadertje wil je zien.'

'Fantastisch,' breng ik met moeite uit, en knipper de duisternis weg die me dreigt te verzwelgen. 'Ik kan niet wachten op nog zo'n gezellig vader-dochter momentje.'

'Hou je mond,' snauwt de andere bewaker, en duwt me ruw vooruit. De klap stuurt een pijnscheut door mijn al gehavende lichaam, maar ik weiger zwakte te tonen. Ik klem mijn kaken op elkaar en loop door, elke stap brengt me dichter bij het sinistere gezicht van mijn kwelgeest.

Als we het lab binnenkomen, overvalt de stank van brandend vlees mijn zintuigen, en ik weet zonder te kijken dat Dr. Foxberry's eens zo smetteloze lab nu op plaatsen is zwartgeblakerd die hem woedend zullen maken. Ik hef mijn blik en zie zijn verbrande gezicht vertrokken van woede en ambitie. Hoezeer ik hem ook veracht, ik kan niet anders dan terugdeinzen bij de aanblik. Het blauwe vuur dat ik in een moment van wanhoop opriep, heeft zijn sporen op hem achtergelaten, net zoals hij zijn sporen op mij heeft achtergelaten.

'Ah, Artemis,' snerpt hij, zijn stem druipt van kwaadaardigheid. 'Ik vertrouw erop dat je wat tijd hebt gehad om over je acties na te denken?'

'Jaja,' antwoord ik, en worstel om mijn toon licht te houden ondanks mijn angst. 'Ik heb besloten dat ik toch meer een type ben voor oranje vlammen. Blauw is gewoon niet mijn kleur.'

'Genoeg!' Dr. Foxberry slaat met zijn vuist op de tafel naast hem, wat een rilling over mijn ruggengraat stuurt. 'Je onderwerpt je aan mijn experimenten, of je zult nog meer lijden dan je al doet.'

'Is dat een belofte?' daag ik uit, en roep elk laatste greintje verzet in me op. Als hij denkt dat hij me met dreigementen kan breken, heeft hij het goed mis.

'Artemis,' gromt hij, zijn ogen vernauwen zich tot spleetjes. 'Ik zal je dwingen je volledige potentieel te ontsluiten, wat het ook kost. En geloof me, de prijs zal heel hoog zijn als je je blijft verzetten.'

'Probeer het maar,' snauw ik, en beantwoord zijn hatelijke blik recht in de ogen. 'Maar zeg niet dat ik je niet gewaarschuwd heb als je dierbare lab in vlammen opgaat.'

Hij stapt naar me toe, zijn gezicht centimeters van het mijne, en voor een kort moment ben ik bang dat hij me zal slaan. Maar in plaats daarvan glimlacht hij – een koude, wrede glimlach die me rillingen bezorgt.

'Heel goed dan,' murmelt hij, zijn adem heet tegen mijn wang. 'Laat de spelen beginnen.'

'Prima, laten we dit achter de rug hebben.' Ik rol met mijn ogen en probeer de angst te verbergen die in mijn ruggengraat omhoog kruipt. Dr. Foxberry grijnst kwaadaardig terwijl hij me vastbindt op zijn koude, metalen onderzoekstafel.

'Probeer niet te veel te kronkelen,' grinnikt hij, terwijl hij de riemen strakker trekt tot ze in mijn huid snijden. 'Ik zou niet willen dat je jezelf pijn doet.'

'Alsof jou dat wat kan schelen,' mompel ik binnensmonds, en vecht tegen de drang om in zijn mismaakte gezicht te spugen. In plaats daarvan focus ik me op een plek op het plafond, en gebruik elke greintje zelfbeheersing om hem niet te laten zien hoezeer hij onder mijn huid kruipt.

'Laten we beginnen, zullen we?' zegt Dr. Foxberry opgewekt, en zwaait met een spuit vol met een ziekelijk groene vloeistof. 'Dit zou je verborgen gaven moeten stimuleren.'

'Geweldig, nog zo'n mutantencocktail,' grap ik, hoewel mijn sarcasme wankelt als de naald mijn arm doorboort. De oplossing brandt als het mijn bloedbaan binnenkomt, en ik klem mijn tanden op elkaar tegen de pijn, weigerend ook maar een zacht kreetje te slaken.

'Voel je al iets?' vraagt Dr. Foxberry, zijn stem druipt van geveinsde bezorgdheid.

'Alleen een overweldigend verlangen om die spuit in je—' Mijn weerwoord sterft in mijn keel als een ijzige sensatie mijn lichaam overspoelt. Het voelt alsof mijn aderen zich vullen met vloeibare stikstof, me van binnenuit bevriezend. Ik kan niet anders dan naar adem happen, mijn lichaam stuiptrekt onwillekeurig.

'Ah, daar is het,' murmelt hij, terwijl hij verwoed notities krabbelt op een nabijgelegen klembord. 'Fascinerend.'

'Fijn dat je het naar je zin hebt,' rasp ik, en worstel om mijn stem stabiel te houden. Door de waas van pijn klamp ik me vast aan de hoop dat Declan en de anderen daarbuiten zijn en naar me zoeken. Het is een dunne reddingslijn, maar het is alles wat ik heb.

'Laten we het verder opvoeren, zullen we?' mijmert Dr. Foxberry, terwijl hij aan de knoppen van een sinister uitziende machine naast me draait. Een plotselinge stroomstoot schiet door mijn lichaam, en dit keer kan ik een schreeuw niet onderdrukken.

'Stop!' breng ik met moeite uit, tranen stromen over mijn gezicht als de spanning toeneemt. 'Alsjeblieft, stop gewoon!'

'Geef je over,' sist hij, en leunt dichtbij zodat zijn verschroeide trekken mijn blik vullen. 'Of dit wordt alleen maar erger.'

'Loop naar de hel,' snauw ik, en roep elk laatste restje verzet op. Ik zal niet breken – ik weiger hem te laten winnen. Wat voor verwrongen kwellingen hij ook in petto heeft.

'Heel goed.' Hij draait de knop nog hoger, en ik zet me schrap voor de withete pijn die volgt. Terwijl de stroom door me heen raast en me uit elkaar dreigt te scheuren, klamp ik me wanhopig vast aan de gedachte aan mijn vrienden, aan de herinneringen van gelach en liefde te midden van de duisternis.

HOOFDSTUK ZES

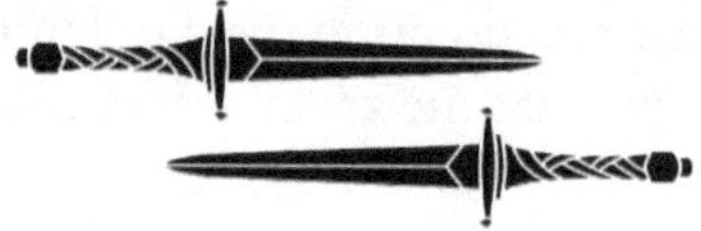

Het koude staal van de boeien snijdt in mijn polsen terwijl ik uit mijn isoleercel word gerukt. Het is God weet hoe lang geleden dat ik iemand anders heb gezien dan dr. Foxberry en zijn zieke experimenten, en de bewakers die me heen en weer slepen van mijn cel naar zijn gruwellab. De bewakers slepen me door de steriele gang, hun greep als een ijzeren klem om mijn armen. Geweldig, ik heb niet alleen met dit hellegat te stellen, ik heb nu ook nog blauwe plekken.

'Terug naar het lab, Blackwell,' gromt een van hen en duwt me vooruit. Ik neem niet de moeite om me te verzetten; ik ken het klappen van de zweep inmiddels wel. Ik concentreer me op het vage geluid van mijn laarzen die over de betonnen vloer schuiven en probeer de angst die zich in mijn maag samenbalt te negeren.

'Kan niet wachten,' mompel ik binnensmonds, elk woord druipend van het sarcasme. De bewaker werpt me een waarschuwende blik toe, maar ik weiger me gewonnen te geven. Ik laat me niet door die klootzakken breken.

Als we de deur van het lab bereiken, zwaait die open en onthult dr. Terrence Foxberry, de gestoorde wetenschapper en vader van Diana. Hij ziet eruit als een wandelende tegenspraak: een vriendelijke, witharige heer die perfect op zijn gemak zou zijn met een kopje thee en een discussie over literatuur als hij niet ook een zielloze psychopaat was zonder enig respect voor de medische ethiek. O, en de lelijke brandwonden op zijn wang. Met dank aan ondergetekende.

'Ah, juffrouw Blackwell,' zegt hij met die irritante nepglimlach op zijn gehavende gezicht geplakt. 'Ik hoop dat je klaar bent voor een nieuwe ronde experimenten. We gaan je vandaag harder pushen, kijken of we dat paranormale potentieel van je niet kunnen activeren.'

'Wat een feest,' snauw ik en knijp mijn ogen tot spleetjes. 'Je weet wel hoe je een meid een leuke tijd moet bezorgen, doc.'

'Breng haar binnen,' beveelt hij, mijn sneer negerend. De bewakers sleuren me het lab in en ik zet me schrap voor de nieuwe hel die me te wachten staat.

'Gaat u alstublieft zitten.' Dr. Foxberry wijst naar de metalen stoel in het midden van de kamer, omringd door onheilspellend uitziende machines. Ik werp hem een blik vol pure walging toe voordat ik met tegenzin doe wat hij zegt.

'Laten we beginnen,' mompelt hij, terwijl hij schakelaars omzet en aan knoppen op de machines draait. Ik klem mijn tanden op elkaar als ze zoemend tot leven komen en de elektriciteit in de lucht knettert.

'Vergeet niet, juffrouw Blackwell, we proberen u alleen maar te helpen uw volledige potentieel te bereiken,' koert dr. Foxberry, maar zijn woorden zijn hol, zonder enige oprechte bezorgdheid. Mij helpen is niet zijn doel; van Diana de machtigste paranormaal maken die er bestaat, dat is het.

'Mij helpen?' sneer ik. 'Je hebt een verdraaide definitie van het woord, doc.'

'Genoeg,' snauwt hij, zijn ijskoude blik op de mijne gericht. 'Laten we nu eens zien waar je echt toe in staat bent.'

Terwijl de machines om me heen ronken en zoemen, schroeit de pijn door elke zenuw en dreigt me van binnenuit te verscheuren. Maar ik weiger ze te laten zien hoeveel pijn het doet. Hoeveel lijdensweg ze me ook aandoen, ik zal niet breken.

Ik klem mijn tanden op elkaar en zet me schrap als de volgende golf van kwelling over me heen spoelt. Dr. Foxberry staat bij het bedieningspaneel en zijn vingers dansen met sadistisch genoegen over de knoppen.

'Ah, ja, verhoog de spanning,' mompelt hij, en ik onderdruk een schreeuw als de machines hun aanval op mijn lichaam intensiveren. Mijn gedachten gaan uit naar mijn vrienden, naar Declan, Athina en de rest van het team. *Vind me alsjeblieft snel. Ik weet niet hoelang ik dit nog kan verdragen.*

'Voel je al iets?' grijnst dr. Foxberry, zijn ogen in de mijne borend. 'Enig sprankje paranormale gaven?'

'Alleen een overweldigende drang om je machines te stoppen waar de zon niet schijnt,' snauw ik, terwijl ik worstel om op adem te komen.

Hij rolt met zijn ogen. 'Je verlengt alleen je eigen lijden, juffrouw Blackwell.'

Het is de ergste dag in een reeks van rotdagen, en als de bewakers me eindelijk gebroken en bloedend terug in mijn cel gooien, sijpelt de twijfel binnen als vergif. Wat als Diana mijn dood in scène heeft gezet? Wat als mijn vrienden gestopt zijn met zoeken? De golven van wanhoop dreigen me te verstikken, mijn zicht wordt wazig door de tranen die in mijn ooghoeken prikken. Ik schud mijn hoofd en probeer de duisternis te verdrijven die me opslokt, maar die klampt zich aan me vast als een kwaadaardige schaduw.

'Hé,' fluister ik tegen mezelf, 'je bent Artemis verdomme Blackwell. Jij geeft niet op.'

Ik weet niet *hoe* ik moet opgeven. Ik klamp me vast aan die gedachte als aan een reddingslijn. Ik wacht gewoon op mijn kans, probeer ik mezelf te vertellen, zelfs als mijn verzwakte lichaam het begeeft en ik op de grond zak.

De celdeur kraakt open en trekt mijn aandacht weg van de kloppende pijn die mijn lichaam doordringt. Een bewaker komt binnen. Vrouw, kort stekelig haar, scherpe blauwe ogen; vreemd bekend, als een half herinnerde droom. Mijn hartslag versnelt van verwachting, mijn geest wordt voor het eerst in dagen scherp.

Ik ken haar.

Ik dacht dat ze dood was; haar hele identiteit werd gestolen door een kameleonachtige paranormaal die onze organisatie infiltreerde met haar gezicht. De kameleon vertelde me dat ze mijn vriendin had vermoord, maar ze staat hier recht voor mijn neus.

Gekleed in het uniform van Foxberry Corp Laboratories.

'Staan,' beveelt ze op vlakke toon. Maar onder haar kille stem glinstert nieuwsgierigheid in haar blik.

Ik sta langzaam op, mijn spieren protesteren. Hinkend kom ik dichterbij en waag het erop haar aan te spreken. 'Waarom blijf je hun trouw?' Mijn stem is schor door onbruik. 'Hoe kan je het verdragen hier deel van uit te maken?'

Haar ogen vernauwen zich, maar ze aarzelt en overweegt het. 'Ik stel geen vragen,' mompelt ze uiteindelijk. 'Ik volg alleen bevelen op.'

Aangemoedigd ga ik verder. 'Is dit echt wat je wilt? Mensen helpen martelen?'

'Genoeg,' snauwt ze, maar onzekerheid flitst over haar gezicht. 'Gewoon... genoeg.'

'Als er nog een greintje menselijkheid in je zit, help me dan,' dring ik zachtjes aan. 'Mijn vrienden zijn vast naar me op zoek. Je wilt niet met hun woede worden geconfronteerd als ze erachter komen wat hier gebeurt.'

'Stil!' Angst en schuld strijden op haar gezicht voordat het gladgestreken wordt tot een masker. Ze grijpt mijn arm, haar greep is als staal, en trekt me naar de deur. 'Kom op. Nu.'

'Hebben wij elkaar eerder ontmoet?' vraag ik achteloos, ineenkrimpend als haar greep strakker wordt. 'Je komt me erg bekend voor.'

De kleinste aarzeling, een blik opzij, maar geen reactie. Ik gooi het over een andere boeg.

'Ik heb hier de hel meegemaakt,' zeg ik weemoedig. 'Ik denk dat we ooit vrienden waren. Voor... dit alles.'

Dit keer weet ik het zeker: een flits van herkenning in haar ogen, snel afgesloten. Mijn hart maakt een sprongetje van broze hoop. Ik ga door en verlaag mijn stem.

'Je hebt mijn hachje vaker gered dan ik kan tellen. Niemand kon rijden zoals jij. Weet je de cementwagen nog? Het gepantserde konvooi? Het was briljant.'

Ik kijk haar aandachtig aan, wachtend op een vonk van herinnering. Maar ze schudt haar hoofd en ontwijkt mijn blik. 'Het spijt me, daar herinner ik me niets van.' Haar stem hapert onzeker.

'Weet je het zeker?' vraag ik zacht. 'Probeer terug te denken... betekent de naam Malcolm je iets?'

Ik houd mijn adem in, durf nauwelijks te hopen. Maar ze vermijdt mijn zoekende blik. 'Ik weet echt niet waar je het over hebt.'

Frustratie borrelt op, maar ik dwing het naar beneden. Als er ook maar een kans is dat deze vrouw mijn verloren vriendin is, kan ik haar niet opgeven. Ik moet blijven proberen die begraven herinneringen naar boven te halen, op de een of andere manier.

'Op een dag ontsnappen we hier,' beloof ik vurig. 'We vinden de anderen, schakelen de verantwoordelijken uit. Ik heb alleen nodig dat je me belooft dat je niet zult breken. Dat je zult blijven vechten, net als ik.'

Dan kijkt ze me aan, met iets kwetsbaars in haar ogen. 'Ik beloof het,' fluistert ze.

Die twee woorden ontsteken een vonk van hoop in mijn borst. Als haar innerlijke vuur weer aangewakkerd kan worden, hebben we misschien een kans.

We lopen verder in een bedachtzame stilte. Wanneer we mijn cel bereiken, blijft haar greep op mijn arm een hartslag te lang hangen. En in haar ogen, onder het lege masker, zie ik het kleinste smeulende kooltje van mogelijkheid.

Het is niet veel om op af te gaan, maar het is een begin. Als ik haar kan helpen de sterke, loyale vriendin die ze ooit was te herontdekken, zouden we een manier kunnen vinden om aan deze hel te ontsnappen. En degenen die haar dit hebben aangedaan, uitschakelen.

Terwijl ze mijn celdeur op slot doet, kruisen onze blikken elkaar door de tralies. Ik geef een kleine glimlach. 'Zie je volgende dienst... Garnet.'

De schok rimpelt over haar gezicht bij het horen van die naam. Ze opent haar mond, sluit hem weer zonder iets te zeggen. Maar het zaadje is geplant. Nu moet ik het alleen blijven voeden en haar herinneringen weer tot leven wekken.

Ik ga op het dunne bedje zitten terwijl haar voetstappen wegsterven en laat een trillende adem ontsnappen. De weg vooruit blijft onduidelijk, maar mijn vastberadenheid is hernieuwd. Ik zal mijn vriendin helpen zichzelf terug te vorderen uit hun klauwen. Wat er ook voor nodig is.

Houd vol, Garnet. Ik geef je niet op.

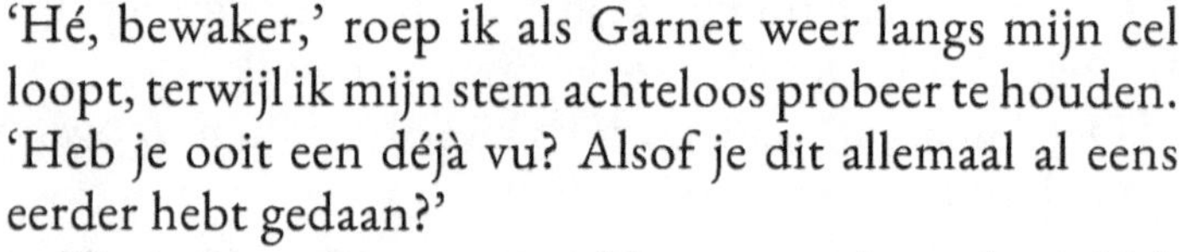

'Hé, bewaker,' roep ik als Garnet weer langs mijn cel loopt, terwijl ik mijn stem achteloos probeer te houden. 'Heb je ooit een déjà vu? Alsof je dit allemaal al eens eerder hebt gedaan?'

'Kan niet zeggen van wel,' antwoordt ze, haar blik terughoudend en voorzichtig.

'Echt niet?' ga ik verder. 'Want elke keer als ik naar je kijk, voel ik alsof ik je ken. En niet alleen vanwege het uniform.'

'Sorry dat ik je teleurstel,' zegt ze, met een vleugje irritatie in haar stem. 'Maar voor jou ben ik gewoon weer een anonieme niemand.'

'Misschien,' geef ik toe, maar iets in me weigert los te laten. Wanhoop klauwt aan de rand van mijn geest en spoort me aan een risico te nemen. Met een diepe zucht concentreer ik me op de vertrouwde stoot adrenaline die door me heen stroomt, de rauwe kracht van mijn paranormale gave die jeukt om losgelaten te worden. Het is zo lang geleden dat ik het voor het laatst heb gebruikt, doodsbang voor wat het zou kunnen zijn geworden na de gruwelijke experimenten van dr. Foxberry, maar dit is niet het moment om te aarzelen.

'Laat me kijken,' fluister ik, reikend met mijn geestesoog en stuur tentakels van gedachten naar het bewustzijn van de bewaker. De verbinding is zwak, fragiel, maar hij houdt stand. En wat ik daar vind, verbrijzelt mijn hart in duizend stukken.

Het *is* Garnet. Mijn verloren vriendin. Haar herinneringen zijn schoongeveegd en laten slechts een schil achter van de persoon die ze ooit was. De realisatie raakt me als een stomp in mijn maag en laat me ademloos en wankelend van de pijn achter.

'Godverdomme,' stoot ik eruit, terwijl tranen in mijn ooghoeken prikken. 'Jij bent het echt, hè?'

'Pardon?' vraagt Garnet, haar verwarring is duidelijk.

'Niks,' mompel ik en slik de brok in mijn keel weg. 'Het is niks.'

'Juffrouw Blackwell,' zegt ze, haar toon nog steeds terughoudend maar iets verzachtend. 'Is alles in orde?'

'Prima,' lieg ik door mijn tanden. 'Helemaal top.'

Garnet kijkt me nog een moment aan voordat ze haar hoofd schudt en haar ronde vervolgt. Terwijl ze de hoek omgaat, leun ik tegen de koude celwand, mijn hart klopt pijnlijk bij elke slag.

'Verdomme, Garnet,' fluister ik, terwijl ik mijn ogen stijf dichtknijp. 'Ik wou dat ik je beter had gekend voordat dit allemaal gebeurde. Misschien kon ik je dan helpen herinneren wie je echt bent.'

Maar wensen zal niets veranderen en het zal mijn vriendin zeker niet terughalen uit de diepten van haar gestolen herinneringen. Ik moet nu een manier vinden om voor ons beiden te vechten, om terug te winnen wat ons is afgenomen en ervoor te zorgen dat de verantwoordelijken boeten voor hun misdaden.

Terwijl ik op de koude, harde vloer van mijn cel lig, gaan mijn gedachten naar Diana en haar paranormale krachten. Die gestoorde trut moet iets te maken hebben met Garnets geheugenverlies. Waarschijnlijk heeft ze er zelfs van genoten om alles wat Garnet tot Garnet maakte weg te vagen.

'Krijg de klere, Diana,' fluister ik en bal mijn vuisten. 'Ik laat je hiervoor boeten.'

Het is nu een nieuwe missie, een persoonlijke vendetta. Als ik maar tot Garnet kan doordringen, is er misschien hoop voor ons beiden. Dus besteed ik elk moment dat ik kan aan het proberen haar te bereiken, zelfs als dat betekent dat ik straf van onze ontvoerders riskeer.

'Hé, Garnet!' roep ik als ze tijdens een van haar rondes langs mijn cel loopt. Ze draait zich naar me om, haar blik gereserveerd maar nieuwsgierig.

'Wat?' vraagt ze, haar stem koud en afstandelijk.

'Weet je nog die keer dat we naar die louche kroeg gingen en ruzie kregen met die klootzakken?' zeg ik, in de hoop iets van herkenning op te wekken. 'Kom op, je moet je die avond toch herinneren. Je hebt drie kerels in minder dan een minuut uitgeschakeld!'

Garnet schudt langzaam haar hoofd, haar ogen tot spleetjes geknepen van verwarring. 'Ik heb geen idee waar je het over hebt,' antwoordt ze vlak. 'Ik weet niets over je verleden of deze... ervaringen waar je het steeds over hebt.'

'Natuurlijk niet,' zucht ik en wrijf over mijn slapen. 'Omdat iemand ze uit je geheugen heeft gerukt.'

'Suggereer je dat ik een ander leven had voor... dit?' vraagt ze, terwijl ze naar haar uniform gebaart. 'Dat is belachelijk.'

'Is dat zo?' counter ik, mijn stem doordrenkt van woede. 'Ik ken je, Garnet. Je was dapper en meelevend – niet een of andere marionet die doet wat een gekke wetenschapper opdraagt.'

'Artemis...,' begint ze, maar ze houdt zich in. Haar ogen schieten naar de beveiligingscamera die elke beweging van ons in de gaten houdt. 'Ik kan hier nu niet over praten.'

'Goed,' geef ik toe, wetende dat als ik haar te veel onder druk zet, het alleen maar erger kan worden. 'Maar denk maar niet dat ik je opgeef.'

'Wat jij wilt,' zegt Garnet afwerend, hoewel ik de nieuwsgierigheid in haar ogen zie als ze wegloopt.

'Verdomme, Garnet, hou vol,' fluister ik in mezelf, terwijl mijn vastberadenheid toeneemt. 'Ik vind wel een manier om je terug te krijgen, wat er ook voor nodig is.'

***

Het flikkerende tl-licht boven mijn hoofd werpt griezelige schaduwen over de steriele kamer. Ik kijk naar de grijze stenen muren en voel hoe hun kou in mijn botten trekt. Ondanks de altijd aanwezige pijn van de experimenten van dr. Foxberry, weiger ik me door wanhoop te laten verteren. Elke vluchtige glimp van Garnets ware zelf, verborgen onder die steenkoude buitenkant, voedt mijn vastberadenheid.

'Weet je nog die keer dat we in een onweersbui terechtkwamen en moesten schuilen onder die oude brug?' fluister ik 's avonds laat door de muur, me inbeeldend hoe Garnet aan de andere kant met gefronste wenkbrauwen probeert me te horen. 'We waren tot op het bot nat, rillend als verzopen katten, maar we lachten zo hard dat we er buikpijn van kregen.'

'Blackwell? Wat ben je aan het doen?' De scherpe stem doorbreekt mijn mijmering en ik druk mezelf tegen de koude muur, mijn hart gaat tekeer.

'Niets,' lieg ik, mijn stem gespannen. 'Ik praat gewoon in mezelf.'

'Hou je gedeisd,' snauwt de bewaker, zijn voetstappen echoën weg door de gang.

'Sorry,' mompel ik, maar ga met zachtere stem verder. 'Of wat dacht je van die keer dat we op een losgeslagen weerwolf jaagden en het gemaskerde bal van de burgemeester verstoorden? Je droeg dat belachelijke verenmasker en overtuigde iedereen ervan dat je een soort exotische vogelvrouw was.'

Een grinnik ontsnapt aan mijn lippen voordat ik hem kan onderdrukken, terwijl ik me de absurditeit van de situatie herinner. Het zijn deze kleine momenten, deze flarden herinneringen, die me op de been houden. Als ik Garnet maar kan bereiken, als ik haar kan laten herinneren, dan is er misschien hoop voor ons beiden.

'En dan was er nog dat spookhuis,' ga ik verder, mijn stem nauwelijks hoorbaar. 'Je probeerde je stoer voor te doen, maar ik zag je je aan de arm van Malcolm vastklampen toen de geest verscheen. En laten we het maar niet hebben over je obsessie met het verzamelen van die bizarre antieke messen. Je hebt bijna je eigen vinger eraf gehaald, weet je nog?'

De stilte die volgt is oorverdovend, maar ik weiger me daardoor te laten afschrikken. Elk woord, elke herinnering, is een reddingslijn die ik naar Garnet uitgooi, in de hoop dat ze die op de een of andere manier zal vastgrijpen en zichzelf uit de afgrond zal trekken.

'Artemis?' Het zachtste gefluister dringt door de muur en even denk ik dat mijn geest een spelletje met me speelt. 'Waren we echt... vriendinnen?'

Mijn hart maakt een sprongetje bij de aarzelende vraag en ik kan de glimlach die zich over mijn gezicht verspreidt niet bedwingen. 'Ja, Garnet. We waren vriendinnen. Goede vriendinnen.'

'Vertel me meer,' fluistert ze, haar stem getint met nieuwsgierigheid en iets anders wat ik niet helemaal kan plaatsen – misschien, heel misschien, hoop.

En dat doe ik. Ik schilder ons verleden met woorden, weef verhalen over gelach en avontuur, over vertrouwen en kameraadschap. Met elk gefluisterd woord voel ik het gewicht van de wanhoop lichter worden, vervangen door een felle vastberadenheid om terug te winnen wat ons is afgenomen. Dr. Foxberry heeft me misschien veel afgenomen, maar dit zal hij niet krijgen. Hij zal Garnet niet krijgen.

'Hou je sterk, Garnet,' zeg ik zacht, mijn ogen brandend van onvergoten tranen. 'Ik beloof je, we vinden onze weg terug naar elkaar. En als we dat doen, zullen we ervoor zorgen dat dr. Foxberry en Diana boeten voor alles wat ze hebben gedaan.'

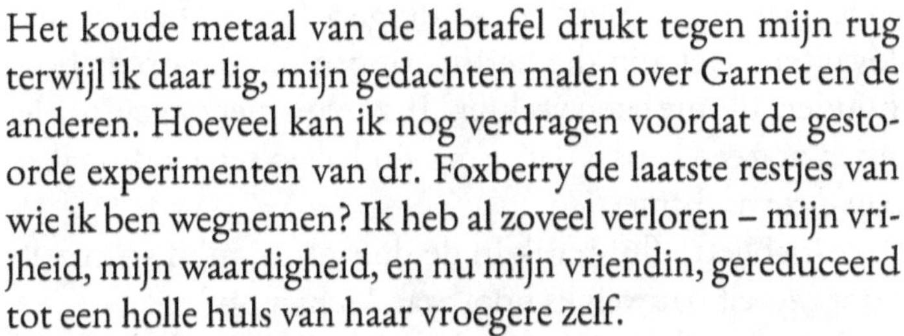

Het koude metaal van de labtafel drukt tegen mijn rug terwijl ik daar lig, mijn gedachten malen over Garnet en de anderen. Hoeveel kan ik nog verdragen voordat de gestoorde experimenten van dr. Foxberry de laatste restjes van wie ik ben wegnemen? Ik heb al zoveel verloren – mijn vrijheid, mijn waardigheid, en nu mijn vriendin, gereduceerd tot een holle huls van haar vroegere zelf.

'Artemis,' snijdt de stem van dr. Foxberry als een scalpel door mijn gedachten, 'je zou me eigenlijk dankbaar moeten zijn voor alles wat ik voor je doe.' Zijn verwrongen glimlach bezorgt me de kriebels. 'We staan immers op het punt om je ware potentieel te ontsluiten.'

'Dankbaar?' spuug ik het woord naar hem terug, venijn in mijn stem. 'Je bent een monster, en ik zal jou of Diana nooit vergeven wat jullie hebben gedaan.'

'Ah, maar daar vergis je je in, mijn beste.' Hij buigt dichter naar me toe, zijn adem stinkt naar muffe koffie en arrogantie. 'Zodra ik de geheimen heb ontsloten die in jouw DNA verborgen zitten, zul je me dankbaar zijn. Je zult het zien.'

'Blijf dromen,' mompel ik binnensmonds, en bal mijn vuisten om te voorkomen dat ik uithaal.

'Slaap lekker, Artemis,' zegt hij, terwijl hij de lampen boven ons uitknipt en de kamer in duisternis hult. 'Morgen brengt nieuwe ontdekkingen.'

Ik luister hoe de deur achter hem dichtklikt en me alleen achterlaat in de schemerige cel. Uitputting drukt zwaar op mijn ledematen, maar de gedachte aan slaap lijkt bijna lachwekkend. Met elke dag die voorbijgaat, voel ik mezelf verder wegglijden in de afgrond, stukjes van mezelf verliezend aan de gruwelen die dr. Foxberry en zijn team me aandoen. En toch klamp ik me als een reddingslijn vast aan de hoop.

Met gesloten ogen concentreer ik me op de herinneringen aan mijn vrienden – hun gelach, hun kracht, hun loyaliteit. Het zijn die herinneringen die me op de been houden, die me laten vechten. Ik kan nu niet opgeven, niet nu er nog een kans is dat ze me vinden en een einde maken aan deze nachtmerrie.

'Alsjeblieft,' fluister ik in de duisternis, mijn stem zelfs voor mezelf nauwelijks hoorbaar. 'Schiet op.'

Op mijn tanden bijtend dwing ik mijn lichaam te ontspannen terwijl ik wegzak in een rusteloze slaap, geplaagd door verwrongen visioenen van de onmenselijke experimenten van dr. Foxberry. Maar onder de angst brandt een vonk van verzet, die weigert gedoofd te worden. Zolang die vlam bestaat, zal ik vechten. Voor Garnet, voor mijn vrienden en voor mezelf.

Het gekrijs van mijn celdeur die wordt opengeschoven, rukt me wakker, me losrukkend uit de nachtmerrieachtige greep van mijn gekwelde slaap. Mijn hart bonst in mijn borst terwijl ik moeite doe om overeind te komen op de koude, onvergeeflijke vloer van mijn cel. De lucht is zwanger van verwachting en ik kan de angst die als een verstikkende mist in elke hoek hangt bijna proeven.

'Goeiemorgen, Blackwell,' snerpt een bewaker, zijn stem raspt over mijn trommelvliezen als nagels op een schoolbord. 'Dr. Foxberry heeft vandaag wat nieuwe verrassingen voor je.'

'Fantastisch,' mompel ik, terwijl ik mezelf kreunend overeind duw. 'Ik kan niet wachten op mijn dagelijkse dosis marteling.'

Ik dwing mijn benen vooruit en zet me schrap voor welke nieuwe kwellingen dr. Foxberry ook heeft bedacht in zijn verwrongen brein. De bewakers flankeren me, hun koude blikken boren zich als parasieten in mijn huid, maar ik weiger ze te laten zien hoeveel invloed ze op me hebben. In plaats daarvan focus ik me naar binnen, me vasthoudend aan de herinneringen aan mijn vrienden, de liefde die we delen en de persoon die ik was voordat dit hellegat me volledig opslokte.

'Ken je plaats, meid,' snauwt een andere bewaker en duwt me ruw door de steriele witte gang.

'Ah, ja. Mijn plaats,' zeg ik sarcastisch, terwijl ik een grimas onderdruk vanwege de pijn die door mijn lichaam straalt van de experimenten van de vorige dag. 'Als de onwillige laboratoriumrat in de gestoorde speeltuin van dr. Frankenstein.'

'Let op je woorden, anders wordt je tong er misschien wel uitgesneden,' waarschuwt de eerste bewaker, zijn stem druipend van boosaardigheid.

'Beloften, beloften,' riposteer ik, en graaf diep naar die vonk van verzet die weigert uitgedoofd te worden. Welke gruwelen ze ook hebben gepland, ik zal niet breken. Ik klamp me vast aan de kern van wie ik ben, zelfs als dat het laatste is wat ik doe.

Terwijl we de onheilspellende deuren van het lab van dr. Foxberry naderen, vermant ik me en put uit elk greintje kracht en veerkracht dat ik bezit. Mijn handen trillen van nauwelijks ingehouden woede en angst, maar ik bal ze tot vuisten, vastbesloten om me niet van binnenuit door deze monsters te laten vernietigen.

'Daar zijn we,' zegt de bewaker en duwt me door de deuropening. 'Veel plezier.'

'Bedankt,' mompel ik, mijn stem druipend van sarcasme terwijl ik de fel verlichte kamer in struikel. 'Dat wordt vast een feestje.'

Ik haal diep adem, hef mijn kin en recht mijn schouders, klaar om de nieuwe nachtmerrie die me te wachten staat het hoofd te bieden. Wat ze me ook aandoen, ik laat me niet breken. Ik ben Artemis Blackwell, en ik zal deze hel overleven – voor mezelf, voor Garnet en voor iedereen die ooit gekwetst is door lieden als dr. Foxberry en Diana.

Terwijl ik me schrap zet tegen de koude metalen tafel, mijn huid kriebelt bij de aanraking, cirkelt dr. Foxberry om me heen als een gier, zijn ogen glinsterend van verwachting. 'Ik hoop dat je klaar bent voor de sessie van vandaag,' zegt hij, zijn stem druipend van valse bezorgdheid.

'Opgewonden, zelfs,' spuug ik terug en werp hem vernietigende blikken toe. 'Ik kan me geen betere manier bedenken om mijn dag door te brengen.'

'Goed,' zegt hij grijnzend. 'Want we gaan vandaag iets nieuws proberen.'

'Fantastisch,' mompel ik binnensmonds, mijn hart bonst in mijn borst terwijl ik hem een injectiespuit zie pakken, gevuld met een onheilspellend uitziende vloeistof. Als hij me nadert, kan ik niet anders dan terugdeinzen, maar ik weiger dat me ervan te laten weerhouden terug te vechten. Ik gun hem niet de voldoening om me te zien ineenduiken.

'Ontspan je,' koert dr. Foxberry en grijpt mijn arm stevig vast terwijl hij de naald inbrengt. 'Dit doet maar even pijn.'

'Beloften, beloften,' zeg ik met samengeklemde tanden, terwijl de pijn door mijn aderen schiet als de vloeistof mijn bloedbaan binnenkomt.

Onmiddellijk wordt mijn zicht wazig en schreeuwen mijn spieren het uit van protest, maar ik dwing mezelf te focussen, bal mijn vuisten en houd me vast aan de woede die me voedt. Wat ze me ook aandoen, hoeveel ze me ook afnemen, ik zal niet stoppen met vechten om terug te winnen wat verloren is gegaan.

'Vertel me, Artemis,' fluistert dr. Foxberry, terwijl hij me met een verwrongen grijns in de ogen staart. 'Hoe voelt het?'

'Als regenbogen en zonneschijn,' snauw ik, terwijl ik de drang om over te geven onderdruk als golven van misselijkheid me overspoelen. 'Waar heb je me in godsnaam mee geïnjecteerd?'

'Ah, gewoon een kleinigheidje om je ware potentieel te helpen ontsluiten,' antwoordt hij, zijn ogen oplichtend van opwinding. 'Je zult me later dankbaar zijn.'

'Reken maar van niet,' zeg ik, mijn stem druipend van sarcasme terwijl ik worstel om bij bewustzijn te blijven. En terwijl de wereld om me heen begint te tollen, houdt één gedachte me overeind: als ik uit deze hel ontsnap, zullen dr. Foxberry en Diana boeten voor alles wat ze hebben gedaan.

'Blijf bij me, Artemis,' dringt dr. Foxberry aan, zijn stem een spottend gefluister in mijn oor. 'Je bent sterker dan dit.'

'Verdomd juist,' vertel ik hem, zelfs als mijn zicht zwart wordt. 'En je zult er spijt van krijgen dat je me ooit hebt gedwarsboomd.'

HOOFDSTUK ZEVEN

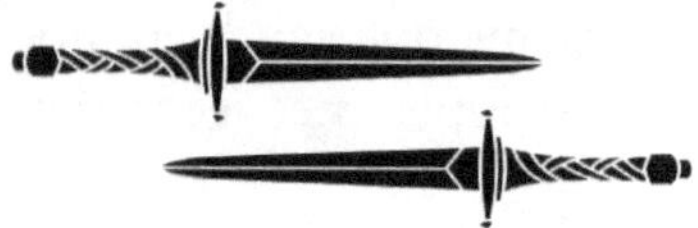

Ik kijk voorzichtig rond en verzeker me ervan dat niemand toekijkt voordat ik naar de deur van mijn cel schuifel om met Garnet te praten – of beter gezegd, de vrouw die ooit Garnet was. Ze merkt mijn aanwezigheid niet eens op terwijl ze tegen de muur leunt en wezenloos in het niets staart.

'Hé,' fluister ik. 'Herinner je je nog iets van onze vrienden? Íéts?'

'Wie?' antwoordt ze, en ze kijkt me verward aan. 'Ik weet niet waar je het over hebt.'

'Kom op, Garnet,' dring ik aan, terwijl mijn hart in mijn borst bonst en ik bij haar aandring op antwoorden. 'De Obsidiaan Cirkel? Ons team? We hebben samen helse tijden doorstaan.'

'Mijn naam is Juliet,' snauwt ze, terwijl ze zich van me afwendt en haar armen over elkaar slaat. Dit dansje van ons levert niets op, maar ik kan er niets aan doen. Ik moet weten of er nog iets van mijn vriendin over is in die lege huls.

'Goed, Juliet,' zeg ik tandenknarsend. 'Maar je moet je íéts herinneren. Wat dan ook.'

'Niets,' zegt ze vlak, haar ogen koud en afstandelijk. 'Ik heb geen idee over wie je het hebt.'

'Verdomme,' mompel ik in mezelf. Wanhopig reik ik uit met mijn geest en probeer haar gedachten te lezen. Wat ik vind, verrast zelfs mij: een totale leegte waar herinneringen zouden moeten zijn. Het is alsof iemand met een gum over haar hersenen is gegaan en ze heeft schoongeveegd. Geen wonder dat ze zo de weg kwijt is – de vrouw die voor me staat is een onbeschreven blad.

'Oké,' zeg ik, en ik dwing mezelf kalm te blijven ondanks het verdriet dat me dreigt te overmannen. 'Ik geloof je, Juliet. Als dat is wie je nu bent.'

Een golf van liefdesverdriet overspoelt me als ik Garnet – nee, Juliet – zie weglopen. Hoe heb ik dit kunnen laten gebeuren? Als ik voor dit alles maar meer tijd met haar had doorgebracht, had ik misschien een beter idee gehad van wie ze nu is. Misschien had ik haar voor dit lot kunnen behoeden.

'Hé, Juliet,' roep ik, mijn stem gespannen maar vastberaden. Ze stopt en draait zich naar me om, haar koude ogen onderzoeken de mijne. 'Vind je het goed als ik je een verhaal vertel?'

'Prima,' zegt ze, duidelijk ongeïnteresseerd. 'Maar hou het kort.'

'Er waren eens,' begin ik, mijn sarcasme zwaar aangezet, 'twee stoere meiden die zij aan zij vochten tegen het ergste uitschot van de paranormale onderwereld. Ze stonden voor elkaar klaar en niets kon hen uit elkaar rukken.'

'Klinkt spannend,' zegt ze uitdrukkingsloos, maar ik zie een flintertje nieuwsgierigheid in haar blik.

'Zeker weten,' ga ik door, en ik weef ons gezamenlijke verleden tot een levendig tapijt van herinneringen. 'We schopten kont en maakten korte metten. We hebben het verdomde Bureau voor Paranormale Zaken neergehaald toen we erachter kwamen dat ze met paranormale wezens experimenteerden in plaats van ze te beschermen. We waren niet te stoppen.'

'Een nogal dynamisch duo,' merkt ze op, maar er is iets in haar toon dat suggereert dat ze me begint te geloven. Dat ze misschien, heel misschien, kan vertrouwen op wat ik haar vertel.

'Kijk,' zeg ik, en ik probeer mijn stem stabiel te houden ondanks de emotionele beroering binnenin me. 'Ik weet dat je je hier niets van herinnert. Maar ik zweer op alles wat me dierbaar is dat het waar is. Je was – *bent* – een ongelooflijke vechter en een trouwe vriendin. En zelfs als je je herinneringen nooit terugkrijgt, geef ik je niet op.'

'Wat jij wilt,' mompelt ze, en ze wendt zich snel van me af. Maar ik zie dat ik iets diep vanbinnen heb geraakt. Een vonk is ontstoken, en ik zal er alles aan doen om die aan te wakkeren tot een vlam.

Vanaf die dag praat ik, wanneer ik de kans krijg, over ons gezamenlijke verleden in de hoop Garnets begraven herinneringen weer tot leven te wekken. Elk gesprek voelt als peuteren aan een hardnekkig slot, in een poging de juiste combinatie te vinden om de vrouw die binnenin gevangen zit te bevrijden.

De barrières rond haar geest blijven sterk, but elke kleine doorbraak voedt mijn vastberadenheid om deze strijd te blijven vechten. Als er ook maar een greintje van de oude Garnet in haar is achtergebleven, zal ik niet rusten voordat ik haar heb bevrijd.

Een flikkerend licht uit de gang werpt spookachtige schaduwen op de vochtige betonnen muren. Ik leun tegen de roestige tralies van mijn cel, mijn handpalmen doen pijn van het harde knijpen. De geur van schimmel en meeldauw vult mijn neusgaten als het geluid van voetstappen nadert.

'Artemis,' mompelt Garnet – of beter gezegd, Juliet – als ze buiten mijn cel stopt. Ze praat zacht, altijd op haar hoede voor afluisteraars. Haar ogen, ooit vol vuur en vastberadenheid, verraden nu onzekerheid en verwarring.

'Hé,' antwoord ik, en ik probeer de bitterheid uit mijn stem te houden. 'Je bent vroeg voor je dienst.'

Ze verplaatst haar gewicht van de ene voet naar de andere en kijkt naar de vloer. 'Ik wilde je iets vragen. Over... ons.'

Ons. Het woord klinkt vreemd op haar lippen, alsof ze een lang vergeten taal spreekt. Maar het is genoeg om mijn hart sneller te laten kloppen.

'Zeg het maar,' zeg ik, en ik schrap me voor wat er komen gaat.

'Hadden we... ooit een favoriete plek? Een plek waar we naartoe gingen als we even een pauze nodig hadden van al deze... rotzooi?' Haar ogen doorzoeken de mijne, en ze smeken me om een antwoord dat de deur naar haar verleden zal openen.

'Zeker,' zeg ik met een glimlach, en ik laat me meevoeren naar die betere tijden. 'De Circle had een basis in een verlaten pakhuis bij de rivier. Telkens als we een bijzonder rotdag hadden gehad, gingen jij en ik op het dak zitten, dronken we goedkoop bier en lachten we om alles en niets.'

Haar uitdrukking wordt zachter, haar ogen weerspiegelen de zwakste glinstering van herkenning. Mijn polsslag versnelt – dit zou de doorbraak kunnen zijn waarop ik heb gehoopt.

'Misschien als ik het weer zou zien... Misschien zou het me helpen herinneren,' zegt ze, haar stem nauwelijks een fluistering.

'Misschien,' stem ik in, hoewel de gedachte om haar mee te nemen naar een van onze oude plekken een rilling over mijn ruggengraat stuurt. Het is niet te zeggen welke vallen er op ons zouden kunnen wachten, of wie er zou kunnen toekijken.

'Juliet,' zeg ik, en ik test de onbekende naam terwijl hij van mijn tong rolt. 'Als je je serieus dingen wilt herinneren, moet je weten dat ik er alles aan zal doen om je te helpen. Maar het zal niet makkelijk zijn, en we zullen ons leven op het spel zetten.'

Haar blik wordt harder, een vonk van haar oude zelf laait op. 'Ik wil de waarheid weten. Wat het ook kost.'

'Goed.' Mijn stem is standvastig, maar mijn hart voelt alsof het op het punt staat uit mijn borst te barsten. 'Laten we dan beginnen.'

Garnet – Juliet – knikt, haar vastberadenheid keert met elk voorbijgaand moment terug. Terwijl ze wegloopt om haar wachtdienst te hervatten, voel ik de hoop in me op-bloeien. We bevinden ons op een gevaarlijk pad, maar als er ook maar een kans is om mijn vriendin terug te brengen, loop ik met alle plezier door de hel zelf.

De gedachte dat Diana's paranormale krachten iets te maken zouden kunnen hebben met Garnets – nee, Juliets – complete geheugenverlies jaagt me de stuipen op het lijf. Als Diana dit haar eigen mensen kon aandoen, welke andere gruweldaden heeft ze dan begaan in naam van de wetenschap?

'Artemis,' zegt Juliet zachtjes door het kleine luikje in de celdeur, en ze onderbreekt mijn gedachten. 'Je bent de hele avond stil geweest. Wat is er aan de hand?'

Ik zucht en besluit open kaart te spelen. 'Ik heb nagedacht over hoe je geest is schoongeveegd. Je bent een soort... leeg doek, en ik probeer onze geschiedenis weer op je te schilderen. Het is woedend makend, maar ik ben me iets gaan realiseren.'

Ze houdt haar hoofd schuin, nieuwsgierigheid ver-mengd met bezorgdheid in haar ogen. 'Wat dan?'

'Ik denk dat het mogelijk is dat Diana's paranormale krachten zijn gebruikt om je geheugenverlies op te wekken.' Mijn stem beeft lichtjes als ik de angstaanjagende gedachte hardop uitspreek.

'Is dat überhaupt mogelijk?' Haar voorhoofd fronst, en ik zie haar proberen de implicaties te verwerken van wat ik haar zojuist heb verteld.

'Gezien het feit dat we in een wereld leven waar bovennatuurlijke wezens en paragnosten bestaan, zou ik zeggen dat alles mogelijk is.' Mijn sarcasme is een zwakke poging om mijn angst te verbergen. 'En als zij dit echt met je heeft gedaan, dan is ze gevaarlijker dan we ooit hadden gedacht.'

Juliet neemt de informatie zwijgend in zich op, haar uitdrukking onleesbaar. Ten slotte vraagt ze: 'Maar waarom zou ze me dit aandoen?'

'Dat weet ik net zomin als jij.' Ik haal mijn schouders op, frustratie borrelt onder de oppervlakte. 'Maar ik zweer het je, Juliet, ik zal welk smerig proces dan ook dat je herinneringen van je heeft gestolen ongedaan maken. Het kan me niet schelen hoe lang het duurt of wat ik moet doen. Je verdient het om de waarheid te weten over wie je bent.'

'Dank je,' murmelt ze, haar stem nauwelijks hoorbaar. 'Ik weet niet waarom, but ik vertrouw je.'

'Goed,' antwoord ik met een strakke glimlach, en ik duw de golf van emotie die haar woorden oproepen weg. 'Dat vertrouwen zul je nodig hebben. We zitten hier samen in, en ik zal niet rusten voordat we erachter zijn gekomen wat er met je is gebeurd.'

'Artemis,' aarzelt ze voordat ze me recht in de ogen kijkt, 'als Diana mij dit heeft aangedaan, wat weerhoudt haar er dan van om het bij anderen te doen? Bij jou?'

'Niets, neem ik aan.' De gedachte is ontnuchterend, en even ben ik sprakeloos. Tenzij het een kracht is die ze maar tijdelijk heeft gestolen? Als het er een was die ze op iedereen kon gebruiken, zou ze die toch allang op mij hebben gebruikt.

Tenzij ze wil dat ik me volledig bewust ben van alles wat me overkomt.

Dat klinkt als Diana Foxberry.

Mijn vastberadenheid wordt sterker. 'Als ze iets probeert, zorg ik ervoor dat ze er spijt van krijgt.'

Juliet knikt, vastberadenheid flikkert in haar blik. Terwijl de nacht om ons heen valt, kan ik het gevoel niet van me afschudden dat we verstrikt zijn in een veel groter web van leugens en bedrog dan we ooit hadden gedacht – en ik laat het verdomme niet toe dat Diana Foxberry poppenspeler blijft spelen met onze levens.

Mijn lichaam doet pijn en mijn hoofd bonkt met het soort pijn dat alleen de verknipte experimenten van dr. Foxberry kunnen veroorzaken. Ik sleep mezelf naar het ongemakkelijke stretcher in de hoek van mijn cel en stort neer op het dunne matras. Koortsig woel en draai ik, wanhopig op zoek naar enige verlichting van de kwelling.

Tijdens mijn rusteloze slaap word ik gegrepen door een droom – een die meer als een herinnering voelt. De vrouw die ik als Garnet ken staat voor me en haar ogen stralen van herkenning. We zijn in onze oude trainingsruimte, de geur van zweet en vastberadenheid hangt in de lucht. 'Artemis,' fluistert ze, terwijl de tranen over haar wangen stromen, 'ik ben het. Ik herinner het me.'

'Goden zij dank,' breng ik snikkend uit en sla mijn armen om haar heen. We klampen ons aan elkaar vast en hoewel we snikken, borrelt het lachen tussen ons op. Het voelt alsof er een last van mijn schouders is gevallen, alsof we eindelijk weer kunnen ademhalen.

De droom spat uiteen als ik wakker word, badend in het zweet en nog steeds pijnlijk van de experimenten. Een bittere smaak vult mijn mond als ik me realiseer dat het slechts een wrede fantasie was, voortgebracht door mijn koortsige geest.

'Morgen, Juliet,' kraak ik als ik haar aan de overkant van de gang zie, terwijl ik stiekem wens dat ik haar in plaats daarvan Garnet kon noemen. Ze ontwijkt mijn blik, haar gezichtsuitdrukking is bezorgd. Ik had haar bij elke gelegenheid die ik kreeg bijgepraat over ons gezamenlijke verleden, in de hoop iets in haar te ontsteken. Nu vraag ik me echter af of ik niet te hard van stapel ben gelopen.

'Hé, Artemis,' antwoordt ze met een gespannen stem. Er heerst een ongemakkelijke stilte tussen ons – een schril contrast met de ongedwongen kameraadschap die we vroeger deelden.

'Heb ik iets gezegd wat je van streek heeft gemaakt?' vraag ik bezorgd.

Ze aarzelt en frunnikt aan de mouw van haar bewakersuniform. 'Dat is het niet,' geeft ze uiteindelijk toe. 'Het zijn gewoon... al die verhalen die je me vertelt, ze geven me het gevoel dat ik een enorm deel van mijn leven mis. Het is desoriënterend, en eerlijk gezegd maakt het me bang. Ik heb geen herinneringen zoals andere mensen. Mijn jeugd. Ouders. Ik herinner me niets van dat alles.'

'Sorry,' mompel ik, terwijl het schuldgevoel aan me knaagt. 'Het was niet mijn bedoeling je te overweldigen, maar ik dacht dat het misschien je geheugen zou opfrissen als je van ons verleden wist.'

'Misschien,' geeft ze toe, haar ogen vertroebeld door onzekerheid. 'Maar op dit moment voelt het gewoon alsof ik verstikt word door het leven van een ander. En ik weet niet hoe ik dat kan verenigen met de persoon die ik nu ben.'

'Kijk,' zeg ik op een zachtere toon. 'Als het te veel voor je is, stop ik. Ik wil de dingen niet erger voor je maken.'

'Alsjeblieft,' fluistert ze, en er flikkert opluchting in haar blik. 'Geef me gewoon... wat tijd.'

'Goed,' stem ik toe, en ik haat de berusting in mijn stem. Maar wat voor keus heb ik? Ik kan haar herinneringen niet dwingen terug te keren, hoe graag ik dat ook zou willen.

Terwijl we in een ongemakkelijke stilte vervallen, kan ik het niet helpen te denken aan de droom – aan hoe de lach van Garnet als zonneschijn op mijn huid voelde, zelfs terwijl we huilden. Dat is de Garnet die ik me herinner, de vrouw die verborgen zit onder lagen van psychische manipulatie en uitgewiste herinneringen. Ik zal haar niet vergeten en ik zal Diana Foxberry niet laten winnen. Als er ook maar de kleinste kans is om haar terug te brengen, dan grijp ik die – de gevolgen kunnen me gestolen worden.

***

'Tijd om dit telepathiegedoe eens een serieuze kans te geven,' mompel ik, terwijl ik met gekruiste benen op de koude vloer van mijn cel zit. Mijn hart racet terwijl ik al mijn energie richt op het bereiken van Garnets geest. De barrières zijn sterk en onverzettelijk, de absolute leegte een intimiderend obstakel, maar ik ben meedogenloos in mijn poging.

'Hé, Garnet, ik ben het, Artemis,' fluister ik de leegte in, terwijl ik probeer mijn stem stabiel te houden. 'Ik weet niet of je me kunt horen, maar ik ga proberen je te helpen herinneren.'

Er komt geen reactie, maar dat had ik ook niet verwacht, nog niet. In plaats daarvan zet ik door en duik dieper in haar geest. Af en toe vang ik een glimp op van haar verleden; korte flitsen van herinneringen die als water door mijn vingers glippen. Het ene moment lachen we om een drankje in onze favoriete bar, het volgende is ze weer weg, haar geest een fort dat ik niet helemaal kan binnendringen.

'Verdomme,' vloek ik binnensmonds, gefrustreerd. Maar ik weiger op te geven. Dus herpak ik me en focus op de band die we in onze tijd samen hadden gesmeed. Ik begin te praten over de kleine momenten, de grapjes die alleen wij begrepen en de gekke avonturen die we hadden beleefd.

'Weet je nog die keer dat we inbraken in de archieven van het Bureau?' vraag ik, mijn stem die licht breekt. 'We werden bijna betrapt, maar op de een of andere manier kregen we het toch voor elkaar. Of wat dacht je van de avond dat ik je leerde sloten open te breken? Je stelde mijn geduld op de proef, maar uiteindelijk lukte het je.'

Terwijl ik praat, voel ik iets verschuiven in haar geest – een flikkering van nieuwsgierigheid, misschien. Het is niet veel, maar het is genoeg om me aan te sporen door te gaan. Elke dag, elk uur, elke minuut dat ik niet de vreselijke experimenten van Dr. Foxberry onderga, reik ik naar haar uit, tegen beter weten in hopend dat iets zal doorbreken.

'Kom op, Garnet,' smeek ik op een avond, mijn stem schor van de inspanning. 'Je moet het je herinneren. We hebben je nodig. Ik heb je nodig.'

Maar nog steeds houden de barrières rond haar geest stand, als stenen muren die weigeren af te brokkelen. En met elke dag die verstrijkt, kan ik niet anders dan de verpletterende last van de tijd op me voelen drukken. Het is niet te zeggen hoeveel tijd ik nog heb in deze helse plek voordat ze me breken, en de gedachte Garnet voorgoed te verliezen beangstigt me meer dan wat dan ook.

'Weet je nog die keer dat we die vampierclub binnenglipten?' fluister ik door de muur, mijn vingertoppen die lichtjes het koude beton strelen. 'Je haatte elke seconde en bleef maar klagen over de stank. Maar je ging toch, omdat ik je smeekte.'

De stilte strekt zich tussen ons uit, slechts onderbroken door het verre druppelen van water dat in de vochtige gang echoot. Ik kan niet zeggen of Garnet luistert of niet, maar ik ga toch door, elke kleine doorbraak koesterend die mijn vastberadenheid voedt om dit gevecht voor haar te blijven voeren.

'Of wat dacht je van toen we achter die losgeslagen weerwolf aan moesten?' zeg ik, mijn stem laag en dringend terwijl ik de herinnering oproep. 'Dat verdomde ding scheurde bijna je arm eraf, maar je hield hem vast tot ik een vrij schot had. We waren verdomd goed als team, toentertijd.'

Ik sluit mijn ogen en span me in om enige verandering in Garnets mentale barrières waar te nemen. Ze zijn koppig sterk, maar ik klamp me vast aan de hoop dat het navertellen van ons gezamenlijke verleden ze zou kunnen doen barsten, al is het maar een klein beetje.

'God, weet je nog hoe Declan je altijd plaagde met je vreselijke muzieksmaak? Hij zwoer dat hij nooit meer met je mee zou rijden na die acht uur durende roadtrip vol met niets anders dan powerballads.' Ik grinnik zachtjes, ondanks het gewicht van mijn uitputting en de altijd aanwezige druk van het gevaar dat om ons heen loert.

'Juliet' blijft stil aan de andere kant, maar ik stel me voor dat ze dichterbij leunt, haar nieuwsgierigheid gewekt door deze flarden van een leven dat ze zich niet kan herinneren.

'Kom op, Garnet, je moet hiertegen vechten,' spoor ik haar aan, mijn stem brekend van emotie. 'We hebben je nodig... Ik heb je nodig.'

'Artemis,' komt haar aarzelende antwoord, haar toon gereserveerd maar onmiskenbaar verontrust. 'Waarom doe je dit?'

'Omdat ik weiger hen te laten winnen,' snauw ik, mijn frustratie die overkookt. 'Omdat ik de gedachte niet kan verdragen dat je gevangen zit in je eigen geest, niet nu we al zoveel verloren hebben.'

'Misschien is het beter zo,' mompelt ze, haar stem nauwelijks hoorbaar door de muur. 'Misschien is het voor iedereen veiliger als ik het me niet herinner.'

'Veiliger?' sis ik, en woede laait op bij die suggestie. 'Denk je dat het veilig is om als hun marionet te leven? Nee, Garnet. We gaan hier wegkomen, en we gaan deze plek steen voor verdomde steen afbreken. Maar ik kan het niet zonder jou.'

'Artemis, ik...' aarzelt ze, en heel even zweer ik dat ik een glimp van mijn oude vriendin achter de stem van de vreemdeling hoor. 'Ik wil je geloven. Ik wil... het me herinneren.'

'Blijf dan luisteren,' smeek ik, mijn hart bonzend in mijn borst. 'Ik zal je alles vertellen, elk laatste detail van ons leven samen. En op een dag zullen die herinneringen terugstromen, en zullen we weer heel zijn.'

'Oké,' fluistert ze, en ook al blijven de barrières rond haar geest frustrerend sterk, het is genoeg. Genoeg om me vechtend te houden, genoeg om me hoop te geven.

'Oké, laten we dit doen.' Ik haal diep adem en bereid me mentaal voor op de stortvloed van emoties die altijd met telepathie gepaard gaat. 'Ik ga het opnieuw proberen. Misschien kunnen we vanavond iets nieuws vinden.'

'Weet je dit zeker?' aarzelt ze, nerveus op haar lip bijtend. 'Wat als Dr. Foxberry erachter komt?'

'Laat hem maar komen,' grom ik, en woede ontsteekt in mij. 'Als hij denkt dat hij mijn vriendin kan uitwissen en ermee weg kan komen, dan heeft hij het goed mis.'

'Artemis...' Garnet spreekt haar zin niet af, maar ze zegt niet dat ik moet stoppen. In plaats daarvan voel ik dat ze dichterbij leunt, haar geest probeert open te stellen. Probeert me binnen te laten.

'Concentreer je op mijn stem,' instrueer ik, mijn ogen sluitend en met mijn hoofd vooruit duikend in de wervelende vortex van haar gedachten. 'Probeer je iets te herinneren... wat dan ook.'

Ik por zachtjes tegen de barrières die haar geest omringen en test hun kracht. Ze zijn koppig, onverzettelijk, maar ik weiger op te geven. Ik duw harder, zweetparels op mijn voorhoofd terwijl ik haar pols sneller voel gaan onder mijn vingertoppen.

'Artemis,' hijgt ze. 'Het... het doet pijn.'

'Blijf bij me,' smeek ik, mijn stem die breekt van wanhoop. 'Ik weet dat het pijnlijk is, maar we moeten blijven proberen.'

'Oké...' Ze ademt trillend uit, haar vastberadenheid wankelt maar breekt niet.

Ik duik dieper in de donkere uithoeken van haar geest, op zoek naar elke snipper van haar verloren herinneringen. De barrières beven onder mijn aanval, maar ze brokkelen niet af. Nog niet.

De minuten tikken voorbij terwijl we in stilte worstelen, onze ademhalingen schokkerig en onregelmatig. Uiteindelijk kan ik niet meer.

'Genoeg,' breng ik met een snik uit, en ik trek me met een hijg van haar terug. 'We proberen het morgen weer.'

'Artemis, het spijt me,' fluistert ze, met tranen glinsterend in haar ogen. 'Ik wil het me herinneren, echt waar...'

'Het is niet jouw schuld,' zeg ik fel, terwijl ik het zweet van mijn voorhoofd veeg. 'En ik geef je niet op, Garnet... of Juliet, of wie je in godsnaam nu ook bent. We krijgen die herinneringen terug, zelfs als het ons de kop kost.'

'Dank je,' mompelt ze zachtjes voordat ze wegglipt in de schaduwen.

Terwijl ik alleen in het donker sta, brandt mijn nieuwe doel in me als een lopend vuurtje, onblusbaar en allesverterend. Ik *zal* Garnets herinneringen en identiteit herstellen, wat er ook voor nodig is. Dr. Foxberry heeft geen idee met wie hij te maken heeft.

HOOFDSTUK ACHT

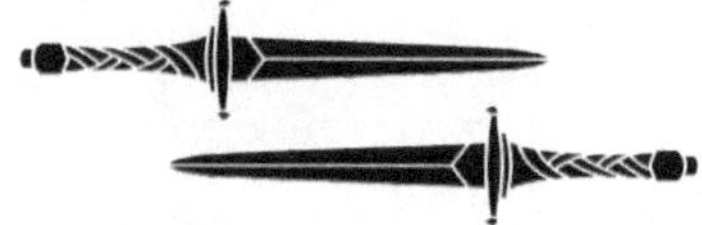

DE STANK VAN ANTISEPTICUM vult de lucht als dr. Foxberry het steriele laboratorium binnenstormt, zijn door brandwonden getekende gezicht een verwrongen masker van woede. Ik zie de spanning in de plooien van zijn voorhoofd. Garnet, die zwijgend in de buurt staat, spant zich aan bij zijn komst.

'Volkomen nutteloos,' spuugt hij, terwijl hij een beschuldigende vinger naar Garnet wijst. 'Ik heb kostbare tijd en middelen verspild in een poging u te verbeteren, en dat alles tevergeefs!'

Garnet deinst terug voor zijn harde woorden, maar blijft stil. Ik klem mijn tanden op elkaar en verstevig mijn greep op de koude metalen tafel waaraan ik ben vastgebonden. Die klootzak heeft het recht niet om zo tegen wie dan ook te praten.

'Ah, Artemis,' zegt dr. Foxberry, en hij draait zich met een sinistere grijns naar me om. 'Jij bent een van de zeldzame gevallen, nietwaar?'

Ik neem niet de moeite om hem antwoord te geven en richt me in plaats daarvan op het sonderen van zijn verwrongen geest. Wat ik daar vind, doet mijn bloed in mijn aderen bevriezen. Slechts 10% van de proefpersonen krijgt vaardigheden van zijn serums, en ik ben een van de weinige gelukkigen. Gelukkig? Ja, ammehoela.

'Wist je dat?' gaat hij verder, zich niet bewust van mijn inbraak in zijn geest. 'Slechts één op de tien proefpersonen ontwikkelt überhaupt vaardigheden... en nog minder manifesteren meerdere krachten zoals jij hebt.'

Het is meer dan dat. Ik ben geschokt door wat ik in zijn geest zie. Ik ben de enige proefpersoon die ooit meer dan twee krachten heeft ontwikkeld - tot nu toe drie, met mijn blauwe vuur, raven-transformatie en telepathie.

'Wauw, dan moet ik wel heel speciaal zijn,' snauw ik om mijn schok te verbergen. 'Krijg ik een gouden ster voor mijn inspanningen?'

Hij kijkt me boos aan, duidelijk niet gecharmeerd van mijn sarcasme. Goed zo. Hij verdient mijn medewerking niet.

'Je getart is vermoeiend, Artemis,' snauwt hij, en hij draait zich weer naar Garnet om. 'Misschien zaten we niet in deze benarde situatie als u een succes was geweest.'

'Laat haar met rust,' grom ik, me verzettend tegen mijn boeien. 'Zij is niet degene die voor gekke wetenschapper speelt met de levens van mensen.'

'Stilte!' brult dr. Foxberry, en hij slaat met zijn vuist op de tafel naast mijn hoofd. Ik krimp ineen, maar laat hem mijn angst niet zien. Ik weiger hem die voldoening te geven.

Garnets ogen schieten tussen ons heen en weer, haar uitdrukking onleesbaar. Ik kan alleen maar hopen dat iets in haar me nog steeds herkent als een vriendin, en niet als zomaar een proefkonijn.

'Genoeg hiervan,' zegt dr. Foxberry, terwijl hij zijn witte jas rechttrekt. 'We hebben werk te doen.' Hij draait zich naar Garnet, zijn stem iets zachter. 'U hebt me misschien eerder teleurgesteld, maar u hebt nog steeds een doel. Assisteer me met Artemis.'

'Natuurlijk, dokter,' antwoordt ze, haar stem nauwelijks hoorbaar.

De tl-lampen flikkeren boven me terwijl ik toekijk hoe dr. Foxberry aantekeningen krabbelt in zijn alomtegenwoordige dagboek. Ik kan de wrok die van hem uitgaat praktisch voelen, als een onweerswolk die op barsten staat.

'Zo jammer dat mijn serums nooit bij mij werken,' mompelt hij binnensmonds, duidelijk geïrriteerd. 'Maar het maakt niet uit, Diana zal de onstuitbare kracht worden die ik altijd al voor ogen had.'

'Geweldig,' zeg ik met opeengeklemde tanden, 'precies wat de wereld nodig heeft, meer psychotische bovennatuurlijke monsters.'

'Ah, maar jij, Artemis, bent werkelijk fascinerend,' zegt hij, mijn sarcasme negerend. 'Je hebt vaardigheden gemanifesteerd die niemand ooit eerder heeft gezien, en niet slechts één, maar meerdere. Het is ongehoord dat verbeterde proefpersonen meer dan twee vaardigheden hebben.'

'Zal mijn geluksdag wel zijn,' snauw ik, terwijl ik worstel met de boeien die me aan de koude metalen tafel vastbinden.

'Stel je de mogelijkheden eens voor, Artemis,' peinst dr. Foxberry, terwijl hij door mijn cel ijsbeert als een roofdier dat om zijn prooi cirkelt. 'Jouw unieke vaardigheden, gecombineerd met Diana's aangeboren krachten... Ze zal onstuitbaar zijn.'

'Alleen over mijn lijk,' snauw ik, maar het klinkt zwakker dan ik zou willen. De laatste reeks experimenten heeft me uitgeput en wankel gemaakt, en ik slaag er ternauwernood in om overeind te blijven.

'Ah, nou, dat kan geregeld worden,' antwoordt hij nonchalant, alsof hij het over het weer heeft. 'Maar nog niet. Ik heb je nog nodig, voor nu.' Zijn ogen glinsteren van misselijkmakende opwinding. 'Zodra ik de geheimen van jouw krachten ontsluit, zal ik ze overdragen op Diana, en samen zullen we de wereld naar ons beeld hervormen.'

'Geweldig,' mompel ik, met mijn ogen rollend. 'Nog een psychopaat met een godcomplex. Precies wat deze wereld nodig heeft.'

'Lach maar, mijn waarde,' zegt dr. Foxberry, zijn stem ijskoud. 'Binnenkort zul je niets meer zijn dan een vage herinnering, terwijl Diana haar rechtmatige plaats in-neemt.'

Hij laat me dan alleen, de deur slaat achter hem dicht. Ik probeer mezelf te herpakken en put uit elk greintje kracht dat ik nog heb. Maar er is iets mis. Mijn lichaam voelt alsof het in brand staat en mijn zicht wordt wazig. Mijn hart bonst als een trommel in mijn borst.

'Shit,' fluister ik, terwijl het besef tot me doordringt. Koortsig delirium stort zich als een vloedgolf over me heen, en ik weet dat ik niet lang meer heb voordat ik er volledig aan verloren ga.

Terwijl ik in en uit bewustzijn raak, vang ik flarden op van Garnet die in de buurt zweeft, haar gezicht getekend door bezorgdheid.

'Artemis... blijf bij me,' smeekt ze, haar stem ver weg en echoënd. Ik wil haar vertellen dat ik het probeer, dat ik vecht met alles wat ik in me heb, maar mijn woorden worden verzwolgen door de duisternis die me dreigt te overmannen.

'Declan... vind me,' mompel ik, de gedachte aan mijn vrienden mijn enige anker in de stormachtige zee van mijn koortsdromen. 'Alsjeblieft... geef me niet op.'

Mijn lichaam trilt, doorweekt van het zweet en bran-dend heet, terwijl ik me vastklamp aan de hoop dat ie-mand, wie dan ook, me komt halen voordat het te laat is. En dat ik, als ze dat doen, nog sterk genoeg zal zijn om terug te vechten.

Mijn koortsdromen zijn een verwrongen labyrint, elke bocht leidt me dieper de duisternis in. Maar in het hart van dit alles is Declan, mijn baken van hoop te midden van de chaos.

'Artemis!' Zijn stem snijdt als een mes door de waas, helder en sterk, terwijl zijn bekende hazelnootbruine ogen zich in de mijne boren. 'Ik heb je toch gezegd dat ik je zou vinden.'

'Declan?' fluister ik, mijn hart bonst in mijn borst. 'Ben je het echt?'

'Natuurlijk ben ik het,' grijnst hij, terwijl hij met die zelfverzekerde tred waar ik zo van ben gaan houden op me afkomt. De rest van ons team volgt vlak achter hem – de cavalerie is eindelijk gearriveerd om de dag te redden.

'Laten we je hier weghalen,' zegt Declan, en hij steekt een hand uit om me overeind te helpen. Ik reik naar hem, wanhopig om iets echts aan te raken, maar net als onze vingers op het punt staan elkaar te raken, versplintert alles als glas.

'NEE!' schreeuw ik, terwijl ik kaarsrecht overeind kom in mijn cel. De koude realiteit stort over me heen: het was gewoon weer een koortsdroom. Declan is hier niet, en ik zit nog steeds gevangen in dit hellegat met dr. Foxberry en zijn verknipte experimenten.

'Rustig maar, Artemis,' mompelt Garnet, haar stalen blik wordt even zachter. 'Het is alleen de koorts die met je hoofd speelt.'

'Voelt verdomd echt voor mij,' mompel ik bitter, mijn lichaam pijnlijk van de inspanning om wakker te blijven. 'Als een of andere zieke grap – constant de redding voor mijn neus laten bungelen, om het vervolgens weer weg te grissen.'

'Hier, laat me je helpen.' Garnet doopt een doek in een kom met ijskoud water en drukt het tegen mijn voorhoofd, de schok van de kou verzacht mijn brandende huid voor een moment. Ze houdt me als een havik in de gaten, haar Obsidiaanse Cirkel-training komt ongetwijfeld naar boven.

'Bedankt,' slaag ik erin uit te brengen, mijn stem schor en zwak. 'Dat je op me let.'

'Iemand moet het doen,' antwoordt ze, een sarcastische grijns speelt om haar lippen. 'En ik zie geen superhelden in capes die je komen redden.'

'Nog niet,' voeg ik eraan toe, mezelf dwingend om de hoop vast te houden. Als er één ding is dat ik in deze nachtmerrie heb geleerd, is het dat hoop een krachtig wapen is – en ik heb elk voordeel nodig dat ik kan krijgen.

Maar terwijl de koortsdromen me blijven kwellen met visioenen van Declan en het team die het complex bestormen, wordt het steeds moeilijker om feit van fictie te onderscheiden. Elke keer dat ik met een schok terugkeer naar de realiteit, dreigt het verpletterende gewicht van wanhoop me volledig te verzwelgen.

'Blijf geconcentreerd, Artemis,' zeg ik tegen mezelf, zelfs terwijl mijn ledematen trillen en mijn zicht wazig is. 'Je moet er klaar voor zijn als ze je komen halen. Laat de koorts niet winnen.'

'Koppig als altijd,' grijnst Garnet, terwijl ze nog een koud kompres op mijn voorhoofd drukt. 'Dat moet ik je nageven.'

'Verdomd juist,' rasp ik, en ik forceer een zwakke grijns. 'Dacht je dat ik me hierdoor zou laten klein krijgen? Geen schijn van kans.'

In dit verwrongen overlevingsspel is het aanpassen of sterven – en ik weiger iemands pion te zijn.

'Weet je nog die keer dat we die losgeslagen weerwolf uitschakelden?' mompel ik, mijn stem onduidelijk door het delirium. 'Je takelde hem als een verdomde linebacker.'

Garnet bekijkt me argwanend, haar uitdrukking ondoorgrondelijk. 'Ik... ik kan het me niet herinneren,' zegt ze aarzelend.

'Natuurlijk niet,' mompel ik, terwijl frustratie aan me knaagt. Ik wil dat ze zich herinnert wie ze is, wie wij waren. We vochten samen, bloedden samen, leefden en lachten samen. Maar nu? Ze is slechts een omhulsel zonder herinnering aan ons verleden. Het is alsof je bloed uit een steen probeert te krijgen. Ik ben hier wanhopig en klamp me vast aan de herinneringen aan betere tijden in een zinloze poging om ons beiden van de afgrond terug te trekken.

'Misschien moet je rusten,' stelt Garnet voor, haar grip op het koude kompres verstevigt.

'Rusten?' lach ik bitter. 'Denk je dat slapen helpt? Elke keer als ik mijn ogen sluit, zie ik ze – Declan, het team, allemaal haasten ze zich om me te redden. Maar het is gewoon een verdomde illusie, nietwaar? Ze komen niet, hè?'

'Artemis, zo moet je niet denken,' berispt Garnet, haar stem verrassend zacht.

'Niet?' daag ik uit, mijn ogen sluiten zich onwillekeurig terwijl uitputting me meetrekt. 'Misschien moet ik gewoon loslaten. Me overgeven aan de duisternis en er een eind aan maken.'

'Artemis, waag het niet,' sist Garnet, haar vingers graven in mijn arm. Maar haar aanraking is een verre gewaarwording, als golven die tegen de kust van een ver land slaan.

'Te laat,' fluister ik terwijl de slaap me eindelijk overmeestert en me meesleurt naar zijn troebele diepten.

En daar, te midden van de schaduwen en echo's van dromen, vind ik Declan – woest en vastberaden, zijn ogen vlammend met een onblusbaar vuur.

'Artemis,' gromt hij, en grijpt mijn schouders vast met een kracht geboren uit wanhoop. 'Luister naar me. Ik zal deze wereld verscheuren om je te vinden. Dat zweer ik op alles wat ik ben.'

'Declan...' De naam glipt als een gebed over mijn lippen, de warmte van zijn aanwezigheid dringt door tot in mijn diepste wezen.

'Houd vol,' dringt hij aan, zijn stem vastberaden. 'Ik kom je halen. Hou nog even vol.'

'Oké,' adem ik, en put de weinige kracht die ik kan uit zijn belofte. En terwijl de droom vervaagt en plaatsmaakt voor de koude realiteit van mijn cel, klamp ik me aan die belofte vast als aan een reddingslijn – mijn laatste sprankje hoop in de oprukkende duisternis.

***

De eerste zonnestralen sijpelen door het kleine raam en werpen een ziekelijke gele gloed over de koude betonnen vloer. Ik voel me als een dweil – nee, laat maar, ik wou dat ik me zo goed voelde. Mijn koorts is gezakt, maar mijn lichaam trilt nog steeds van zwakte en doet pijn van top tot teen.

'Werd tijd dat je wakker werd,' mompelt Garnet, haar ogen bezorgd tot spleetjes geknepen terwijl ze toekijkt hoe ik moeite doe om overeind te komen. 'Je maakte me ongerust.'

'Sorry dat ik je tot last ben,' kaats ik terug, mijn stem schor en rauw. Maar eerlijk gezegd ben ik dankbaar voor haar wakende aanwezigheid, ook al is die met bitterheid omgeven.

De deur van mijn cel zwaait open en Dr. Foxberry komt binnen wandelen, een verwrongen glimlach spelend om zijn lippen. 'Ah, mevrouw Blackwell, wat fijn om te zien dat je eindelijk wakker bent. Ik begon me al zorgen te maken dat we je kwijt waren.'

'Zou dat niet tragisch zijn geweest?' snauw ik, terwijl ik hem boze blikken toewerp.

'Inderdaad. Ik heb zulke grote plannen met je, mijn waarde.' Hij grinnikt duister en wrijft in zijn handen als een gekke wetenschapper in een B-film. 'Nu je koorts gezakt is, denk ik dat het de hoogste tijd is dat we onze kleine... experimenten hervatten.'

'Ik kan niet wachten,' grom ik, en duw mezelf overeind ondanks de protesten van mijn gehavende ledematen. De kamer deint alarmerend, maar ik weiger hem te laten zien hoe zwak ik werkelijk ben.

'Geduld, Artemis,' berispt Dr. Foxberry me, zijn toon druipend van valse sympathie. 'We willen je toch niet te hard pushen, hè?'

'Pas op,' waarschuw ik, hoewel de dreiging geen echte kracht heeft. 'Als je zo doorpraat, gaan mensen nog denken dat het je echt iets kan schelen.'

'Wat een pittige tante ben je toch, hè?' grijnst hij, duidelijk genietend van mijn verzet. 'Goed dan, je mag nu rusten. Maar ik verwacht dat je morgen klaar bent om verder te gaan.'

'Ik kan niet wachten,' herhaal ik, het sarcasme zo dik dat je erin zou stikken.

'Tot dan, mevrouw Blackwell,' zegt hij met een theatrale buiging, en dan is hij weg, en laat me alleen met Garnet en het gewicht van mijn eigen ellende.

'Artemis,' fluistert Garnet, haar stem lichtelijk bevend. 'Ik... het spijt me.'

'Bespaar het je,' snauw ik, niet in de stemming voor verontschuldigingen – oprecht of niet. Op dit moment kan ik me alleen concentreren op de knagende angst dat ik deze plek misschien nooit zal ontvluchten, dat ik gewoon weer een van Dr. Foxberry's verknipte creaties zal worden.

'Artemis...' probeert ze opnieuw, maar ik kap haar af met een scherp handgebaar.

'Genoeg, Garnet.' Ik wil haar medelijden niet – ik heb het niet nodig. Wat ik nodig heb is een uitweg uit dit helle-gat, en op dit moment lijkt dat net zo ver en onbereikbaar als de sterren.

Terwijl de uitputting opnieuw aan me klauwt, sluit ik mijn ogen, op zoek naar een greintje troost in de donkere afgrond van de slaap. Als er nog enige hoop voor me is, dan ligt die in de herinneringen aan degenen van wie ik hou, en de beloftes die ze hebben gedaan.

'Declan,' adem ik, zijn naam een stil gebed, en ik klamp me vast aan zijn beeld als aan een reddingslijn, wanhopig op zoek naar de kracht om de nieuwe kwellingen die me 's ochtends te wachten staan te doorstaan.

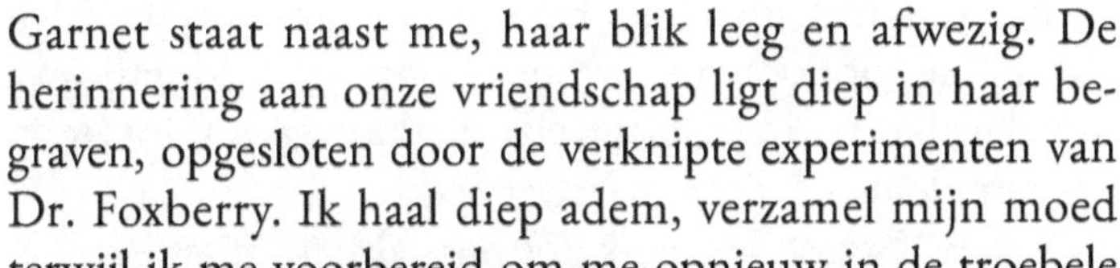

Garnet staat naast me, haar blik leeg en afwezig. De herinnering aan onze vriendschap ligt diep in haar be-graven, opgesloten door de verknipte experimenten van Dr. Foxberry. Ik haal diep adem, verzamel mijn moed terwijl ik me voorbereid om me opnieuw in de troebele diepten van haar geest te begeven.

'Weet je nog die keer dat we dat verlaten pakhuis bin-nenglipten, op zoek naar geesten?' vraag ik nonchalant, en houd mijn stem zacht zodat Dr. Foxberry het niet kan horen. 'Je gilde als een klein meisje toen die kat tevoorschi-jn sprong.'

Garnets ogen flikkeren van verwarring, maar ze blijft zwijgen. Ik ga door, in de hoop de juiste sleutel te vinden om haar herinneringen te ontsluiten en haar bij me terug te brengen.

'Of wat dacht je van toen we inbraken bij die ondergrondse vechtclub? Je hebt ons bijna de kop gekost, maar het was het waard, alleen al om de blik op de gezichten van die kerels te zien toen we ze een pak rammel gaven.'

'Artemis,' mompelt Garnet, iets in haar blik verschuift minimaal. 'Waarom doe je dit?'

'Omdat ik mijn vriendin terug wil,' zeg ik haar, mijn stem breekt. 'En omdat ik weet dat de echte jij er nog steeds in zit. Je bent geen van Foxberry's marionetten, Garnet.'

'Hou op met praten!' snauwt Dr. Foxberry vanaf de andere kant van de kamer, zijn aandacht getrokken door ons gefluister. 'Je verstoort de tests.'

'Sorry, Doc,' zeg ik, met net genoeg sarcasme in mijn toon om duidelijk te maken dat zijn kostbare experimenten me geen zier kunnen schelen. 'We hadden het gewoon over de goede oude tijd.'

'Genoeg,' gromt hij, stapt naar voren en grijpt mijn arm. 'Nog één woord en ik zorg ervoor dat je er spijt van krijgt.'

'Oké,' mompel ik, en doe alsof ik me onderwerp terwijl ik meewerk met zijn eisen. Hij laat mijn arm los, tevreden dat hij me voorlopig het zwijgen heeft opgelegd. Hij weet niet dat elke daad van verzet, elke kleine overwinning, mijn vastberadenheid alleen maar versterkt.

'Focus,' beveelt hij, en ik doe het - althans uiterlijk.

'Artemis,' fluistert Garnet, zo zacht dat alleen ik haar kan horen. 'Ik... ik geloof dat ik me iets herinner.'

'Echt waar?' Mijn hart maakt een sprongetje bij de mogelijkheid, maar ik dwing mezelf kalm te blijven. 'Wat herinner je je?'

'Flitsen,' zegt ze aarzelend. 'Fragmenten. Ik kan ze nog niet samenvoegen, maar... het is iets.'

'Blijf proberen,' spoor ik haar aan, mijn borst zwelt van hoop. 'We komen hier doorheen, samen. Zoals altijd.'

'Oké,' ademt ze, haar ogen ontmoeten de mijne in een moment van gedeelde vastberadenheid voordat we onze aandacht weer op Dr. Foxberry en zijn verknipte experimenten richten.

Voorlopig spelen we het spelletje mee, wachten we onze tijd af en verzamelen we onze krachten. Maar binnenkort zullen de rollen omdraaien, en als dat gebeurt, zal ik klaar zijn om toe te slaan. En God helpe eenieder die me in de weg staat.

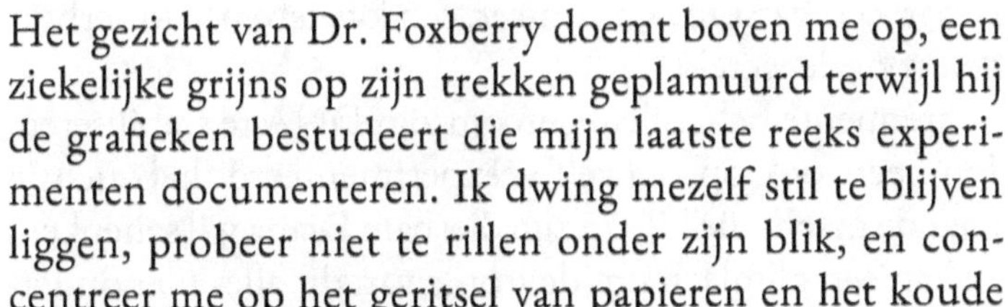

Het gezicht van Dr. Foxberry doemt boven me op, een ziekelijke grijns op zijn trekken geplamuurd terwijl hij de grafieken bestudeert die mijn laatste reeks experimenten documenteren. Ik dwing mezelf stil te blijven liggen, probeer niet te rillen onder zijn blik, en concentreer me op het geritsel van papieren en het koude metaal van het bed onder me.

'Artemis,' spint hij, 'ik ben verheugd te zien dat je zo snel herstelt. We kunnen ons werk binnen de kortste keren hervatten.'

'Blij dat te horen,' mompel ik, mijn stem dik van sarcasme. Mijn gedachten racen op zoek naar een manier om aan deze nachtmerrie te ontsnappen, om terug te vechten tegen deze gek die er alles aan doet om me in iets monsterlijks te veranderen.

'Jouw veerkracht is werkelijk opmerkelijk,' gaat Dr. Foxberry verder, zich niet bewust van mijn innerlijke onrust. 'Maar ja, dat is wat je zo... speciaal maakt.'

'Speciaal' is niet bepaald het woord dat ik zou gebruiken, maar het is een opening – een kans om dieper in Dr. Foxberry's verknipte geest te graven en iets, wat dan ook, te vinden dat me een voordeel kan geven. Dus reik ik uit, laat mijn mentale ranken zijn gedachten volgen terwijl ik worstel om een neutrale uitdrukking te behouden.

'Vleierij brengt je nergens, Doc,' zeg ik, in de hoop dat mijn woorden hem zullen afleiden van de onzichtbare invasie die in zijn hoofd plaatsvindt. 'Ik ben nog steeds niet je proefkonijn.'

'Natuurlijk niet,' antwoordt hij gladjes. 'Je bent zoveel meer dan dat.'

Mijn maag keert om bij zijn woorden, maar ik zet door en duik dieper in het doolhof van zijn herinneringen. En daar, begraven onder lagen van ambitie en wreedheid, vind ik het: een barst in zijn pantser, een kwetsbaarheid verborgen voor de wereld.

Frequente behandelingen om zijn DNA te stabiliseren. Hij heeft ook op zichzelf geëxperimenteerd, hebzuchtig naar de macht die hij aan zijn dierbare Diana wil schenken. Ik kan een glimlach om de ironie van dit alles niet onderdrukken – de grote Dr. Foxberry, ten val gebracht door zijn eigen overmoed.

'Iets grappigs, Artemis?' vraagt hij, zijn ogen vernauwen zich argwanend.

'Niks,' lieg ik, en probeer mijn nieuwe kennis niet op mijn gezicht te laten zien. 'Ik vroeg me gewoon af wanneer je je eindelijk gaat vervelen met me te martelen.'

'Nooit,' zegt hij met een kille glimlach. 'Jouw unieke gaven zijn te waardevol om te verspillen.'

'Moet zwaar zijn, wetende dat je serums je niet kunnen geven wat je wilt,' tart ik, en test het water. Zijn uitdrukking flikkert even, en ik weet dat ik een gevoelige snaar heb geraakt.

'Voorzichtig, mevrouw Blackwell,' waarschuwt hij, en zijn greep om de grafiek verstevigt. 'Je bent niet in de positie om me tegen je in het harnas te jagen.'

'En anders? Vermoord je me?' kaats ik terug, mijn verzet gevoed door de wetenschap dat ik nu iets heb om tegen hem te gebruiken als de tijd rijp is. 'Ga je gang. Kijk maar hoeveel je dan nog aan me hebt.'

'Artemis,' zegt hij, zijn stem druipend van dreiging, 'verwar mijn geduld niet met zwakte.'

'Zou er niet aan denken,' antwoord ik, mijn hart bonst in mijn borst terwijl ik hem aanstaar.

Even staan we vast in een stille wilskrachtstrijd, waarbij elk de ander uitdaagt om als eerste met zijn ogen te knipperen. Dan, zonder een ander woord, draait Dr. Foxberry zich op zijn hielen om en beent de kamer uit, mij achterlatend om te zonnebaden in de gloed van mijn kleine overwinning.

'Tot de volgende keer, Doc,' fluister ik als de deur achter hem dichtslaat. En terwijl ik daar lig, mijn lichaam pijnlijk en mijn geest tollend, doe ik een stille belofte: ik zal een manier vinden om deze kennis tegen hem te gebruiken, om hem ten val te brengen en mezelf te bevrijden.

Ik moet het alleen lang genoeg overleven om het te doen.

HOOFDSTUK NEGEN

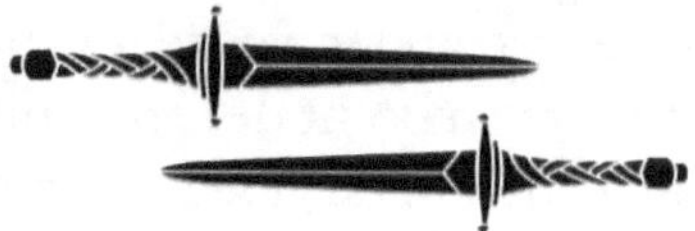

MIJN DROMEN ZIJN EEN warboel van duisternis en ver-warring wanneer ruwe handen me terug naar de werke-lijkheid rukken. 'Wakker worden, prinsesje,' grijnst een van de bewakers terwijl ze me uit mijn cel sleuren.

'Waar is mijn tiara?' snauw ik terug, terwijl ik elke zweem van angst in mijn stem probeer te verbergen. Ik kan ze niet laten weten hoezeer hun aanraking me van mijn stuk brengt. Ik ben verdomme Artemis Blackwell; ik krimp niet ineen.

'Houd je kop!' blaft een andere bewaker en duwt me vooruit. Het felle tl-licht snijdt in mijn ogen, waardoor het moeilijk is om mijn omgeving in me op te nemen. De steriele gangen stinken naar chemicaliën en wanhoop. Elke stap weg van die godvergeten cel voelt als een eeuwigheid.

'Maar serieus, waar gaan we naartoe?' eis ik, terwijl mijn hart in mijn borst bonst. Mijn handpalmen zijn zweterig, maar ik weiger enige zwakte te tonen. Ik moet sterk blijven voor welk ziek lot Dr. Foxberry ook voor me in petto heeft.

'Stil!' snauwt de eerste bewaker, terwijl hij zijn vuist in mijn haar balt. Het kost me al mijn wilskracht om niet te krimpen van de pijn.

'Klootzak,' mompel ik binnensmonds. Ik worstel om een plan te bedenken en probeer me genoeg te concentreren om mijn telepathie te laten werken, of te veranderen in een raaf, of zelfs om mijn oudste en sterkste kracht op te roepen, mijn blauwe vuur. Maar voordat ik twee samenhangende gedachten op een rij kan zetten, schudt een enorme explosie de faciliteit op haar grondvesten. Door de kracht word ik van mijn voeten geblazen en de bewakers die me vasthouden struikelen.

'Declan,' fluister ik, terwijl hoop als adrenaline door me heen stroomt. Hij is hier. Ze zijn hier om me te redden. Het team is gearriveerd.

Om ons heen breekt chaos uit terwijl alarmen loeien en paniekerige kreten de lucht vullen. De troepen van Dr. Foxberry haasten zich om hun zieke speeltuin te verdedigen tegen de aanval van mijn vrienden. Rook vult de gangen, maar zelfs door de walm kan ik de angst in de ogen van mijn ontvoerders zien.

'We moeten hier weg!' schreeuwt een van de bewakers, die mijn arm grijpt en me overeind trekt. Ik ruk mijn arm bij hem weg.

'Echt niet dat je me nog eens aanraakt,' snauw ik, terwijl adrenaline door mijn aderen stroomt. Als Declan hier is, dan heb ik misschien, heel misschien, een kans.

'Blijf achter!' waarschuwt de andere bewaker, zijn wapen op me richtend. Maar ik heb te lang bang en machteloos in deze plek gezeten. Het is tijd om de rollen om te draaien.

'Leuke poging, vriend,' grijns ik, terwijl ik elk greintje kracht dat ik nog heb, oproep. In de chaos van de strijd tussen mijn vrienden en de troepen van Dr. Foxberry is het nu of nooit. En ik ga niet zonder slag of stoot ten onder.

Het blauwe vuur laait op en beide bewakers gaan schreeuwend neer. Ik blijf niet staan om te kijken, draai me om en ren zo hard als mijn uitgeputte krachten het toelaten de tegenovergestelde richting op.

'Artemis!' schreeuwt een stem en Garnet verschijnt uit de rook. Ze is een onwelkome verrassing, maar er is nu iets anders aan haar. In plaats van die koude, berekenende blik, zijn haar ogen gevuld met verwarring en... schuldgevoel?

'Artemis,' zegt ze met een aarzelende stem. 'Het spijt me. Ik herinner me niet veel, maar ik weet dat ik je onrecht heb aangedaan. Mijn geweten... het is als een stem in mijn hoofd die me vertelt dat ik je moet helpen ontsnappen.'

'Echt? Je geweten, hè?' werp ik tegen, met een sceptisch opgetrokken wenkbrauw. 'En hoe kan ik jou vertrouwen?'

'Kijk, ik neem het je niet kwalijk dat je me niet vertrouwt.' Ze kijkt om zich heen naar de chaos die zich ontvouwt. 'Maar op dit moment heb je niet veel keus. Laat me je helpen, Artemis. Alsjeblieft.'

'Goed.' Ik klem mijn tanden op elkaar, met een hekel aan het feit dat ik haar hulp moet accepteren, maar ze heeft gelijk – ik heb geen andere opties.

'Blijf dichtbij,' waarschuwt Garnet en leidt me door de dikke rookwalm. We duiken achter muren en weven ons een weg door gevallen puin, waarbij we de gevechten tussen het team van Declan en de troepen van Dr. Foxberry vermijden.

'Wacht!' hijg ik en grijp Garnets arm vast als we een groep bewakers passeren die zich niet bewust van onze aanwezigheid lijken te zijn. 'Hoe in hemelsnaam hebben ze ons niet gezien?'

'Dat moet jouw paranormale mojo zijn,' grijnst ze en geeft me een samenzweerderige knipoog. 'Laten we nu doorgaan.'

'Wat je zegt, "geweten",' snier ik terug, maar mijn hart bonst van een mengeling van angst en opwinding. Hoewel ik het niet wil toegeven, voelt het als een krachtig voordeel om Garnet aan mijn kant te hebben. Misschien, heel misschien, kunnen we levend uit deze nachtmerrie komen.

Terwijl we verder door de pandemonium navigeren, kan ik niet anders dan aan Declan en het team denken, hopend dat ze in orde zijn. Mijn vastberadenheid wordt sterker, wetende dat ik ze moet vinden en me bij het gevecht moet voegen. Dr. Foxberry en zijn zieke experimenten hebben al genoeg pijn en lijden veroorzaakt.

'Hé, Garnet,' fluister ik en vang haar blik als we even pauzeren. 'Beloof me één ding – nadat we uit dit hellegat zijn, doe je je best om alles goed te maken.'

'Artemis,' zegt ze, haar stem zacht en oprecht. 'Ik weet niet wat ik in het verleden heb gedaan, maar ik beloof je dit: ik zal er alles aan doen om ervoor te boeten.'

'Goed.' Ik knik en voel een sprankje hoop, zelfs te midden van de chaos. 'Laten we nu maken dat we hier wegkomen.'

Het gekrijs van metaal en de dreun van een nieuwe explosie weergalmen door de faciliteit en doen me op mijn grondvesten schudden. Ik grijp Garnets hand en kan me niet aan het gevoel onttrekken dat ik een hert in de koplampen ben – gedesoriënteerd, paniekerig en volledig uit mijn element.

'Artemis, concentreer je!' schreeuwt Garnet boven de kakofonie uit, haar greep om mijn hand wordt strakker. 'We moeten doorgaan!'

'Oké,' mompel ik en dwing mezelf om eruit te breken. Terwijl we een hoek om rennen, zie ik een groep bewakers recht op ons afkomen. Instinctief reik ik uit met mijn paranormale krachten en weef een subtiele suggestie in hun gedachten. Zie ons niet, hoor ons niet, loop gewoon door...

'Wauw,' mompelt een bewaker en wrijft over zijn slapen. Hij wendt zich tot zijn kameraden, met gefronste wenkbrauwen. 'Hoorden jullie dat?'

'Waarschijnlijk alleen de wind,' zegt een ander afwijzend en ze vervolgen hun weg, onbewust van onze aanwezigheid.

'Goed werk,' fluistert Garnet met een grijns. 'Laten we nu de bron van die explosies zoeken.'

'Heb je enig idee waar we moeten beginnen?' vraag ik, terwijl ik mijn grillige hartslag probeer te kalmeren.

'Het lawaai volgen, denk ik,' haalt ze haar schouders op, en we versnellen, ons een weg banend door de schijnbaar eindeloze gangen. Elke explosie stuurt trillingen door de vloer onder ons, waardoor het moeilijk is om op onze voeten te blijven. Ondanks de chaos kan ik het gevoel niet van me afschudden dat ik in de gaten word gehouden, en het zijn niet alleen de bewakers waar ik me zorgen over maak. Er loert iets roofzuchtigs in de schaduwen, en het heeft zijn zinnen op mij gezet.

'Artemis, voel je dat?' vraagt Garnet, duidelijk dezelfde onheilspellende aanwezigheid voelend.

'Ik kan niet zeggen dat ik er een fan van ben,' antwoord ik en slik moeizaam. 'Maar we kunnen het ons niet veroorloven om nu te stoppen.'

'Eens. We moeten gewoon extra voorzichtig zijn.'

'Geweldig, want voorzichtig is mijn tweede naam,' grap ik, en ze rolt met haar ogen om mijn sarcasme. Maar diep vanbinnen ben ik doodsbang. Wat ons ook besluipt, het voelt vertrouwd — als een echo van een nachtmerrie die ik me niet helemaal kan herinneren.

Voor nu kunnen we echter alleen maar doorgaan, stap voor wankele stap. Bij elke dreun bid ik dat Declan en de anderen veilig zijn, dat ze vooruitgang boeken in deze godvergeten plek. Wat mij betreft, mijn krachten zijn misschien onstabiel, maar ik kom hier weg, wat er ook voor nodig is.

Ik ren een hoek om, mijn hart slaat tegen mijn ribbenkast alsof het probeert te ontsnappen. Het bonzen in mijn oren is zo luid dat ik de explosies die om ons heen uitbarsten nauwelijks kan horen. Mijn benen voelen als gelei, maar ik dwing mezelf om door te gaan.

'We zijn er bijna, Artemis,' zegt Garnet, haar stem gespannen van vastberadenheid. En dan zie ik hem — Declan, omringd door bewakers, zijn ogen vlammend van woede. Hij gooit er een uit balans en schakelt hem snel uit met een goed gerichte stoot. Hem voor mij, voor ons zien vechten, stuurt een golf adrenaline door mijn aderen.

'Declan!' schreeuw ik, en hij kijkt op, zijn hazelnootkleurige ogen ontmoeten de mijne — opluchting en liefde stromen over zijn gezicht.

'Artemis!' Hij grijnst, maar het is een woeste en wilde grijns, als de jaguar waarin hij kan veranderen. Het gevaar kan me niet schelen; ik moet gewoon bij hem zijn. Ik sprint naar hem toe, mijn angst tijdelijk vergeten terwijl ik me in zijn armen werp.

'Nooit gedacht dat je blij zou zijn om dit lelijke gezicht te zien,' plaagt hij, me zachtjes vasthoudend ondanks de chaos om ons heen.

'Houd je kop, idioot. Houd me gewoon vast,' snauw ik en begraaf mijn gezicht in zijn borst. Zijn geur, een mengeling van zweet en leer, overweldigt mijn zintuigen en aardt me in deze nachtmerrie waarin we gevangen zitten.

'Ik laat je nooit meer gaan, Artemis. Dat beloof ik,' fluistert hij en drukt een tedere kus op mijn voorhoofd. Het moment is bitterzoet, onze hereniging bezoedeld door het feit dat we nog lang niet veilig zijn. Maar voor nu is deze korte onderbreking van de terreur genoeg.

'Jongens, we hebben gezelschap!' schreeuwt Garnet, waardoor we abrupt terugkeren naar de realiteit. Meer bewakers naderen, met getrokken wapens, en we weten dat we niet veel tijd hebben. Ik trek me met tegenzin los uit Declans omhelzing, mijn handen trillend terwijl ik naar het pistool grijp dat in de tailleband van mijn leren broek zit.

'Oké dan,' zeg ik, en probeer dapperder te klinken dan ik me voel. 'Laten we deze klootzakken laten zien wat er gebeurt als ze met ons sollen.'

'Verdomd juist,' gromt Declan, zijn ogen brandend van vastberadenheid. En daarmee storten we ons weer in de strijd, zij aan zij vechtend alsof het zo had moeten zijn.

Met een diepe zucht sluit ik mijn ogen en concentreer ik me op de psychische energie die in me wervelt. Het is als een poging een blootliggende stroomdraad te temmen, maar ik heb het nu harder nodig dan ooit. Terwijl ik uitadem, laat ik mijn krachten door me heen stromen en reik ik uit naar de geesten van de bewakers die ons pad blokkeren.

'Jongens, volg mij,' zeg ik terwijl ik zelfverzekerd naar voren stap, de anderen achter me aan. De bewakers lijken te aarzelen, hun wapens zakken een klein stukje nu mijn telepathische suggestie wortel schiet. 'Blijf gewoon doorlopen en kijk niet om.'

'Artemis, hoe ver is het nog naar het binnenste heiligdom van dr. Foxberry?' vraagt Declan, zijn stem gespannen.

'Het zou net om deze hoek moeten zijn,' antwoord ik, biddend dat mijn krachten me nu niet in de steek zullen laten. We slaan de hoek om en daar is het: een imposante dubbele deur die praktisch 'kwaadaardig hol' schreeuwt.

'Oké, is iedereen er klaar voor?' vraagt Garnet. Haar handen trillen ondanks de stalen vastberadenheid in haar ogen.

'Zo klaar als we maar kunnen zijn,' zeg ik, mijn hart bonkt als een drilboor in mijn borst. Ik grijp de deurklinken en trek ze met een knikje van Declan open. Het zicht dat ons begroet is genoeg om mijn bloed te doen koken.

'Ah, Artemis Blackwell,' zegt dr. Terrence Foxberry en kijkt op van zijn gestoorde experimenten alsof we niets meer zijn dan een klein ongemak. 'Ik had je al verwacht.'

'Natuurlijk had je dat, jij zieke klootzak,' spuug ik, mijn vingers trekken naar het pistool aan mijn zijde. Maar nee, ik wil dat hij de volle kracht van mijn woede voelt, niet een onpersoonlijke kogel.

'Wat een vijandigheid,' tstst hij en schudt zijn hoofd met gespeelde teleurstelling. 'En na alles wat ik voor je heb gedaan.'

'Voor mij gedaan? Je hebt me ontvoerd, op me geëxperimenteerd en geprobeerd mijn verdomde herinneringen te stelen!' schreeuw ik, terwijl ik de bekende golf van psychische energie voel opkomen. 'Je gaat boeten voor wat je hebt gedaan, Foxberry.'

'Artemis, wees voorzichtig,' waarschuwt Declan, zijn stem gespannen van bezorgdheid. Maar ik kan me niet langer inhouden, niet nu dit monster recht voor me staat.

'Eens zien hoe je het vindt om aan de ontvangende kant van je eigen zieke spelletjes te staan,' snauw ik en ontketen een stortvloed van psychische energie op dr. Foxberry. Hij heeft amper tijd om te reageren voordat hij door de kamer wordt gesmeten en met een misselijkmakende krak tegen de achterste muur slaat.

'Artemis, verlies de controle niet,' smeekt Declan en grijpt mijn arm terwijl ik worstel om de storm die in mij woedt te bedwingen.

'Controle? Deze klootzak verdient mijn controle niet!' schreeuw ik, tranen stromen over mijn gezicht terwijl ik vecht tegen de drang om mijn krachten volledig op hem los te laten.

'Artemis, pas op!' Declans waarschuwing komt te laat. Terwijl ik mijn psychische energie verzamel, verschijnt Diana voor dr. Foxberry, haar groene ogen fonkelen van boosaardigheid.

'Dacht je echt dat het zo makkelijk zou zijn?' sneert ze, haar handen naar me opgeheven. In een oogwenk voel ik een ijzige greep om mijn geest die mijn krachten afsnijdt. De druk is ondragelijk terwijl Diana me leegzuigt, waardoor ik zwak en gedesoriënteerd achterblijf.

'Het lijkt erop dat ik nu een godin ben,' kraait ze, haar stem druipt van arrogantie. 'Ik heb je dierbare gaven afgenomen, Artemis.'

'Laat haar los!' brult Declan en stormt op Diana af, woede brandend in zijn hazelnootkleurige ogen. Maar hij komt niet ver voordat hij abrupt tot stilstand komt, zijn lichaam verstijft terwijl Diana hem mentaal verlamt.

'Pathetisch,' sneert ze, haar blik op Declan gericht. 'Je bent niks zonder je dierbare Artemis aan je zijde.'

'Stop... ermee...' weet ik eruit te persen, mijn zicht wordt wazig terwijl het laatste van mijn psychische kracht wegebt. Wanhoop klauwt vanbinnen terwijl ik toekijk hoe Diana geniet van haar nieuwe kracht, wetende dat ik haar niet kan tegenhouden.

'Geef haar krachten terug!' brult Declan, worstelend tegen Diana's psychische greep. Zweetdruppels parelen op zijn voorhoofd, een bewijs van de immense druk waaronder hij staat. Zelfs met zijn bovenmenselijke kracht lijkt het onmogelijk om los te breken.

'Alsjeblieft, Diana,' smeek ik, de zwakte in mijn stem hatend. 'Doe dit niet.'

'Ach, arme Artemis,' spot Diana, haar stem druipt van gespeelde sympathie. 'Je zou me moeten bedanken. Ik heb je tenslotte van die vervelende last verlost.'

'Loop naar de hel,' spuug ik en dwing mezelf overeind te blijven ondanks de duizeligheid die me dreigt neer te halen. Mijn ledematen voelen zwaar en mijn hart is een razendsnelle tromslag in mijn borst, maar ik weiger Diana me te zien ineenduiken.

'Artemis, forceer jezelf niet,' smeekt Declan, zijn ogen nog steeds op Diana gericht. 'We vinden wel een andere manier.'

'Een andere manier?' snuif ik bitter. 'Kijk om je heen, Declan. We hebben geen opties meer.'

'Genoeg hiervan,' snauwt Diana, haar groene ogen vernauwen zich terwijl ze haar aandacht op Garnet richt. 'Ik ben je bemoeizucht zat.'

Garnets ogen worden groot van angst als Diana's psychische energie om haar heen begint te wervelen, dreigend haar geest opnieuw te wissen. De gedachte dat mijn vriendin dat lot opnieuw moet ondergaan, dat ze zichzelf volledig verliest, ontsteekt diep in mij iets oerouds.

'Laat. Haar. Met. Rust!' schreeuw ik, de woorden razen als een orkaan door me heen. Mijn stem echoot tegen de muren en even lijkt alles stil te staan.

In die fractie van een seconde smelt elke gram van mijn woede en angst samen tot een vloedgolf van psychische kracht die op Diana neerstort. De pure kracht ervan smijt haar door de kamer. Ze stort bovenop haar vader op de vloer en ze liggen daar in een hoop verstrengelde ledematen.

'Artemis!' schreeuwt Declan, die zich eindelijk weer kan bewegen. Hij rent naar Diana's ineengedoken gedaante, maar recht voor onze ogen verdwijnen zij en haar vader letterlijk. Gewoon weg, alsof ze er nooit waren geweest.

'Wat de hel!' Declan begint rond te zoeken, maar ik houd hem tegen met een hand op zijn arm.

'Laat ze,' hijg ik, terwijl ik de kloppende pijn in mijn hoofd probeer te negeren. 'We moeten deze plek vernietigen. Nu.'

'Inderdaad,' stemt Declan in, zijn ogen schieten naar de gestoorde machines om ons heen. 'Laten we deze nachtmerrie met de grond gelijkmaken.'

'Werd tijd,' mompelt Garnet, nog steeds trillend van haar bijna-geheugenwissing.

'Iedereen, verspreiden,' commandeert Athina, haar scherpe ogen scannen de kamer op overgebleven bedreigingen. 'Vernietig alles wat met dit zieke project te maken heeft.'

Terwijl het team zich verspreidt om de goddeloze creaties van dr. Foxberry te vernietigen, kan ik een klein vonkje van voldoening niet onderdrukken. Dit hellegat zal spoedig niets dan as zijn en met een beetje geluk maken we een einde aan de gestoorde ambities van Foxberry.

De vloer trilt onder mijn voeten terwijl we bezig zijn de laatste apparatuur van dr. Foxberry te slopen. Ik hoor de verre kreten van zijn handlangers door de gangen echoën, vermengd met het bevredigende geluid van verbrijzelend glas en verwrongen metaal. Nadia moet hier zijn, de krachtige telekineet die eruitziet als een doorsnee voetbalmoeder uit een buitenwijk. Niemand anders kan zoveel verwoesting aanrichten.

'Artemis,' roept Declan van de andere kant van de kamer, zijn stem gespannen. 'We moeten hier weg, nu.'

'Vlak achter je,' roep ik terug en laat mijn psychische energie nog een laatste gruwel verscheuren voordat ik me naar hem omdraai. Het puin regent om ons heen neer en ik voel het gebouw beginnen te bezwijken onder de druk van onze aanval. Op dit punt is het een race tegen de klok.

'Iedereen, rennen!' schreeuw ik en neem de leiding terwijl we naar de uitgang sprinten. Mijn hart hamert in mijn borst, zowel van de adrenaline als van de angst dat we het misschien niet levend zullen halen. Ik leun tegen Declan voor steun en voel de geruststellende warmte van zijn lichaam tegen het mijne. Zijn jaguarkracht geeft me de energie die ik wanhopig nodig heb om door te gaan.

'Blijf dichtbij,' gromt hij en grijpt mijn hand stevig vast. Het is moeilijk te zeggen of zijn stem gevuld is met bezorgdheid of dat het gewoon het wilde randje is dat hij sinds zijn transformatie heeft ontwikkeld.

'Alsof ik je ooit uit het oog zou laten,' grap ik en slik de paniek door die me dreigt te overweldigen. Deze plek is een levende nachtmerrie geweest en het enige wat ik wil is het voorgoed achter ons laten.

'Bijna daar,' schreeuwt Garnet over het gebrul van instortende muren, haar ogen gericht op de snel krimpende uitgang. Hoewel ze nog steeds duizelig is van Diana's aanval, zie ik de vastberadenheid in haar ogen branden.

'Kom op!' spoor ik ze aan en duw mijn vrienden vooruit met het kleine beetje psychische energie dat ik nog heb. Het voelt alsof het gewicht van de wereld op me drukt, maar ik weiger het ons te laten tegenhouden.

Eindelijk breken we door de laatste afbrokkelende muur en de open lucht in. De nachtelijke hemel strekt zich boven ons uit als een donkere, fluweelachtige deken bezaaid met sterren. Ik had nooit gedacht dat ik zo dankbaar zou zijn om de door de maan verlichte straten van deze godvergeten stad te zien.

'Artemis!' roept Declan uit, zijn armen slaan zich om me heen als ik tegen hem aan in elkaar zak. De opluchting die over me heen spoelt is bijna te veel om te verdragen; eindelijk, na alles wat we hebben meegemaakt, is mijn nachtmerrie voorbij.

'Dank je,' fluister ik in zijn borst en laat me omhullen door de veiligheid van zijn omhelzing. Voor het eerst in wat een eeuwigheid lijkt, kan ik opgelucht ademhalen in de wetenschap dat er een einde is gekomen aan de gestoorde plannen van dr. Foxberry.

'Altijd, Artemis,' mompelt hij en drukt een zachte kus op mijn voorhoofd. 'Ik laat nooit meer toe dat jou iets overkomt.'

'Beloofd?' vraag ik en kijk op naar hem met een sprankje hoop in mijn ogen.

'Dat beloof ik plechtig,' zweert hij, zijn hazelnootkleurige ogen stralen van felle vastberadenheid.

Terwijl de overblijfselen van de Foxberry Corp Labs-faciteit achter ons ineenstorten, klamp ik me vast aan Declan en durf ik te geloven dat we misschien, heel misschien, een keerpunt hebben bereikt en kunnen beginnen met het opnieuw opbouwen van ons leven. Samen.

Hoofdstuk Tien

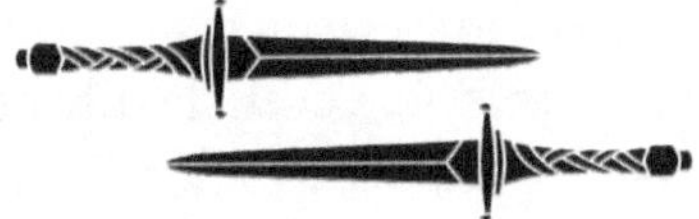

Blauwe bliksem knettert om mijn vingers, de energie pulserend en wild als een gekooid dier. Mijn hart gaat tekeer terwijl ik wanhopig probeer mijn nieuwe psychische krachten te beheersen, maar ze zijn net zo koppig als ik.

'Artemis, focus!' De stem van Declan snijdt door de storm van elektriciteit die om me heen wervelt. 'Je kunt dit.'

Ik klem mijn kaken op elkaar en dwing mijn gedachten tot bedaren, in de hoop dat de energie zal oplossen. Maar het laait weer op en zoemt gevaarlijk dicht bij Declan en het team. Verdomme. Het laatste wat ik wil, is hen pijn doen.

'Pas op!' schreeuw ik, terwijl ik naar voren duik om Declan uit de baan van een wilde bliksemschicht te duwen. Hij struikelt achteruit, zijn ogen wijd van bezorgdheid.

'Gaat het?' vraagt hij, terwijl zijn sterke handen mijn schouders vastgrijpen. Ik knik, terwijl het schuldgevoel vanbinnen aan me knaagt. Ik heb iedereen in gevaar gebracht met deze onvoorspelbare kracht.

'Misschien moeten we een pauze nemen,' stelt Athina op voorzichtige toon voor. Ze heeft gelijk. Ik moet even weg voordat ik per ongeluk een van mijn vrienden rooster.

'Prima,' snauw ik, terwijl de frustratie overkookt. 'Ik ben buiten.' Ik stamp de kamer door, elke stap gevoed door woede en angst. Wat als ik deze gaven nooit leer beheersen? Wat als ik uiteindelijk niets meer ben dan een gevaar voor degenen om wie ik geef?

'Artemis, wacht,' roept Declan me na, zijn voetstappen vlak achter me. Ik wil geen geruststellingen of gemeenplaatsen meer horen. Ik weet dat hij het goed bedoelt, maar op dit moment ben ik mijn eigen grootste vijand.

'Declan, geef me gewoon... even de ruimte, oké?' Ik pers de woorden er met moeite uit en slik mijn tranen in. Ik wil niet dat hij ziet hoe erg dit me breekt. Ik moet me zien te vermannen, voor hen en voor mezelf.

'Oké,' zegt hij zacht, zijn hand blijft een moment op mijn arm rusten voordat hij loslaat. 'Neem je tijd. We gaan nergens heen.'

Ik knik en slik de brok in mijn keel weg. Ik stap naar buiten, maar de koele nachtlucht biedt weinig troost terwijl ik met mijn innerlijke demonen worstel. Mijn onstabiele krachten zijn misschien een bedreiging voor iedereen om me heen, maar ik ga nog liever dood dan dat ik ze laat winnen. Ik moet een manier vinden om ze te beheersen – voor Declan, voor het team en voor mezelf.

'Artemis.' Declans stem is zacht als hij me eindelijk weer benadert, zijn ogen gevuld met een empathie die me volledig dreigt te ontwapenen. 'We komen hier wel uit, oké? Je bent niet alleen.'

'Beloofd?' fluister ik, mijn stem nauwelijks hoorbaar voor mezelf.

'Altijd,' antwoordt hij en dat simpele woord heeft meer gewicht dan welke grootse verklaring dan ook. En op de een of andere manier is het op dat moment genoeg om me te laten doorvechten.

De nachtlucht prikt in mijn longen als ik buiten sta en probeer mijn hoofd leeg te maken. Mijn hart bonst als ik mijn psychische gaven uitreik. Gedachteslierten slingeren door de geesten van mijn vrienden en ik ben er niet trots op. Maar ik moet weten of ze me als een tikkende tijdbom zien.

'Artemis,' zegt Declan achter me, zijn stem voorzichtig. 'Wat ben je aan het doen?'

'Niks,' lieg ik en trek me terug uit hun gedachten. Argwaan, wantrouwen – het zit er allemaal, net onder de oppervlakte. Het voelt als een klap in mijn maag, maar ik kan het ze niet kwalijk nemen.

'Kom op. Je hoeft dat niet te doen,' zegt hij, duidelijk mijn onrust aanvoelend. 'We maken ons allemaal zorgen om je, dat is waar. Maar we zijn er ook voor je.'

'Echt waar?' snauw ik, terwijl ik mijn frustratie laat opborrelen. 'Want het voelt alsof niemand van jullie me nog vertrouwt. Alsof ik een of andere verdomde last ben.'

Declan haalt een hand door zijn ongekamde bruine haar, zijn hazelnootkleurige ogen vol pijn. 'Kijk, ik zal niet doen alsof je nieuwe krachten niet zorgwekkend zijn. Ze zijn gevaarlijk, onvoorspelbaar. Maar we doen dit samen. We helpen je de controle terug te krijgen.'

'Makkelijk praten voor jou,' mompel ik en sla mijn armen over elkaar. 'Jij hebt je eigen chique krachten onder controle.'

'Artemis, voor mij was het ook niet altijd makkelijk,' herinnert hij me, zijn stem nu zachter. 'Maar we komen hier wel uit, oké? Dat beloof ik.'

Ik staar hem aan, op zoek naar enige zweem van bedrog of twijfel in zijn ogen. Tot mijn opluchting vind ik die niet. Maar onze hereniging is niet het goede einde waar ik op had gehoopt. Er is een kloof tussen ons, gesmeed door mijn beproeving en alleen maar breder gemaakt door de onzekerheid rond mijn onstabiele gaven.

'Bedankt,' zeg ik zacht en dwing een glimlach op mijn gezicht. 'Dat waardeer ik.'

'Mooi,' zegt hij en slaagt erin zelf ook een kleine grijns te produceren. 'Kom nu weer naar binnen. We hebben werk te doen.'

'Rustig maar, bazig type,' plaag ik, de steek van hun angst verbergend achter mijn sarcasme. Maar terwijl ik hem terug naar binnen volg, vraag ik me af of ik de afstand tussen ons ooit echt zal overbruggen. Of dat het gewoon te laat is.

⁂

De nachtlucht is koel op mijn huid, maar de warmte van Declans lichaam trekt me dichterbij terwijl we verstrengeld in de lakens liggen. Maanlicht sijpelt door de kieren van de gordijnen en werpt zachte schaduwen over onze ledematen. Ik kan het niet laten om met mijn vingertoppen de lijnen van zijn littekens te volgen, stuk voor stuk een getuigenis van gestreden en gewonnen gevechten.

'Artemis,' ademt hij, zijn stem schor van verlangen. Onze lippen ontmoeten elkaar, monden die samenkomen alsof ze nooit van elkaar gescheiden zijn geweest. Het is elektrisch, bedwelmend, en voor een moment vervaagt het gewicht van alles en blijven alleen wij over.

'Declan,' fluister ik terug, mijn handen geklemd om zijn schouders. Zijn kracht is altijd een troost geweest, een anker in de storm van mijn leven. Maar vanavond is het meer dan dat – het is een reddingslijn, iets waar ik me wanhopig aan vastklamp.

Terwijl we samen bewegen, gedreven door passie en verlangen, kan ik het gevoel dat er iets niet klopt niet van me afschudden. Het is subtiel, maar het is er – een aarzeling, een afstand die er voorheen niet was. In het heetst van onze verbinding probeer ik het opzij te schuiven, maar het knaagt aan me, hardnekkig en onmiskenbaar.

'Declan,' hijg ik, plotseling overweldigd door het gevoel. 'Je houdt je in.'

Hij verstijft boven me, zijn hazelnootkleurige ogen doorzoeken de mijne. 'Nee, dat doe ik niet,' houdt hij vol, zijn stem zelfs voor hemzelf niet overtuigend.

'Alsjeblieft,' smeek ik, mijn hart pijnlijk samenknijpend van de kracht van mijn verlangen naar hem. 'Lieg niet tegen me. Niet hierover.'

Even aarzelt hij, gevangen tussen de waarheid en de leugen. Dan, met een diepe zucht, geeft hij toe. 'Het spijt me, Artemis. Het is niet mijn bedoeling. Ik ben gewoon... bezorgd. Om jou.'

'Over wat ik zou kunnen doen?' vraag ik bitter, de woorden smaken zuur in mijn mond. 'Over hoe ik de controle zou kunnen verliezen en je pijn zou kunnen doen?'

'Nee,' zegt hij vastberaden en pakt mijn gezicht tussen zijn handen. 'Niet zo. Ik maak me zorgen over wat dit met je doet, hoe het je verandert. Ik wil niet dat je jezelf verliest aan deze krachten.'

Ik houd zijn blik vast, op zoek naar enig spoor van twijfel of angst. Maar alles wat ik zie is liefde, rauw en fel en beschermend. En toch is er nog steeds die afstand tussen ons, die kloof die ik niet lijk te kunnen overbruggen.

'Declan,' zeg ik zacht, mijn stem breekt. 'Ik heb je nodig. Jou helemaal. Alsjeblieft.'

Hij buigt zich naar voren en drukt een tedere kus op mijn lippen. 'Ik ben hier, Artemis,' mompelt hij. 'Ik ga nergens heen.'

Als we weer samenkomen, blijft het gewicht van onze angsten en twijfels hangen, maar voor nu schuiven we ze opzij. We vinden troost in elkaar en zoeken verbinding in het donker, ook al weten we allebei dat er iets tussen ons is verschoven – iets wat misschien nooit meer hetzelfde zal zijn.

De stilte die volgt is dik, verstikkend. Ik kan er niet meer tegen. 'Ik hou van je, Declan,' zeg ik, de woorden ontsnappen als een wanhopige uitademing.

Hij verstijft naast me, zijn blik gefixeerd op een punt in de verte. Even reageert hij niet en mijn hart voelt alsof het in een bankschroef wordt geklemd.

'Artemis...' Hij laat de zin onafgemaakt, het lijkt alsof hij worstelt om de juiste woorden te vinden. Maar ze komen nooit.

'Zeg het terug,' smeek ik, mijn stem nauwelijks een fluistering. 'Alsjeblieft.'

'Artemis, ik—' Hij stopt en slikt zwaar. 'Ik geef zo veel om je, meer dan ik ooit voor mogelijk had gehouden. Ma ar... de dingen zijn veranderd. We zijn allebei veranderd.'

'Is dat jouw manier om te zeggen dat je niet meer van me houdt?' vraag ik, niet in staat om de gekwetstheid uit mijn toon te houden. Mijn lichaam spant zich aan, klaar voor de genadeklap.

Declan haalt een hand door zijn ongekamde haar, frustratie op zijn gezicht gegrift. 'Nee, dat is het niet. Het is alleen... we moeten voorzichtig zijn. Met alles wat er is gebeurd, met je krachten—'

'Stop.' Ik steek een hand op en breng hem tot zwijgen. 'Verschuil je niet achter mijn krachten. Als je niet van me houdt, zeg het dan gewoon.'

Zijn hazelnootkleurige ogen ontmoeten de mijne, vol van kwelling. 'Dat is niet wat ik zeg, Artemis. Ik wil er voor je zijn, je hier doorheen helpen. Maar we moeten voorzichtig zijn.'

'Geweldig,' snauw ik en trek me van hem terug. 'Dus mijn overwinning op Diana kan me jou kosten. Is dat het? Is dat de prijs die ik moet betalen om ons allemaal te redden?'

'Artemis, verdraai mijn woorden niet,' zegt Declan en reikt naar me. Maar ik ben al buiten zijn bereik en sla mijn armen om me heen alsof ik de pijn binnen wil houden.

'Had ik haar gewoon moeten laten winnen?' vraag ik met trillende stem. 'Zou dat de dingen makkelijker voor je hebben gemaakt?'

'Natuurlijk niet,' zegt hij, zijn stem gespannen. 'Maar we kunnen niet negeren wat er is gebeurd. Het heeft alles veranderd, Artemis. We moeten het onder ogen zien, samen.'

'Zeg het dan, Declan,' fluister ik, terwijl de tranen in mijn ooghoeken branden. 'Zeg dat je van me houdt. Bewijs me dat dit niet onherstelbaar is.'

Hij aarzelt, en op dat moment weet ik: onze band zal misschien nooit meer hetzelfde zijn. Het gewicht van alles dreigt me te verpletteren, maar toch weiger ik me erdoor te laten breken. Ik zal Declan niet zonder slag of stoot verliezen – zelfs als het een gevecht is tegen de duisternis in mij.

'Artemis...' Hij reikt weer naar me uit, maar ik deins achteruit.

'Laat maar,' mompel ik, terwijl ik mijn tranen wegveeg. 'Vergeet dat ik iets gezegd heb.'

'Artemis, alsjeblieft,' smeekt hij, zijn gezicht getekend door pijn.

Ik schud mijn hoofd en kap hem af. 'We vinden hier wel een oplossing voor, op de een of andere manier. Maar nu heb ik wat ruimte voor mezelf nodig.'

'Goed,' geeft hij zachtjes toe. 'Maar... sluit me niet volledig buiten, oké?'

'Oké,' antwoord ik met een brekende stem. Terwijl ik wegloop, kan ik het niet helpen me af te vragen of mijn overwinning op Diana me het enige zal kosten wat ik niet kan verdragen te verliezen: Declan.

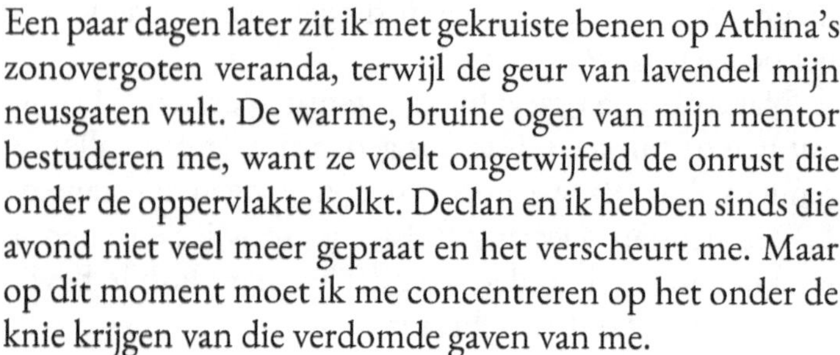

Een paar dagen later zit ik met gekruiste benen op Athina's zonovergoten veranda, terwijl de geur van lavendel mijn neusgaten vult. De warme, bruine ogen van mijn mentor bestuderen me, want ze voelt ongetwijfeld de onrust die onder de oppervlakte kolkt. Declan en ik hebben sinds die avond niet veel meer gepraat en het verscheurt me. Maar op dit moment moet ik me concentreren op het onder de knie krijgen van die verdomde gaven van me.

'Goed, Artemis,' zegt Athina, haar stem zacht maar kordaat. 'We beginnen met wat meditatieoefeningen om je te helpen de controle over je psychische krachten te herwinnen.'

'Tuurlijk, Yoda,' antwoord ik, terwijl ik een zwakke glimlach forceer. Athina rolt met haar ogen om mijn sarcasme, maar geeft er geen commentaar op.

'Sluit je ogen en haal langzaam en diep adem,' instrueert ze, terwijl ze tegenover mij in een vergelijkbare houding gaat zitten. 'Laat je gedachten afdrijven, als wolken die door de lucht trekken.'

Ik doe wat ze zegt, adem diep in en probeer de frustratie los te laten die vanbinnen aan me vreet. Mijn geest heeft echter andere plannen. Beelden van Declan flitsen voor mijn gesloten ogen – de manier waarop hij zich inhield tijdens ons intieme moment, de aarzeling in zijn stem toen ik hem vroeg die drie simpele woorden te zeggen. Het voelt als een mes dat in mijn buik wordt omgedraaid.

'Artemis,' Athina's stem doorbreekt mijn gedachten en trekt me terug naar het heden. 'Je emoties krijgen de overhand. Concentreer je op je ademhaling en stel je een beschermende barrière voor rond je geest.'

'Jij hebt makkelijk praten,' grom ik binnensmonds, maar ik probeer het toch. Ik beeld me een muur van zilveren stenen in die mijn gedachten omhult en ze afschermt van de buitenwereld. Langzaam wordt mijn hartslag rustiger en ontspannen mijn spieren.

'Goed,' prijst Athina, die mijn vooruitgang voelt. 'Nu gaan we oefenen met het aanwenden van je krachten zonder de controle te verliezen. Probeer mijn emoties te voelen, maar onthoud: je bent slechts een waarnemer, geen deelnemer.'

'Begrepen,' zeg ik, mezelf schrap zettend voor de komende uitdaging. Terwijl ik me op Athina's energie concentreer, voel ik een golf van kalmte over me heen spoelen. Het is geruststellend en vertrouwd, alsof ik op een hete zomerdag mijn tenen in een koel meer doop. Maar ik houd me in en laat haar gevoelens niet in de mijne doordringen.

'Heel goed, Artemis,' zegt ze onder de indruk. 'Je behoudt de controle. Trek je nu langzaam terug uit mijn geest.'

Ik trek me terug en laat mijn mentale grip op haar emoties los. Mijn zilveren muur blijft intact, en ik kan een sprankje trots niet onderdrukken. Misschien kan ik dit toch wel.

'Zie je wel?' zegt Athina met een veelbetekenende glimlach. 'Je bent sterker dan je denkt.'

'Misschien,' geef ik toe, terwijl ik probeer mijn twijfels niet te laten blijken. Terwijl we doorgaan met onze meditatieoefeningen, kan ik het knagende gevoel niet van me afschudden dat er meer op het spel staat dan alleen het beheersen van mijn krachten. Als ik Declan niet kan bewijzen dat ik nog steeds dezelfde persoon ben waar hij verliefd op werd – dat ik iemand ben die hij kan vertrouwen – welke hoop hebben we dan nog?

Maar voor nu zal ik me richten op het herwinnen van de controle. Steen voor steen.

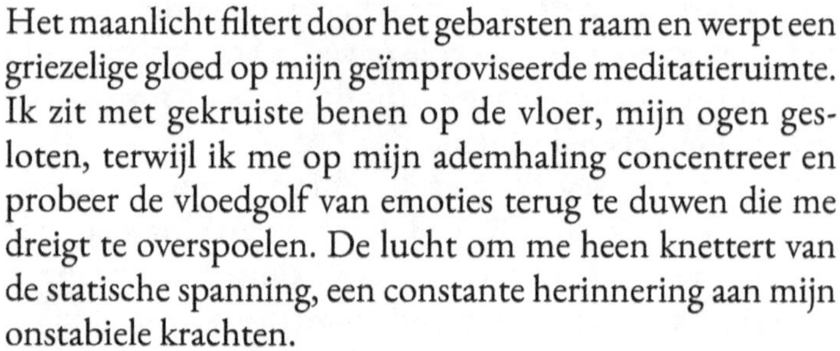

Het maanlicht filtert door het gebarsten raam en werpt een griezelige gloed op mijn geïmproviseerde meditatieruimte. Ik zit met gekruiste benen op de vloer, mijn ogen gesloten, terwijl ik me op mijn ademhaling concentreer en probeer de vloedgolf van emoties terug te duwen die me dreigt te overspoelen. De lucht om me heen knettert van de statische spanning, een constante herinnering aan mijn onstabiele krachten.

'Artemis,' roept Declan zachtjes vanuit de deuropening, zijn stem gespannen. 'Je zit hier al uren. Je hebt pauze nodig.'

Mijn vastberadenheid wankelt en de zilveren muur die mijn geest beschermt tegen de gedachten van anderen, hapert. Ik haal diep adem, in de hoop dat hij standhoudt. 'Dat kan ik niet,' pers ik eruit. 'Ik moet dit onder controle krijgen.'

'Een pauze nemen betekent niet dat je opgeeft,' houdt hij vol, terwijl hij de kamer binnenstapt. Zijn hazelnootbruine ogen zijn gevuld met bezorgdheid, maar ik weet wat eronder schuilt – behoedzaamheid, wantrouwen. Hij is bang voor me, al zou hij het nooit toegeven.

'Laat me dit alsjeblieft gewoon doen,' zeg ik, mijn stem breekt. 'Ik moet bewijzen dat ik geen gevaar ben voor iedereen om me heen.'

'Artemis, we maken ons allemaal zorgen om je,' antwoordt hij en hurkt naast me neer. Zijn hand zweeft boven mijn schouder, aarzelend om me aan te raken. 'Maar jezelf afzonderen is niet het antwoord.'

'O nee?' kaats ik terug, terwijl de woede opvlamt. 'Hoe minder tijd ik met mensen doorbreng, hoe kleiner de kans dat ik de controle verlies en iemand pijn doe.'

'Of hoe meer tijd je alleen doorbrengt, hoe waarschijnlijker het is dat je in een spiraal van zelftwijfel belandt en de zaken erger maakt,' pareert hij, zijn toon ferm maar zacht.

'Jij hebt makkelijk praten,' mompel ik, bitterheid sijpelt door in mijn woorden. 'Jij bent niet degene die bijna zijn eigen team heeft gedood.'

'Artemis, kijk me aan.' Zijn stem is laag, dwingend. Met tegenzin open ik mijn ogen en kijk hem aan. Nu is hij niet bang – enkel vastberaden, standvastig. 'Je bent sterker dan je denkt. Je hebt onvoorstelbare uitdagingen doorstaan en bent er aan de andere kant weer uitgekomen. Dit is niet anders.'

'Behalve dat het wél anders is,' fluister ik, terwijl de tranen in mijn ooghoeken prikken. 'Deze keer zit de vijand in mij. En ik ben de strijd aan het verliezen.'

'Laat ons je dan helpen om die te bevechten,' zegt hij en legt eindelijk zijn hand op mijn schouder. De warmte van zijn aanraking stuurt een rilling over mijn rug. 'Samen komen we hier wel uit.'

Ik wil hem geloven, maar als ik in zijn ogen kijk, vang ik op een onbewaakt moment een flits van angst op. Hij maakt zich zorgen over wat ik zou kunnen worden, en dat snijdt dieper dan welk mes dan ook.

'Alsjeblieft, Declan,' smeek ik, mijn hart zwaar van wanhoop. 'Geef me gewoon wat tijd. Laat me bewijzen dat ik dit kan.'

Hij aarzelt, knikt dan en knijpt in mijn schouder voordat hij opstaat. 'Goed,' geeft hij toe. 'Beloof me alleen dat je ons niet volledig buitensluit.'

'Dat beloof ik,' lieg ik, hoewel de woorden als as in mijn mond voelen. Ik kijk hem na terwijl hij weggaat, en sluit dan mijn ogen weer, in een poging de muur weer op te bouwen die mijn gedachten van die van alle anderen scheidt. Maar met elke steen die ik leg, dreigt het gewicht van hun wantrouwen – en mijn eigen zelftwijfel – me te verpletteren.

Het geluid van voetstappen die mijn afgelegen hoekje naderen, doet me opschrikken. Mijn hart gaat tekeer en ik grijp instinctief naar het mes aan mijn zijde. Maar als ik Garnets vertrouwde gezicht zie, ontspan ik me – een heel klein beetje.

'Vind je het goed als ik erbij kom zitten?' vraagt Garnet, haar stem zacht en aarzelend.

'Moet je zelf weten,' mompel ik, terwijl ik mijn blik op het gebarsten beton onder mijn laarzen gericht houd.

'Artemis, ik heb gehoord wat er met Declan is gebeurd,' zegt ze terwijl ze naast me gaat zitten. 'Ik weet dat je het op dit moment moeilijk hebt.'

'Moeilijk?' Ik schamper en rol met mijn ogen. 'Zo kun je het ook noemen.'

'Kijk, ik snap het,' vervolgt Garnet, onverstoord door mijn sarcasme. 'Jij en ik zijn allebei door een hel gegaan. We hebben meer littekens dan we kunnen tellen, vanbinnen en vanbuiten.'

Ze houdt haar hand op en onthult een grillige lijn over haar handpalm. Het is een spiegelbeeld van een van de mijne, een aandenken aan ons gedeelde verleden. De herinnering dat we niet alleen zijn in onze pijn is vreemd genoeg geruststellend.

'Op dit moment heb je het gevoel dat je verdrinkt in je eigen krachten, en iedereen om je heen houdt zijn adem in, wachtend tot je hen ook mee de diepte in trekt,' zegt ze, haar ogen in de mijne verankerd. 'Maar je kunt die angst, die onzekerheid, jou niet laten bepalen.'

'Jij hebt makkelijk praten,' snauw ik en kijk weer weg. 'Jij bent niet degene die per ongeluk iemand kan doden door er alleen maar aan te denken.'

'Dat is waar,' geeft ze toe. 'Maar ik heb mijn portie duisternis wel gehad. En ik heb geleerd dat jezelf opgeven het ergste is wat je kunt doen.'

'Zelfs als het betekent dat ik Declan verlies?' fluister ik, met een hekel aan hoe kwetsbaar ik klink.

'Juist dan,' antwoordt Garnet vastberaden. 'Als je nu opgeeft, zul je nooit weten wat er had kunnen zijn. Wat jullie samen nog zouden kunnen worden.'

'Maak ik mezelf dan niet alleen maar klaar voor meer hartzeer?' vraag ik bitter.

'Misschien,' geeft ze toe. 'Maar is het niet beter om voor iets te vechten – voor iemand – dan de duisternis zonder slag of stoot te laten winnen?'

Ik zucht, diep vanbinnen wetend dat ze gelijk heeft. Declan opgeven, mezelf opgeven, zou zijn als de overwinning op een zilveren dienblad aan mijn demonen aanreiken.

'Oké,' mompel ik, terwijl de vastberadenheid in me opborrelt. 'Ik geef niet op. Niet tot ik echt verloren ben.'

'Goed,' zegt Garnet, haar stem vol overtuiging. 'Kom dan nu van je reet af en ga met Declan praten. Vertel hem hoe je je voelt en laat hem je helpen jezelf terug te vinden.'

Knikkend sta ik op en veeg de laatste van mijn tranen weg. De weg die voor me ligt zal lang en verraderlijk zijn, maar met mijn vrienden aan mijn zijde, weet ik dat ik alles aankan wat op mijn pad komt.

'Bedankt, Garnet,' zeg ik en sla haar op de schouder. 'Voor alles.'

'Altijd,' antwoordt ze, een oprechte glimlach verlicht haar gezicht. 'Daar zijn vrienden voor, toch?'

'Inderdaad,' stem ik toe en voel een hernieuwd gevoel van doelgerichtheid terwijl ik wegloop. Ik zal vechten voor Declan, voor mezelf, en voor de hoop dat we op een dag allemaal onze demonen achter ons kunnen laten.

HOOFDSTUK ELF

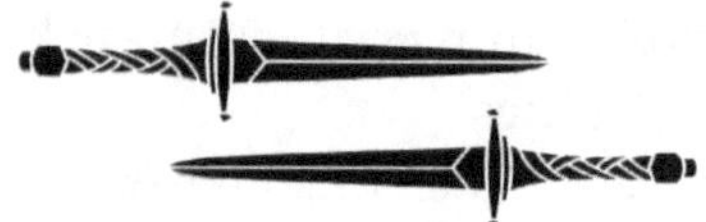

DE SCHEMERIGE VERLICHTING IN het verlaten pakhuis verlicht Malcolms gezicht nauwelijks en werpt griezelige schaduwen terwijl hij fronst. Hij probeert zachtzinnig te zijn met Garnet, maar de urgentie in zijn stem sijpelt erdoorheen.

'Kom op, Garnet,' dringt hij aan, zijn violette ogen fel. 'Je moet je herinneren wie je echt bent.'

Ik voel een wanhopig medelijden met hem. Hij en Garnet hadden iets, seksueel zo niet romantisch, voor haar verdwijning en schijnbare dood. Het moet ongelooflijk zwaar voor hem zijn dat ze plotseling weer opduikt, maar zich niets van ons herinnert.

Garnet bijt op haar lip, haar blik schiet heen en weer tussen mij en Malcolm alsof we een soort kermisattractie zijn. Ik kan het haar niet kwalijk nemen; sinds ze mij voor het eerst zag, is haar eens zo geordende leven veranderd in een wervelwind van geheimen en verraad. Het is genoeg om iedereen aan zijn verstand te laten twijfelen.

'Oké,' geeft ze toe, duidelijk niet blij met het idee. 'Maar als iets niet goed voelt, wil ik dat je stopt.'

'Afgesproken,' zeg ik, en ik probeer geruststellend te klinken, ook al staan mijn zenuwen strakgespannen. De gedachte om in iemands anders geest te duiken is altijd verontrustend, maar met Garnet voelt het bijzonder gevaarlijk. Ik ben nooit goed geweest in aardig doen tegen anderen, en het laatste wat ik nodig heb is nog een lid van onze al explosieve groep tegen me in het harnas te jagen.

'Klaar voor?' vraagt Malcolm, die een stap achteruit doet om ons ruimte te geven.

'Laten we het maar achter de rug hebben,' mompelt Garnet, en ze sluit haar ogen.

Ik haal diep adem, reik uit om haar voorhoofd aan te raken en concentreer me op onze gedeelde ervaringen van het afgelopen jaar. Dat moet de sleutel zijn om de waarheid te ontsluiten.

Terwijl ik dieper in haar geest duik, word ik gebombardeerd met flitsen van herinneringen — sommige glashelder, andere wazig en onsamenhangend. Er is in elke herinnering een gevoel van aarzeling, alsof Garnets onderbewustzijn vecht tegen de indringing.

'Concentreer je op je echte naam,' fluister ik, terwijl ik door de troebele wateren van haar gedachten navigeer. 'Het is de eerste stap om jezelf terug te vinden.'

'Jij hebt makkelijk praten,' kaatst ze terug, haar stem echoot door de duisternis als een spookachtige verschijning. 'Probeer jij maar eens je hele leven van je afgerukt te krijgen en kijk dan maar eens hoe goed jij je je eigen verdomde naam herinnert.'

'Geloof me, ik weet hoe dat voelt,' snauw ik terug, terwijl mijn eigen herinneringen aan verlies en verraad naar boven borrelen. Ik schud de afleiding van me af en ga door, vastbesloten om de antwoorden te vinden die we nodig hebben.

'Kom op, Garnet,' dring ik aan, mijn stem nu zachter. 'De waarheid zit daar ergens. Je moet hem alleen naar buiten laten komen.'

Met tegenzin begint Garnet dieper in haar verleden te graven, de waas lost langzaam op naarmate haar vastberadenheid toeneemt. De herinneringen worden helderder, levendiger, totdat er uiteindelijk één enkel woord door de leegte weerklinkt:

'Victoria.'

'Victoria!' roep ik uit, mijn hart bonst in mijn borstkas als de verbinding tussen ons verbreekt. Garnet — nee, Victoria — knippert met haar ogen naar me, die wijd openstaan van schok en besef.

'Is dat... mijn echte naam?'

'Lijkt er wel op,' antwoord ik, en ik probeer de over-winningsroes die door mijn aderen stroomt te onder-drukken. 'Welkom terug, Victoria.'

'Dank je,' zegt ze aarzelend, nog steeds de onthulling aan het verwerken. Haar blik schiet terug naar Mal-colm, wantrouwig maar dankbaar. 'Voor het helpen herinneren.'

'Natuurlijk,' zegt hij zacht, en hij geeft haar een kleine glimlach. 'Daar zijn vrienden voor.'

'Maar ik heb de naam Garnet met een reden aangenomen.' Haar kaak wordt strakker en ik zie meer van de oude Garnet in haar uitdrukking, de koppige vechter die geen duimbreed zou wijken, hoe slecht de kansen ook waren. 'Wie Victoria ook was, ik heb haar lang geleden achtergelaten. Ik ben Garnet. Dat is de naam die ik heb gekozen, dat is wie ik zal zijn.'

Malcolm en ik knikken beiden en respecteren haar keuze.

'Garnet,' zegt Malcolm zacht en ik hoor in zijn stem de emotie die hij niet weet te verbergen. Ik denk dat hij meer voor haar voelde dan hij wilde laten blijken.

'Laten we eens kijken wat we nog meer kunnen vinden,' zeg ik, vastbesloten om meer van Garnets verloren herinneringen bloot te leggen. Ik haal diep adem, duik terug in de diepten van haar geest en begin door de troebele wateren te spitten.

'Alsjeblieft... wees voorzichtig,' fluistert Victoria — nee, Garnet — en haar ogen zijn stijf dichtgeknepen terwijl ze zich schrap zet voor de reis die voor haar ligt.

'Vertrouw me,' antwoord ik, mijn stem nauwelijks meer dan een fluistering. 'Ik laat je niets overkomen.'

Terwijl ik door Garnets verwarde gedachten navigeer, beginnen fragmenten van beelden samen te komen als stukjes van een gebroken spiegel. Een steriele kamer badend in hard, wit licht. De geur van ontsmettingsmiddel brandt in haar neusgaten. Een man met koude, berekenende ogen in een doktersjas, een scalpel in zijn hand terwijl hij dicht over Garnets gezicht boog. Dr. Foxberry.

'Shit,' mompel ik in mezelf, de realisatie raakt me als een klap in mijn maag. 'Ze heeft een operatie ondergaan door Dr. Foxberry.'

'Een operatie?' Malcolm fronst, zijn ogen worden smal van bezorgdheid. 'Wat voor operatie?'

'Dat kan ik niet met zekerheid zeggen,' geef ik toe, mijn gedachten schieten alle kanten op terwijl ik probeer de puzzel in elkaar te leggen. 'Maar het was zeker geen standaard controle. Vanuit de hoeken... misschien hersenchirurgie?'

'Laat mij eens kijken,' zegt Malcolm en hij stapt naar voren. Zijn handen zweven boven Garnets hoofd, zijn vingers strijken langs haar hoofdhuid terwijl hij zoekt naar tekenen van geknoei.

'Wacht, ik voel iets,' mompelt Malcolm, zijn ogen worden groot van afschuw. 'Er zit hier een litteken, onder haar haarlijn. We moeten een scan doen.'

Lijkbleek heeft Garnet geen bezwaar, en een snelle röntgenfoto toont de vreselijke waarheid.

'Er zit een verborgen implantaat in haar hersenen.' Malcolm staart naar de film, een misselijke blik op zijn gezicht.

'Een implantaat?' herhaal ik, mijn hart hamert in mijn borstkas. 'Zoals, een apparaat voor gedachtenbeheersing?'

'Misschien,' antwoordt Malcolm grimmig, zijn blik wordt donkerder. 'We moeten hier meer over te weten komen. Het zou een sleutel kunnen zijn om te begrijpen waar Foxberry Corp mee bezig is.'

'Juist, maar eerst het belangrijkste,' zeg ik, en ik richt mijn aandacht weer op Garnet. 'We moeten uitzoeken hoe we haar kunnen helpen.'

'Natuurlijk,' stemt Malcolm in, zijn stem zacht en geruststellend. 'We zullen er alles aan doen om ervoor te zorgen dat je veilig bent, Garnet.'

'Dank jullie wel,' fluistert ze, haar ogen glinsteren van onvergoten tranen. 'Ik weet niet wat ik zonder jullie zou moeten.'

'Malcolm,' zeg ik, mijn stem gespannen. 'Jij bent onze Dr. Frankenstein, kun jij het implantaat verwijderen?'

'Artemis, je weet hoe erg ik het haat om met Frankenstein vergeleken te worden,' moppert Malcolm, en hij haalt zijn vingers door zijn eeuwig warrige haar. 'Maar ja, ik geloof dat ik het kan verwijderen. Het is echter niet zonder risico's.'

'Risico's?' vraagt Garnet voorzichtig, haar ogen schieten tussen ons tweeën heen en weer.

'Een implantaat uit iemands hersenen verwijderen is delicaat werk,' legt Malcolm uit, zijn violette ogen vol bezorgdheid. 'Eén verkeerde beweging en er kan onherstelbare schade ontstaan.'

'Of...?' vraag ik, en ik wil dat hij het worstcasescenario voor me uitspelt.

'Of de dood,' geeft hij schoorvoetend toe, en zijn blik valt op de vloer.

'Verdomme,' mompel ik, en ik voel het gewicht van deze beslissing op ons allemaal drukken.

'Alsjeblieft, Malcolm,' smeekt Garnet, haar onderlip trilt. 'Ik moet weten wie ik echt ben. Ik kan niet meer zo leven.'

'Oké,' zucht Malcolm, en hij reikt uit om teder haar gezicht te omvatten, wat opnieuw meer van zijn gevoelens voor haar onthult. 'We zullen er alles aan doen om je te helpen je ware zelf terug te krijgen.'

'Dank je,' fluistert ze, duidelijk doodsbang maar even vastbesloten om door te gaan.

'Laten we dan maar beginnen,' zeg ik, in een poging de sfeer wat lichter te maken. 'Tijd om chirurgje te spelen, Dr. Kastler.'

'Erg grappig, Artemis,' antwoordt hij met een ironische glimlach, en hij leidt ons naar zijn geïmproviseerde operatiekamer.

De spanning is om te snijden terwijl Malcolm de procedure voorbereidt, Garnets hoofdhuid schoonmaakt en de incisieplaats markeert. Ik bal en ontspan mijn vuisten, en ik wou wanhopig dat ik meer kon doen om te helpen dan hem instrumenten aangeven als hij erom vraagt. Het enige wat ik echt kan doen is toekijken en hopen dat Malcolms vaste handen ons door deze nachtmerrie zullen leiden.

'Klaar voor?' vraagt hij, hij kijkt Garnet aan voor bevestiging terwijl hij een naald vol verdoving omhoog houdt.

'Klaar,' antwoordt ze, haar stem is verrassend vast.

'Oké. Ga maar slapen, Garnet. We zijn hier voordat je wakker wordt.' Hij drukt de zuiger in en zegt haar dat ze achteruit moet tellen vanaf tien.

Ze raakt weg bij zes.

'Daar gaan we dan,' mompelt Malcolm voordat hij voorzichtig de eerste incisie maakt.

Ik dwing mezelf om te kijken, mijn maag draait zich om terwijl Malcolm ijverig werkt, zijn handen haperen nooit. De minuten kruipen voorbij als uren, en ik merk dat ik mijn adem inhoud, hem in stilte aanmoedigend.

Eindelijk, na wat een eeuwigheid lijkt, haalt Malcolm het kleine implantaat uit Garnets hersenen. Hij houdt het tussen twee vingers omhoog, een grimmige uitdrukking op zijn gezicht.

'Klaar,' kondigt hij aan, zijn stem gespannen van opluchting.

'Is ze...?' Ik maak mijn zin niet af en durf de vraag nauwelijks te stellen.

'In leven? Ja,' bevestigt hij, en hij hecht de incisie snel. 'Maar we weten pas of de procedure is geslaagd als ze wakker wordt.'

'Kom op, Garnet,' fluister ik, en ik pak haar hand vast. 'Je kunt dit.'

Het is een eindeloos wachten, maar uiteindelijk fladderen Garnets ogen open, verwarring vertroebelt haar blik.

'Heeft het gewerkt?' vraagt ze zwak, haar stem is nauwelijks hoorbaar.

'Er is maar één manier om daar achter te komen,' antwoord ik, ik probeer zelfverzekerder te klinken dan ik me voel. 'Wie is dat daar?'

Haar blik glijdt naar Malcolm, die bij de wastafel staat na het schoonmaken van zijn chirurgische instrumenten, en haar ogen worden groot.

'Malcolm!' Onmiddellijk verzacht haar uitdrukking, en ik zie het. Ze geeft ook om hem. 'Ik herinner me jou - ik herinner me alles!'

'Mooi,' zeg ik, en ik knijp in haar hand. 'Laten we die kennis nu gebruiken om Foxberry Corp voor eens en voor altijd uit te schakelen.'

Ik kijk toe hoe Athina voorzichtig het implantaat onderzoekt dat we uit Garnets hoofd hebben gehaald, haar wenkbrauwen gefronst in concentratie. Athina en Malcolm hebben het onder een microscoop gelegd en allerlei tests uitgevoerd voordat ze het op wat elektronica aansloten en in Athina's computer plugden voor analyse. Het kleine stukje technologie kan de sleutel bevatten tot de sinistere plannen van Foxberry Corp, en ik voel een mengeling van hoop en vrees.

'Enig idee wat dit ding doet?' vraag ik ongeduldig, mijn hart bonst tegen mijn ribbenkast.

'Geef me een moment, Artemis,' antwoordt Athina kalm, haar warme bruine ogen verlaten nooit haar computerscherm. 'Deze dingen kosten tijd.'

'Tijd die we niet hebben,' mopper ik binnensmonds, mijn vingers tikken een rusteloos ritme op de tafel.

Eindelijk kijkt Athina op, haar uitdrukking grimmig. 'Dit implantaat is ontworpen om herinneringen te controleren en te veranderen,' legt ze uit, haar stem zwaar van walging. 'Ik heb eerder vergelijkbare technologie gezien, maar dit... dit is iets heel anders. Geavanceerder.'

'Zoals hersenspoeling?' vraagt Malcolm, zijn gezicht bleek van afschuw.

'Precies,' bevestigt Athina, haar ogen worden donker van woede. 'Foxberry Corp Labs heeft deze apparaten in mensen geïmplanteerd en ze in marionetten veranderd voor hun eigen verwrongen doeleinden.'

'Die zieke klootzakken,' snauw ik, en mijn vuisten ballen zich aan mijn zijden. De gedachte dat onschuldige mensen op deze manier worden gemanipuleerd en gebruikt, laat mijn bloed koken. 'We moeten ze ontmaskeren en ze een halt toeroepen — voorgoed.'

'Mee eens,' zegt Malcolm beslist, zijn kaak strak van vastberadenheid. 'Maar eerst moeten we uitzoeken hoe wijdverspreid dit is. Hoeveel anderen zijn er geïmplanteerd?'

'Te veel,' mompelt Garnet met bevende stem. 'Ik herinner het me nu... we waren met zo velen. Maar ik weet niet precies met hoeveel of wie ze zijn.'

'Dan vinden we ze,' verklaar ik, terwijl mijn vastberadenheid groeit. 'En we maken voor eens en voor altijd een einde aan deze nachtmerrie.'

Terwijl we een strategie bedenken, kan ik niet anders dan denken aan de talloze slachtoffers daarbuiten, hun herinneringen gestolen en gemanipuleerd zonder hun toestemming. Het gewicht van onze missie drukt op me, maar mijn vastberadenheid wordt alleen maar sterker.

'Foxberry Corp heeft de verkeerde mensen uitgekozen om ruzie mee te zoeken,' beloof ik, mijn stem gevuld met ijzige overtuiging. 'Ze zullen niet weten wat hen overkomt.'

'Verdomd juist,' stemt Malcolm in, zijn ogen flitsend van felle vastberadenheid. 'Laten we die monsters uitschakelen.'

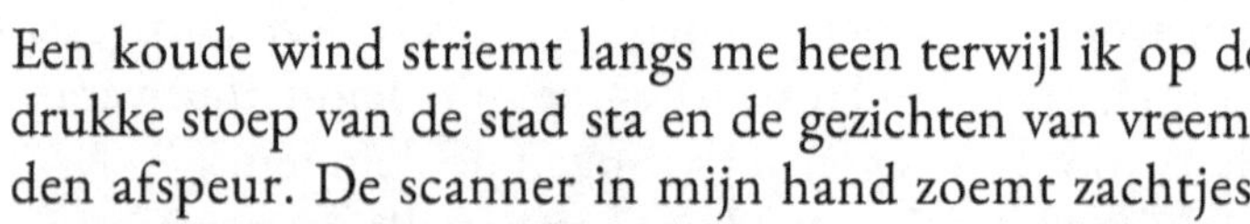

Een koude wind striemt langs me heen terwijl ik op de drukke stoep van de stad sta en de gezichten van vreemden afspeur. De scanner in mijn hand zoemt zachtjes, nauwelijks hoorbaar boven het lawaai van de bedrijvige straat. Ik klem hem stevig vast en voel de kou door mijn handschoenen heen sijpelen.

'Al geluk gehad?' kraakt Athina's stem in mijn oortje.

'Nog niets,' antwoord ik, mijn stem gespannen terwijl ik mijn blik op de voorbijgangers gericht houd. 'Maar ik geef niet op.'

'Goed. Ga zo door, we moeten ze vinden voordat het te laat is.'

Ik knik, ook al kan ze me niet zien, en ga verder met mijn zoektocht. De scanner is een klein apparaatje dat eruitziet als een gewone smartphone, maar Athina heeft er haar technische magie op losgelaten. Hij is ontworpen om de implantaten te detecteren die Foxberry Corp gebruikt om de herinneringen van mensen te beheersen, maar alleen van dichtbij. Wat betekent dat we ongemakkelijk dicht bij een heleboel nietsvermoedende burgers moeten komen.

'Artemis, ik heb iets,' zegt Declan gedempt over de comms. 'Drie mensen, allemaal met implantaten. We moeten ze helpen.'

'Begrepen,' zeg ik, terwijl mijn hart in mijn schoenen zinkt. 'We zoeken later wel uit hoe we ze kunnen bereiken. Nu moeten we doorgaan met zoeken.'

'Oké. Succes, Artemis.'

'Dank je. Jij ook.'

Hoezeer ik het ook haat om toe te geven, ik ben dankbaar voor de steun. Met ons team verspreid over de stad, elk gewapend met een van Athina's scanners, werpen we een breed net uit. Maar ik heb nog steeds het gevoel dat de tijd dringt.

'Nog een treffer,' meldt Garnet, haar stem trillerig. 'Het wordt erger, Artemis. Het zijn er zo veel...'

'Blijf geconcentreerd,' snauw ik, terwijl ik probeer mijn eigen emoties in bedwang te houden. 'We kunnen het ons niet veroorloven om nu door te draaien. We moeten ze allemaal vinden.'

'Artemis, ik heb de data-analyse af,' mengt Athina zich in het gesprek, haar stem kalm maar dringend. 'Deze implantaten maken deel uit van Diana's verborgen leger. Duizenden mensen in de hele stad staan onwetend onder haar controle.'

'Verdomme,' sis ik binnensmonds, terwijl woede en angst in me strijden. 'We moeten haar tegenhouden voordat ze ze activeert.'

'Eens. Maar eerst moeten we zo veel mogelijk informatie verzamelen. Blijf scannen en meld alle nieuwe bevindingen.'

'Begrepen, Athina,' zeg ik, en ik schrap me voor de taak die voor me ligt.

De stad lijkt zich om me heen te sluiten, een verstikkend doolhof van beton en glas, terwijl ik mijn zoektocht voortzet. Elke geïmplanteerde persoon is weer een leven dat op het spel staat, een nieuwe pion in Diana's verknipte spel. En ik ben vastbesloten om hun ketenen te verbreken, wat er ook voor nodig is.

'Foxberry Corp Labs,' fluister ik, mijn stem doordrenkt met gif, 'jullie gaan eraan.'

⚬

'Oké, dus we hebben nu te maken met een zombieapocalyps. Fantastisch,' mompel ik terwijl ik mezelf in mijn stoel laat vallen. Het team is weer bijeen in onze schuilplaats, waar we proberen de enorme omvang van onze ontdekking te verwerken en een plan te bedenken om het te bestrijden.

'Artemis, we moeten uitzoeken hoe we dit virus kunnen stoppen voordat Diana het activeert,' zegt Declan, voordat er een wrange grijns op zijn gezicht verschijnt. 'Weet je, gewoon weer een doodnormale dag op kantoor.'

'Ha-ha, heel grappig,' grom ik. 'We hebben een voordeel op haar nodig. Iets waarvan ze niet weet dat we het hebben.'

'Zoals wat?' vraagt Athina, haar stem gespannen.

'Weet je nog dat implantaat dat we uit Garnet hebben verwijderd? Misschien zit daar iets nuttigs in,' stel ik voor, terwijl ik mijn hersens pijnig op zoek naar een sprankje hoop. 'Garnet, jij bent binnen Foxberry Corp geweest. Weet je iets over het computersysteem dat deze implantaten bestuurt?'

'Misschien,' zegt Garnet aarzelend. 'Er was een geheim lab. Dat had een centrale computer, zwaar beveiligd. Dat zou het kunnen zijn.'

Garnet heeft de zin amper afgemaakt of Athina zit al achter haar computer, haar vingers vliegend over het toetsenbord. Zij is onze beste kans op het creëren van een antivirus, en ik weet dat ze niet zal rusten tot ze het voor elkaar heeft.

'Hé, Garnet,' zeg ik, en richt mijn aandacht weer op haar. 'We hebben meer nodig dan alleen een geheim lab. We hebben een tijdlijn nodig. Wanneer is Diana van plan dit zombieleger op ons los te laten?'

Garnet friemelt en kijkt als een hert in de koplampen. 'Ik... ik ben niet zeker van de exacte plannen. Maar ik herinner me dat ik iets hoorde dat het snel zou gebeuren... misschien binnen een paar dagen.'

'Dagen?' Ik klem mijn kaken op elkaar, de frustratie borrelend onder mijn huid. 'Dat is nauwelijks genoeg tijd voor ons om een plan te bedenken, laat staan haar te stoppen!'

'Artemis, rustig maar,' zegt Malcolm, en hij legt zijn hand op mijn schouder. 'We vinden er wel iets op. Dat doen we altijd.'

'Jij hebt makkelijk praten,' mompel ik binnensmonds, maar ik haal diep adem en dwing mezelf om te focussen. Panikeren helpt niemand.

'Luister, Garnet,' zeg ik, en ik probeer mijn stem vast te houden. 'Ik weet dat je bang bent, maar we hebben zo veel mogelijk informatie nodig als je ons kunt geven. Ik kan proberen je te helpen herinneren, but dat betekent dat ik mijn krachten op je moet gebruiken.'

Garnet kijkt me wantrouwig aan, haar ogen schieten heen en weer tussen Malcolm en mij.

'Het is oké, Garnet,' stelt Malcolm haar gerust, en hij legt een hand op haar schouder. 'Artemis weet wat ze doet.'

'Prima,' mompelt ze, duidelijk niet blij met het idee dat ik weer in haar gedachten ga graven, vooral nu ze haar eigen herinneringen terugheeft. Maar de tijd tikt door, en we hebben elk snippertje informatie dat we te pakken kunnen krijgen nodig.

'Sluit je ogen,' instrueer ik, en ik leg mijn vingertoppen zachtjes op haar slapen. Ik haal diep adem en voel het vertrouwde gezoem van kracht in me opbouwen. 'Denk nu terug aan alle gesprekken of vergaderingen over Diana's plannen.'

Terwijl ik mijn krachten in haar geest laat stromen, word ik begroet door een chaotische puinhoop van gedachten en emoties. Het is als navigeren door een labyrint vol valstrikken. Ik zet door, vastbesloten om iets te vinden – wat dan ook – dat ons kan helpen Diana te stoppen.

Maar Garnets herinneringen zijn gefragmenteerd, gebroken glasscherven die in mijn geest snijden terwijl ik probeer ze in elkaar te passen. Haar mentale verdediging is sterk, een gevolg van het trauma dat ze heeft doorstaan. Het wordt duidelijk dat ik geen nuttige informatie zal kunnen ontfutselen zonder haar nog meer schade te berokkenen.

'Verdomme!' vloek ik binnensmonds en ik trek me terug uit Garnets geest. Ze deinst terug, haar ogen schieten open, en ik zie de pijn en verwarring in haar blik zwemmen.

'Artemis?' vraagt Malcolm, bezorgdheid op zijn gezicht getekend terwijl hij Garnets schouder steviger vastpakt.

'Haar geest is te beschadigd,' geef ik toe, terwijl ik over mijn slapen wrijf. 'Ik kan niet veilig bij haar herinneringen zonder het erger te maken.'

'Kunnen we nog iets anders proberen?' vraagt Athina, en ze onderbreekt haar werk aan het antivirus om naar ons te kijken.

Ik schud mijn hoofd. 'Niet zonder Garnets mentale gezondheid nog meer in gevaar te brengen. Ik heb nu al te ver doorgezet, kijk naar haar. Ze is bijna groen uitgeslagen.'

'Geweldig. We zijn dus weer terug bij af,' mompelt Malcolm, met duidelijke frustratie in zijn stem.

'Misschien niet,' zegt Garnet zwak, met een vastberaden glinstering in haar ogen. 'Ik zal proberen me alles te herinneren wat ik kan, op eigen kracht. Geef me gewoon wat tijd.'

'Tijd is iets waar we niet veel van hebben, maar het is beter dan niets,' geef ik toe, terwijl ik probeer het schuldgevoel te negeren dat aan mijn binnenste knaagt. 'Oké, Garnet. Rust uit en kijk wat je je kunt herinneren.'

Terwijl Garnet haar ogen sluit en probeert nuttige herinneringen op te diepen, kruist Malcolms blik de mijne, zijn ogen vertroebeld van zorgen. We weten allebei dat elke seconde telt, en hoe langer het duurt voordat Garnet geneest, hoe dichter Diana bij de uitvoering van haar sinistere plan komt.

'Werk door aan dat antivirus, Athina,' zeg ik, en ik bal mijn vuisten. 'We moeten klaar zijn om in actie te komen op het moment dat Garnet ons iets geeft.'

'Begrepen,' knikt Athina, en ze keert terug naar haar computer.

Met elke tik van de klok wordt de last op mijn schouders zwaarder. Als ik Garnet maar niet zo onder druk had gezet, hadden we misschien de informatie die we nodig hebben. Maar er is nu geen tijd voor spijt. Het enige wat we kunnen doen is ons schrap zetten voor de storm die eraan komt – en hopen dat we sterk genoeg zijn om hem te doorstaan.

De kamer valt stil als Garnet in slaap valt, waardoor de rest van ons achterblijft om te stoven in onze toenemende angst. Ik kan het gevoel niet van me afschudden dat we tegen een tikkende tijdbom racen, en we beginnen allemaal uit elkaar te vallen.

'Ik heb iets!' Athina's stem snijdt als een geweerschot door de stilte en laat ons allemaal schrikken. Ze buigt zich voorover, haar vingers vliegend over het toetsenbord terwijl ze een korrelig beveiligingsbeeld op haar computerscherm tovert. 'Het is me gelukt om in het bewakingssysteem van de stad te hacken,' legt ze uit, haar warme bruine ogen intens van focus. 'Ik heb gescand op enig teken van Diana, en... daar.'

Het beeld is wazig, maar het is onmiskenbaar zij: kort rossig haar, groene ogen zo scherp als messen, en ze straalt een air van dreiging uit, zelfs vanachter een scherm. Ze staat in de lobby van een of ander chic openbaar gebouw en praat met een groep mannen in duur uitziende pakken – overheidsfunctionarissen, zo te zien. Hun gezichten zijn onduidelijk, maar hun lichaamstaal spreekt boekdelen. Ze zijn gespannen, defensief... bang.

'Kun je het volume harder zetten?' vraagt Malcolm, en hij buigt dichter naar het scherm om het gedempte gesprek te horen.

'Ik doe mijn best,' mompelt Athina, terwijl ze de audio-instellingen aanpast. De stemmen blijven zacht, maar we kunnen net Diana's verhulde bedreigingen opvangen.

'...onderschat me op eigen risico,' sist ze, haar toon koud en dreigend. 'Wanneer de tijd daar is, zal ik een leger tot mijn beschikking hebben, en zullen jullie smeken om genade.'

'Een leger?' fluister ik, mijn hart bonzend in mijn borst. 'Wat is ze in vredesnaam van plan?'

'Wat het ook is, het zal niet fraai zijn,' mompelt Athina somber. 'En het klinkt alsof het snel gaat gebeuren.'

'Te snel,' voegt Malcolm toe, en hij gaat met een hand door zijn haar. 'We hebben meer informatie nodig, but nu Garnet uitgeschakeld is...'

'Dan zoeken we het zelf wel uit. We hebben geen keus,' snauw ik, mijn zenuwen staan op springen. 'We weten dat Diana iets groots van plan is, en we moeten haar tegenhouden voordat ze haar verknipte plan in werking kan stellen.'

'Artemis heeft gelijk,' zegt Athina, haar stem vastberaden ondanks de spanning in haar ogen. 'We moeten blijven graven, zo veel mogelijk te weten komen over dit "leger" dat Diana in het geheim heeft opgebouwd.'

'Prima,' geeft Malcolm toe, en hij balt zijn handen tot vuisten. 'Maar we spelen hier een gevaarlijk spel, Artemis. En de kansen staan niet in ons voordeel.'

'Dat weet ik ook wel,' geef ik toe, mijn maag draait om bij de gedachte aan wat er misschien in de schaduwen op ons loert. 'Maar we kunnen het ons niet veroorloven om nog meer tijd te verspillen. Elke seconde dat we aarzelen, brengt Diana een stap dichter bij het grijpen van de macht, en dat kunnen we niet laten gebeuren. Wat de prijs ook is.'

Terwijl de kamer weer stil wordt, staar ik naar het scherm en zie ik de sinistere figuur van Diana Foxberry in de duisternis vervagen. Een rilling loopt over mijn ruggengraat, en ik weet dat wat ons ook te wachten staat, we een hels gevecht tegemoet gaan.

HOOFDSTUK TWAALF

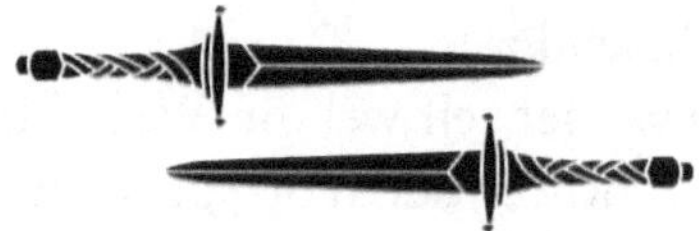

'Jezus, niet weer.' Ik stik in de woorden als we struikelen over het vierde lijk van de dag.

'Artemis, dit kan geen toeval zijn,' fluistert Declan met samengeklemde kaken.

'Natuurlijk niet,' snauw ik terug, mijn stem druipend van het sarcasme. Mijn hart bonst in mijn borst en ik voel mijn woede als gal in mijn keel opkomen. Deze paranormale wezens en hybriden stonden onder onze bescherming, maar nu zijn ze gewoon... weg. Dood. Met een griezelige, ontstellende onherroepelijkheid die mijn maag doet omdraaien.

'Het lijkt erop dat Diana het druk heeft gehad,' mijmer ik bitter, terwijl ik het tafereel voor me overzie. Een ooit machtige gedaanteverwisselaar ligt uitgestrekt op de vloer van het kleine, afgelegen onderduikadres, haar vacht vervilt met bloed, haar ogen leeg en wezenloos. De hybride naast haar, een samenraapsel van menselijk en paranormaal DNA, ziet eruit alsof hij nooit een schijn van kans heeft gehad.

Wij hebben hun dit aangedaan. Wij creëerden dit onderduikadres, een van de vele, om degenen te verbergen die de Obsidiaancirkel had bevrijd uit de laboratoria van het Bureau en Foxberry Corp. En nu jaagt Diana systematisch op degenen die wij geholpen hebben.

'Om hun krachten te stelen, ongetwijfeld,' voegt Declan eraan toe, zijn stem zwaar van minachting. 'Ze vergaart macht, Artemis. We moeten haar vinden — en tegen-houden — voor het te laat is.'

'Hou op met het intrappen van open deuren, genie,' snauw ik, terwijl ik probeer mijn angst niet te laten zien. Maar diep vanbinnen weet ik dat hij gelijk heeft. Diana — de verraderlijke, bedrieglijke Diana — is een kracht om rekening mee te houden geworden, en ze wordt alleen maar sterker met elk leven dat ze neemt.

De stank des doods hangt in de lucht en ik voel mijn maag omdraaien als er weer een lichaam langs me wordt gerold. Het hoofdkwartier van de Obsidiaancirkel is van de ene op de andere dag veranderd in een geïmproviseerd mortuarium. Ik scan de kamer en zie Athina over haar computer gebogen, haar vingers vliegen over het toetsen-bord. Waar zijn we in godsnaam in verzeild geraakt?

'Artemis,' roept ze, zonder de moeite te nemen op te kijken. 'Het lijkt erop dat Diana krachten niet langer alleen tijdelijk steelt. Ze heeft uitgevogeld hoe ze die permanent kan afpakken.'

'Permanent?' Mijn stem breekt en ik voel mijn hart als een steen zinken. 'Hoe? En wat zijn de kosten?'

'Voor zover ik kan nagaan, houdt het in dat ze degenen van wie ze de krachten afpakt, moet doden,' zegt Athi-na ernstig. Plotseling voelen de lichamen om ons heen zwaarder, hun dood onherroepelijker.

'Shit,' mompel ik, terwijl ik over mijn slapen wrijf. 'Dus al deze paranormale wezens en hybriden... Zijn ze voor-goed dood? Geen kans op herleving?'

'Helaas wel.' Athina draait zich op haar stoel om en kijkt me aan. 'En dat is nog niet alles; Diana heeft een enorm arsenaal aan diverse krachten in zichzelf verzameld. Gedaanteverwisseling, gedachtenbeheersing, teleportatie — noem maar op. Ze is een onstuitbare kracht geworden.'

'Verdorie, die gestoorde vader van haar.' Woede golft als een lopend vuurtje door me heen. 'Dr. Foxberry's obsessie om van zijn dochter een godin te maken, wordt ons allemaal fataal.'

'Inderdaad,' zucht Athina. 'Maar dat kunnen we niet laten gebeuren. We moeten een manier vinden om haar te stoppen.'

'Enig idee hoe?' Mijn vuisten ballen zich aan mijn zijde, jeukend om in actie te komen.

'Nog niet,' geeft Athina toe, met neergeslagen ogen. 'Maar ik blijf graven.'

'Goed.' Ik knik, mijn kaak gespannen van vastberadenheid. 'Ik laat die bitch niet alles vernietigen waar we voor gewerkt hebben.'

'Artemis,' Athina reikt naar mijn arm en raakt hem aan, haar uitdrukking wordt zachter. 'Ik weet dat je boos en bang bent, maar laat dit je niet verteren. We hebben je kracht nodig, nu meer dan ooit.'

'Kracht?' Ik schamper en schud haar hand van me af. 'Op dit moment voel ik alleen maar woede.'

'Gebruik die dan,' zegt Athina kordaat. 'Gebruik die om het vuur in je aan te wakkeren. Om degenen te beschermen die nog een kans hebben.'

'Dat zal ik doen.' Mijn stem is laag, beestachtig. 'En als we Diana vinden, laat ik haar boeten voor elk leven dat ze gestolen heeft.'

Terwijl ik bij Athina wegloop, vraag ik me af of we niet al te laat zijn. Hoe stop je een monster dat een god is geworden?

Ik ijsbeer als een gekooid dier door de schemerige ruimte, mijn laarzen echoën tegen de betonnen muren. Athina zit al urenlang over haar computer gebogen en analyseert het patroon van de gestolen krachten. Ik kan niet anders dan me rusteloos en nutteloos voelen, terwijl ik wacht tot ze een spoor vindt naar die machtsbeluste bitch, Diana.

'Ik heb iets,' mompelt Athina eindelijk, zonder op te kijken van haar scherm. 'Afgaande op de krachten die ze tot nu toe als doelwit had, denk ik dat Diana's volgende slachtoffer Nadia zou kunnen zijn.'

'Shit.' Het woord ontsnapt me voordat ik het kan tegenhouden. Nadia is een van de liefste mensen die ik ooit heb ontmoet en haar ongelooflijke telekinetische krachten maken haar een onweerstaanbaar doelwit voor Diana. 'We moeten haar waarschuwen.'

'Mee eens,' zegt Athina, haar bruine ogen gevuld met bezorgdheid. 'Maar de meesten van de Obsidiaancirkel zijn al bezig met uitzoeken of mensen op sleutelposities in het leger of de regering Diana's controlechips hebben. Het komt op jou neer, Artemis.'

'Natuurlijk,' zeg ik met een rol van mijn ogen, hoewel het sarcasme de angst die aan mijn ingewanden knaagt nauwelijks verbergt. 'Maak je geen zorgen, ik ben bij Nadia voordat die gestoorde harpij dat is.'

'Wees voorzichtig,' waarschuwt Athina, haar moederinstincten komen naar boven. 'Diana is nu gevaarlijker dan ooit, met al die krachten in haar gecombineerd.'

'Bedankt voor de peptalk,' mopper ik, terwijl ik mijn favoriete rode leren jack van een nabijgelegen stoel grijp.

'Ik had die herinnering wel nodig van hoe diep we in de shit zitten.'

'Artemis...' begint Athina, maar ik ben de deur al uit en sla hem achter me dicht.

Terwijl ik naar mijn motor loop, doet de koele nachtlucht niets om mijn gerafelde zenuwen te kalmeren. De gedachte dat Diana achter Nadia aangaat, jaagt een rilling over mijn rug. Ik moet haar vinden voordat het te laat is.

'Schiet op, Blackwell,' mompel ik tegen mezelf terwijl ik een been over mijn motor zwaai. 'Tijd om de held uit te hangen.'

Met een brul van de motor scheur ik de duisternis in, biddend dat ik Nadia kan bereiken voordat Diana dat doet. Want als ik dat niet doe, hebben we een nog groter probleem — en ik weet niet zeker of we dat aankunnen.

'Artemis, ik heb de locatie van Nadia's onderduikadres,' kraakt Athina's stem door het oortje dat ik draag. 'Ik stuur je nu de coördinaten door.'

'Begrepen,' zeg ik, terwijl ik mijn motor door de straten van de stad stuur en mijn telefoon zoemt met een binnenkomend bericht. Wat een moment om tegen de klok te racen. 'Laten we hopen dat Diana me niet voor is.'

'Houd je ogen open en je hoofd erbij,' adviseert Athina. 'Diana is niet iemand die eerlijk speelt.'

'Sinds wanneer speelt een van ons eerlijk?' Mijn sarcastische antwoord wordt vergezeld door het gieren van banden als ik een hoek om ga, een windvlaag die mijn zilveren haar over mijn gezicht zwiept.

Ik bereik het onderduikadres in recordtijd — hoop ik tenminste. De plek ziet eruit als een fort, wat logisch is, aangezien het bedoeld is om paranormale wezens te beschermen tegen mensen als Diana Foxberry. Voorzichtig zet ik de motor af en loop naar de deur, mijn hand rustend op het gevest van mijn mes.

'Daar gaan we dan,' mompel ik, terwijl ik mijn oor tegen de deur druk en luister naar geluiden van leven — of dood — binnen.

Het onderduikadres is griezelig stil terwijl ik door de schemerige gangen sluip. Mijn hart hamert in mijn borst en ik voel koud zweet op mijn huid parelen. Als Diana hier al is...

Als ik een hoek omga, bevind ik me in wat lijkt op een woonkamer — en daar ligt Nadia, uitgestrekt op de vloer, haar ogen wijd van angst, bloed stromend uit prikwonden in haar nek.

'Artemis, help!' hijgt ze, terwijl ze probeert overeind te komen, maar faalt.

'Verdomme,' sis ik terwijl ik naar haar toe haast. 'Waar is Diana?'

'Hier, lieverd,' klinkt een stem vol venijn achter me. Ik draai me om en mijn ogen ontmoeten die van Diana. Ze grijnst naar me, haar rossige haar vangt het licht terwijl ze dichterbij slentert. Bloed druipt van haar ontblote hoektanden en laat me precies zien hoe die prikwonden in Nadia's nek zijn gekomen. 'Je bent te laat.'

'Verre van!' snauw ik, terwijl ik met mijn mes op haar af duik. Maar voordat ik ook maar in de buurt kan komen, slaat een onzichtbare kracht tegen me aan, die me naar achteren werpt en me tegen de muur vastpint.

'Artemis!' Nadia's schreeuw is zwak, haar telekinetische krachten flakkeren als een stervende vlam.

'Zeg maar dag tegen je mooie vriendinnetje, Artemis,' treitert Diana terwijl ze weer naast Nadia knielt en zich voorbereidt om haar feestmaal van Nadia's krachten te hervatten. 'Zij is nu van mij.'

'Over mijn lijk,' spuug ik, terwijl ik worstel tegen de onzichtbare banden die me vasthouden. Als ik me maar kon losrukken...

'Echt, Artemis?' Diana's stem druipt van de teleurstelling terwijl ze me ziet worstelen. 'Je zou zoveel meer kunnen bereiken als je gewoon je volledige potentieel zou leren gebruiken.'

'Dat geldt voor jou ook,' pers ik er met samengeklemde tanden uit, mijn spieren spannen zich in een vergeefse poging om aan haar greep te ontsnappen.

'Ah, maar dat ben ik wel.' Er trekt een wrede glimlach over haar gezicht terwijl ze haar vingers buigt, en de druk op mijn borst neemt toe, waardoor het nog moeilijker wordt om te ademen. 'Ik leer hoe ik deze gestolen krachten moet beheersen, terwijl jij nog maar aan het oppervlak krabt van wat jij kunt.'

'Ga... van... me... af,' slaag ik erin te hijgen. De pijn stuurt schokgolven door mijn lichaam, maar ik weiger het haar te laten zien.

'Artemis!'

Declans stem snijdt als een mes door de nevel van pijn en hij stormt de kamer binnen, zijn ogen vlammend van woede. In een oogwenk is hij in zijn jaguarvorm veranderd en stort hij zich op Diana.

'Declan!' breng ik kokhalzend uit, opgelucht en doodsbang voor hem tegelijkertijd. Hij is snel, maar als Diana hem te pakken krijgt...

Maar dat lukt haar niet. Als Declans krachtige kaken zich om haar arm klemmen, gilt Diana het uit van de pijn en laat ze haar greep op mij los. Ik zak op de grond ineen, naar adem snakkend, maar dwing mezelf om in beweging te komen.

'Kom op, Nadia, we moeten hier weg,' hijg ik terwijl ik haar overeind help. Haar ogen staan nog steeds wild van angst, maar ze knikt en grijpt mijn arm stevig vast.

'Artemis, wat gebeurt er?' fluistert ze terwijl we strompelend door de gang gaan.

'Declan koopt ons tijd, maar die mogen we niet verspillen,' zeg ik, terwijl ik probeer de paniek die vanbinnen aan me klauwt te onderdrukken. Als Diana hem vermoordt, zal ik het mezelf nooit vergeven.

'Waar gaan we naartoe?' vraagt ze met trillende stem.

'Overal, behalve hier,' antwoord ik, mijn hart bonzend in mijn borst terwijl we het onderduikadres verlaten en de duisternis ingaan. Terwijl we wegglippen, kan ik het niet laten om achterom te kijken, in de hoop een glimp van Declan op te vangen.

'Declan... kom op, man...' mompel ik binnensmonds, biddend dat hij het levend redt. Gelukkig zijn we nog niet eens uit het zicht van het onderduikadres als hij uit de schaduwen stapt, zijn armen om ons beiden heen slaat en ons met een schaduwsprong in veiligheid brengt.

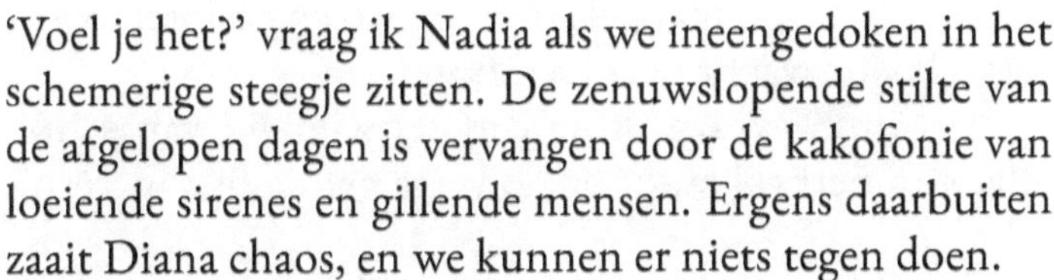

'Voel je het?' vraag ik Nadia als we ineengedoken in het schemerige steegje zitten. De zenuwslopende stilte van de afgelopen dagen is vervangen door de kakofonie van loeiende sirenes en gillende mensen. Ergens daarbuiten zaait Diana chaos, en we kunnen er niets tegen doen.

'Wat voelen?' mompelt Nadia, haar stem nauwelijks hoorbaar boven het lawaai. Haar ogen zijn hol, bijna levenloos. Zonder haar telekinetische krachten lijkt ze een schim van de vrouw die ik kende.

'Je krachten,' zeg ik ongeduldig, hoewel ik weet dat het oneerlijk is om te verwachten dat ze zo snel terugkeren. 'We hebben elk voordeel nodig dat we tegen Diana kunnen krijgen, en jouw telekinese zou onze troefkaart kunnen zijn. Je leeft, dus ze heeft ze niet volledig kunnen stelen.'

Nadia schudt haar hoofd, haar lippen tot een dunne lijn samengeperst. 'Ik probeer het, Artemis, maar het voelt alsof ze gewoon... weg zijn.'

'Geweldig,' mompel ik binnensmonds, terwijl ik een hand door mijn haar haal. 'Echt geweldig.'

'Misschien als we een rustige plek vinden, kan ik proberen te mediteren,' stelt Nadia voor, haar wanhoop voelbaar. 'Het zou me kunnen helpen om me te concentreren en mijn krachten sneller terug te krijgen.'

'Prima,' mopper ik, terwijl ik de omgeving afzoek naar een geschikte schuilplaats. 'Maar we kunnen niet lang op één plek blijven. Als Diana ons weer vindt, zijn we er geweest.'

'Mee eens,' antwoordt Nadia zachtjes, haar blik strak op de grond gericht.

We keren terug naar het nieuwste hoofdkwartier van de Cirkel van Obsidiaan, alweer een verlaten pakhuis, vochtig en koud vanbinnen. Het is niet bepaald het Ritz, maar voor nu moet het volstaan. Nadia installeert zich in een hoek, met gekruiste benen en gesloten ogen, terwijl ik de wacht over haar houd.

'Al geluk?' vraag ik na een eeuwigheid van stilte, alleen onderbroken door de verre geluiden van vernietiging.

'Misschien een beetje,' mompelt Nadia, terwijl haar ogen open fladderen. 'Ik denk dat ik iets in me voel roeren, maar het is zo zwak.'

'Oefening baart kunst,' snauw ik, mijn geduld raakt gevaarlijk dun. 'Blijf proberen, en misschien – heel misschien – kunnen we Diana stoppen voordat ze de hele stad met de grond gelijkmaakt.'

'Artemis, ik ben bang,' geeft Nadia toe, haar stem breekt. 'Wat als mijn krachten nooit meer terugkomen?'

'Dan vinden we een andere manier,' zeg ik met meer zelfvertrouwen dan ik daadwerkelijk voel. 'Maar concentreer je nu op wat je kunt doen. Wie weet? Misschien is dit de manier van het universum om je wilskracht te testen.'

'Of een wrede grap,' mompelt Nadia binnensmonds, en ze sluit haar ogen weer.

'Wat jou ook maar de nacht door helpt, schat,' werp ik tegen, mijn aandacht weer op het raam richtend. De wereld daarbuiten is gek geworden, maar het enige wat we kunnen doen is hier zitten wachten tot het lot ingrijpt en de dag redt.

'Hé, Artemis. Je kunt beter even komen kijken,' roept Declan vanaf de plek waar hij over zijn laptop gebogen zit, zijn stem een mengeling van angst en ongeloof.

Ik loop naar hem toe, mijn laarzen knerpen op het puin dat nog steeds ons geïmproviseerde hoofdkwartier bezaait. Een rilling loopt over mijn rug als ik het scherm zie. Daar is ze – Diana Foxberry, haar ogen vlammen met een onheilig licht terwijl ze de camera een grijns toewerpt.

'Wereldleiders, beschouw dit als jullie wake-upcall,' kondigt ze aan, haar stem druipt van de spot. 'Jullie hebben jezelf zelfgenoegzaam en zwak laten worden. En het is tijd voor verandering.'

'Mooi niet,' mompel ik binnensmonds, mijn handen ballen zich tot vuisten.

'Kijk goed,' vervolgt Diana, haar glimlach wordt wreed. 'Dit is hoe ware kracht eruitziet.'

De camera zoomt uit en ik frons als ik het gebouw op het scherm herken. Dat is niet ver van hier, een wolkenkrabber in de chique wijk net aan de overkant van de rivier. Diana wendt zich af van de camera en houdt haar handen omhoog – en de wolkenkrabber begint te zwaaien.

De lucht knettert van de spanning terwijl we naar de wolkenkrabber op het scherm kijken, een monoliet van staal en glas die op het punt van instorten staat. Diana's gelach weerklinkt door de stad als een verwrongen symfonie – een prelude op de chaos die ze op het punt staat te ontketenen.

'Maak je klaar,' grom ik, mijn ogen gefixeerd op het zwaaiende gebouw. 'Als dat ding neerstort, hebben we hier een helse puinhoop.'

'Understatement van de eeuw,' snoeft Declan, zijn armen over elkaar en zijn ogen samengeknepen. 'Maar wat kunnen we doen? We kunnen een gebouw niet tegenhouden als het valt.'

'Misschien niet,' geef ik toe, 'maar we kunnen ons best doen om de schade te beperken. Dat is alles wat we nu hebben. Breng ons erheen, Declan!'

'Ah, optimisme. Wat verfrissend,' sneert hij sarcastisch, maar er is een flikkering van angst in zijn ogen. We weten allebei dat dit te hoog gegrepen is voor ons. Toch pakt hij mijn hand en stapt in een schaduw – het pakhuis heeft er genoeg, zo slecht verlicht als het is – en een seconde later stappen we uit een andere schaduw aan de overkant van de rivier.

Alsof het een teken is, begint de wolkenkrabber af te brokkelen, glasscherven regenen neer als dodelijke confetti. De grond trilt en het geluid van verwrongen metaal vult de lucht. Het is een kwellende kakofonie die door merg en been snijdt – een soundtrack voor het einde van de wereld.

'Verdomme!' schreeuw ik, terwijl ik Declans arm grijp en hem achteruit trek als er puin onze kant op vliegt. 'We moeten de mensen helpen! Hen uit de weg halen!'

'Juist,' knikt hij, zijn gezicht grimmig. 'Vooruit!'

'Blijf veilig, Nadia,' zeg ik in mijn comms terwijl Declan en ik ons in de strijd storten. 'Blijf aan je krachten werken – we zijn snel terug.'

'Wees voorzichtig!' roept ze terug, haar stem nauwelijks hoorbaar in mijn oortje boven het lawaai van de verwoesting.

'Voorzichtig' is een relatief begrip als je brokken beton en paniekerige burgers ontwijkt. Maar we slagen erin mensen naar veiliger terrein te leiden, terwijl we onder onze adem Diana's naam vervloeken.

'Verdom haar!' sis ik als een brok puin op een haar na een vrouw mist die haar baby vasthoudt. 'Ze speelt met ons – ze gebruikt deze arme mensen als pionnen in haar verknipte spel!'

'Laten we er dan een eind aan maken,' gromt Declan, vastberadenheid brandt in zijn ogen. 'We zullen een manier vinden om haar te stoppen, Artemis. Dat moeten we.'

'Mee eens,' antwoord ik, op mijn tanden bijtend als weer een schokgolf door de stad trekt. 'Maar laten we eerst deze mensen in veiligheid brengen.'

We werken samen en slepen gewonde overlevenden weg van het wrak. De frustratie en hulpeloosheid knagen aan me als een roedel uitgehongerde wolven, maar ik duw het opzij. Dit is niet het moment voor zelfmedelijden.

'Artemis!' Nadia's stem snijdt door de chaos, en mijn hart springt op in mijn keel. Ze staat aan de rand van het rampgebied, haar ogen wijd van schrik – en iets anders. Iets wat veel op hoop lijkt.

'Heb je...?' begin ik te vragen, maar ze schudt haar hoofd, tranen stromen over haar gezicht.

'Nog niet,' brengt ze kokhalzend uit. 'Maar ik voel ze terugkomen, Artemis. Mijn krachten keren terug – langzaam, maar zeker.'

'Goed,' knik ik en sla haar op de schouder. 'Dat is heel goed, Nadia. Want we zullen alle hulp nodig hebben die we kunnen krijgen om dat monster voor eens en voor altijd te stoppen.'

'Reken op mij,' fluistert ze, haar stem trillend maar vastberaden. 'Ik laat Diana niet winnen.'

'Verdomd juist,' stem ik in, mijn blik dwaalt terug naar de smeulende ruïnes van de wolkenkrabber. Zoveel levens verloren, zoveel verwoesting – allemaal vanwege de onverzadigbare machtswellust van één vrouw.

'Maak je borst maar nat, wereld,' fluister ik, mijn stem doordrenkt met grimmige vastberadenheid. 'Diana Foxberry komt eraan – en wij ook.'

HOOFDSTUK DERTIEN

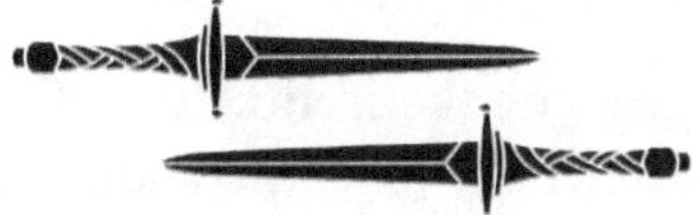

REGEN TIKT GESTAAG OP het dak van het schuiladres, een geluid dat zowel kalmerend als onheilspellend is. Ik zit met gekruiste benen op de vloer en probeer tevergeefs mezelf te centreren. Buiten staat mijn motor onder zijn zeil, onbewust van mijn innerlijke onrust.

Athina kijkt me met zachte bezorgdheid aan. 'Je moet je geest leegmaken, Artemis. Diana zal elke zwakte of afleiding uitbuiten.'

'Makkelijker gezegd dan gedaan,' snauw ik, en heb meteen spijt van mijn toon. Athina wil alleen maar helpen. 'Sorry, het is gewoon zo frustrerend om altijd het gevoel te hebben dat ik een stap achterloop op Diana.'

Athina knikt. 'Begrijpelijk, gezien de omstandigheden. Maar we zullen haar nooit inhalen als je haar psychisch vampirisme niet kunt weerstaan. Laten we dus bij de basis beginnen.'

Ik zucht en probeer er wat luchtigheid in te brengen. 'Oké, leer me je mentale jeditrucs, o wijze.' Maar onder mijn lichtzinnigheid kolkt de pure angst. Ik weet hoe gevaarlijk Diana kan zijn als ik niet leer mijn geest af te schermen.

'Stel je eerst voor dat je geest omringd is door beschermende barrières.' Athina's stem krijgt een rustgevende cadans. 'Beeld ze je in welke vorm dan ook waardoor jij je veilig voelt: een stalen muur, een krachtveld, wat dan ook.'

Ik sluit mijn ogen en visualiseer een ondoordringbare betonnen barrière die mijn gedachten afsluit. Ik concentreer me intens op elk deel en versterk de oppervlakken in gedachten. De denkbeeldige structuur voelt solide, onbreekbaar.

Athina neuriet goedkeurend. 'Goed. Nu komt het moeilijkere gedeelte. Ik wil dat je je diepste angst onder ogen ziet.'

Mijn ogen schieten vol ongeloof open. 'Je wilt dat ik opzettelijk mijn ergste nachtmerries oprakel? Hoe kan dat in hemelsnaam helpen?'

'Door je angsten onder ogen te zien, ontgrendel je een grotere mentale veerkracht,' legt ze geduldig uit. 'Een noodzakelijke stap in je ontwikkeling.'

Ik puf een geërgerde adem uit. 'Natuurlijk is dat zo.' Ik sluit mijn ogen weer, keer naar binnen en zoek naar de diepgewortelde terreur die in de donkerste hoeken van mijn psyche op de loer ligt. Een waas van verlies komt naar boven: de hartverscheurende angst om iedereen van wie ik hou te verliezen, om volkomen alleen achter te blijven. Alleen al de gedachte doet me wankelen.

'Wijk er niet voor terug,' moedigt Athina me zachtjes aan. 'Omarm de angst, laat het je focus aanscherpen in plaats van je te beheersen.'

Met geklemde kaken duik ik dieper in de wervelende vrees. De pijn ervan dreigt me te overspoelen, maar ik zet het koppig om in een bron van kracht. In mijn geestesoog wordt de barrière die mijn gedachten versterkt, dichter en sterker.

'Uitstekend, ga precies zo door.' Athina's kalme stem is mijn anker tegen de storm. Stukje bij beetje versterk ik het bolwerk dat mijn psyche bewaakt, totdat er geen zwakte meer over is. Uiteindelijk kom ik eruit, uitgeput maar gesterkt.

Athina glimlacht goedkeurend. 'Met voortdurende oefening zullen je mentale verdedigingen een tweede natuur worden. Maar je hebt een uitstekende start gemaakt.'

Ik glimlach wankel terug, plotseling vol energie. 'Ik denk dat ik er nu klaar voor ben om Diana onder ogen te komen. Wat ze ook probeert uit te halen, ik ben er klaar voor.' Vanbinnen voel ik een nieuwe kracht ontwaken, van mij om te gebruiken zoals ik dat wil.

Athina's uitdrukking wordt ernstig. 'Ik weet dat je je gesterkt voelt, maar onthoud: macht verantwoordelijk hanteren is net zo cruciaal als die in de eerste plaats grijpen.'

Ik knik langzaam, terechtgewezen. Ze heeft gelijk: met pure kracht alleen bereik je niets waardevols. En als ik me erdoor laat corrumperen, loop ik het risico niets beter te worden dan onze vijanden.

'Ik begrijp het. Mijn gaven zijn een werktuig, geen wapen om blindelings te ontketenen.' Ik kijk haar goedkeurende blik aan. 'Bedankt voor de begeleiding. Ik beloof waakzaam te blijven tegen zelfgenoegzaamheid en arrogantie.'

Ze legt een hand op mijn schouder. 'Je hebt een goed hart, Artemis. Verlies dat nooit uit het oog, hoe moeilijk het pad ook wordt.'

Samen kijken we hoe de regen tegen de ramen tikt, de toekomst even vergeten. Ik heb vandaag de eerste stappen gezet op een gevaarlijke weg. Maar met wijze raad om me op het rechte pad te houden, ben ik klaar om alle duistere obstakels die Diana hierna op mijn weg plaatst, het hoofd te bieden.

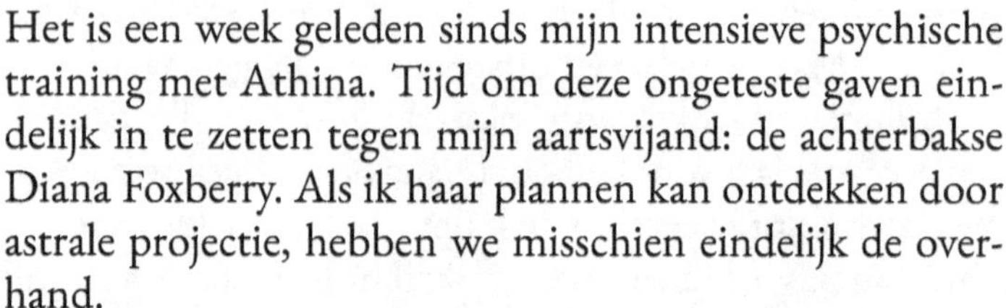

Het is een week geleden sinds mijn intensieve psychische training met Athina. Tijd om deze ongeteste gaven eindelijk in te zetten tegen mijn aartsvijand: de achterbakse Diana Foxberry. Als ik haar plannen kan ontdekken door astrale projectie, hebben we misschien eindelijk de overhand.

Ik zit met gekruiste benen op mijn bed, haal diep adem en sluit mijn ogen, me concentrerend op het scheiden van geest en lichaam. 'Oké Blackwell, eens zien of die astrale onzin echt werkt.'

Ik voel mijn bewustzijn losdrijven als een koord dat zich uitstrekt tussen mijn fysieke en etherische vorm. Mijn lichaam wordt slap terwijl mijn ontlichaamde essentie erboven zweeft, onbezwaard door gewicht.

'Tot later, vleespak,' mompel ik, terwijl ik probeer de kolkende angst in me te negeren. Met Diana in gedachten, beveel ik mijn spectrale zelf om door de stad te glijden op zoek naar antwoorden.

Het gevoel om lichaamloos door vaste objecten te razen is zowel opwindend als diep verontrustend. Ik ben een fantoom, volkomen blootgesteld, op weg naar een onzichtbare dreiging. Maar het is nu te laat voor twijfels.

'Wel, wel... zocht je me, lieverd?'

De spottende stem doorboort me een ogenblik voordat de pijn mijn essentie overspoelt. Het voelt alsof duizend ijskoude naalden in de vezels van mijn wezen worden gestoken. Ik schreeuw het uit, meer uit reflex dan door fysieke pijn.

'Kut, ze wist dat ik kwam!' Ik verzet me tevergeefs terwijl de kwelling toeneemt. 'Hoe kon ze...'

Diana's minachtende lach doorbreekt mijn paniek. 'Dacht je echt dat je me met je zielige psychische gestuntel kon overvallen?'

Haar aanwezigheid dringt zich op, jubelend en wreed. 'Zo'n amateuristische astrale projectie is geen partij voor mijn vaardigheden, kind.'

Ik onderdruk mijn geschreeuw en snauw: 'Loop naar de hel, Diana!' Bravoure is alles wat ik nog heb, mijn etherische vorm verlamd in haar sadistische greep.

'Ah, die befaamde Blackwell-weerbarstigheid.' Haar vermaak wakkert mijn woede alleen maar aan terwijl ze met me speelt. 'Maar die zal je dit keer niet redden, vrees ik.'

Met op elkaar geklemde kaken duw ik koppig terug, gebruikmakend van mijn ontluikende gaven. Niet genoeg om me los te breken, maar het weerhoudt haar ervan me volledig te verpletteren. 'Ga... uit... mijn... hoofd!'

Diana tsk-t afkeurend. 'Nou, nou. Je hebt deze invasie over jezelf afgeroepen, liefje. Je had ver weg moeten blijven.'

Ik verzamel mijn tanende kracht om eruit te persen: 'Nooit. Ik laat je op de een of andere manier voor alles boeten.'

'Wat een holle bravoure.' Haar greep verstevigt, waardoor ik een gesmoorde ademstoot uitstoot. 'Had je geen gevolgen verwacht voor het bespioneren van mij, kind?'

Gekweld en verontwaardigd, spuug ik vloeken naar haar, zelfs terwijl mijn essentie beeft onder haar genadeloze aanval. Maar ik laat me verdomme niet de voldoening van mijn geschreeuw geven.

'Altijd zo vurig, ondanks de kansen.' Haar glimlach druipt van het gif. 'Eens zien hoe lang die onbeschaamde geest van je het volhoudt.'

De pijn schiet omhoog en rafelt de randen van mijn concentratie. Ik klamp me wanhopig vast aan mijn afbrokkelende verdediging. Gewoon volhouden, op de een of andere manier vasthouden...

In wanhoop grijp ik mentaal naar alles wat me kan verankeren tegen de kwelling: de training met Athina, de uren die ik besteedde aan het aanscherpen van mijn mentale kracht. Die reddingslijn stabiliseert me een heel klein beetje tegen Diana's wreedheid.

'Nog steeds zo dapper, vogeltje?' Ze dringt dichterbij en zoekt naar scheuren in mijn gehavende verdediging. 'Verspil je moeite niet. Je nederlaag hier is onvermijdelijk.'

Ik verzamel flarden van verzet. 'Dat... zullen we nog wel zien.' En met een enorme wilskracht duw ik haar een kostbare centimeter terug.

Ze deinst terug, dan klemt de bankschroef strakker dan ooit. 'Koppig, dwaas meisje. Ik zal je breken, op de een of andere manier.'

'Nooit,' beloof ik door haar verstikkende greep. Ik schrap me en sla dan uit met alles wat ik nog in me heb. Haar greep wankelt... en ik ruk me los met een onsamenhangende schreeuw.

Diana's schok rimpelt naar buiten. 'Onmogelijk! Jij hebt de vaardigheid of de kracht niet!'

Ik wankel onvast, mijn essentie flikkert, maar klamp me koppig vast aan de vrijheid. 'Wen... maar aan teleurstelling.'

Haar aanwezigheid trekt zich terug, ziedend van venijn. 'Dit is nog niet voorbij, Blackwell. Nog lang niet.' Dan verdwijnt ze uit mijn zintuigen als een vluchtige nachtmerrie.

Ik zak in elkaar van psychische uitputting en schade. Maar ondanks haar wreedheid, heb ik vandaag iets cruciaals bereikt. Ik ken nu uit de eerste hand de ware limieten van mijn gaven. En ik heb een glimp opgevangen van de immense echelons die nog daarboven wachten.

Met toewijding kan ik die hoogten bestijgen om op een dag als Diana's gelijke te staan. Ze zal er spijt van krijgen dat ze mijn vastberadenheid heeft uitgedaagd, en dat ze de moeite die ik bereid ben te doen om haar uit te schakelen heeft onderschat.

Maar om zo'n potentieel te bereiken, zijn geduld en wijsheid nodig, geen blinde dorst naar vergelding. Ik forceer hortende ademhalingen, stabiliseer mijn verstrooide essentie voordat ik terugkeer naar mijn fysieke omgeving.

Eén gevecht tegelijk. Vandaag was een brute les, maar die blijken uiteindelijk vaak het meest leerzaam. Ik begrijp nu precies hoe zwaar ik nog steeds in het nadeel ben ten opzichte van onze vijanden. En die kennis ontsteekt een vuur in mijn ziel.

⋯⬥◯⬥⋯

Ik open mijn ogen en rol onmiddellijk opzij om over de rand van de bank te braken, mijn ledematen trillen. Mijn astrale vorm mag dan geen fysieke substantie hebben, maar Diana's wrede aanval heeft psychische wonden achtergelaten die nog steeds kloppen en pijn doen.

'Je kunt je niet zo in je eentje op haar blijven storten, Artemis,' zegt Declan, zijn gezicht getekend door bezorgdheid terwijl hij naast me knielt.

Ik hijs mezelf overeind met een harde lach. 'Wie zei er iets over alleen? Maar ik moet snel sterker worden.' Diana zal niet eeuwig blijven wachten.

Athina schudt haar hoofd, haar tijdloze ogen priemend. 'Ware kracht is meer dan fysieke of psychische macht. Je hebt inderdaad nieuwe krachten in jezelf aangeboord. Maar roekeloze haast zal er alleen maar voor zorgen dat ze zich tegen je keren.'

Ik veeg mijn mond af met een grimas, vechtend tegen de misselijkheid. 'Oké, en wat nu? Nog meer meditatie en innerlijke-vrede-onzin?' Subtiliteit is nooit mijn sterkste punt geweest.

Athina glimlacht wrang. 'Ik ben ook geen onbekende met ongeduld. Maar voor nu zullen we ons richten op mentale technieken om Diana's vampirische aanvallen te weerstaan.'

Ik zucht, mijn handen gebald van opgekropte frustratie. 'Goed, goed, verlicht me, o wijze.' Maar eerlijk gezegd wil ik wanhopig graag mijn ontoereikende verdediging versterken voordat Diana mijn geest volledig aan flarden scheurt.

Athina's uitdrukking wordt streng. 'Herstel eerst je kracht. Jezelf nu pushen zal alleen maar grotere schade uitlokken.'

Ik probeer op te staan, nog steeds onvast. 'Rust is voor de zwakken. Ik ben er klaar voor na een korte wandeling—' Mijn knieën knikken prompt, waardoor ik weer neerstort.

Declan pakt me stevig bij de schouders. 'Of misschien voor degenen wiens essentie net is gemarteld,' oppert hij met een veelbetekenende blik.

'Oh, hou je mond,' grom ik, zelfs terwijl ik dankbaar terugzink tegen de kussens, mijn ledematen als lood. In deze toestand ben ik voor niemand van nut.

Athina drukt een dampende mok in mijn handen. 'Drink. Het zal helpen je psychische energieën te herstellen.'

Ik bekijk het brouwsel argwanend. Smaakt waarschijnlijk naar gekookte boomschors. Maar ik neem een voorzichtig slokje en de aardse vloeistof kalmeert onmiddellijk mijn gerafelde zenuwen.

Athina trekt een mondhoek op in een kleine glimlach. 'Beschouw het als medicijn voor de ziel. Rust nu. De echte training begint bij zonsopgang.'

Het brouwsel werkt snel, mijn oogleden worden met de seconde zwaarder. Terwijl de duisternis opdoemt, voel ik Declan een lichte kus op mijn haar drukken. 'We staan achter je,' mompelt hij.

Ik glijd weg in een genadig droomloze slaap, hun standvastige loyaliteit sust me als een warme deken. Morgen zullen er nieuwe beproevingen zijn, maar voor nu kan ik rustig slapen in de wetenschap dat ik er niet alleen voor sta.

Met de juiste begeleiding kan ik mijn gaven temperen tot een waar wapen, in plaats van een lopend vuurtje dat gedoemd is om zowel bondgenoot als vijand te verteren. Athina gaf me de vonk; nu zullen zij en Declan me helpen die te transformeren in een rechtvaardige gloed.

Diana probeerde me te vertragen en te ontmoedigen, zeker dat ik onder de druk zou bezwijken. Maar ze heeft zich zwaar misrekend. Het enige wat ze heeft bereikt, is een vuur in mijn ziel ontsteken dat nu onophoudelijk zal branden tot haar ondergang.

Laat haar maar genieten van deze kleine overwinningen zolang het kan. Elk ervan zal de komende inferno alleen maar voeden.

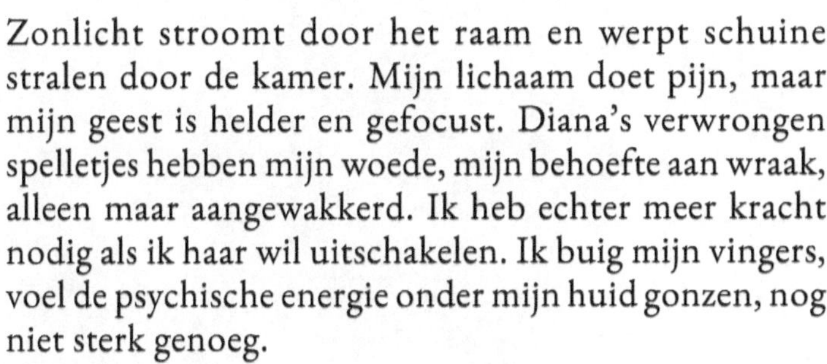

Zonlicht stroomt door het raam en werpt schuine stralen door de kamer. Mijn lichaam doet pijn, maar mijn geest is helder en gefocust. Diana's verwrongen spelletjes hebben mijn woede, mijn behoefte aan wraak, alleen maar aangewakkerd. Ik heb echter meer kracht nodig als ik haar wil uitschakelen. Ik buig mijn vingers, voel de psychische energie onder mijn huid gonzen, nog niet sterk genoeg.

'Artemis,' roept Malcolm vanaf zijn geïmproviseerde lab aan de andere kant van het pakhuis, zijn violette ogen glinsterend van opwinding. 'Ik denk dat ik iets heb gevonden.'

'Iets gevonden of iets in elkaar geflanst?' vraag ik, terwijl ik mezelf van de bank duw en naar hem toe loop, met Nadia en Declan nieuwsgierig achter me aan. Malcolm staat voor een tafel vol flesjes en bekers met vloeistoffen in verschillende kleuren, en houdt er een in zijn hand.

'Beide,' grijnst hij. 'Ik heb een ongetest serum gesynthetiseerd met Foxberry's onderzoek, dat we uit zijn lab hebben gestolen toen we je bevrijdden. Het is gebaseerd op het laatste dat hij je wilde geven.'

'Ongetest, hè? Klinkt als een recept voor een ramp.' Ik kan een sprankje hoop niet onderdrukken, zelfs als de angst door me heen golft bij de gedachte weer een van de serums van die psychopaat te nemen.

'Misschien,' geeft Malcolm toe, zijn toon serieus. 'Maar het zou je het voordeel kunnen geven dat je nodig hebt tegen Diana.'

'Geef hier,' eis ik, en steek mijn hand uit. De gedachte om meer van dat brouwsel van die gekke wetenschapper in mijn aderen te spuiten, bezorgt me rillingen, maar ik kan het risico niet nemen mijn vrienden bloot te stellen aan Diana's woede. Als dit is wat nodig is om degenen van wie ik hou te beschermen, dan dans ik met alle plezier met de duivel zelf.

HOOFDSTUK VEERTIEN

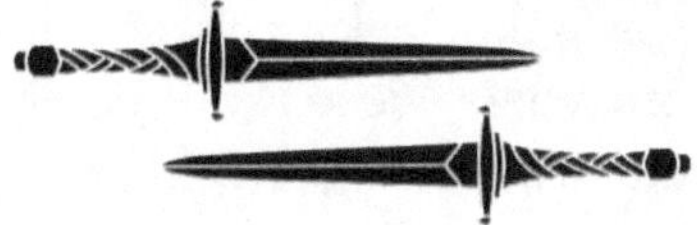

'ARTEMIS, IK MOET BENADRUKKEN hoe gevaarlijk dit is,' waarschuwt Malcolm. Met tegenzin steekt hij de spuit die hij vasthoudt naar me uit, terwijl ik mijn hand ophoud en het serum opeis. 'De bijwerkingen kunnen catastrofaal zijn.'

'Nieuwtje voor je, Doc: ons leven is één grote catastrofe. Ik neem het risico.' Ik gris de spuit uit zijn hand en bestudeer de stroperige, oranje vloeistof erin. 'Beloof me dat je voorzichtig bent,' smeekt hij op zachtere toon.

'Voorzichtig is mijn tweede naam,' lieg ik, grijnzend ondanks de angst die vanbinnen aan me knaagt. 'Wat is het ergste dat kan gebeuren?'

'Laten we hopen dat we daar nooit achter komen,' murmelt Malcolm. Hij kijkt met een mengeling van bewondering en doodsangst toe hoe ik me klaarmaak om het ongeteste serum bij mezelf te injecteren. Hij weet niet dat ik net zo bang ben als hij.

'Wacht, je overweegt toch niet serieus om dat bij jezelf te injecteren?' mengt Nadia zich in het gesprek, haar ogen wijd van ongeloof.

'Natuurlijk niet,' voegt Declan eraan toe, zijn stem gespannen van bezorgdheid. 'Toch, Artemis? Je zou je leven niet zo op het spel zetten.'

Ik kijk hen aan, zie hun bezorgde blikken en een knoop vormt zich in mijn maag. Ik wou dat ik ze gerust kon stellen, maar de waarheid is dat ik wanhopig ben. En wanhopige mensen doen gekke dingen.

'Jongens, ik waardeer jullie bezorgdheid, maar ik moet dit doen,' zeg ik, en ik probeer zelfverzekerder te klinken dan ik me voel. 'We maken geen schijn van kans tegen Diana, tenzij we het speelveld gelijktrekken.'

'Laat mij het dan doen,' dringt Declan aan en hij stapt dichterbij. 'Je weet dat ik de bijwerkingen beter aankan dan jij.'

'Of ik,' biedt Nadia aan, haar voorhoofd gefronst. 'Ik sta te popelen voor een krachtupgrade.'

'Bedankt, maar geen van jullie heeft ooit meer dan twee gaven ontwikkeld,' herinner ik hen eraan, terwijl ik de spuit stevig in mijn hand klem. 'Als iemand hier een kans op overleven heeft, dan ben ik het wel. Dr. Foxberry heeft dat zelf gezegd, en ik las het in zijn gedachten. Ik ben de enige proefpersoon die ooit meer dan twee heeft ontwikkeld. Ik moet het zijn.'

'Artemis, alsjeblieft,' smeekt Declan, zijn hazelnootkleurige ogen zoeken de mijne. 'Doe dit niet.'

'Kijk, ik weet dat het riskant is,' geef ik toe, terwijl ik het gewicht van hun bezorgdheid als een loden deken op me voel drukken. 'Maar onze opties raken op. Het komt goed met me, oké?'

'Goed' is niet bepaald het woord dat ik zou gebruiken om te omschrijven hoe ik me voel als ik de mouw van mijn leren jack opstroop en de bleke huid van mijn arm ontbloot. De kamer lijkt op me af te komen en ik kan de afkeuring van mijn vrienden bijna voelen.

'Artemis, we weten niet wat dit met je zal doen,' waarschuwt Nadia op wankele toon. 'Denk hier alsjeblieft over na.'

'Heb ik al gedaan,' zeg ik, terwijl ik probeer een bravoure uit te stralen die ik niet voel. Een zweetdruppel glijdt langs mijn slaap als ik de naald in mijn arm steek, mijn hart bonst als een drilboor.

'Artemis!' schreeuwt Declan, maar het is te laat. Ik druk de zuiger naar beneden en laat het serum mijn bloedbaan in stromen.

Een moment lang gebeurt er niets. Dan schiet er een ijskoud vuur door me heen en ik hap naar adem, dubbelklappend van de pijn. Pijn golft door elke zenuw, elke cel van mijn lichaam. Het voelt alsof ik van binnenuit verscheurd word.

'Artemis!' roept Nadia, terwijl Declan me opvangt voordat ik op de grond in elkaar zak. 'Wat gebeurt er met haar?'

'Haar lichaam past zich aan aan het serum,' legt Malcolm uit, zijn stem gespannen van de zorgen. 'We kunnen alleen maar hopen dat het haar daarbij niet uit elkaar scheurt.'

'Verdomme, Artemis,' murmelt Declan, die me stevig vasthoudt terwijl de pijn heviger wordt. 'Waarom moet je altijd zo koppig zijn?'

'Dat hoort erbij,' pers ik er tussen samengeklemde tanden uit. Ik dwing mezelf om me op iets anders te concentreren dan de ondraaglijke pijn die door me heen scheurt. Ik zie Diana's zelfvoldane grijns voor me, de manier waarop ze me bespotte na onze laatste confrontatie. Als dit serum me kan helpen die grijns van haar gezicht te vegen, dan is alle pijn het waard.

'Blijf bij ons, Artemis,' dringt Nadia aan, haar hand klemt zich om de mijne. 'Je bent sterk genoeg om dit aan te kunnen. Je bent de sterkste persoon die ik ken.'

Ik knijp in haar hand en gebruik haar woorden als een anker om met beide benen op de grond te blijven. Terwijl de pijn eindelijk begint af te nemen, klamp ik me vast aan de hoop dat onze opofferingen uiteindelijk niet tevergeefs zullen zijn. En misschien, heel misschien, pakt deze gok goed uit.

'Artemis, gaat het?' Declans stem klinkt ver weg, alsof hij door een dikke muur praat. Zijn bezorgdheid is voelbaar, maar ik kan de energie niet opbrengen om er iets om te geven.

'Nooit beter,' zeg ik sarcastisch, mijn stem niet meer dan een fluistering. De pijn is weg en in plaats daarvan stroomt er een overweldigende golf van kracht door mijn aderen. Het is bedwelmend, deze nieuwe kracht – als een drug die me in zijn verleidelijke omhelzing wikkelt.

'Artemis, we moeten praten over wat er net is gebeurd,' zegt Nadia, haar stem ferm maar zacht. Ze probeert me met beide benen op de grond te houden, te voorkomen dat ik mezelf compleet verlies. Maar daar is het al te laat voor.

'Praten? Tuurlijk, laten we het erover hebben hoe ik net een verdomde supermens ben geworden.' Ik lach, maar er zit geen humor in. Mijn geest voelt versplinterd, de randjes van mijn verstand houden maar net stand.

'Artemis, je moet je emoties onder controle houden,' waarschuwt Malcolm op strenge toon. 'Je krachten zijn misschien exponentieel toegenomen, maar dat geldt ook voor de druk op je psyche.'

'Controle?' snauw ik en ik draai me naar hem om. 'Jij verwacht dat ik dit onder controle houd? Je hebt me een ongetest serum gegeven en nu ben je verbaasd dat ik moeite heb om mijn hoofd erbij te houden?'

'Artemis, we zijn hier om te helpen,' zegt Declan, en hij stapt voorzichtig naar voren, alsof ik een soort wild dier ben. En misschien ben ik dat ook wel – een beest gevangen in een kooi die ik zelf heb gemaakt, worstelend om te ontsnappen.

'Helpen?' Mijn lach wordt bitter en ik voel de woede in me opborrelen, gevoed door de rauwe kracht die door mijn lichaam stroomt. 'Ik heb geen hulp nodig. Niet meer.'

'Artemis, alsjeblieft,' smeekt Nadia met tranen in haar ogen. 'We zijn je vrienden. We willen zeker weten dat alles goed met je gaat.'

'Vrienden?' Het woord voelt vreemd op mijn tong, als een vloek. 'Hoe kan ik iemand vertrouwen als alles een leugen is geweest? Als iedereen van wie ik dacht dat ik ze kende, me op de een of andere manier heeft verraden?'

'Artemis,' smeekt Declan zacht en hij reikt naar me uit. 'Laat ons je helpen. Je hoeft dit niet alleen te doorstaan.'

'Alleen is het enige wat ik kan vertrouwen.' Mijn stem breekt als ik hem wegduw, de kracht die in me pulseert wordt met elke seconde sterker. 'Jullie denken dat jullie me kennen? Jullie denken dat jullie me van mezelf kunnen redden? Niemand kan me nu nog redden.'

'Artemis—' begint Nadia, maar ik kap haar af.

'Blijf bij me uit de buurt,' grom ik, terwijl ik voel dat de woede me begint te overmeesteren. 'Jullie allemaal. Ik heb niemand van jullie nodig.'

Ik draai me om en storm de kamer uit, hen achterlatend. Ik hoor ze achter me aan roepen, maar hun stemmen vervagen naar de achtergrond als de duisternis in mij de overhand neemt. Voordat een van hen me kan inhalen, verander ik in mijn ravenvorm, de transformatie die ooit zoveel moeite en energie kostte is nu zo makkelijk als ademhalen, en ik vlieg de heldere hemel in.

Het bonzen in mijn hoofd wil niet ophouden, en de rauwe kracht die door me heen stroomt voelt als een wild dier dat aan de randen van mijn verstand klauwt. Ik strompel de verlaten loods binnen waar we ons hebben schuilgehouden, de duisternis slokt me volledig op. Mijn ademhaling is onregelmatig, mijn hart beukt in mijn borstkas.

'Artemis.' Declans stem snijdt als een mes door de schaduwen, zijn voetstappen echoën op de betonnen vloer als hij me benadert. 'Je kunt hier niet voor blijven weglopen.'

'Let maar op,' snauw ik, mijn vuisten gebald langs mijn zij.

'Artemis, alsjeblieft,' smeekt hij, dichterbij komend, wanhoop verweven in elk woord. 'Ik weet dat je bang bent. Dat zijn we allemaal. Maar we kunnen je helpen.'

'Kunnen jullie dat?' Ik spot, mijn ogen vernauwen zich terwijl de woede onder de oppervlakte borrelt. 'Echt waar?'

'Alsjeblieft, laat het me gewoon proberen.' Hij reikt naar me uit en voor een seconde hunkert iets in mij naar die connectie, om weer verankerd te worden in de realiteit door de warmte van iemands aanraking.

'Goed dan,' geef ik toe, evenzeer om dat wanhopige deel van mezelf het zwijgen op te leggen als om hem een plezier te doen. 'Probeer maar.'

Declan slaat zijn sterke armen om me heen en trekt me in zijn omhelzing. Het is een reddingslijn, een kort moment van troost te midden van de chaos die in me woedt. Zijn geur, een mengeling van warm leer en specerijen, vult mijn neusgaten en kalmeert een deel van de woede die me dreigt te verteren.

'Herinner je wie je bent, Artemis,' fluistert hij in mijn oor, zijn adem warm tegen mijn huid. 'Je bent niet dit monster waar het serum je in probeert te veranderen. Je bent sterker dan dat.'

'Ben ik dat?' Mijn stem is zelfs voor mijn eigen oren nauwelijks hoorbaar. De twijfel knaagt aan me als een vraatzuchtig beest, zich voedend met mijn angst en onzekerheid.

'Dat ben je,' antwoordt Declan op vastberaden toon. 'Ik geloof in je.'

Zijn woorden zouden troost moeten bieden, maar in plaats daarvan versterken ze alleen maar de duisternis binnenin. Het serum klauwt aan mijn geest, verdraait mijn gedachten, waardoor het onmogelijk wordt om vriend van vijand te onderscheiden. Ik voel het opbouwen, de kracht die me van binnenuit dreigt te verscheuren.

'Declan...' Mijn stem trilt als ik worstel om de opkomende paniek te onderdrukken. 'Ik kan... ik kan het niet beheersen...'

'Artemis, adem,' dringt hij aan, zijn greep om me heen wordt steviger. 'Concentreer je op mijn stem. Je kunt hiertegen vechten.'

Een vluchtig moment laat ik mezelf hem geloven. Ik klamp me vast aan dat sprankje hoop als een drenkeling die naar een reddingslijn grijpt... maar het serum is meedogenloos, het scheurt door mijn verdediging heen totdat er niets meer over is dan rauwe, ongetemde kracht.

'Ga bij me weg!' grom ik en ik duw hem met een uitbarsting van psychische kracht naar achteren. Declan wankelt, de schok en pijn duidelijk op zijn gezicht terwijl hij moeite doet om zijn evenwicht te hervinden.

'Artemis, doe dit niet,' smeekt hij en hij reikt weer naar me, maar de duisternis heeft wortel geschoten en laat geen ruimte voor rede of mededogen.

'Blijf weg!' sis ik, mijn zicht wordt wazig terwijl de woede me overneemt. 'Ik heb je gewaarschuwd!'

'Artemis—' begint hij, maar ik ben al weg, opgeslokt door de schaduwen terwijl ik vlucht voor hem, voor hen allemaal. Voor het monster dat ik aan het worden ben.

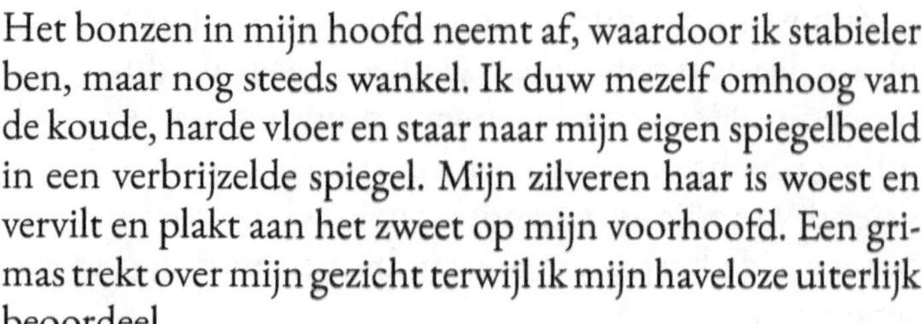

Het bonzen in mijn hoofd neemt af, waardoor ik stabieler ben, maar nog steeds wankel. Ik duw mezelf omhoog van de koude, harde vloer en staar naar mijn eigen spiegelbeeld in een verbrijzelde spiegel. Mijn zilveren haar is woest en vervilt en plakt aan het zweet op mijn voorhoofd. Een grimas trekt over mijn gezicht terwijl ik mijn haveloze uiterlijk beoordeel.

'Kijk nou naar jezelf,' mompel ik somber, 'de almachtige Artemis Blackwell, onderuitgehaald door een of ander halfbakken serum.'

'Artemis,' roept Nadia's stem door de deur, op een smekende toon. 'Laat ons je alsjeblieft helpen.'

'Mij helpen?' hoor ik mezelf honen, terwijl ik het zweet van mijn voorhoofd veeg met de rug van mijn hand. 'Denk je dat jullie Cirkeltje dit kan oplossen? Nee, ik moet dit alleen doen.'

'Artemis, doe niet zo dwaas,' waarschuwt Declan, zijn stem nors en bezorgd. 'We hebben samen te veel meegemaakt om nu op te geven. We hebben elkaar nodig.'

'Misschien hebben jullie mij nodig, maar ik heb verdomme niemand van jullie nodig,' snauw ik, geprikkeld door hun bezorgdheid. Het voelt als een zwakte die ik me nu niet kan veroorloven. 'Diana gaat niet wachten tot ik mijn zaken op orde heb, en ik kan het risico niet nemen dat ik de controle weer verlies met jullie allemaal in de buurt.'

'Artemis, alsjeblieft,' smeekt Nadia, haar stem breekt. 'Sluit ons niet buiten.'

'Vaarwel, Nadia,' zeg ik koel, terwijl ik me van de deur afwend en terug verander in mijn ravenvorm voordat ik door het gebroken raam naar buiten duik.

Terwijl ik boven de verduisterde straten vlieg, zoemt de energie van de stad om me heen en pikken mijn versterkte zintuigen elk detail op: het verre geloei van sirenes, de geur van regen in de wind, de smaak van wanhoop en angst. Ik weet dat de Cirkel mijn beslissing niet zal begrijpen, maar zij zien niet wat ik zie: de rauwe kracht die door me heen stroomt en smeekt om losgelaten te worden.

'Oké dan, Diana,' fluister ik in de duisternis, mijn stem een nauwelijks bedwongen snauw. 'Je wilde een monster? Dan krijg je er een.' En met die gedachte in mijn achterhoofd verlies ik mezelf in de jacht, gedreven om Diana te stoppen voordat ze nog iemand pijn kan doen.

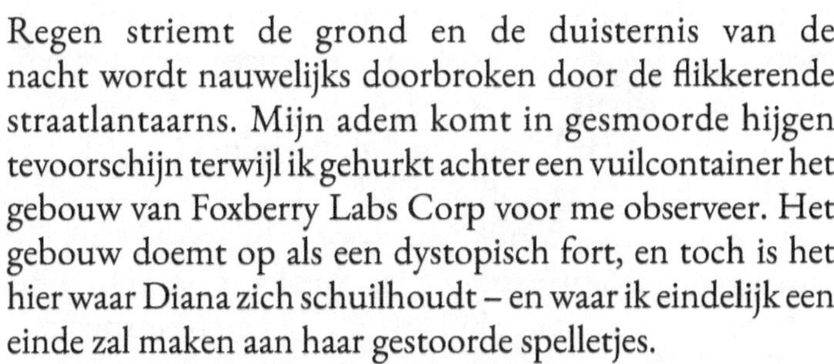

Regen striemt de grond en de duisternis van de nacht wordt nauwelijks doorbroken door de flikkerende straatlantaarns. Mijn adem komt in gesmoorde hijgen tevoorschijn terwijl ik gehurkt achter een vuilcontainer het gebouw van Foxberry Labs Corp voor me observeer. Het gebouw doemt op als een dystopisch fort, en toch is het hier waar Diana zich schuilhoudt – en waar ik eindelijk een einde zal maken aan haar gestoorde spelletjes.

'Ik dacht niet dat je dit alleen zou kunnen,' murmelt een stem in mijn oor, waardoor ik opspring. Declan verschijnt naast me en stapt uit een schaduw die een seconde geleden nog leeg was. Ik had moeten weten dat hij me zou volgen.

'Verdomme, Declan, welk deel van "blijf uit de buurt" begreep je niet?' snauw ik, terwijl de frustratie me de baas wordt. 'Ik heb geen babysitter nodig.'

'Wie heeft het over babysitten?' grijnst hij, één en al arrogant zelfvertrouwen ondanks het gevaar waarin we ons bevinden. 'Je mag dan wel superkrachten hebben, maar twee paar ogen zien meer dan één. Bovendien is Diana ook mijn probleem.'

'Goed,' grom ik, wetende dat het geen zin heeft om met hem te ruziën. 'Maar als ik de controle weer verlies...'

'Dan trek ik je terug, net als de vorige keer,' onderbreekt hij me, zijn hazelnootkleurige ogen houden de mijne vast met onwankelbare vastberadenheid. Het is genoeg om mijn twijfels het zwijgen op te leggen – voor nu.

We sluipen dichter naar het complex, ons aan de schaduwen houdend terwijl we beveiligingscamera's ontwijken en de elektronische poorten omzeilen. Mijn versterkte vermogens maken de taak bijna lachwekkend eenvoudig, maar ik voel de druk op mijn psyche bij elk gebruik van mijn krachten. Ik mag het me niet weer laten verteren.

'Ingang gevonden,' fluistert Declan, wijzend naar een zijdeur. Hij forceert het slot met achteloos gemak en samen glippen we de steriele, met tl-buizen verlichte gangen van het lab in.

'Enig idee waar Diana zou kunnen zijn?' vraag ik, terwijl ik de lege gangen afzoek.

'Geef me een seconde,' antwoordt hij, terwijl hij zijn zintuigen concentreert. 'Ze is... die kant op.' Hij wijst naar een gang aan onze linkerkant. 'Ik kan haar ruiken.'

'Geweldig, laten we dan nu haar feestje verpesten,' zeg ik, mijn stem druipend van sarcasme terwijl we door de labyrintische gangen sluipen.

Eindelijk bereiken we een dubbele deur en daarachter voel ik Diana's verwrongen energiesignatuur. Mijn hart bonst in mijn borst, maar ik duw de angst die aan mijn binnenste knaagt opzij. Het is tijd om haar te confronteren – en deze nachtmerrie voor eens en voor altijd te beëindigen.

'Klaar voor?' vraagt Declan, bezorgdheid flikkert over zijn gezicht.

'Laten we dit doen,' antwoord ik, en ik zet me schrap voor wat komen gaat.

We stormen door de deuren een lab binnen vol met monitors en apparatuur, en daar is ze dan – Diana Foxberry, staand bij een operatietafel met een boosaardige grijns op haar gezicht.

'Artemis Blackwell, wat fijn dat je er ook bent,' spot ze, haar groene ogen glinsteren van boosaardigheid. 'En je hebt je kleine kattenvriendje meegenomen. Wat lief.'

'Kap met die onzin, Diana,' snauw ik, mijn woede kookt over. 'Dit eindigt nu.'

'O ja?' Ze houdt haar hoofd schuin en doet alsof ze nieuwsgierig is. 'Denk je dat je nieuwe krachten je onoverwinnelijk maken? Laat me je vertellen, je hebt nog maar aan de oppervlakte gekrast van hoe ware kracht eruitziet.'

'Genoeg gepraat,' grom ik, en ik haal uit met een golf van psychische kracht die haar doet wankelen en tegen de muur doet struikelen. 'Tijd om je te laten zien hoe sterk ik echt ben.'

Terwijl Diana moeite doet om weer op haar voeten te komen, weet ik dat ik op het randje van waanzin dans en dat mijn krachten dreigen me te overweldigen. Maar ik laat haar niet ontsnappen, deze keer niet. Ik omarm mijn volledige potentieel en gebruik elk greintje kracht en vaardigheid dat ik bezit.

'Artemis, wees voorzichtig,' murmelt Declan, met een zorgelijke noot in zijn stem. 'Verlies jezelf niet.'

'Vertrouw me,' antwoord ik, mijn stem laag en gevaarlijk. 'Ik weet wat ik doe.'

Diana grijnst en met een polsbeweging stuurt ze een energiestoot mijn kant op. Ik ontwijk de aanval nipt en voel de hitte de punten van mijn haar verschroeien.

'Is dat alles wat je hebt?' hoor ik mezelf honen, mijn hart bonst in mijn borst. De kamer is gevuld met het gezoem van machines en de geur van ozon terwijl onze krachten botsen. 'Je vader zal wel trots op je zijn.'

'Hou je mond, Artemis!' snauwt Diana, haar gezicht vertrokken van woede. 'Jij weet niets van mijn vader!'

'Dat klopt,' geef ik toe, en ik duik achter een metalen tafel om dekking te zoeken. 'Maar ik weet genoeg om een einde te maken aan je gestoorde experimenten.'

'Arrogante dwaas,' sist ze, terwijl ze een nieuwe barrage van energiestralen afvuurt die als miniatuurexplosies op de tafel inslaan. Een rookwolk vult de lucht, waardoor het moeilijk is om te zien. 'Je kunt je eigen krachten niet eens beheersen, laat staan mij tegenhouden.'

'Let maar op,' breng ik ertegenin, en ik klem mijn tanden op elkaar terwijl ik mijn kracht verzamel en me concentreer op het laten zweven van de zware tafel tussen ons in. Terwijl ik hem naar haar toe slinger, voel ik de aanwezigheid van Declan in de buurt, die bezorgd toekijkt.

'Artemis, je vraagt te veel van jezelf,' roept hij vanuit de schaduwen, zijn hazelnootkleurige ogen vol zorgen. 'Laat me helpen.'

'Blijf hierbuiten, Declan!' snauw ik, niet willend toegeven dat ik de controle over mijn onstabiele vermogens aan het verliezen ben. Maar diep vanbinnen weet ik dat hij gelijk heeft – ik kan dit niet alleen.

'De tijd is om, Artemis,' grijnst Diana, haar handen gloeien van ongetemde kracht. 'En nu ga je dood.'

'Declan, nu!' schreeuw ik, terwijl wanhoop aan mijn binnenste klauwt. De gedachte dat Diana de overhand krijgt, wakkert mijn woede en angst aan, maar ik weiger haar de voldoening te geven om mij te zien wankelen.

Zonder aarzeling komt Declan uit de schaduwen tevoorschijn en zijn gespierde lichaam verandert in dat van een krachtige jaguar. Hij stort zich op Diana, klauwen zwaaien door de lucht, en leidt haar even af van haar aanval op mij.

'Pak haar, Dec!' moedig ik hem aan, mijn hart zwelt van dankbaarheid voor zijn onwrikbare steun. Samen zijn we een verdomd goed team.

'Genoeg!' brult Diana, en ze slingert een energiestoot die Declan door de kamer doet suizen. Mijn hart maakt een sprongetje in mijn borst als hij tegen een muur klapt, zijn katachtige lichaam ineenkrimpt op de vloer voordat hij weer in een mens verandert. Zijn wonden genezen onmiddellijk door de verandering, hoewel hij nog steeds versuft is van de val.

'Declan!' schreeuw ik, woede en angst gieren als een lopend vuur door me heen. De kamer tolt om me heen, mijn geest worstelt om de chaos bij te houden. Ik weet dat als ik de controle niet herwin, ik mezelf volledig zal verliezen – en dan is er voor geen van ons beiden nog hoop.

De bijtende geur van verbrand vlees dringt de lucht binnen, waardoor mijn maag omdraait. Diana's kracht is onverbiddelijk en ook al staan Declan en ik samen, het voelt alsof ze ons stukje bij beetje uit elkaar scheurt. Zweetdruppels parelen op mijn voorhoofd terwijl ik moeite doe om ons tegen haar aanval te beschermen.

'Artemis,' zegt Declan, zijn ademhaling onregelmatig. 'Ik heb een idee.'

'Zeg alsjeblieft dat het beter is dan "laten we vechten tot we erbij neervallen,"' antwoord ik door op elkaar geklemde tanden, mijn sarcasme verbergt nauwelijks mijn wanhoop.

'Veel beter.' Hij grijnst ondanks de pijn die op zijn gezicht getekend staat. 'Maar ik moet je vertrouwen.'

'Altijd,' zeg ik zonder aarzelen. Declan heeft me nog nooit in de steek gelaten en ik ga nu niet aan hem twijfelen.

'Goed.' En met die woorden verandert hij in zijn jaguarvorm, spieren rimpelen onder een geelbruine vacht. Voordat ik kan vragen wat hij van plan is, verdwijnt hij in de schaduwen, mij alleen latend om Diana's toorn het hoofd te bieden.

'Waar is je kleine huisdier naartoe, Artemis?' spot Diana, haar groene ogen glinsteren van boosaardigheid. 'Wegrennen, net als jij?'

'Heb je dan niets geleerd van onze laatste ontmoeting?' snauw ik terug, mijn hart bonst in mijn borst. 'We rennen nooit weg voor een gevecht.'

'Bereid je dan maar voor om te sterven,' snauwt ze, en ze verzamelt haar energie voor een nieuwe aanval.

Plotseling doorboort een keelkreet de lucht en ik draai me om en zie Dr. Foxberry op de grond vallen, bloed stroomt uit een gapende wond in zijn borst. De ogen van de jaguar ontmoeten de mijne en ik weet dat Declan heeft gedaan wat gedaan moest worden.

'Vader!' schreeuwt Diana vol afgrijzen, haar controle glipt weg in haar verdriet. Haar krachten slaan onvoorspelbaar om zich heen, gooien apparatuur omver en verbrijzelen glas overal om ons heen.

'Kom op, Artemis!' roept Declan vanuit de schaduwen, zijn stem dringend. 'We moeten nu weg!'

Dat hoef ik me geen twee keer te laten zeggen. Nu Diana's aandacht is afgeleid, sprinten we door de ravage en banen ons een weg naar de uitgang.

'Artemis! Hoe kon je?!' schreeuwt Diana ons na, haar stem breekt van de pijn. 'Hier ga je voor boeten! Hoor je me?'

'Sorry, Di,' mompel ik binnensmonds terwijl we de nacht in glippen. 'Maar nood breekt wet.'

Terwijl we het brandende complex achter ons laten, kan ik niet anders dan denken aan de prijs die we hebben betaald om te overleven. Maar één ding is zeker: samen zijn we sterker, en noch Diana, noch iemand anders zal ons ooit nog uit elkaar kunnen drijven.

HOOFDSTUK VIJFTIEN

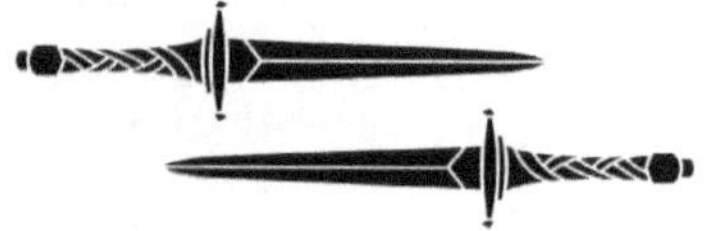

DE BIJTENDE ROOKLUCHT EN het geknetter van vuur in de verte volgen ons terwijl we door de gang sprinten, en Diana's gegil van rouw en woede echoot door de lucht. Naast me komen Declans ademstoten in korte, hijgende vlagen, zijn normaal al onverzorgde bruine haar met zweet tegen zijn voorhoofd geplakt. We weten dat we haar mateloos kwaad hebben gemaakt en ik kan een verwrongen gevoel van voldoening over dat feit niet onderdrukken.

'Artemis,' hijgt Declan en werpt me een blik toe met zijn lichtbruine ogen vol zorgen en twijfel. 'Misschien ... misschien had ik het niet moeten doen.'

'Wat gedaan?' bijt ik hem toe, terwijl mijn groene ogen vernauwen. 'Haar belangrijkste handlanger uitgeschakeld? Geloof me, ze verdiende het.'

'Verdomme, Artemis!' zegt hij, terwijl hij licht struikelt over een stuk puin. 'Ik heb dr. Foxberry gedood en nu is ze nog kwader. Wat als het een fout was?'

'Luister naar me, Declan,' grom ik, terwijl ik hem bij zijn arm grijp en hem vooruittrek. Hij krimpt ineen, wat de littekens op zijn armen van talloze gevechten onthult.

'We hadden geen keus. Diana is gevaarlijk en haar vader uitschakelen was de enige manier om haar te vertragen.'

'Juist,' zegt hij, op zijn tanden bijtend en zich weer op onze ontsnapping concentrerend. 'Laten we hopen dat het genoeg is.'

'Hoop' staat tegenwoordig niet bepaald in mijn woordenboek, maar voor Declan knik ik.

De bijtende geur van brandende chemicaliën en puin vult mijn neusgaten terwijl we ons een weg banen door het verwoeste lab, elke ademteug een herinnering aan de chaos die we hebben achtergelaten. Ik kan een verwrongen gevoel van voldoening over de vernietiging niet onderdrukken, wetende dat het één plek minder is waar Diana haar zieke experimenten kan voortzetten.

'Zonder dr. Foxberry,' zeg ik, mijn stem nauwelijks een fluistering in de smeulende ruïnes, 'kan Diana haar verwrongen werk niet voortzetten. Niemand anders heeft zijn expertise.'

'Dat is waar,' antwoordt Declan, terwijl hij de omgeving met waakzame ogen afspeurt. 'Maar we weten allebei dat ze zich daardoor niet laat tegenhouden.'

'Absoluut niet.' Ik schop tegen een stuk verkoold metaal, dat over de vloer schuift. 'Het is alleen jammer dat we hem niet eerder hebben omgelegd. Dan hadden we misschien kunnen voorkomen dat ze haar krachtsteelvaardigheden zo ver evolueerde.'

'Misschien,' zegt Declan aarzelend. 'Maar we kunnen niet bij het verleden stilstaan. We hebben gedaan wat we moesten doen.'

'Natuurlijk,' stem ik toe, zonder de moeite te nemen de bitterheid in mijn woorden te verbergen. 'We doen altijd wat we "moeten doen". Maar wanneer houdt dat op, hè? Wanneer wordt de cirkel eindelijk doorbroken?'

Hij heeft geen antwoord voor me en we gaan verder in stilte, met als enige geluiden het verre geknetter van vlammen en het occasionele gekraak van onstabiele constructies om ons heen. Ik voel Diana's woede nog steeds door de lucht echoën, een bijna tastbare kracht die me aanzet om door te gaan. Ik weet dat we haar een flinke klap hebben uitgedeeld, maar het is nog lang niet voorbij. En bij elke stap wordt de last van onze beslissingen en het gevaar dat voor ons ligt zwaarder.

Ik kan de zorg niet van me afzetten dat we, door dr. Foxberry uit te schakelen, ongewild Diana's plannen voor een staatsgreep hebben versneld. Die gedachte voelt als een loden gewicht in mijn maag, en ik kan het gevoel dat de tijd dringt moeilijk van me afschudden.

'Artemis,' roept Athina, haar stem haalt me terug naar het heden en mijn locatie in de schuilplaats van de Obsidiaanse Cirkel. 'We moeten Diana's nieuwe basis vinden. Kun je je astrale projectie gebruiken om haar te lokaliseren?'

'Goed,' grom ik, terwijl frustratie aan mijn binnenste knaagt. 'Ik waag het erop.'

'Weet je het zeker?' vraagt Athina, met bezorgdheid op haar gezicht getekend.

'Zeker,' snauw ik terug. 'Als we haar willen stoppen, moet ik in haar hoofd zien te komen. Letterlijk.'

Declan knijpt in mijn schouder, zijn greep is stevig en geruststellend. 'Wees voorzichtig daarbinnen, Artemis.'

'Voorzichtig' past niet echt bij me, maar ik knik toch, en doe alsof ik me niet op het punt sta in het hol van de leeuw te wagen.

Ik haal diep adem en centreer me voordat ik mijn essentie het astrale vlak in slinger. De wereld om me heen lost op en wordt vervangen door een eindeloze duisternis, onderbroken door glinsterende, etherische lichten. Ik focus op Diana en probeer elk spoor van haar energie te vinden.

'Kom op,' mompel ik binnensmonds, mijn frustratie groeit naarmate de psychische blokkades mijn pogingen blijven dwarsbomen. 'Waar verstop je je in hemelsnaam?'

'Al geluk?' vraagt Declan, zijn stem gespannen van bezorgdheid. Ik kan hem niet zien in dit vlak, maar ik voel zijn aanwezigheid, een geruststellend anker te midden van de chaos. In de echte wereld zit hij naast me en houdt hij mijn beide handen in de zijne.

'Nog niks,' geef ik toe, op mijn tanden klemend. 'Haar verdediging is sterker dan ooit. Het is alsof ik geblinddoekt door een doolhof probeer te navigeren.'

'Blijf proberen,' spoort hij me aan, zijn vertrouwen in mij een balsem voor mijn gerafelde zenuwen. 'Je hebt wel voor hetere vuren gestaan en je kwam er altijd als winnaar uit.'

'Bedankt voor het vertrouwen,' antwoord ik, mijn toon doorspekt met sarcasme. 'Maar dit is niet bepaald een makkie.'

'Dat heb ik ook nooit gezegd,' kaatst hij terug. 'Maar we hebben geen tijd voor zelfmedelijden, Artemis. Concentreer je op het vinden van Diana.'

'Juist,' zeg ik, en slik mijn bitterheid in. Ik duik dieper het astrale vlak in en duw tegen de psychische barrières die mijn pad blokkeren. Het voelt als waden door stroop – langzaam en uitputtend, waarbij elke stap voorwaarts een monumentale inspanning is.

'Kom op,' fluister ik tegen mezelf, de mantra van vastberadenheid drijft me voort. 'Je kan dit, Artemis.'

De duisternis om me heen huivert, alsof ze mijn vastberadenheid voelt. Ik klem mijn tanden op elkaar en duw harder, vastbesloten om de muren die tussen mij en Diana's geheimen staan neer te halen. En dan, net als ik denk dat ik geen stap meer kan zetten, trekt de mist een heel klein beetje op en biedt me de kleinste glimp van wat er voor me ligt.

'We zijn dichtbij,' hijg ik, mijn hart bonst in mijn borst. 'Ik kan haar voelen.'

'Goed,' zegt Declan, opluchting hoorbaar in zijn stem. 'Laten we dit nu afmaken.'

'Absoluut,' beaam ik, het vuur in mij laait feller op dan ooit. 'Laten we voor eens en voor altijd een einde maken aan deze nachtmerrie.'

En dan, ineens, ben ik binnen.

Haar psyche is niets minder dan chaotisch – een wervelende maalstroom van woede, bitterheid en ongeremde ambitie. Het is alsof ik een orkaan binnenstap, en ik worstel om me te oriënteren te midden van de huilende winden van haar gedachten.

'Blijf gefocust,' herinner ik mezelf, terwijl ik door het verwarde web van haar onderbewustzijn zift. 'Vind iets – wat dan ook – dat ons kan helpen een einde te maken aan deze waanzin.'

'Artemis?' Declans stem laat me opschrikken, ook al weet ik dat hij vlak naast me zit. 'Wat zie je?'

'Moeilijk te zeggen,' mompel ik, terwijl ik me inspannend de verwarde fragmenten van beelden en emoties die om me heen wervelen, probeer samen te voegen. 'Het is... op zijn zachtst gezegd intens.'

De woede die uit Diana's geest straalt is als een lopend vuurtje en verteert alles op zijn pad. Ik kan haar razernij praktisch voelen als ze wraak zweert op Declan en mij voor de dood van dr. Foxberry. Ze heeft zich teruggetrokken in een verborgen uithoek van de wereld, om te hergroeperen en ongetwijfeld ons einde te beramen.

'Voorzichtig, Artemis,' waarschuwt Declans stem in mijn hoofd. 'Ze zal weten dat je er bent als je niet voorzichtig te werk gaat.'

'Geloof me, ik ben niet van plan om op haar mentale deur te kloppen en de weg te vragen,' snauw ik terug, terwijl ik me op de taak concentreer. Ik zift door de chaos van Diana's gedachten, op zoek naar enige aanwijzing over wat ze nu van plan is. Mijn pols versnelt als ik het geringste gefluister van een op handen zijnde aanval vind – groot, gedurfd en verwoestend. Maar de details ontglippen me en glijden als water door mijn psychische greep.

'Artemis, al geluk?' mengt Athina's stem zich in het gesprek, gespannen van zorgen.

'Er komt iets groots aan. Ik kan het voelen,' antwoord ik. 'Maar ik kan de details niet echt vastpinnen. Het is alsof ik rook probeer te vangen.'

'Ga door,' dringt Declan aan, zijn eigen stem strak van de spanning. 'We hebben iets concreets nodig.'

'Echt? Ik dacht dat we hier waren voor een rustig wandelingetje door het gekkenhuis,' riposteer ik, en duw dieper in de maalstroom van emoties die Diana's geest is. Maar plotseling voel ik dat ik mijn welkom heb overschreden. De chaotische energie begint te kolken en te woelen, de vreemde aanwezigheid in haar midden voelend.

'Artemis, ga daar weg!' schreeuwt Athina dringend. Ze moet iets kunnen voelen, de randen van mijn geest aanrakend.

'Ik werk eraan!' roep ik, worstelend om mezelf los te trekken. Maar Diana's psychische verdedigingen zijn krachtig en ze sluiten zich als een bankschroef om me heen. Paniek klauwt aan mijn borst terwijl ik tegen de verpletterende kracht vecht.

'Artemis, nu!' brult Declan, zijn stem gevuld met wanhoop.

'Ik probeer het!' Ik klem mijn tanden op elkaar en roep elke laatste gram kracht in mij op. Met een laatste, herculische inspanning ruk ik me los uit de greep van Diana's geest – net op het moment dat die me er met geweld uitwerpt en me terug in mijn eigen lichaam slingert.

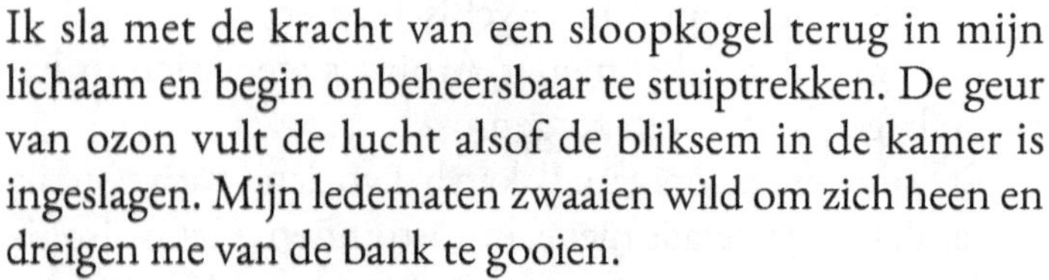

Ik sla met de kracht van een sloopkogel terug in mijn lichaam en begin onbeheersbaar te stuiptrekken. De geur van ozon vult de lucht alsof de bliksem in de kamer is ingeslagen. Mijn ledematen zwaaien wild om zich heen en dreigen me van de bank te gooien.

'Artemis!' Declans paniekerige stem doorbreekt de chaos. Hij grijpt mijn schouders en probeert me te kalmeren, maar het is alsof hij een onder spanning staande draad probeert vast te houden.

'Laat... los...' weet ik tussen geklemde tanden uit te brengen, terwijl ik worstel om de controle over mijn eigen lichaam terug te krijgen. Het voelt alsof elke zenuwuiteinde in brand staat en schokken van ondraaglijke pijn door mijn systeem stuurt.

'Rustig maar, Artemis,' murmelt Athina sussend, terwijl ze een kalmerend zegel in de lucht tekent. De pijn begint af te nemen en ik kan eindelijk ademen zonder het gevoel te hebben dat ik in een miljoen stukjes uiteen ga spatten.

'Bedankt,' rasp ik, terwijl ik zweet van mijn voorhoofd veeg. 'Dat was... niet prettig.'

'Mijn hemel, je hebt haar echt kwaad gemaakt,' merkt Declan op, met bezorgdheid op zijn gezicht. 'Wat heb je gevonden?'

'Het eindspel,' antwoord ik, nog steeds naar adem happend. 'Diana is iets groots van plan, en snel. Maar het is alsof je door de mist probeert te kijken – ik kon geen details achterhalen.'

'Geweldig,' mompelt Athina somber. 'Een tikkende tijdbom die we niet eens kunnen zien.'

'Enig idee hoe we haar vinden voordat ze de hele boel naar de hel blaast?' vraagt Declan, frustratie klinkt door in zijn woorden.

'Laat me even denken,' snauw ik, en wrijf over mijn slapen om de bonzende hoofdpijn die daar is neergestreken te verlichten. 'Dit is niet bepaald een makkie, weet je.'

'Sorry.' Declan kijkt oprecht verontschuldigend. 'We maken ons gewoon zorgen. We moeten haar stoppen voordat het te laat is.'

'Geloof me, dat weet ik,' zucht ik en dwing mezelf om rechtop te gaan zitten. 'Ik probeer het nog een keer. Geef me... geef me gewoon een minuut.'

'Artemis, forceer jezelf niet te veel,' waarschuwt Athina, haar ogen gevuld met bezorgdheid.

'Bedankt, mam,' brom ik, maar waardeer stiekem haar bezorgdheid. Ik vind dit net zo min leuk als zij, maar onze opties raken op. Diana is een tikkende tijdbom, en als we haar niet op tijd kunnen ontmantelen, kan de nasleep catastrofaal zijn.

De klok aan de muur lijkt me te bespotten, de seconden wegtikkend terwijl we ons haasten om een manier te vinden om Diana te stoppen. Het gewicht van Declans bezorgde blik boort in mijn rug terwijl ik probeer mijn gedachten te verzetten en me te concentreren.

'Artemis, weet je zeker dat je dit aankunt?' vraagt hij, zijn stem gespannen van bezorgdheid.

'Ziet het ernaar uit dat we een keus hebben?' snauw ik, frustratie borrelt onder mijn huid. 'We moeten haar vinden, en snel.'

Mijn lichaam doet pijn als ik tegen de muur zak en probeer op adem te komen. De nasleep van die laatste psychische projectie schokt nog steeds als bliksem door me heen. Zweet sijpelt langs mijn voorhoofd en mijn hart racet, maar ik weet dat ik het opnieuw moet doen. Er is geen andere keus.

'Artemis,' zegt Declan voorzichtig, zijn lichtbruine ogen vertroebeld door bezorgdheid. 'Je moet even pauzeren. Je forceert jezelf te veel.'

'Tijd is niet bepaald onze vriend, Declan.' Ik forceer een zwakke glimlach en verberg mijn angst. 'Wat Diana ook van plan is, het zal snel gebeuren. We hebben niet de luxe om pauzes te nemen.'

'Je geestelijke gezondheid is meer waard dan een paar extra minuten, Artemis,' betoogt hij, zijn stem laag en stabiel. 'Als je de controle verliest terwijl je in haar geest bent, wie weet welke schade ze je dan kan toebrengen?'

'Declan, ik waardeer je bezorgdheid, maar we hebben geen betere optie.' Ik sta op en voel de kamer even protesterend kantelen voordat ik mijn evenwicht hervind. 'Ik heb gewoon even tijd nodig om te herstellen en dan probeer ik het opnieuw.'

'Prima,' bromt hij, zijn armen over zijn brede borst gekruist. 'Maar als er iets misgaat, trek je je onmiddellijk terug. We kunnen het ons niet veroorloven jou te verliezen, zeker nu niet.'

'Afgesproken,' zeg ik, ook al is de gedachte om me vroegtijdig terug te trekken niet bepaald aantrekkelijk. Als ik niets nuttigs in Diana's geest vind, kunnen we net zo goed een slachting tegemoet lopen.

'Wees voorzichtig, Artemis,' fluistert Declan. 'Ik zweer het, als je erger terugkomt dan hiervoor, dan zal ik—'

'De tijd tikt, Declan,' zeg ik, met een stevige stem. 'Als we Diana niet snel stoppen, wie weet wat voor hel ze dan zal ontketenen over de regering en alle anderen.' Mijn handen trillen lichtjes terwijl ik mijn frustratie probeer te bedwingen.

'Prima,' mompelt hij, zijn ogen gevuld met bezorgdheid. 'Maar onthoud wat ik zei. Als er iets misgaat, trek je je terug. We kunnen jou ook niet verliezen, Artemis.'

'Geloof me, ik ben niet van plan om vandaag een martelaar te worden.' Het sarcasme druipt van mijn tong, maar doet weinig om de spanning die door de kamer straalt te verlichten. Ik kijk om me heen naar mijn team, hun gezichten getekend door zorgen, en ik weet dat onze tijd opraakt. Met een diepe zucht laat ik me op de koude vloer zakken en kruis mijn benen in een meditatieve houding.

'Oké, laten we dit doen,' mompel ik en sluit mijn ogen. De wereld om me heen vervaagt terwijl ik me op mijn ademhaling concentreer, elke inademing vult me met vastberadenheid en elke uitademing werpt mijn twijfels en angsten van me af. De lucht smaakt naar ozon en beton en aardt me in het stedelijke landschap dat ons slagveld is geworden.

'Kom op, Artemis,' spoort Athina aan, haar norse stem verraadt haar eigen angst. 'Je kan dit.'

'Bedankt voor het vertrouwen,' antwoord ik droog, mijn geest glijdt al in de vertrouwde trance die nodig is voor astrale projectie.

'Onthoud—'

'Terugtrekken als het misgaat. Begrepen, Declan,' kap ik hem ongeduldig af. 'Laat me nu concentreren.'

Ik voel de subtiele verschuiving als mijn geest zich losmaakt van mijn fysieke lichaam, de sensatie is als het afwerpen van een oude huid. De kamer om me heen wordt etherisch en vervormd, de kleuren zijn vaal en mijn vrienden slechts schaduwen van zichzelf. Het is desoriënterend, maar ik duw door en wapen me voor de verraderlijke reis die voor me ligt.

'Op goed geluk,' fluister ik tegen mezelf en duik in de wervelende vortex die Diana's geest is. De chaotische energieën slaan tegen me aan als een vloedgolf en dreigen me volledig te verzwelgen, maar ik weiger me te laten afschrikken. Ik navigeer door de donkere uithoeken van haar psyche, op zoek naar elke snipper informatie die ons de overhand zou kunnen geven.

'Vind het, Artemis,' dring ik bij mezelf aan, mijn astrale vorm flikkert als een kaars in de wind. 'We hebben niet veel tijd meer.'

En met die sombere herinnering duik ik dieper de storm van Diana's gedachten in, voorbereid om welke verschrikkingen dan ook die me daarbinnen te wachten staan, het hoofd te bieden.

Diana's geest is een oorlogsgebied, haar gedachten een spervuur van geweerschoten en explosies die aan mijn essentie zelf knagen. Het is desoriënterend, overweldigend, maar ik dwing mezelf door te zetten, op zoek naar enige aanwijzing van haar plannen te midden van de chaos.

'Kom op, gestoorde heks,' grom ik binnensmonds, terwijl ik het gebroken landschap afspeur naar enig teken van zwakte. 'Geef me iets om mee te werken.'

Terwijl ik dieper in haar psyche duik, voel ik de druk die het op mijn eigen geest legt, dreigend de broze verbinding tussen mijn geest en lichaam te verbreken. Maar ik weiger die angst mij te laten regeren – niet nu er zoveel op het spel staat.

'Wat er ook voor nodig is,' herinner ik mezelf, op mijn tanden klemend terwijl ik mijn gevaarlijke reis voortzet. 'Ik zal je stoppen, Diana. Let op mijn woorden.'

En met die grimmige vastberadenheid die me vooruit drijft, baan ik me een weg de maalstroom in, bereid om de duisternis binnenin onder ogen te zien – wat de prijs ook moge zijn.

Hoofdstuk Zestien

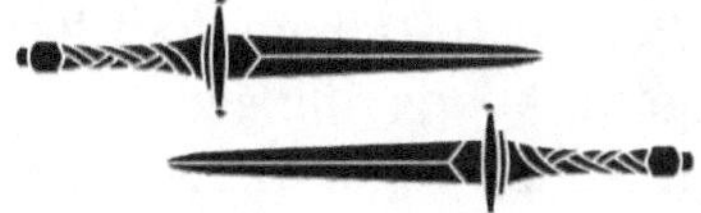

Oké, Blackwell," mompel ik in mezelf en ik slik, terwijl ik me mentaal schrapzet voor wat komen gaat, "tijd om helemaal à la Inception met haar aan de slag te gaan."

Ik duik dieper in Diana's verwrongen psyche en voel de duisternis me omhullen als een zware mist. De lucht is zwaar van haar kwaadaardige energie, en het kost me al mijn concentratie om niet te kokhalzen. Ik weet dat ik meer informatie nodig heb, maar ik speel een gevaarlijk spel; één misstap en ik zou hier voor altijd gevangen kunnen zitten.

'Details, Artemis. Concentreer je op de details,' coach ik mezelf, terwijl ik probeer het griezelige gefluister te negeren dat door Diana's geest echoot. Deze plek is een doolhof van schaduwen en geheimen, en ik kan het me niet veroorloven om te verdwalen.

'Kom op, jij gekke teef, geef me iets om mee te werken,' smeek ik in stilte, terwijl ik de persconferentie in mijn hoofd visualiseer. Mijn hart gaat tekeer als beelden van onschuldige mensen die in willoze zombies veranderen voor mijn ogen flitsen. Het is geen fraai gezicht, en ik ben vastbesloten om het geen werkelijkheid te laten worden.

'Aha!' roep ik triomfantelijk uit als het me lukt de exacte tijd en locatie van het evenement te achterhalen. Met deze informatie maken we misschien een kans om Diana's zieke plan te stoppen. Maar net als ik probeer een mentale notitie van alle cruciale details te maken, voel ik het: het huiveringwekkende gevoel dat ik in de gaten word gehouden.

'Shit, shit, shit,' vloek ik binnensmonds, beseffend dat Diana mijn binnendringing heeft opgemerkt. Ik kan haar sinistere lach bijna horen echoën door haar geest, en die gedachte bezorgt me koude rillingen.

'Missie afbreken!' beveel ik mezelf, terwijl ik mijn bewustzijn wegruk uit de duistere diepten van Diana. Mijn zicht wordt wazig en plotseling voelt het alsof ik met honderdvijftig kilometer per uur achteruit word getrokken. Door de pure kracht van mijn uitwerping smak ik op de grond.

'Argh!' schreeuw ik uit als er een pijnscheut door mijn lichaam trekt. Mijn hoofd voelt alsof het in tweeën splijt, en ik vecht om op adem te komen. Verdomde Diana, ze weet wel hoe ze een klap moet uitdelen.

'Artemis!' schreeuwt Declan, die naar me toe snelt. 'Wat is er gebeurd?'

'Raad eens wie er net uit het gedachtenleesfeestje is geschopt,' kreun ik, terwijl ik over mijn slapen wrijf en probeer de informatie die ik heb weten te bemachtigen op een rijtje te zetten. 'Diana is niet blij, maar we hebben wat we nodig hebben.'

'Zeg het maar rechtuit,' zegt Athina, haar stem vastberaden ondanks de spanning die op haar gezicht getekend staat.

'Oké, het zit zo,' zeg ik, terwijl ik mezelf van de vloer opdruk. 'De persconferentie van de president is waar ze zal toeslaan. Ze is van plan om die verdomde gedachtenbeheersingschips live op tv te activeren, waardoor iedereen daar in haar persoonlijke zombieleger verandert.'

'Shit,' mompelt Declan binnensmonds, en de bezorgdheid in zijn ogen weerspiegelt mijn eigen gedachten.

'Enig idee hoe we haar kunnen tegenhouden?' vraagt Athina, terwijl haar vingers verwachtingsvol op haar arm trommelen.

De last van de wereld rust op mijn schouders als we ons verzamelen rond onze geïmproviseerde commandopost, een krakkemikkige oude tafel bezaaid met kaarten en lege koffiekoppen. Ik kan het niet helpen dat ik het gevoel heb dat we slechts amateurs zijn die spionage spelen, maar er is geen weg meer terug.

'Oké,' zegt Declan, zijn hazelnootkleurige ogen op de mijne gericht. 'We moeten een manier vinden om Diana's coup te counteren zonder massale paniek te veroorzaken. Ideeën?'

'Kunnen we het evenement niet gewoon afzeggen?' stelt Athina voorzichtig voor, terwijl haar vingers nerveus op het hout tikken. 'Iedereen daar weghalen voordat het überhaupt begint?'

Ik schud mijn hoofd. 'Als Diana noodplannen heeft, maakt dat de zaken alleen maar erger. We weten niet wat ze achter de hand heeft.'

'Dan gaan we naar binnen en schakelen haar als eerste uit,' dringt Declan aan, en hij slaat met zijn vuist op tafel. 'Een chirurgische aanval om de dreiging te elimineren.'

'Rustig maar, meneer de actieheld,' werp ik tegen, terwijl ik probeer mijn stem kalm te houden ondanks de angst die vanbinnen aan me knaagt. 'We kunnen niet zomaar binnenvallen met getrokken wapens. Er zouden te veel onschuldige mensen in het kruisvuur terecht kunnen komen.'

'Wat stel je dan voor dat we doen, Artemis?' snauwt hij, zijn knappe gezicht getekend door frustratie. 'Hier met onze duimen zitten draaien terwijl Diana de persconferentie van de president verandert in een zombieapocalyps?'

'Misschien moeten we proberen haar te onderscheppen op weg naar het evenement,' stel ik voor, terwijl ik met mijn vinger de route op de kaart volg. 'Een afleidingsmanoeuvre creëren, haar uit koers brengen. Dat zou ons wat tijd kunnen opleveren.'

'Of het kan een zelfmoordmissie zijn,' werpt Declan tegen, zijn kaak gespannen. 'Hoe weten we zeker dat Diana niet dwars door onze list heenkijkt?'

De spanning in de kamer pulseert als een stroomdraad terwijl ik mijn punt verdedig. 'Als we Diana rechtstreeks aanvallen, kan dat haar ertoe aanzetten haar plannen te versnellen. Dat risico kunnen we niet nemen.'

'Wat stel je dan voor?' snauwt Declan, met een gefrustreerde uitdrukking op zijn gezicht.

'Misschien moeten we naar Athina luisteren,' kaats ik terug, en ik knik naar onze mentor. Ze zit kalm en beheerst aan het hoofd van de tafel. Je zou denken dat ze zich voorbereidt op een picknick in plaats van een riskante operatie tegen een kwaadaardig meesterbrein.

'Met bruut geweld komen we nergens,' zegt Athina, haar diepbruine ogen vol wijsheid. 'Onze gaven zijn krachtig, maar ze moeten wijselijk worden gebruikt. Diana te slim af zijn is onze beste optie.'

'Soms voelt het alsof jullie vergeten dat ik ook een gave heb,' mopper ik, en ik voel de bekende steek van onvermogen. Artemis Blackwell – uitstekende vechter, bekwame strateeg, maar nog steeds degene die aan haar eigen krachten herinnerd moet worden.

'Jouw gave is van onschatbare waarde, Artemis,' stelt Athina me gerust, haar stem zacht maar vastberaden. 'Maar onthoud, het gaat er niet alleen om hoe krachtig je gaven zijn. Het is hoe je ze gebruikt dat telt.'

'Prima,' zeg ik, en ik sla met mijn hand op tafel en sta op. 'We spelen dit kat-en-muisspel met Diana, en we zijn haar bij elke zet te slim af. Maar zeg niet dat ik jullie niet heb gewaarschuwd als het misgaat.'

'Artemis,' onderbreekt Declan, zijn toon zachter dan voorheen. 'We vertrouwen op je instinct. We zijn hier om je te steunen.'

'Bedankt,' mompel ik, en ik dwing mezelf zijn blik te beantwoorden. 'Ik wou alleen dat ik hetzelfde vertrouwen in mezelf had als jullie allemaal.'

'Vertrouw op jezelf, Artemis,' adviseert Athina, haar ogen warm. 'Je hebt de kracht in je om elke uitdaging aan te gaan.'

'Laten we maar hopen dat dat genoeg is,' zucht ik, terwijl het gewicht van onze missie op me drukt als een loden last. We balanceren hier op een slap koord, met aan beide kanten een dreigende ramp. En als degene die ons op dit pad heeft gebracht, is het aan mij om ervoor te zorgen dat we niet vallen.

Met hernieuwde vastberadenheid bereiden we ons voor op de confrontatie, tegen beter weten in hopend dat onze verenigde gaven en sluwheid genoeg zullen zijn om Diana's woede te slim af te zijn en degenen die van ons afhankelijk zijn te beschermen.

*

De lucht in ons geïmproviseerde hoofdkwartier is zwaar van de spanning terwijl we ons rond de tafel verzamelen, die beladen is met wapens en kaarten. Ik kan de onrust in de kamer praktisch proeven, zelfs terwijl ik mijn eigen angst probeer weg te slikken. We staan op het punt om de strijd aan te gaan met Diana Foxberry, een vrouw die ons niet alleen heeft verraden, maar ons ook al maanden als marionetten bespeelt. Eén verkeerde beweging en we eindigen allemaal als haar persoonlijke poppen.

'Oké, team,' zeg ik, terwijl ik probeer mijn stem stabiel te houden. 'Laten we het plan nog een keer doornemen.'

'Weet je zeker dat je dit wilt doen, Artemis?' vraagt Athina, haar donkere ogen vol bezorgdheid. 'Het is nog niet te laat om van gedachten te veranderen.'

'Natuurlijk weet ik het niet zeker,' snauw ik, terwijl een nieuwe golf van paniek me overspoelt. 'Maar we hebben geen keus, dus laten we ons concentreren op wat we wel in de hand hebben.'

'Goed,' zegt Declan, zijn kaak strak van vastberadenheid. 'We onderscheppen Diana onderweg, waarbij we Nadia's telekinetische krachten gebruiken om haar te laten geloven dat er een groter probleem is waar ze zich eerst mee bezig moet houden.'

'Precies,' bevestig ik, terwijl ik met mijn vingers over het gevest van een van de messen op de tafel strijk. 'We moeten overtuigend genoeg zijn om haar van het spoor te brengen.'

'Wat betekent,' onderbreekt Athina, 'dat we elke beweging van haar moeten weten. Daar kom jij in beeld. Je telepathie zal cruciaal zijn.'

Ik ben het met haar eens en knik. 'Ik houd haar gedachten in de gaten, terwijl ik oplet dat ik niet betrapt word.'

'Ja, want "voorzichtig" is jouw tweede naam,' plaagt Athina zachtjes.

'Hé!' protesteer ik, maar het is op zijn best halfslachtig. 'Oké, zodra we haar van haar koers hebben afgebracht, moeten we snel handelen. We kunnen haar geen tijd geven om zich te hergroeperen.'

'Begrepen,' zegt Declan, terwijl hij een pistool pakt en het magazijn controleert. 'Laten we maar hopen dat dit werkt.'

'Hoop? Dat stadium zijn we allang voorbij, Declan,' zeg ik, terwijl ik een grijns forceer. 'We draaien nu op pure, onvervalste wanhoop.'

'Geweldig. Precies wat ik wilde horen,' zegt hij droogjes, terwijl hij met zijn ogen rolt.

'Hé, het is niet alsof we niet eerder in onmogelijke situaties hebben gezeten,' herinner ik hem eraan, terwijl ik zelfverzekerder probeer te klinken dan ik me voel. 'We zijn er altijd weer bovenop gekomen.'

'Waar,' geeft Athina toe, 'maar dit is van een heel ander kaliber.'

'Vertel mij wat,' mompel ik, terwijl mijn maag zich in een knoop draait. We hebben maar één kans met deze gok, dat is alles. Eén kans om Diana's verknipte plannen te dwarsbomen voordat ze onze wereld in haar persoonlijke chaosmachine verandert.

'Artemis,' roept Declan, waarmee hij me uit mijn gedachten trekt. 'Ben je er klaar voor?'

'Zo klaar als maar kan,' antwoord ik, terwijl ik diep ademhaal en mijn angst naar de achtergrond duw. 'Laten we dit doen, team. Laten we de wereld gaan redden... alweer.'

'Klinkt als een plan,' grijnst Athina, terwijl ze haar favoriete wapen pakt.

'Laten we die verrader eens flink aanpakken,' voegt Declan toe, zijn zelfvertrouwen bijna aanstekelijk.

'Absoluut,' stem ik in, me schrap zettend voor het gevecht dat komen gaat. We hebben hier misschien maar één kans voor, maar ik ben vastbesloten om die te laten tellen.

⬛◆⬛

Ik werp een laatste blik op ons kleine groepje buitenbeentjes, klaar voor de confrontatie waarvan we weten dat die eraan komt. Mijn hart bonkt wild in mijn borst, maar ik richt mijn aandacht op de taak die voor ons ligt. Diana is misschien verrast door ons plan, maar het zou een kolossale fout zijn om haar sluwheid te onderschatten.

'Onthoud,' zeg ik, mijn stem zwaar van de spanning. 'Diana is al heel lang bezig met het plannen van deze coup. Ze zal zich niet zonder slag of stoot gewonnen geven.'

'Begrepen,' antwoordt Athina, haar ogen vernauwd en vastberaden.

Declan komt dichterbij staan, zijn hazelnootkleurige ogen vurig van intensiteit. 'Artemis, luister naar me,' zegt hij, terwijl hij mijn arm stevig vastgrijpt. 'Jij bent degene die in haar hoofd is gekropen. Ze zal het bovenal op jou gemunt hebben.'

'En je punt is?' snauw ik, mijn zenuwen tot het uiterste gespannen.

'Mijn punt is dat ik je rug dek. Wat er ook gebeurt, ik laat haar niet bij je komen.' Hij pauzeert en laat zijn stem zakken tot een hees gefluister. 'Dat beloof ik.'

'Grote woorden van meneer Jaguar,' kaats ik terug, hoewel ik de golf van dankbaarheid die me overspoelt niet kan ontkennen. 'Maar ze zal het niet alleen op mij gemunt hebben. We moeten elkaar beschermen.'

'Natuurlijk.' Zijn kaken spannen zich aan, vastberadenheid staat op zijn gezicht gebeiteld. 'Maar jij bent prioriteit nummer één.'

'Goed,' mompel ik, wetende dat het geen zin heeft om met hem te ruziën als hij zo is. 'Maar doe geen domme heldhaftige dingen, begrepen?'

'Zou er niet aan denken,' grijnst hij, en even vermindert de spanning tussen ons.

'Oké, team,' roep ik, mijn stem stabiel ondanks de onrust die in me kolkt. 'Laten we gaan. En onthoud: blijf scherp. We hebben hier te maken met een meestermanipulator.'

'Begrepen,' zegt Athina, haar ogen glinsterend van verwachting.

'Laten we haar laten zien waar we van gemaakt zijn,' voegt Declan toe, terwijl zijn hand kort en geruststellend de mijne strijkt.

De straatlantaarns werpen een ziekelijke oranje gloed op het trottoir terwijl we ons een weg door de stad banen, het gewicht van ons plan drukt op ieder van ons. Een koude windvlaag jaagt voorbij en bezorgt me rillingen over mijn rug. Ik kijk naar Declan, die naast me sluipt als een roofdier dat klaar is om toe te slaan. Athina volgt daarachter, haar voetstappen bijna onhoorbaar, en ik voel haar ogen in mijn rug prikken. Nadia sluit de rij, met haar handen in de zakken van haar capribroek, en bij het zien van haar verschijnt er een kleine glimlach op mijn lippen. Nadia de voetbalmoeder, die absoluut alles afwijst wat ook maar enigszins op een gevechtsoutfit lijkt. Ze is zo'n sterke telekineet dat ik betwijfel of een projectiel ooit dichtbij genoeg zou kunnen komen om haar te verwonden.

'Oké,' zeg ik, mijn stem nauwelijks luider dan het verre gezoem van het verkeer. 'We zijn er bijna. Denk aan het plan: onderschep Diana onderweg en leid haar aandacht af.'

'Ik kan niet wachten om de blik op haar gezicht te zien als ze beseft dat we haar in het nauw hebben gedreven,' moppert Declan, terwijl hij zijn vingers buigt.

'Laten we maar hopen dat ze geen vervelende verrassingen voor ons in petto heeft,' murmelt Athina, de spanning hoorbaar in haar stem.

'Geloof me,' antwoord ik, terwijl ik mijn tanden op elkaar klem. 'Als er iemand is die weet hoe je iemands dag moet verpesten, dan is het Diana wel.'

'Daarover gesproken,' mengt Declan zich in het gesprek, 'hoe hou jij je? Na dat hele gedoe met die gedachtenfusie?'

'Ik ben weleens beter geweest,' geef ik toe, mijn hartslag versnelt bij de herinnering hoe ik met geweld uit Diana's gedachten werd gezet. 'Maar we hebben geen tijd om ons daar nu zorgen over te maken.'

'Wees toch voorzichtig, Artemis,' waarschuwt Athina. 'Ze zal woedend zijn als ze eenmaal beseft wat je hebt gedaan.'

'Bedankt voor de herinnering,' mompel ik sarcastisch, hoewel ik weet dat ze het goed bedoelt. In mijn hoofd prevel ik een stil gebed: Laat onze gezamenlijke kracht alsjeblieft genoeg zijn om deze wraakzuchtige heks te slim af te zijn.

Plotseling stopt Declan en spitsen zijn oren. 'Opgelet,' fluistert hij. 'Ik hoor iets aankomen.'

'Maak je klaar,' beveel ik, mijn hart bonst in mijn borst. 'Dit is het moment.'

Als het voertuig van Diana de hoek om komt, schieten we in actie en wordt ons wanhopige plan om haar coup te dwarsbomen eindelijk in gang gezet. We kunnen alleen maar hopen dat onze gecombineerde gaven en slimheid genoeg zullen zijn om haar woede te overtreffen.

Vanuit de schaduwen kijken we aandachtig toe hoe de gestroomlijnde zwarte auto nadert en stopt voor het stoplicht. Mijn hart hamert in mijn borstkas; dit is het, het moment waarop we hebben gewacht.

Naast me zet Declan zijn stekels op, zijn lichaam spant zich aan terwijl zijn instincten alarm slaan. 'Dat is zij niet,' sist hij binnensmonds.

Voordat ik kan reageren, barst het voertuig plotseling uit in een enorme vuurbal, en de kracht van de explosie slingert ons achteruit. Mijn oren suizen van de oorverdovende knal terwijl stukken vlammend puin om ons heen neerdalen.

'Het was een valstrik!' schreeuwt Athina boven de chaos uit, terwijl ze overeind krabbelt.

Nadia reageert onmiddellijk en werpt een enorm telekinetisch schild op om de explosie in te dammen en eventuele omstanders te beschermen. Maar de inspanning om zo'n krachtige explosie te bedwingen, vergt het uiterste van haar krachten.

'Nadia!' roep ik uit als ze op haar knieën zakt, haar gezicht vertrokken van pijn en inspanning. Met een laatste, diepe kreet damt ze de brullende vuurbal in, voordat ze uitgeput ineenstort.

'Help haar overeind,' spoor ik Declan aan, voordat ik mijn aandacht op Athina richt. 'Ben je gewond?'

Ze schudt haar hoofd, haar gezicht besmeurd met as, maar verder ongedeerd. 'Met mij gaat het goed. Maar Na dia...'

We kijken bezorgd naar onze teamgenoot, die nu nauwelijks bij bewustzijn lijkt. Het afwenden van de explosie heeft haar elke laatste greintje kracht gekost.

'Die explosie had ons bijna gedood,' zegt Declan met opeengeklemde tanden. 'Als Nadia het niet had ingedam d...'

'Diana wist duidelijk dat we haar zouden proberen te onderscheppen,' maak ik bitter af, terwijl de gal in mijn keel opkruipt. Natuurlijk was ze ons weer te slim af. We zijn nooit in het voordeel geweest.

'Wat betekent dat Diana's echte vervoer elk moment op de persconferentie kan aankomen,' zegt Athina dringend.

Declans kaken spannen zich aan, zijn hazelnootkleurige ogen vlammen. 'We moeten nu die conferentie binnen, voordat het te laat is.'

We pakken hem allemaal vast en hij stapt door een schaduw. Plotseling staan we buiten het hotel waar de persconferentie wordt gehouden.

'Artemis.' Het is maar één woord van Declan, maar ik weet wat ik moet doen.

Ik knik vastberaden voordat ik mijn focus naar binnen richt, telepathisch op zoek naar hotelmedewerkers die we kunnen imiteren. Na een gespannen moment, richt ik me op een serveerster en een piccolo die voor hun dienst arriveren.

'Hier moeten we het mee doen,' mompel ik, voordat ik telepathisch hun bewustzijn kaap en hen bewusteloos maak. Ik grijp het uniform en de sleutelkaart van de serveerster.

'Laten we gaan,' zeg ik tegen Declan en geef hem het uniform van de piccolo. Hij kleedt zich snel om en we haasten ons naar binnen, elke stap jaagt mijn angst verder op. Ik voel de seconden praktisch wegtikken tot Diana's aankomst.

We komen zonder problemen voorbij de beveiliging — grotendeels omdat ik hen telepathisch beveel ons te negeren — en glippen de dienstgang in die naar de conferentiezaal leidt. Mijn handen trillen lichtjes als ik mijn gestolen medewerkerskaart gebruik en een zijdeur binnenga.

Het auditorium zit al vol met verslaggevers en personeel die wachten op de komst van de presidente. Mijn pols bonst terwijl we opgaan in de drukke zaal, tafels afruimen terwijl we speuren naar mogelijke dreigingen.

'Al enig teken van Diana?' vraagt Declan binnensmonds.

Ik scan onopvallend de kamer, maar vind nog geen spoor van haar kwaadaardige aanwezigheid. 'Nog niet. Maar het is slechts een kwestie van tijd.'

We blijven gespannen rondlopen, wachtend op het moment dat Diana haar zet doet. Ik hoop wanhopig dat we de ramp nog kunnen voorkomen, maar ik weet dat de kansen klein zijn. Ze heeft ons volledig overvleugeld.

Ik bid alleen dat we een deel van de schade die op het punt staat te worden aangericht, kunnen beperken.

HOOFDSTUK ZEVENTIEN

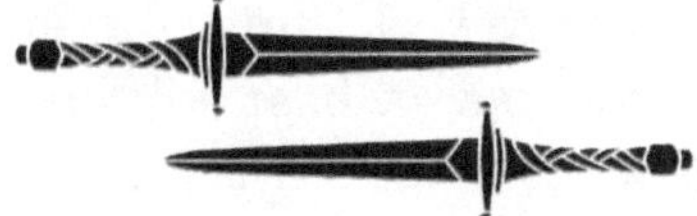

IK KAN EEN SCHAMPERE lach niet onderdrukken terwijl ik het kriebelende personeelsuniform fatsoeneer en
probeer het goed te laten vallen op mijn slanke maar
gespierde postuur. Declan lijkt een soortgelijk probleem te
hebben met zijn eigen outfit, want hij trekt aan de kraag
van zijn geleende shirt.

'Kun je geloven dat we hier vroeger ons brood mee ver-
dienden?' vraagt hij, terwijl hij een wenkbrauw naar me
optrekt. Zijn bekende stoppelbaard en onverzorgde bruine
haar zijn verborgen onder een pet en ik moet toegeven, het
staat hem goed.

'Wanhopige tijden', mompel ik, terwijl ik de persconfer-
entieruimte overzie. Het wemelt er van de mensen: politici, journalisten en de lakeien van Diana Foxberry. Een perfecte storm van chaos en bedrog.

'Laten we gaan, Artemis.' Declan knikt naar de menigte.

Terwijl we ons door de zee van lichamen weven, voel ik
me als een roofdier dat op zijn prooi jaagt, klaar om toe
te slaan. Mijn groene ogen scannen elk gezicht, op zoek
naar een teken van herkenning of dreiging. Maar alles wat
ik zie is de immense schaal van Diana's invloed op deze

mensen – haar slapende agenten, overal, die wachten om haar bevelen uit te voeren. Ik krijg er de kriebels van.

'Artemis, kijk.' Declan stoot me aan en knikt naar een groep mannen die misplaatst lijken tussen de anderen. Het zijn geen verslaggevers of politici, maar ze hebben dezelfde lege uitdrukking die ik op Diana's andere marionetten heb gezien. Ik huiver bij de gedachte aan hoeveel levens ze naar haar hand heeft gezet.

'Jezus, het zijn er zo veel', fluister ik met een gespannen stem. 'Hoe moeten we haar ooit uitschakelen?'

'Geloof me, we vinden wel een manier', verzekert Declan me, zijn hazelnootkleurige ogen vol vastberadenheid. 'Maar laten we ons eerst concentreren op het saboteren van haar showtje hier.'

'Oké.' Ik haal diep adem en duw mijn angst opzij. 'Laten we dit doen.'

Terwijl we verder door de menigte bewegen, kan ik een onheilspellend gevoel niet onderdrukken. Diana's web van controle reikt heinde en verre, en het is aan Declan en mij om de touwtjes door te knippen. Maar met elke stap die we dieper in vijandelijk gebied zetten, lijkt het gevaar alleen maar groter te worden.

'Blijf op je hoede', fluistert Declan als we richting de controlekamer gaan. 'En onthoud, we doen dit samen.'

Ik knik, dankbaar voor zijn steun. Met mijn bleke, zilveren haar weggestopt onder een pet en mijn favoriete rode leren jack ingeruild voor dit saaie uniform, voelt het bijna alsof ik een deel van mezelf heb verloren. Maar één ding verandert nooit: mijn vastberadenheid om te vechten voor wat juist is.

'Laten we dit afmaken, Declan.' Ik bal mijn vuisten en de littekens op mijn linkerwang tintelen van eerdere gevechten. 'Voor iedereen die niet kan terugvechten.'

Hij geeft me een zelfverzekerde glimlach en samen glijden we verder weg in de schimmige diepten van Diana's verwrongen wereld.

Ik voel de spanning langs mijn ruggengraat omhoogkruipen als we de deur van de controlekamer bereiken. Die is op slot, natuurlijk, maar dat is geen probleem voor Declan. Met zijn vermogen om door de schaduwen te springen, kan hij naar binnen glippen zonder een zweetdruppel te laten.

'Oké, dit is het plan', zegt hij, zijn ogen schieten heen en weer alsof hij gevaar voelt dat in de schaduwen op de loer ligt. 'Ik spring via de schaduwen de controlekamer in en schakel het signaal uit dat die verdomde chips bestuurt. Jij blijft hier en leidt Diana psychisch af als ze iets doorheeft.'

'Eitje, toch?' zeg ik, in een poging zelfverzekerder te klinken dan ik me voel.

'Inderdaad', stemt Declan in, een vastberaden glinstering in zijn hazelnootkleurige ogen. 'Onthoud gewoon dat je niet alleen bent in dit gevecht. We dekken elkaar.'

Ik knik en voel plotseling het gewicht van onze missie op me drukken. 'Geen druk, hè?'

'Nee hoor.' Hij grijnst, stapt dan achteruit de schaduwen in en zijn lichaam lost op in de duisternis terwijl hij uit het zicht verdwijnt.

'Uitslover', mompel ik in mijn eentje, terwijl mijn hart in mijn borst bonst en ik me voorbereid op de psychische strijd die voor me ligt.

Het is griezelig stil terwijl ik bij de deur sta en aandachtig luister naar elk teken van moeilijkheden. Ik maak gebruik van mijn psychische gaven, klaar om op elk moment een afleiding te creëren. Het kunnen manipuleren van de gedachten van mensen heeft zo zijn voordelen, maar ik wil er niet aan denken in wat voor penarie ik me zal bevinden als Diana beseft waar we mee bezig zijn.

'Blijf kalm, Artemis', zeg ik tegen mezelf, terwijl ik langzaam en diep ademhaal en mijn energie focus. 'Dit kan je.'

Minuten duren uren terwijl ik wacht op Declans signaal dat hij de chips heeft uitgeschakeld. Mijn handpalmen zijn glad van het zweet en mijn ademhaling komt in korte, scherpe stoten.

'Kom op, kom op', spoor ik hem in stilte aan, in een poging mijn angst niet de overhand te laten krijgen.

Plotseling voel ik een scherpe pijn in mijn hoofd; het onmiskenbare teken dat Diana's psychische verdediging is geactiveerd. Ze moet Declans aanwezigheid hebben gevoeld.

'Sorry, Di', denk ik, tandenknarsend terwijl ik tegen haar mentale indringing terugduw. 'Vandaag niet.'

Ik focus al mijn energie op het creëren van een chaotische scène in haar geest, in de hoop dat het genoeg is om Declan de tijd te geven die hij nodig heeft. De druk bouwt zich op in mijn schedel en dreigt hem open te splijten, maar ik weiger toe te geven.

'Declan, schiet op', denk ik, terwijl ik me wanhopig vastklamp aan mijn snel slinkende krachtreserves. 'Ik weet niet hoelang ik dit nog kan volhouden.'

Mijn hart hamert tegen mijn ribben en echoot in mijn oren als een doodsklok. Ik voel de spanning in de lucht, dik en verstikkend, terwijl ik wacht tot Declan zijn magie gebruikt. Of beter gezegd, welke mystieke krachten hij ook heeft opgedaan sinds onze laatste aanvaring met het Bureau.

'Oké, Artemis', mompel ik in mezelf en probeer me te concentreren op mijn psychische connectie met Diana. 'Laten we dit feestje gaande houden.'

Alsof het een teken is, hoor ik het geluid van stampende laarzen en gedempte kreten verderop in de gang. Mijn hart zakt in mijn schoenen. De bewakers hebben door dat we hier zijn. En ze klinken niet al te blij.

'Tijd voor wat vuurwerk', denk ik, terwijl ik een wankele grijns forceer en elk restje energie dat ik nog heb verzamel.

Met een golf van adrenaline projecteer ik een beeld in Diana's geest, waardoor ze de president op het podium in elkaar ziet storten, naar adem snakkend en naar zijn keel klauwend. Het is geen fraai gezicht, maar het doet zijn werk. Ik voel haar psychische grip op mij wankelen, net genoeg om uit haar greep te glippen.

'Declan', fluister ik dringend via onze telepathische link, hopend dat hij me kan horen boven het lawaai van de strijd. 'Ik heb je wat tijd gekocht. Maak nu dat je wegkomt voordat het lelijk wordt.'

Terwijl ik Diana's ogen zie opengaan van schok, weet ik dat ze de president op de grond in elkaar ziet zakken. Het is niet echt, natuurlijk, gewoon een illusie, rechtstreeks in haar geest getoverd door ondergetekende. Maar het is genoeg om Declan wat tijd te geven. En op dit moment is dat alles wat we nodig hebben.

'Artemis', hijgt hij via onze telepathische link, zijn ademhaling onregelmatig van het afweren van een zwerm bewakers. 'Ik ben bijna klaar. Houd Diana nog heel even afgeleid.'

'Eitje', antwoord ik, het sarcasme druipt van mijn mentale stem. Makkelijker gezegd dan gedaan, maar ik heb niet veel keus, of wel?

'Er komen meer bewakers aan!' waarschuwt Declan me terwijl hij afrekent met de eerste golf aanvallers. Het geluid van zijn vuisten die doel treffen echoot door de lege gang, onderbroken door af en toe een gegrom of een vloek.

'Tijd voor plan B', mompel ik tegen mezelf terwijl ik de afleiding intensiveer en een beeld projecteer van massale chaos: gillende mensen, die alle kanten op rennen en elkaar in hun paniek vertrappen. De lucht lijkt te trillen van angst en ik kan praktisch de adrenaline proeven die door de collectieve aderen van de menigte stroomt.

'Declan, ben je al klaar?' Mijn stem is gespannen en verraadt de druk die op me drukt. Maar er is geen reactie, zelfs geen gefluister. Verdomme, waar is hij?

'Bijna... gelukt!' roept hij eindelijk uit, triomf vermengd met urgentie. 'Nog een seconde...'

'Schiet op', spoor ik hem aan. 'Ik kan dit niet veel langer volhouden. Diana's focus verslapt.'

'Reken maar', antwoordt hij, en dan valt de verbinding stil. Ik vloek zachtjes. Ik moet hem gaan zoeken, om te zien of hij hulp nodig heeft. Het vergt een enorme inspanning om te lopen en mijn psychische illusies in stand te houden, maar op de een of andere manier lukt het me.

De controlekamer is een puinhoop van kapotte apparatuur en verslagen bewakers, met dank aan Declans indrukwekkende vechtkunsten. Hij werkt verwoed aan het bedieningspaneel, zijn vingers vliegen terwijl hij probeert het signaal uit te schakelen dat de chips bestuurt die in de slapende agenten van Diana zijn geïmplanteerd.

'Het mag wel eens opschieten', mompel ik in mezelf en probeer de psychische illusie vast te houden die de chaos in de menigte gaande houdt. De spanning van het in stand houden van zo'n complexe afleiding eist zijn tol en ik voel mijn greep erop verslappen.

'Bijna', gromt Declan, zijn stem gespannen van concentratie. 'Nog een paar seconden.'

'Maak er maar haast mee', antwoord ik, tandenknarsend terwijl ik tegen de mentale vermoeidheid vecht die me dreigt te verteren. 'Ik weet niet hoelang ik dit nog kan volhouden.'

'Gelukt!' roept Declan triomfantelijk uit. Er vliegen vonken uit het bedieningspaneel als hij een handvol cruciale draden eruit rukt. Met de vernietiging ervan begint het signaal te wankelen.

'Eindelijk', denk ik, net als de eerste kreten door de conferentiezaal echoën.

Om ons heen storten verschillende van Diana's slapende agenten in, hevig stuiptrekkend nu hun geest plotseling bevrijd is van haar controle. Het is een gruwelijk gezicht, maar ik kan niet anders dan een grimmige voldoening voelen over de verstoring die we in haar plannen hebben veroorzaakt.

'Declan, we moeten nu weg!' dring ik met opeengeklemde tanden aan, mijn stem nauwelijks hoorbaar boven de chaos.

Diana's geest wordt laaiend van woede als ze eindelijk beseft wat we hebben gedaan. Haar psychische energie stijgt als een vloedgolf en ik schrap me voor de impact.

Ik word met volle kracht geraakt door Diana's woede, mijn essentie beeft onder de meedogenloze aanval. Ik voel hoe ze me van binnenuit probeert te verscheuren, elke vezel van mijn wezen aan flarden scheurt. Het kost me al mijn kracht om mezelf bij elkaar te houden, maar ik weet dat ik dit niet lang kan volhouden.

'Leid haar af', dringt Declan aan terwijl hij met een schaduwsprong verdwijnt, zijn stem gespannen van bezorgdheid. 'Ik zoek een andere uitweg.'

'Jij hebt makkelijk praten', mompel ik, alsof het zo eenvoudig is om een psychische driftbui van het hoogste niveau af te weren. Maar ik weet dat hij gelijk heeft; dit is onze enige kans om te ontsnappen terwijl Diana's focus op mij gericht is.

'Is dat alles wat u hebt?' kaats ik terug naar Diana, in de hoop dat mijn eigen woede mijn verzet zal voeden.

'Verdomme, Artemis', snauwt Diana, haar psychische aanval wordt intenser. 'Hier komt u niet mee weg!'

'Let maar op', antwoord ik, mijn kaken op elkaar geklemd tegen de pijn. Ik duw terug met alles wat ik heb en dwing mijn essentie om de aanval te weerstaan.

'Artemis, schiet op!' roept Declan vanuit de schaduwen, zijn stem gespannen van urgentie. 'Ik kan ons niet veel langer verborgen houden.'

'Bijna... daar...' hijg ik, terwijl ik voel dat Diana's greep op me begint te wankelen.

'De tijd is om!' waarschuwt Declan en ik weet dat het nu of nooit is.

Met een laatste uitbarsting van wilskracht breek ik los uit Diana's psychische greep en laat haar even verbijsterd achter. Adrenaline overspoelt mijn lichaam terwijl ik naar Declan schiet, de duisternis slokt ons op als een beschermende mantel terwijl hij me vastgrijpt en ons daar weg schaduwloopt, ver buiten Diana's psychische bereik.

'Moest je het echt zo op het nippertje doen?' slaag ik erin te vragen, mijn stem trillend van de resterende pijn en adrenaline.

'Het zou onze stijl niet zijn als we dat niet deden', antwoordt hij met een zwakke grijns en ondanks alles kan ik niet anders dan terug glimlachen.

We hebben deze slag dan misschien gewonnen, maar het is niet te zeggen wat Diana nu zal doen.

De koude lucht raakt me als een klap in het gezicht als Declan en ik het gebouw uitglippen, mijn adem vormt ijzige wolkjes in de duisternis. Even staan we daar gewoon, hijgend, en laten de chaos binnen op de achtergrond vervagen.

De neonlichten van de stad flikkeren en dansen over het natte trottoir terwijl we Athina en Nadia ontmoeten in een smal, met graffiti bedekt steegje. Athina leunt tegen een smoezelige bakstenen muur, haar witte haar glinstert in het zwakke licht, terwijl Nadia onze omgeving in de gaten houdt, haar donkere ogen alert en waakzaam.

'Fijn dat jullie er eindelijk zijn', plaagt Athina, een vleugje opluchting in haar warme bruine ogen. 'Hoe is het gegaan?'

'Had erger gekund', zeg ik, terwijl ik mijn jas uittrek en over mijn arm drapeer. 'Diana's kleine coup is voorlopig verpest. Maar ze komt terug.'

'Artemis heeft gelijk', voegt Declan toe, zijn gezicht strak van bezorgdheid. 'We moeten voorbereid zijn op wat ze nu ook op ons afvuurt.'

Athina richt haar blik op mij, haar ogen doorzoeken mijn gezicht op enige overgebleven zwakte van mijn psychische duel met Diana. 'Voordat we onze volgende stap plannen, stel ik voor dat we allemaal wat rust nemen. Je hebt een helse nacht achter de rug, Artemis. Je lichaam heeft tijd nodig om te herstellen.'

'Rusten?' Ik snuif en sla mijn armen over elkaar. 'Daar heb ik geen tijd voor. We moeten de strijd naar Diana brengen voordat ze de kans krijgt zich te hergroeperen.'

'Artemis, luister naar Athina', mengt Nadia zich erin, haar stem zacht maar vastberaden. 'Je loopt op je laatste benen en we hebben niets aan je als je instort van uitputting.'

'Prima', snauw ik, irritatie prikt onder mijn huid. 'Maar we kunnen niet te veel tijd verspillen. Diana zal achter ons aan komen en ik ben van plan op haar voorbereid te zijn.'

'Akkoord', zegt Athina en geeft me een veelbetekenende knik. 'Maar onthoud, voorbereiding kent vele vormen. Je lichaam en geest rust geven is net zo belangrijk als het aanscherpen van je vechtkunsten.'

'Wat dan ook', mopper ik, mijn ogen scannen de steeg alsof Diana op de een of andere manier uit de schaduwen tevoorschijn zou kunnen komen. 'Laten we hier gewoon weggaan voordat we ontdekt worden.'

'Artemis', zegt Declan, zijn hand rust op mijn schouder en brengt me terug naar het heden. 'We komen hier wel uit, oké? Maar laten we voor nu Athina's advies opvolgen en uitrusten. We zullen al onze kracht nodig hebben voor de komende gevechten.'

'Goed dan', zucht ik en geef toe aan de gecombineerde wijsheid van mijn mentor en partner. 'Maar weet dat ik niet zal stoppen tot Diana is uitgeschakeld. Ze heeft een grens overschreden en daar is geen weg terug van.'

'Niemand van ons zal stoppen tot zij gestopt is', stelt Athina me gerust, haar stem standvastig en vastberaden. 'Maar voor nu rusten we. En morgen bereiden we ons voor op wat komen gaat.'

Ik knik, mijn vastberadenheid laait op als een vuur in mijn borst. Diana heeft misschien het Bureau achter zich, maar ik heb iets veel machtigers aan mijn kant: □□□□ vrienden, mijn bondgenoten en mijn eigen onbreekbare geest. Samen zullen we een einde maken aan haar verwrongen ambities en ervoor zorgen dat het recht zegeviert, eens en voor altijd.

'Verdomme', mompel ik in mezelf en bal mijn vuisten als het beeld van Diana's zelfvoldane, verwrongen gezicht door mijn gedachten flitst. Ze is nog steeds daarbuiten, ergens, haar wraak plannend op ons voor het blootleggen van haar snode plannen op de persconferentie. En elke seconde dat ze vrij rondloopt, worden meer onschuldige levens in gevaar gebracht.

'Hé, Artemis', roept Declan naar me, me afleidend van mijn duistere gedachten. 'We moeten een manier vinden om het publiek te waarschuwen voor Diana zonder complete paniek te veroorzaken.'

'Inderdaad', zeg ik, instemmend knikkend. 'Want niets schreeuwt zo hard "subtiel" als iedereen vertellen dat er een gestoorde voormalige Bureau-agente met een voorliefde voor gedachtenbeheersing losloopt.'

'Artemis, we hebben geen tijd voor sarcasme', berispt Athina, haar voorhoofd gefronst van bezorgdheid. 'We moeten aannemen dat ze snel weer zal toeslaan en we moeten voorbereid zijn.'

'Prima', mopper ik, mezelf dwingend om voorbij mijn frustratie te gaan. 'Iemand ideeën over wat we kunnen doen?'

'Misschien kunnen we sociale media gebruiken?' stelt Garnet voorzichtig voor. 'Wat geruchten verspreiden of zo? Mensen aan het praten krijgen, maar niet te bang maken?'

'Roddelen is niet bepaald ons sterke punt', merkt Declan op. 'Maar het is beter dan niets. En het kan ons misschien wat aanwijzingen opleveren.'

'Of we kunnen proberen de bewakingssystemen van de stad te hacken', biedt Athina aan. 'Kijken of we een spoor van haar kunnen vinden voordat ze haar volgende zet doet.'

'Geweldig, dus nu worden we digitale stalkers', mompel ik, met mijn ogen rollend. Maar diep vanbinnen weet ik dat ze gelijk hebben. We moeten alles doen wat nodig is om de stad te beschermen tegen Diana's toorn.

'Kijk, niets van dit alles is ideaal', zegt Declan, zijn stem verzacht. 'Maar onze opties raken op, Artemis. We moeten snel handelen voordat ze nog iemand pijn doet.'

'Oké', geef ik toe, mijn stem nauwelijks meer dan een fluistering als het gewicht van onze verantwoordelijkheid zwaar op mijn schouders rust. 'Laten we aan het werk gaan.'

Terwijl we taken verdelen en onze wanhopige zoektocht naar antwoorden beginnen, blijft één gedachte aan de achterkant van mijn geest knagen: als Diana weer toeslaat, zullen we haar dan op tijd kunnen stoppen? Of zal ons falen meer onschuldige levens kosten?

Alleen de tijd zal het leren en op dit moment voelt het alsof tijd het enige is wat we niet hebben.

HOOFDSTUK ACHTTIEN

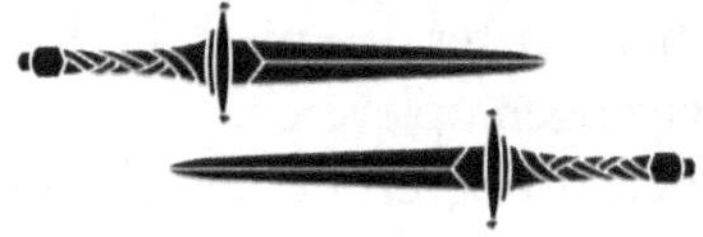

Het gewicht van onze verantwoordelijkheid drukt zwaar op me terwijl ik kijk naar Athina die, voorovergebogen over haar computer, als een bezetene typt. Haar witte haar valt in een wanordelijke halo rond haar hoofd en vangt de bleke gloed van het scherm op. Haar vastberadenheid is als een krachtveld dat ons beschermt tegen de onzekerheid die door de kamer wervelt. Zij is onze beste kans om te voorkomen dat Diana nog meer verwoesting aanricht.

'Al vooruitgang?' vraag ik, terwijl mijn stem mijn ongeduld verraadt.

'Ik ben er bijna,' antwoordt ze zonder op te kijken, haar vingers vliegend over het toetsenbord. 'Ik hoef alleen nog de juiste frequentie te vinden om de controlechips te overrulen.'

'Goed, want we hadden het gisteren al nodig,' zeg ik, rusteloos heen en weer ijsberend. De tijd tikt en als we niet snel een einde maken aan deze waanzin, wie weet wat voor verwoesting Diana dan zal ontketenen.

Garnet, haar ogen overschaduwd door de aanhoudende pijn van haar recente verwondingen, draagt een oplossing aan. 'Ik kan grote evenementen in de stad bijwonen en de menigtes scannen op gehersenspoelde aanwezigen. Ik zal discreet te werk gaan.'

'Weet je zeker dat je daartoe in staat bent?' vraag ik met een frons van bezorgdheid. 'Je bent net hersteld en we willen niet het risico lopen dat je weer gewond raakt.'

Ze werpt me een vastberaden blik toe, een die boekdelen spreekt over haar bereidheid om te helpen. 'Ik zal voorzichtig zijn, Artemis. We hebben alle hens aan dek nodig en ik ga niet aan de zijlijn staan.'

'Oké,' stem ik knikkend in. 'Houd ons gewoon op de hoogte, goed?'

'Zal ik doen,' zegt ze, terwijl ze al een lijst maakt van mogelijke evenementen om bij te wonen.

Terwijl ik me weer tot Athina wend, razen mijn gedachten door de urgentie van onze situatie. Doen we wel genoeg? Zullen we Diana op tijd kunnen stoppen? De angst knaagt aan de randen van mijn vastberadenheid en dreigt me volledig te verzwelgen.

'Artemis,' zegt Athina, haar stem vastberaden maar zacht. 'Ik kan je gedachten van hieruit bijna horen. Ontspan. We komen hier wel uit.'

'Jij hebt makkelijk praten,' mompel ik, maar haar woorden bieden wel een sprankje troost. Als iemand de code kan kraken en Diana's controlechips kan uitschakelen, is het Athina wel.

'Vertrouw me,' vervolgt ze, en kijkt eindelijk op van haar computer met die warme bruine ogen die me door talloze crises hebben geleid. 'We hebben ergere dingen meegemaakt en zijn er als winnaar uitgekomen. Dat zullen we nu weer doen.'

'Oké,' zeg ik, terwijl ik diep ademhaal en het langzaam weer uitblaas. 'Laten we dan weer aan het werk gaan.'

Terwijl we ons opnieuw op onze respectievelijke taken storten, klamp ik me vast aan de hoop dat we een manier zullen vinden om Diana te stoppen voor het te laat is. En ondanks mijn twijfels, weet ik één ding zeker: we gaan niet zonder slag of stoot ten onder.

—◄○►—

'Passief' en 'wachten' zijn twee woorden waar ik de kriebels van krijg, zeker met een vijand als Diana in het spel. Het zwak verlichte onderduikadres draagt ook niet echt bij aan mijn humeur; de flikkerende gloeilampen werpen griezelige schaduwen op de muren.

'Artemis,' zegt Declan, en rukt me uit mijn gedachten. Ik kijk hem aan, de frustratie kookt in mijn borst als ik zijn hazelnootkleurige ogen ontmoet.

'Genoeg met dat afwachtspelletje,' snauw ik, en sla met mijn vuist op tafel. 'We moeten de strijd naar Diana brengen.'

'Kijk, ik weet dat je ongeduldig bent,' antwoordt Declan, zijn stem kalm maar resoluut. 'Maar we kunnen niet nog een keer toeslaan voordat we haar einddoel en locatie weten.'

'Jij hebt makkelijk praten,' mompel ik, starend naar de gebarsten pleistermuur tegenover me. 'Jij bent niet degene op wie ze het voorzien heeft.'

'We zitten hier samen in,' herinnert hij me, zijn toon zacht. 'We zullen haar vinden, maar we moeten het slim aanpakken. Onbezonnen de strijd aangaan helpt niemand.'

'Slim? Wat dacht je ervan haar uit haar tent te lokken?' spuug ik de woorden uit, mijn gedachten slaan op hol met mogelijkheden. 'We wekken haar woede op en dan komt ze vanzelf naar ons toe.'

'Diana uitdagen is riskant,' werpt Declan tegen, terwijl hij zijn armen over elkaar slaat. 'Ze is onberekenbaar en we hebben Athina's signaal nog niet klaar.'

'Prima,' geef ik toe, knarsend met mijn tanden terwijl ik weer ga zitten. Het is woestmakend dat hij gelijk heeft, maar ik weet beter dan mijn woede mijn oordeel te laten vertroebelen. Dat pad heb ik al eens bewandeld en het loopt nooit goed af.

'Laten we ons richten op wat we nu kunnen doen,' stelt Declan voor, en schenkt me een meelevende glimlach. Ik knik instemmend en laat met een diepe zucht wat van de spanning in mijn spieren los.

'Blijf met Athina aan dat signaal werken,' zeg ik, en pak een tablet om de laatste info te bekijken. 'En misschien... kijk of er iets is wat we kunnen doen om Garnet te helpen.'

'Oké,' antwoordt Declan, en ik hoor de opluchting in zijn stem. 'We komen hier wel doorheen, Artemis. Dat doen we altijd.'

'En of we dat zullen doen,' zeg ik, terwijl de vastberadenheid als elektriciteit door me heen stroomt. Diana is dan misschien nog op vrije voeten, maar niet voor lang meer. En als we haar eindelijk in het nauw drijven, zal ik ervoor zorgen dat ze nooit meer iemand kwaad doet.

◆━━◆○◆━━◆

Ik ijsbeer door de kamer, de frustratie knaagt aan me als een hardnekkige jeuk. Het psychisch opsporen van Diana is een gevaarlijk spel gebleken, en bij elke poging voel ik mijn geest zwakker worden. Het is alsof je een stroomdraad probeert vast te pakken zonder geëlektrocuteerd te worden.

'Artemis, ga zitten,' zegt Declan, zijn strenge stem doorbreekt mijn gedachten. 'Ik word al nerveus als ik naar je kijk.'

'Sorry,' mompel ik en plof op de bank. Mijn vingers tikken een grillig ritme op mijn dij terwijl ik een andere manier probeer te bedenken om haar te vinden. Wanhopig op zoek naar een spoor, flap ik eruit: 'Wat als we Diana's woede opwekken? Haar dwingen tevoorschijn te komen?'

'Ben je gek geworden?' snauwt Garnet, haar ogen wijd opengesperd. 'Dat is alsof je slapende honden wakker maakt.'

'Beter dan hier stil te zitten,' riposteer ik, en kijk hem boos aan. 'We moeten iets doen voordat ze weer toeslaat.'

'Diana uitdagen is riskant,' werpt Declan tegen, terwijl hij zijn armen over elkaar slaat. 'Ze is onberekenbaar en we hebben Athina's signaal nog niet klaar.'

'Prima,' geef ik toe, knarsend met mijn tanden terwijl ik weer ga zitten. Het is woestmakend dat hij gelijk heeft, maar ik weet beter dan mijn woede mijn oordeel te laten vertroebelen. Dat pad heb ik al eens bewandeld en het loopt nooit goed af.

'Laten we ons richten op wat we nu kunnen doen,' stelt Declan voor, en schenkt me een meelevende glimlach. Ik knik instemmend en laat met een diepe zucht wat van de spanning in mijn spieren los.

'Blijf met Athina aan dat signaal werken,' zeg ik, en pak een tablet om de laatste info te bekijken. 'En misschien... kijk of er iets is wat we kunnen doen om Garnet te helpen.'

'Oké,' antwoordt Declan, en ik hoor de opluchting in zijn stem. 'We komen hier wel doorheen, Artemis. Dat doen we altijd.'

'En of we dat zullen doen,' zeg ik, terwijl de vastberadenheid als elektriciteit door me heen stroomt. Diana is dan misschien nog op vrije voeten, maar niet voor lang meer. En als we haar eindelijk in het nauw drijven, zal ik ervoor zorgen dat ze nooit meer iemand kwaad doet.

Het gezoem van de neonlichten buiten onze geïmproviseerde schuilplaats voelt harder dan normaal en werpt griezelige schaduwen op de gebarsten muren. Ik kan het prikkelende gevoel in mijn nek niet van me afschudden, alsof duizend kleine naalden in mijn huid prikken. Diana is daarbuiten, ergens, en ze zal niet stoppen tot ze krijgt wat ze wil. Of tot wij haar stoppen.

'Declan,' snauw ik, mijn vingers trommelen ongeduldig op de tafel. 'Wat moeten we volgens jou doen? Met onze duimen zitten draaien terwijl Diana's dodental blijft oplopen?'

Hij kijkt me boos aan, zijn hazelnootkleurige ogen worden donkerder van frustratie. 'Dat zeg ik niet, Artemis. Maar haar opzettelijk uitlokken is te gevaarlijk. We weten niet waartoe ze in staat is.'

'Precies,' sis ik, en bal mijn vuisten. 'En daarom moeten we haar uit haar tent lokken voordat ze nog machtiger wordt.' Mijn borstkas gaat op en neer, de adrenaline laat mijn hart sneller kloppen.

'Artemis, luister—' begint Declan, maar Garnet onderbreekt hem en stapt de kamer binnen met een triomfantelijke grijns.

'Ik heb iets,' kondigt ze aan, zwaaiend met een tablet. 'Ik heb de stad gescand op meer gehersenspoelde agenten. Blijkt dat er niet veel meer over zijn.'

'Echt?' frons ik, grist de tablet uit haar handen en scroll door de gegevens. 'Dit kan niet kloppen. Een paar weken geleden had ze er nog tientallen.'

'Het lijkt erop dat de meesten ontmaskerd zijn na het fiasco van de persconferentie,' legt Garnet uit, en haalt haar schouders op. 'Waarschijnlijk verliest Diana haar grip.'

'Of verandert ze van tactiek,' mompelt Declan, en ik werp hem een vernietigende blik toe.

'Wat het ook is,' grom ik, en sla de tablet op tafel, 'we kunnen het ons niet veroorloven langer te wachten. We moeten nu handelen.'

'Artemis, ik begrijp je frustratie,' zegt Declan, zijn stem gespannen. 'Maar er blind op afstormen zou haar precies in de kaart kunnen spelen.'

'Wat stel je dan voor?' daag ik hem uit, hem uitdagend om met een beter plan te komen.

Hij aarzelt, werpt een schichtige blik op Garnet voordat hij mijn blik weer ontmoet. 'Laten we ons voor nu concentreren op de agenten die we gevonden hebben. Misschien zit er tussen hen een aanwijzing verborgen die ons naar Diana leidt.'

'Goed,' geef ik toe, mijn woede suddert net onder de oppervlakte. 'Maar als dit niet werkt, doen we het op mijn manier.'

'Afgesproken,' stemt hij in, en ik zie de opluchting over hem heen spoelen. In waarheid wil ik de directe confrontatie met Diana ook niet aangaan, maar de gedachte dat ze daarbuiten haar volgende zet beraamt, laat mijn bloed koken.

'Oké,' zeg ik, en klap in mijn handen. 'Garnet, blijf scannen naar meer agenten. En laten we Athina er ook bij betrekken. We hebben hier alle hens aan dek voor nodig.'

'Zal ik doen,' knikt Garnet, en ze draait zich al om om de kamer te verlaten.

'Wees voorzichtig, Artemis,' fluistert Declan terwijl hij haar voorbeeld volgt, zijn hand blijft even op mijn schouder rusten voordat hij wegglipt.

Ik rol met mijn ogen om zijn bezorgdheid, maar diep vanbinnen weet ik dat hij gelijk heeft. Diana is gevaarlijk – en we zullen deze strijd niet winnen tenzij we haar een stap voor blijven.

Er loopt een rilling over mijn rug terwijl ik naar Garnets gefronste voorhoofd kijk. De grimmige uitdrukking op haar gezicht zegt me alles wat ik moet weten: we boeken geen vooruitgang. Mijn vingers trommelen op het tafelblad, een rusteloze onderstroom van frustratie die dreigt over te koken.

'Artemis,' roept Athina, en haar stem haalt me uit mijn gedachten. 'Ik sta op het punt een doorbraak te forceren met het uitschakelsignaal. Nog even en dan zouden we de geestbeheerste agenten van Diana moeten kunnen neutraliseren.'

'Tijd?' proest ik, en ik sla mijn armen over elkaar. 'We hebben geen tijd, Athina. Wat als Diana haar strategie verandert? We kunnen niet achter de feiten aan blijven lopen.'

'Vertrouw me,' zegt ze, en haar warme, bruine ogen ontmoeten de mijne. 'Ik begrijp je bezorgdheid, maar als we dit overhaasten, kan dat desastreuze gevolgen hebben.'

'Goed,' geef ik toe tussen samengeklemde tanden. 'Maar als we haar niet snel vinden, is onze kans verkeken.'

'Artemis, ik weet dat je je zorgen maakt, maar we moeten dit slim aanpakken,' dringt Athina aan, haar stem getint met een vleugje moederlijke strengheid die ervoor zorgt dat ik nog minder wil luisteren. 'We kunnen ons geen fouten veroorloven.'

'Juist,' mompel ik, en ik draai me af van haar afkeurende blik. 'Slim. Zoals wachten tot Diana haar volgende zet doet.'

'Kijk,' zegt Garnet, in een poging de spanning in de kamer weg te nemen. 'Ik scan alle grote evenementen in de stad op tekenen van haar beheerste agenten. Tot nu toe zijn er nog maar heel weinig over.'

'Wat precies moet dat betekenen?' vraag ik dwingend, terwijl mijn ongeduld overkookt. 'Dat ze zonder handlangers zit? Of verstopt ze ze gewoon beter?'

'Artemis, alsjeblieft,' smeekt Athina. 'We doen alles wat we kunnen. We komen hier wel uit.'

'Genoeg,' snauw ik, en ik sla met mijn vuist op tafel. 'We jagen al te lang achter onze eigen staart aan. Hoe langer we wachten, hoe meer kansen Diana krijgt om toe te slaan.'

'Artemis,' zegt Athina zacht, en ze legt een hand op mijn schouder. 'Ik beloof je dat we haar te pakken krijgen. Heb gewoon... vertrouwen in ons.'

'Vertrouwen...' fluister ik, het woord voelt wrang op mijn tong. Maar ik knik, en dwing mezelf om op mijn team te vertrouwen. Voor nu, tenminste.

'Goed,' zegt ze zachtjes. 'Laat mij me nu concentreren op het perfectioneren van dit uitschakelsignaal. Zodra het klaar is, kunnen we onze zet doen.'

'Prima,' geef ik toe, mijn woede borrelt net onder de oppervlakte. 'Maar als dit niet werkt, doen we het op mijn manier.'

'Afgesproken,' stemt ze in, en ik zie de opluchting in haar ogen. Eerlijk gezegd wil ik de directe confrontatie met Diana ook niet aangaan, maar de gedachte dat ze daarbuiten haar volgende zet plant, laat mijn bloed koken.

'Oké,' zeg ik, en ik klap in mijn handen. 'Garnet, blijf zoeken naar meer agenten. En laten we Nadia en Malcolm er ook bij betrekken. We hebben alle hens aan dek nodig hiervoor.'

'Zal ik doen,' knikt Garnet, en ze draait zich al om de kamer te verlaten.

'Wees voorzichtig, Artemis,' fluistert Athina terwijl ze haar voorbeeld volgt. Haar hand blijft even op mijn schouder rusten voordat ze wegglipt.

Ik rol met mijn ogen om hun bezorgdheid, maar diep vanbinnen weet ik dat ze gelijk hebben. Diana is gevaarlijk, en we winnen dit gevecht alleen als we haar een stap voor blijven.

De stilte in de kamer is verstikkend, elke seconde tikt voorbij alsof hij zwaar is van de dreiging. De enige geluiden zijn het tikken van Athina's vingers op haar toetsenbord en het gestage ritme van mijn eigen hartslag. Ik houd het niet langer uit; ik moet iets doen, wat dan ook, om Diana op te sporen.

'Oké, er moet iets zijn wat we over het hoofd zien,' mompel ik, ijsberend door de kamer als een gekooid dier. 'Een of andere aanwijzing die ons naar haar schuilplaats leidt.' Ik pak mijn telefoon en scrol door nieuwsfeeds en socialemediaberichten, op zoek naar enig teken van haar werk.

'Artemis, je weet dat we al deze informatie al hebben doorgenomen,' zegt Declan, zijn stem kalm maar vastberaden. 'We moeten gewoon geduld hebben en wachten tot Athina's signaal klaar is.'

'Geduld is niet bepaald mijn sterkste kant, voor het geval je dat nog niet gemerkt had,' snauw ik, terwijl mijn frustratie overkookt. 'En elke minuut die we hier verspillen, brengt meer onschuldige mensen in gevaar!'

'Of geeft ons meer tijd om in een val te lopen,' werpt Declan tegen, en hij stapt dichter naar me toe. 'Diana wil dat je roekeloos bent, Artemis. Geef haar niet wat ze wil.'

'Prima,' bijt ik van me af en dwing mezelf diep adem te halen. 'Maar ik kan hier niet zomaar niets zitten doen. Er moet iets anders zijn wat we kunnen proberen.'

'Misschien moeten we, in plaats van te zoeken naar wat er is, zoeken naar wat er niet is?' suggereert Declan, met een bedachtzame uitdrukking op zijn gezicht. 'Zoals een gebied waar plotseling minder paranormale activiteit is of een plotselinge daling in de misdaadcijfers?'

'Wacht, dat is geen slecht idee,' zeg ik, en mijn ogen lichten op. 'Als Diana iets groots plant, houdt ze zich misschien gedeisd in dat gebied om geen aandacht te trekken.'

'Precies,' knikt hij, een zweem van opluchting in zijn ogen dat ik eindelijk voor rede vatbaar ben. 'Dus laten we de data opnieuw doornemen, maar dit keer letten we op alles wat... vreemd is.'

'Goed,' geef ik toe, nog steeds niet helemaal overtuigd dat het ons ergens zal brengen. Maar het is tenminste iets om te doen, een manier om mijn rusteloze energie te kanaliseren.

We besteden uren aan het doornemen van de data, op zoek naar ongebruikelijke patronen of afwijkingen. Mijn ogen voelen zanderig aan van het te lang naar het scherm staren, maar ik weiger op te geven. Er moet hier iets zijn, een aanwijzing die ons naar Diana leidt.

'Artemis, je moet een pauze nemen,' dringt Declan aan, zijn stem vol bezorgdheid. 'Je bent hier al uren mee bezig.'

'Kan niet,' mompel ik, terwijl ik in mijn vermoeide ogen wrijf. 'Moet haar vinden.'

'Hé,' zegt hij zacht, en hij legt een hand op mijn schouder. 'We vinden haar, dat beloof ik. Maar jezelf uitputten helpt niemand.'

Ik wil tegenspreken, hem vertellen dat ik het me niet kan veroorloven om te rusten als er zoveel levens op het spel staan. Maar diep vanbinnen weet ik dat hij gelijk heeft. Ik moet op mijn team vertrouwen, en op mezelf, als we ook maar enige kans willen maken om Diana te stoppen.

'Goed,' mompel ik, en ik bal mijn vuisten. 'Ik hou me gedeisd... voor nu.'

'Mooi,' zegt Declan, en een golf van opluchting overvalt zijn gezicht. 'We moeten allemaal klaar zijn als het zover is.'

'Over paraatheid gesproken,' mengt Garnet zich in het gesprek, haar stem somber en serieus. 'Ik blijf grote evenementen scannen op geestbeheerste aanwezigen. We kunnen het ons niet veroorloven om een van Diana's slapende agenten door de mazen van het net te laten glippen.'

'Bedankt, Garnet,' zeg ik, oprecht dankbaar voor haar hulp. Het is niet dat ik het leuk vind om met mijn armen over elkaar te zitten terwijl de vijand haar volgende zet plant. Maar met Garnet die problemen in de gaten houdt, hebben we tenminste een idee van waar we mee te maken hebben.

'Artemis,' voegt ze eraan toe, en ze kijkt me indringend aan met een blik die me het gevoel geeft gezien te worden op een manier die zowel geruststellend als verontrustend is. 'Je weet dat ik achter je sta, toch? Wat er ook gebeurt.'

'Natuurlijk,' antwoord ik, en ik forceer een glimlach die meer op een grimas lijkt. 'Hetzelfde geldt voor jou.'

'Goed dan,' zegt Declan, en hij klapt in zijn handen. 'Laten we aan het werk gaan. Athina zou dat signaal snel klaar moeten hebben, en we moeten voorbereid zijn op alles wat Diana op ons afvuurt.'

'Mee eens,' knik ik, en ik probeer het knagende ongeduld dat aan mijn ingewanden vreet van me af te schudden. Ik moet mijn team vertrouwen; ze hebben me nog nooit in de steek gelaten, en ik weet dat ze daar nu niet mee zullen beginnen. Maar dat maakt het wachten er niet makkelijker op.

Terwijl de anderen zich verspreiden om zich voor te bereiden op de komende confrontatie, haal ik diep adem en probeer me op het hier en nu te concentreren. De geur van benzine van mijn motorfiets zweeft door de lucht, vermengd met het vage geroezemoes van het stadsleven net buiten onze schuilplaats. Het is op een bepaalde manier bijna kalmerend; een herinnering dat de wereld doordraait, zelfs terwijl wij ons opmaken voor de strijd.

'Hé,' roept Declan, en zijn stem schrikt me op uit mijn gepeins. 'Je kunt dit, Artemis.'

Ik kijk naar hem en vind onverwachte troost in de warme vastberadenheid die in zijn hazelnootkleurige ogen schijnt. 'Ja,' antwoord ik, en ik pers de woorden voorbij de strakke knoop van angst in mijn keel. 'We kunnen dit.'

En met die woorden stort ik me op de voorbereidingen, en doe ik er alles aan om mezelf te wapenen voor het komende gevecht. Hoezeer ik het ook haat om het afwachtspel te spelen, één ding weet ik zeker: als Diana haar zet doet, ben ik klaar om terug te slaan. En deze keer komt ze er niet mee weg.

◆

Het ritmische gebonk van een boksbal vult de geïmproviseerde sportschool in onze schuilplaats, synchroon met het bonzen in mijn hoofd. Ik stoot en trap tegen het versleten leer, frustratie en ongeduld gieren als gif door mijn aderen. Wachten, altijd maar wachten, tot die sluwe heks haar zet doet.

'Artemis,' onderbreekt Declans stem mijn sessie, zijn schaduw valt over me heen terwijl hij nadert. 'Je bent hier al uren mee bezig. Neem een pauze.'

Ik grom, deel een laatste stoot uit voordat ik een stap achteruit doe, terwijl het zweet van mijn voorhoofd druipt. 'Als Diana weer opduikt,' zweer ik, mijn knokkels wit van het zo strak vastgrijpen van de zak, 'maak ik voorgoed een einde aan haar. Geen spelletjes meer.'

'Hé, daarin sta ik aan jouw kant.' Hij leunt tegen de muur, armen over elkaar, zijn hazelnootkleurige ogen vol vastberadenheid. 'Onthoud alleen dat we dit niet alleen hoeven te doen. We zijn een team, Artemis.'

'Team' voelt als zo'n klein woord, maar het heeft gewicht; het gewicht van vertrouwen, loyaliteit en gedeelde strijd. Ik zucht en strijk mijn vochtige zilveren haar uit mijn gezicht. 'Ja, ik weet het. Bedankt, Declan.'

'Beloof me iets,' zegt hij, en hij kijkt me recht in de ogen, zijn blik standvastig en onwrikbaar. 'Beloof me dat als we achter Diana aangaan, we het samen doen.'

'Goed,' geef ik toe, mijn toon kortaf. Alsof ik deze nachtmerrie ooit zonder mijn team zou willen trotseren. 'Dat beloof ik.'

'Mooi.' Hij knikt, tevreden, en duwt zich van de muur af. 'Neem nu wat rust. Je hebt niets aan jezelf als je op je tandvlees loopt.'

'Rust' is misschien een vreemd concept op dit moment, maar ik geef met tegenzin toe dat hij een punt heeft. Als ik niet oplaad, ben ik nutteloos als de tijd komt om Diana eindelijk te confronteren.

HOOFDSTUK NEGENTIEN

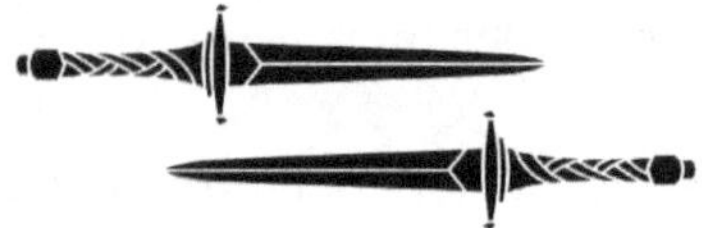

DE REGEN STRIEMT MIJN gezicht als duizend ijskoude naalden terwijl ik voor het verlaten pakhuis heen en weer ijsbeer. Het team is binnen, verzameld rond Athina's geïmproviseerde werkplek terwijl ze aan haar nieuwste gadget sleutelt. Het zou ons moeten helpen Diana te vinden, maar tot nu toe is het ongeveer net zo nuttig als een theepot van chocola geweest.

'Artemis, je loopt nog een gat in de straatstenen,' zegt Declan, terwijl hij bij me de regen in stapt. Zijn stem is kalm, maar ik merk dat hij net zo onrustig is als ik.

'Verdomme, Declan, we verspillen tijd!' snauw ik, terwijl mijn frustratie overkookt. 'Diana is daarbuiten en smeedt wie weet wat voor plannen, en wij zitten hier maar op onze reet te wachten op een wonder.'

'Artemis, je weet net zo goed als ik dat we voorbereid moeten zijn,' antwoordt hij, terwijl hij probeert zijn eigen ongeduld in toom te houden. 'Athina werkt zo snel als ze kan.'

'Voorbereid?' spot ik. 'We zijn ons al weken aan het voorbereiden! En terwijl wij hier ondergedoken zaten, wie weet hoeveel onschuldige mensen Diana heeft verwond of gedood? We moeten de strijd naar haar toe brengen!'

'Artemis, ik begrijp je woede, maar we kunnen niet blindelings ten aanval trekken,' werpt hij tegen, en hij grijpt mijn arm om mijn ijsberen te stoppen. Ik ruk hem terug en kijk hem vernietigend aan.

'De tijd dringt,' grom ik, terwijl ik met een vinger naar het pakhuis wijs. 'Ik vertrouw Athina, maar elke seconde die we verspillen om dat signaaldingske gereed te maken, is een seconde extra die Diana heeft om te plannen en zich voor te bereiden.'

Declan zucht en haalt een hand door zijn natte haar. 'Je hebt gelijk. Maar we kunnen het ons niet veroorloven om fouten te maken. Als we dit verprutsen, kan het ons alles kosten.'

Hij heeft geen ongelijk, maar dat maakt dit wachten er niet makkelijker op. Ik ben het beu om in de verdediging te spelen. Diana is een bedreiging die uitgeschakeld moet worden, en ik zal niet rusten tot ze weg is.

'Goed,' geef ik toe en ik sla mijn armen over elkaar. 'Maar op het moment dat Athina dat signaal gereed heeft, gaan we achter haar aan. Geen gedoe meer als bange konijnen.'

'Afgesproken,' zegt Declan, terwijl hij een hand op mijn schouder legt en erin knijpt. Ik word iets milder en leun tegen zijn aanraking aan.

'Beloof het me, Declan,' fluister ik, terwijl ik in zijn ogen kijk. 'Beloof me dat we hier samen een einde aan maken als de tijd rijp is.'

'Dat beloof ik, Artemis,' antwoordt hij, zijn stem vol vastberadenheid. 'We zullen Diana stoppen, wat er ook voor nodig is.'

Het gestage gedrup van de regen op het dak van het pakhuis echoot door de lege ruimte, een passende sound-track voor mijn groeiende frustratie. Ik kan hier niet langer blijven zitten wachten op Athina's signaal. Diana is daar-buiten, haar plannen smedend voor onze ondergang, en elk moment dat we in de verdediging doorbrengen, geeft haar meer macht. Nee, het is tijd om in de aanval te gaan.

'Hé, Artemis,' roept Declan, zijn stem nauwelijks hoor-baar boven het getrommel van de regendruppels. 'Gaat het?'

'Prima,' lieg ik en ik keer hem mijn rug toe. Ik weet dat als ik in die warme, vertrouwensvolle ogen kijk, ik zal wankelen. Maar dat kan ik me nu niet veroorloven. Dit is groter dan wij; het gaat erom een monster te stoppen.

Ik scrol door mijn telefoon en doe alsof ik opga in een of andere alledaagse bezigheid. In werkelijkheid volg ik een digitaal broodkruimelspoor, een spoor dat naar Diana's mogelijke schuilplaats leidt. Ik was er tijdens een van mijn nachtelijke onderzoekssessies op gestuit, een riskante aan-wijzing waar niemand anders van weet. Mijn hart bonst als de puzzelstukjes op hun plaats vallen.

'Artemis?' vraagt Declan nogmaals, omdat hij voelt dat er iets niet pluis is.

'Luister, ik moet even een luchtje scheppen,' snauw ik, terwijl ik mijn telefoon in mijn zak laat glijden. 'Ik ben zo terug.'

'Wacht...' begint hij, maar ik loop al weg en laat hem achter.

Mijn ravenvorm voelt als vrijheid. De doorweekte strat-en vervagen terwijl ik door de betonnen kloven van de stad zweef, op jacht naar deze gevaarlijke aanwijzing. Het voelt roekeloos, zelfs impulsief, maar dat is juist wat Diana het minst verwacht. En misschien, heel misschien, is het precies wat we nodig hebben om haar ten val te brengen.'

Ik neem mijn eigen vorm weer aan voor een verlaten gebouw, waarvan de afbrokkelende gevel door schaduwen wordt gemaskeerd. Als mijn informatie klopt, zou Diana zich hier kunnen schuilhouden. De gedachte jaagt een rilling over mijn rug, gevolgd door een golf van adrenaline.

'Oké, jij gemene teef,' fluister ik. 'Tijd om hier een einde aan te maken.'

Ik glip door de schaduwen, elke stap weloverwogen en berekend. Mijn zintuigen staan op scherp en speuren naar elk teken van Diana's aanwezigheid. Maar naarmate ik dichterbij kom, sluipt de twijfel binnen. Wat als Declan gelijk had? Wat als ik in een val loop?

'Krijg de klere,' mompel ik binnensmonds en ik schud de onzekerheid van me af. Dit is de enige manier om haar voor eens en voor altijd te stoppen. Ik laat me niet door angst tegenhouden.

Mijn hand sluit zich om de deurknop, ijskoud van de onophoudelijke regen. Met een diepe zucht duw ik de deur open en stap naar binnen, klaar om het hoofd te bieden aan wat me te wachten staat. En God sta Diana bij als ze hier echt is, want ik zal geen genade tonen.

Ik sta op het punt om verder de duisternis in te stappen als Declans stem als een dolk door de lucht snijdt. 'Artemis, wat ben je in hemelsnaam aan het doen?'

'Shit,' sis ik, terwijl ik me omdraai en hem in de deuropening zie staan, doorweekt van de regen en stoklinkend. Hoe heeft hij me überhaupt gevonden?

'Declan, dit is niet jouw gevecht,' snauw ik. 'Ga terug naar de anderen.'

'Artemis, luister naar jezelf.' Hij stapt naar voren, zijn ogen vol bezorgdheid. 'Je speelt Diana precies in de kaart. Ze wil je geïsoleerd hebben, afgesneden van onze steun.'

'Alsof ik een oppas nodig heb,' spot ik.

'Verdomme, Artemis!' schreeuwt hij, de frustratie straalt van hem af. 'Dit gaat niet alleen om jou. We zijn een team, weet je nog?'

'Zijn we dat?' snauw ik, terwijl de woede in me opborrelt. 'Want het voelt alsof er elke keer dat ik me omdraai, iemand probeert me tegen te houden. Vertel me eens, Declan, wat voor zin heeft het om te wachten terwijl onschuldige mensen sterven?'

'Jouw roekeloosheid zal niemand redden, Artemis,' zegt hij zacht, terwijl hij dichterbij komt. 'Sterker nog, het brengt ons allemaal in groter gevaar. Ik wil je niet verliezen omdat je denkt dat je iets te bewijzen hebt.'

'Bewijzen?' Het woord steekt als een klap in mijn gezicht. 'Dit gaat niet om iets bewijzen, Declan. Het gaat erom een monster te stoppen voordat ze nog iemand pijn doet.'

'Laat ons je dan helpen,' smeekt hij, de wanhoop klinkt door in zijn stem. 'Doe dit niet alleen.'

Ik kijk naar de deur die dieper het verlaten gebouw in leidt, verscheurd tussen mijn behoefte aan wraak en de man die altijd aan mijn zijde heeft gestaan. Mijn hart racet en even voel ik het gewicht van mijn keuzes op me drukken.

'Goed,' mompel ik. 'We doen het op jouw manier.'

'Afgesproken,' zegt hij, en er flitst opluchting over zijn gezicht. 'Laten we nu maken dat we hier wegkomen voordat we een longontsteking oplopen.'

Hij pakt mijn hand en stapt door de schaduwen, ons terugbrengend naar de schuilplaats, en terwijl ik hem me laat wegleiden, kan ik het niet helpen me af te vragen: ben ik echt sterk genoeg om Diana te verslaan en te winnen?

Of sleep ik Declan alleen maar met me mee in een put van duisternis en wanhoop?

'Artemis,' zegt Declan, zijn stem is nauwelijks hoorbaar boven het geraas van de regen op het dak van de schuilplaats. 'Ik snap het. Je wilt een einde maken aan Diana's schrikbewind, maar we moeten dit doen met een plan en samen als een team.'

'Plannen?' spot ik en ik kijk hem boos aan. 'Onze zogenaamde plannen hebben ons alleen maar in de verdediging gedrukt. Hoeveel mensen hebben geleden omdat we te bang zijn om de strijd met haar aan te gaan?'

'Artemis,' begint hij opnieuw, met smekende ogen, 'Diana wil je geïsoleerd hebben van ons. Geef haar niet wat ze wil.'

'Declan, ze moet gestopt worden,' kaats ik terug, mijn handen tot vuisten gebald. 'Permanent.'

'Dan wachten we op Athina's uitschakeltechnologie,' smeekt hij, de wanhoop getekend op elke rimpel in zijn gezicht. 'We zijn te ver gekomen om alles op het spel te zetten met een roekeloze soloactie.'

'Wachten?' Mijn stem breekt als de donder en echoot tegen de muren. 'Hoeveel levens zullen er nog verloren gaan terwijl wij hier duimendraaiend zitten? Diana gaat niet zomaar zitten wachten tot wij een zet doen!'

'Luister naar jezelf, Artemis,' gromt Declan, terwijl de frustratie onder zijn woorden kookt. 'Je denkt niet helder na. We hebben een strategie nodig, niet alleen maar brute kracht.'

'Haar doden is de enige manier,' houd ik vol, mijn vingers buigen zich onbewust alsof ze jeuken om een wapen vast te pakken. 'Het is de enige manier om te garanderen dat niemand anders sterft door haar verknipte spelletjes.'

'Artemis, ik begrijp hoe je je voelt,' zegt Declan, zijn stem wordt iets zachter. 'Maar we kunnen onze emoties onze acties niet laten bepalen. Dat weet je.'

'Natuurlijk weet ik dat,' snauw ik, terwijl woede en frustratie als dubbele stormen in me woeden. 'Maar dit gaat niet over emoties. Dit gaat over overleven.'

'Goed,' geeft Declan toe, zijn kaken stijf op elkaar geklemd. 'Maar als we dit gaan doen, doen we het goed. We gaan er niet met donderend geweld op af. We hebben een plan nodig.'

'Sinds wanneer hebben plannen ooit voor ons gewerkt?' spot ik, terwijl ik door de krappe ruimte van ons geïmproviseerde hoofdkwartier ijsbeer. De geur van stof en schimmel hangt zwaar in de lucht, een onwelkome herinnering aan ons tijdelijke toevluchtsoord voor de gevaren van de stad.

'Kijk,' onderbreekt Declan mijn gedachten, zijn hazelnootkleurige ogen gevuld met vastberadenheid. 'Als jij erop gebrand bent om Diana uit te schakelen, dan sta ik achter je. Maar ik laat je haar niet alleen en onvoorbereid tegemoet treden. We zijn een team, weet je nog?'

'Goed,' mompel ik, terwijl ik stop met ijsberen om hem boos aan te kijken. 'Je doet mee.'

'Mooi,' antwoordt hij, en een vleugje opluchting trekt over zijn gezicht. 'Laten we nu uitzoeken hoe we dat kreng eens en voor altijd kunnen uitschakelen.'

'Heb je nog briljante ideeën?' vraag ik sarcastisch, terwijl ik een wenkbrauw naar hem optrek.

'Alles op zijn tijd,' zegt hij, mijn steek onder water negerend. 'We moeten haar eerst vinden, en dat betekent dat we de sporen moeten volgen die ze heeft achtergelaten.'

'Geweldig,' kreun ik en rol met mijn ogen. 'Weer een onzinnige achtervolging door de stad. Precies waar ik nu op zat te wachten.'

'Hé, het is beter dan er blindelings in te springen,' merkt hij op, met een kleine glimlach om zijn lippen. 'Dus, ben je er klaar voor?'

'Zo klaar als ik maar kan zijn,' zucht ik, en ik zet me schrap voor wat komen gaat. Ik voel het gewicht van onze missie als een bankschroef op me drukken, maar met Declan aan mijn zijde weet ik dat er niets is wat we niet aankunnen.

'Laten we dan aan de slag gaan,' zegt Declan, met een vastberadenheid in zijn ogen die schijnt als een fakkel in de duisternis.

Terwijl we ons voorbereiden op de strijd die voor ons ligt, kan ik niet anders dan hopen dat we samen in staat zullen zijn om voorgoed een einde te maken aan Diana's schrikbewind.

'Wacht!' Declans stem snijdt door de lucht net als ik op mijn motor wil stappen. Ik draai me om en kijk hem boos aan. 'Wat nu weer?'

'Artemis, we moeten wachten op de hulp van het team.' Hij kijkt me aan met die stompzinnig serieuze, hazelnootkleurige ogen, en het kost me alle zelfbeheersing om niet met de mijne te rollen.

'Meen je dat serieus?' schamper ik, met mijn armen over elkaar. 'Daar hebben we geen tijd voor, Declan.'

'Luister naar me,' zegt hij, en hij stapt dichterbij, zijn toon dringend. 'Ik weet dat je Diana wilt uitschakelen, maar als je alleen gaat—'

'Wie heeft het over alleen?' snauw ik, terwijl ik tussen ons beiden gebaar. 'Jij gaat met me mee.'

'Dat is niet genoeg, Artemis. We hebben het hele team achter ons nodig, en Athina's uitschakelingstechnologie.'

'Prima,' snuif ik, geïrriteerd door hoe logisch hij klinkt. 'Ze doet er dus rustig aan om het klaar te maken. Dat betekent niet dat we in de tussentijd niet op verkenning kunnen gaan.'

'Verkenning is één ding,' werpt Declan tegen, 'maar jij hebt het erover om haar schuilplaats binnen te stormen en haar te doden, zonder enige rugdekking of een plan.'

'Declan—' begin ik, maar hij houdt een hand op om me het zwijgen op te leggen.

'Artemis, waarom ben je er zo op gebrand om dit alleen te doen?' De vraag overvalt me, en ik merk dat ik geen antwoord kan formuleren. Zijn ogen worden smaller, en ik voel hoe hij mijn emotionele verdedigingswerken aftast, als een dief die een slot beproeft. Verdomme, hij en zijn nieuwbakken inzicht.

'Gaat dit echt over het beschermen van mensen tegen Diana?' vraagt hij zacht, en de woorden snijden diep. 'Of gaat het om wraak? Om het vereffenen van een rekening die je al achtervolgt sinds de eerste keer dat ze je pijn deed?'

Ik word nijdig, mijn woede borrelt als gesmolten lava onder mijn huid. 'Je weet niet waar je het over hebt,' sis ik.

'Misschien niet,' geeft hij toe, 'maar ik weet wel dat als we hier onvoorbereid in duiken, we haar precies in de kaart spelen. En ik wil je niet verliezen.'

'Declan—' Mijn stem breekt, en ik slik moeizaam om mijn zelfbeheersing terug te krijgen. 'Ik kan het me niet veroorloven om nog langer te wachten. Diana moet worden gestopt, nu.'

'Artemis,' zegt hij zacht, zijn hand komt omhoog om mijn wang te omvatten, wat me dwingt hem aan te kijken. 'Ik hou van je. We zullen haar samen stoppen, maar alleen als we elk voordeel hebben dat we kunnen krijgen. Laten we voor nu hergroeperen met het team en een solide plan bedenken.'

Mijn hart bonkt in mijn borst en dreigt te barsten door het conflict dat in me woedt. Declans woorden echoën in mijn hoofd en dwingen me mijn eigen motieven onder ogen te zien. Ik klem mijn kaken op elkaar en proef de bitterheid van de waarheid op mijn tong.

'Misschien heb je gelijk,' geef ik zachtjes toe, mijn stem nauwelijks hoorbaar boven de huilende wind. 'Ik was zo gefocust op wraak nemen op Diana dat ik uit het oog ben verloren wat er echt toe doet.'

Declans ogen worden groot, en hij aarzelt even voordat hij me in een stevige omhelzing trekt. Ik sta mezelf een moment van kwetsbaarheid toe en laat zijn warmte in mijn botten trekken.

'Dank je dat je me tot rede hebt gebracht,' fluister ik, mijn adem stokt terwijl ik moeite heb om mijn tranen in te houden. 'Ik zal mijn wraakzucht mijn oordeel niet langer laten vertroebelen.'

'Artemis, ik beloof het je,' zegt Declan, terwijl hij mijn hand stevig vastpakt. 'We gaan een einde maken aan Diana's schrikbewind, maar we doen het samen, zonder onnodige risico's te nemen.'

Ik knik en slik de brok in mijn keel weg. Het gewicht van onze beslissing, de levensgevaarlijke inzet van wat ons te wachten staat – het dreigt me allemaal als een vloedgolf te verpletteren. Maar in plaats van te verdrinken, merk ik dat ik me als aan een reddingslijn aan Declan vastklamp.

'Kijk ons nou,' zeg ik met een bittere lach terwijl ik tegen hem aan leun, mijn stem nauwelijks meer dan een fluistering. 'Twee beschadigde zielen, samengebonden door het lot of welke kosmische kracht dan ook die met ons leven speelt. En toch, na alles wat we hebben meegemaakt... vertrouw ik jou meer dan wie dan ook op deze wereld.'

'Artemis...' mompelt hij, zijn hazelnootkleurige ogen glinsteren van rauwe emotie. Hij trekt me dichterbij, zijn warme adem strijkt over mijn lippen. 'Ik hou van je. Meer dan wat dan ook. En ik zweer je, we zullen haar stoppen. Voor iedereen die ze heeft gekwetst, voor elk leven dat ze heeft verwoest – inclusief het onze.'

'Verdomd goed dat we dat gaan doen,' zeg ik, mijn stem breekt. Tranen prikken in mijn ooghoeken, maar ik weiger ze te laten vallen. 'Maar eerst...'

'Eerst?' vraagt hij zachtjes, terwijl hij een zilveren haarlok uit mijn gezicht strijkt.

'Eerst herinneren we onszelf eraan waarom we vechten,' zeg ik, en voordat ik aan mezelf kan twijfelen, druk ik mijn lippen in een vurige kus op de zijne.

Onze monden bewegen samen, wanhopig en hongerig, alsof we elkaars pijn en angst proberen te verteren. Het is een dans die we al talloze keren hebben uitgevoerd, maar vanavond voelt het anders – urgenter, vitaler. Alsof er op dit moment niets anders bestaat dan wij en de elektrische connectie die ons samenbindt, met hart en ziel.

'Declan,' hijg ik terwijl hij kusjes over mijn nek laat glijden, zijn handen dwalen over mijn lichaam alsof hij elke ronding en hoek probeert te onthouden. 'Ik hou ook van jou. Zo verdomd veel.'

'Vergeet dat nooit,' gromt hij tegen mijn huid, zijn stem schor van verlangen. 'Wat er ook gebeurt, hoe donker de dingen ook worden... onthoud dat we elkaar hebben, en dat we samen alles aankunnen.'

'Alles,' herhaal ik, en ik geef me over aan de storm van emoties die ons beiden dreigt te verzwelgen. Voor nu laten we onze angsten en twijfels los en verliezen we onszelf in elkaars armen – twee gebroken zielen die troost vinden in de wetenschap dat ze niet alleen zijn in hun duisternis.

◦

De warmte van Declans lichaam tegen het mijne voelt als een anker in een stormachtige zee en verankert me in het hier en nu. Zijn gestage hartslag herinnert me eraan dat ik niet alleen leef, maar hij ook. En samen maken we een kans.

'Artemis,' fluistert Declan in mijn haar, zijn adem kietelt mijn oor, 'we hebben het gedaan. We hebben samen onze demonen onder ogen gezien, en we hebben gewonnen.'

Ik kan niet anders dan een wankele lach laten horen, de opluchting overspoelt me als een vloedgolf. 'Ja, ik denk het wel.' Mijn vingers volgen de grillige littekens op zijn arm – overblijfselen van eerdere gevechten die me eraan herinneren hoe ver we zijn gekomen.

'Beloof je me iets?' vraag ik zacht, omdat ik de woorden moet horen, ook al weet ik wat hij zal zeggen.

'Alles, liefste,' antwoordt hij zonder aarzelen.

'Beloof me dat je altijd achter me zult staan, hoe lelijk het ook wordt. Dat je me nooit zult opgeven, zelfs niet als ik op mijn slechtst ben.'

'Altijd,' zweert hij, en ik voel het gewicht van zijn belofte als een beschermend schild om ons heen neerdalen. 'Je weet dat ik je tot in de hel en terug zou volgen, Artemis. Er is niets in deze wereld of welke andere dan ook dat daar verandering in zou kunnen brengen.'

'Goed,' mompel ik, en ik nestel me dichter tegen hem aan, mezelf de zeldzame rust gunnend die ons gegeven is. De stilte voor de storm, noemen ze dat. Ironisch eigenlijk, als je bedenkt dat Diana de belichaming van chaos zelf is.

'Artemis?' Declans stem doorbreekt mijn mijmering en ik merk dat hij met iets worstelt – een spookachtige twijfel die zich niet laat onderdrukken.

'Spuug het uit, grote vent,' plaag ik, en ik por hem in zijn ribben. 'Ik dacht dat we 'geen geheimen' hadden afgesproken.'

'Het is alleen... weet je zeker dat je hier klaar voor bent?' vraagt hij, zijn hazelnootkleurige ogen zoeken de mijne af op enig teken van aarzeling. 'We weten allebei waartoe

Diana in staat is, en we hebben niet de luxe van tijd aan onze kant.'

'Declan,' zeg ik, mijn stem vastberaden ondanks de kolkende emoties in mij, 'ik ben nog nooit ergens in mijn leven zo zeker van geweest. Diana moet worden gestopt, en wij zijn degenen die dat kunnen doen – samen. We staan achter elkaar, weet je nog?'

Hij knikt, een kleine glimlach speelt om zijn lippen terwijl hij me dichterbij trekt en me in zijn sterke omhelzing hult. 'Samen,' herhaalt hij, en ik voel de kracht van dat woord door elke vezel van mijn wezen resoneren.

In dit stille moment, met Declans armen om me heen en de wetenschap dat ik mijn donkerste angsten heb overwonnen, vind ik een innerlijke kracht die ik nooit wist te bezitten. Het is een kracht die ik nodig zal hebben als we Diana onder ogen komen – als we voor eens en voor altijd een einde maken aan deze nachtmerrie.

Maar voor nu, terwijl ik mijn hoofd op Declans borst laat rusten en luister naar het gestage gebons van zijn hart, gun ik mezelf een korte onderbreking van de strijd die voor ons ligt. Slechts een vluchtig moment van vrede voordat we ons halsoverkop in de storm storten.

HOOFDSTUK TWINTIG

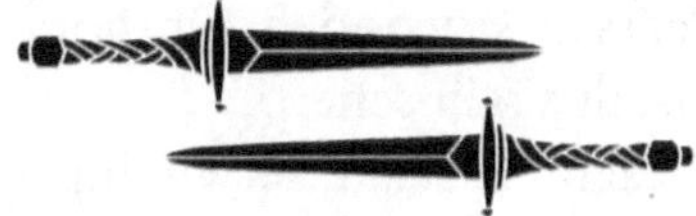

HET PAKHUIS DOEMT VOOR ons op, de schaduw ervan lang en boosaardig uitgestrekt door de ondergaande zon. De verroeste, vervallen buitenkant logenstraft het gevaar dat binnen schuilt. Mijn hart slaat op hol en de adrenaline giert door mijn aderen. Dit is het dan — onze kans om Diana eindelijk in het nauw te drijven. Dagenlange inspanning, waarin Athina en ik gestolen computerbestanden doorspitten tot onze ogen rood en pijnlijk waren, hebben deze locatie opgeleverd — maar we moeten snel handelen. Er zijn verhuiswagens besteld voor morgen, wat betekent dat Diana weer op het punt staat te vertrekken. We hebben maar één kans om haar te pakken.

'Oké, team,' spreek ik ze toe, mijn stem vastberaden ondanks de onrust die in me woedt. 'We moeten Diana verrassen. Sluipen en verrassing zijn onze beste wapens.'

'Eens,' knikt Declan, zijn ogen glinsterend van vastberadenheid. 'Athina, kun je het beveiligingssysteem hacken? We willen niet dat ze weet dat we eraan komen.'

'Eitje,' grijnst Athina, die al op haar tablet aan het tikken is. 'Ik schakel de camera's en alarmen uit.'

'Goed,' zeg ik, terwijl ik me tot de rest van het team wend. 'Garnet, ik wil dat jij op de uitkijk staat. Houd onze omgeving in de gaten en waarschuw ons voor onverwacht gezelschap.'

'Beschouw het als gedaan,' antwoordt Garnet, haar donkere ogen gefocust, haar uitdrukking staalhard.

'Declan en ik leiden de aanval,' ga ik verder. 'Onze prioriteit is om Diana te overmeesteren zonder onszelf of eventuele gijzelaars te verwonden. Onthoud dat ze sluw en meedogenloos is, dus blijf scherp.'

'Begrepen,' beaamt Declan, terwijl hij zijn vuisten balt en vonken elektriciteit tussen zijn vingers dansen.

'Zodra we haar onder controle hebben,' voeg ik eraan toe, 'beoordelen we de situatie en beslissen we over onze volgende stap.'

'Klinkt als een solide plan,' keurt Garnet goed, terwijl ze een nieuw magazijn in haar pistool laadt.

'Laten we dit doen,' zegt Declan, zijn blik op de mijne gericht. 'Voor iedereen die ze pijn heeft gedaan, voor alles wat ze heeft aangericht — laten we haar ervoor boeten.'

'Zeker weten,' bevestig ik, terwijl ik de riemen van mijn handschoenen strakker trek. Mijn paranormale krachten zoemen onder mijn huid, verlangend om losgelaten te worden. 'Tijd om een einde te maken aan haar schrikbewind.'

Terwijl we in positie gaan, moet ik denken aan de talloze levens die zijn beïnvloed door Diana's verwrongen machinaties. De onschuldigen die door haar toedoen hebben geleden. De vrienden die we hebben verloren.

'Blijf constant in contact,' herinner ik hen eraan, mijn stem zacht en dringend. 'Let op elkaars rug. We zijn een team en we komen hier samen doorheen.'

'Altijd,' fluistert Declan, zijn warme adem die langs mijn wang strijkt terwijl hij dichterbij komt. Op dat moment put ik kracht uit zijn onwrikbare steun.

'Oké, Athina,' zeg ik, mijn vastberadenheid zo hard als staal. 'Geef ons groen licht.'

'Camera's uitgeschakeld, alarmen gedempt,' meldt Athina, zijn blik onafgebroken op zijn tablet gericht. 'Het verrassingselement is aan jullie.'

'Laten we dat dan niet verspillen,' zeg ik somber.

Het geluid van onze voetstappen wordt opgeslokt door de duisternis terwijl we door het verlaten pakhuis sluipen. De lucht is zwaar van de geur van verval en bedompte lucht, waardoor ik me afvraag hoelang deze plek al leegstaat.

'Zie je iets?' fluister ik naar Declan, mijn stem nauwelijks hoorbaar.

'Nog niets,' antwoordt hij, zijn ogen die de schaduwen afspeuren naar enig teken van Diana of haar handlangers. 'Maar er klopt iets niet.'

'Vertel mij wat,' mompel ik, terwijl mijn paranormale zintuigen ongemakkelijk beginnen te prikken. Ons plan was simpel — haar schuilplaats binnendringen met sluwheid en precisie, haar verrassen en uitschakelen. Maar tot nu toe hebben we alleen stoffige kisten en een griezelige stilte aangetroffen.

'Athina,' fluister ik in mijn oortje, 'weet je zeker dat dit de juiste plek is?'

'Zeker weten,' kraakt Athina's stem als antwoord. 'Alle informatie wees hiernaartoe.'

'Blijf zoeken,' voegt Garnet eraan toe, spanning in haar stem. 'Ze moet hier ergens zijn.'

Ik knik, ook al kan ze me niet zien. We gaan verder, onze wapens in de aanslag, klaar om toe te slaan bij het minste teken van gevaar. En toch, naarmate we dieper de schuilplaats binnendringen, houdt de verontrustende stilte aan.

'Artemis,' mompelt Declan, bezorgdheid in zijn toon. 'Wat als dit een valstrik is?'

'Dan laten we hem afgaan,' antwoord ik, mijn greep om mijn wapen verstevigend. 'We trekken ons nu niet terug.'

'Eens,' mengt Garnet zich erin. 'Diana komt deze keer niet weg.'

We zetten onze zoektocht voort, navigerend door de labyrintische gangen en kamers. Ik voel de gespannen zenuwen van mijn teamgenoten, het gewicht van onzekerheid en onbehagen dat op ons drukt. Maar we zetten door, gedreven door onze gezamenlijke vastberadenheid om Diana voor het gerecht te brengen.

'Wacht,' onderbreekt Athina's stem plotseling, de urgentie in zijn toon die ons doet stoppen. 'Ik pik iets op met de camera's — beweging.'

'Waar?' vraag ik, mijn hart bonzend van verwachting.

'Twee kamers verderop,' antwoordt hij. 'Wees voorzichtig.'

We wisselen gespannen knikjes uit en gaan verder, elke stap afgemeten en weloverwogen. De lucht knettert van de belofte van confrontatie, onze zintuigen op scherp terwijl we de bron van de verstoring naderen.

'Klaar?' vraagt Declan, zijn blik de mijne ontmoetend met stille vastberadenheid.

'Altijd,' antwoord ik, mezelf schrap zettend voor de confrontatie die ons te wachten staat.

Met een knikje stormen we de kamer binnen, wapens geheven, om vervolgens... niets te vinden. De ruimte is net zo leeg als de rest van deze godverlaten schuilplaats — zelfs geen verdwaalde rat om de vermeende beweging te rechtvaardigen.

'Athina,' sis ik, frustratie die de overhand krijgt. 'Wat is dit, in hemelsnaam?'

'Zal wel een storing zijn geweest,' geeft ze schaapachtig toe. 'Sorry.'

'Geweldig,' snauw ik, mijn woede die mijn angst even overschaduwt. 'Net wat we nodig hadden — nog meer vals alarm.'

'Laten we verdergaan,' stelt Garnet voor, haar stem gespannen. 'We vinden haar uiteindelijk wel.'

'Verdomd als we dat niet doen,' grom ik, elke zenuw tintelend van een explosieve cocktail van vastberadenheid en vrees. Welke spelletjes Diana ook speelt, ik weiger haar te laten winnen.

'Kom op,' zeg ik, hen gebarend mij te volgen. 'Hoe eerder we haar vinden, hoe beter.'

En dus gaan we verder, de verstikkende duisternis in en de onbekende verschrikkingen die ons daarbinnen te wachten staan.

Een rilling loopt over mijn rug terwijl we verder navigeren door de schijnbaar verlaten schuilplaats. De stilte is verstikkend, alleen doorbroken door onze afgemeten voetstappen en het af en toe kraken van de vloerplanken onder ons. Ik kan het knagende gevoel dat er iets niet klopt niet van me afzetten.

'Hé,' mompelt Declan, zijn voorhoofd gefronst van bezorgdheid als hij me over mijn armen ziet wrijven in een vergeefse poging de kou te verdrijven. 'Gaat het?'

'Prima,' snauw ik, terwijl ik probeer mijn onrustige getrek te stoppen. 'Ik hou gewoon niet van deze plek. Ik krijg er de kriebels van.'

'Kan het je niet kwalijk nemen,' antwoordt hij met een grimas. 'Het is hier net een spookstad.'

'Daarover gesproken...' Ik maak mijn zin niet af als we een hoek omgaan en oog in oog komen te staan met een grof geschilderde boodschap op de muur. Mijn hart zinkt als ik de woorden lees, elk een dolk die in mijn borst wordt gedraaid.

'Game over, Artemis. Je hebt verloren.'

'Verdomme,' vloek ik binnensmonds, mijn knokkels wit terwijl ik mijn wapen strakker vastgrijp. 'Ze wist dat we kwamen.'

'Lijkt er wel op,' beaamt Garnet, haar ogen vernauwd terwijl ze de spottende boodschap bekijkt. 'Wat nu?'

'Laten we verder zoeken,' stelt Declan voor, zijn stem strak van nauwelijks onderdrukte woede. 'Misschien heeft ze iets achtergelaten dat ons naar haar kan leiden.'

'Beter dan niets,' geef ik toe, mijn gedachten die op hol slaan met alle manieren waarop ik Diana voor deze vernedering zou willen laten boeten. Maar eerst moeten we haar vinden — alweer.

'Goed. We splitsen ons op,' besluit ik, mijn stem trillend van een cocktail van frustratie en vrees. 'Dan bestrijken we meer terrein. Maar blijf scherp — als dit een afleidingsmanoeuvre is, weet je nooit welke andere vallen ze misschien heeft gezet.'

'Begrepen,' knikken ze, vastberadenheid op hun gezichten gegrift. 'We vinden haar, Artemis. En als we dat doen...'

'Zal het recht zegevieren,' maak ik de zin af, de woorden die hol klinken in de lege lucht. Maar het is een belofte die ik vast van plan ben na te komen — wat er ook voor nodig is.

'Succes,' zegt Garnet, haar hand op mijn schouder die me een moment van troost geeft voordat zij en Declan in tegengestelde richtingen vertrekken, mij alleen latend met mijn gedachten en de spookachtige echo's van onze voetstappen.

'Verdomme, Diana,' kook ik van woede, mijn hart bonzend terwijl ik door de verlaten schuilplaats sluip, op zoek naar enige aanwijzing die ons terug naar haar zou kunnen leiden. 'Je komt hier niet mee weg.'

Maar diep vanbinnen fluistert een klein stemmetje dat ze dat misschien al gedaan heeft.

Zware regen klettert op ons neer terwijl we ons terugtrekken uit de verlaten faciliteit, mijn laarzen die in de modder onder me soppen. De koude druppels prikken op mijn huid als duizend ijzige naalden, een weerspiegeling van de bittere teleurstelling die aan mijn binnenste knaagt. We waren zo verdomd dichtbij — of dat dacht ik tenminste.

'Artemis,' roept Declan door de stortbui, zijn brede schouders gebogen tegen de storm. 'We hergroeperen in onze schuilplaats en zien dan verder.'

'Ja, je hebt gelijk.' Ik forceer een strakke glimlach op mijn gezicht en probeer zowel hem als mezelf ervan te overtuigen dat dit nog niet voorbij is. Maar diep vanbinnen voel ik de ranken van twijfel binnensluipen.

De reis terug naar onze schuilplaats verloopt in stilte, ieder van ons verloren in onze eigen gedachten en frustraties. We zijn allemaal tot op het bot doorweekt tegen de tijd dat we de deur bereiken, maar de kou die ik voel heeft meer te maken met onze mislukte missie dan met de staat van mijn kleding.

'Laten we gewoon naar binnen gaan en opdrogen,' stelt Garnet voor, haar normaal zo levendige ogen verduisterd door de nederlaag. 'Misschien kunnen we dan een nieuw plan bedenken.'

'Klinkt goed,' beaamt Declan, terwijl hij de deur openduwt.

Maar zodra we binnenstappen, wordt elke hoop op hergroeperen en strategieën verbrijzeld door een misselijkmakend beeld. Malcolms levenloze lichaam ligt uitgespreid op de vloer, bloed dat zich om hem heen verzamelt. Mijn adem stokt in mijn keel terwijl ik het gruwelijke tafereel in me opneem, mijn hart dat pijnlijk in mijn borst bonst.

'Malcolm...' breng ik stikkend uit, terwijl ik naast hem op mijn knieën val. Zijn violette ogen staren wezenloos in de verte, nooit meer zullen ze sprankelen van nieuwsgierigheid of intelligentie.

'Godverdomme!' brult Declan, terwijl hij met genoeg kracht zijn vuist tegen de muur slaat om een deuk achter te laten. 'Diana. Zij heeft dit gedaan.'

'Malcolm was een pion in haar verknipte spel,' mompel ik, mijn stem nauwelijks hoorbaar boven het geluid van mijn eigen hortende adem. 'We moeten haar hiervoor laten boeten.'

'Artemis heeft gelijk,' zegt Declan, zijn kaken op elkaar geklemd van woede. 'Diana mag hier niet mee wegkomen. Dat laten we niet gebeuren.'

'Eens,' knikt Garnet, tranen die over haar wangen stromen terwijl ze naast Malcolms stille gestalte op de grond ineenkrimpt. 'Maar eerst moeten we voor Malcolm zorgen.'

'Natuurlijk.' Mijn hart krimpt ineen als ik mijn hand uitsteek en Malcolms starende ogen sluit, de brok in mijn keel wegslikkend. 'We zullen hem eren door Diana voor het gerecht te brengen.'

Ik staar naar het levenloze lichaam van Malcolm, uitgespreid op de koude vloer van onze schuilplaats. Zijn violette ogen, ooit zo vol nieuwsgierigheid en intelligentie, zijn nu leeg en dof. De harde realiteit raakt me als een klap in mijn maag — Malcolm is er niet meer, en er is niets dat we daaraan kunnen doen.

'Artemis,' mompelt Declan naast me, zijn stem zwaar van verdriet. 'We moeten ons beheersen.'

'Ons beheersen?' snauw ik, terwijl ik me naar hem omdraai. 'Voor het geval je het nog niet doorhad, een van ons is zojuist gestorven! En het is allemaal de schuld van die gestoorde trut Diana!'

'Geloof me, dat weet ik,' antwoordt hij met opeengeklemde kaken. 'Maar we moeten gefocust blijven als we ook maar enige kans willen maken om haar ten val te brengen.'

Garnet kijkt ons aan, de tranen stromen over haar gezicht. 'Hoe kon ze dit doen? Hoe kan iemand zo wreed zijn?'

'Omdat ze een monster is,' zeg ik bitter en bal mijn vuisten langs mijn zij. 'En ze stopt niet voordat ze ons ook vernietigd heeft.'

Er valt een stilte in de kamer terwijl we de omvang van ons verlies proberen te verwerken. Schuldgevoel knaagt vanbinnen aan me en dreigt me volledig te verteren. Was ik maar voorzichtiger geweest, had ik maar betere veiligheidsmaatregelen getroffen, iemand achtergelaten om Malcolm te bewaken...

'Artemis,' fluistert Garnet, en ik hoor dat ze een snik probeert in te houden. 'Wat moeten we nu doen?'

'Eerst rouwen we,' antwoord ik met een gebroken stem. 'Daarna zorgen we ervoor dat Diana boet voor wat ze heeft gedaan.'

'Afgesproken,' zegt Declan en slaat een arm om Garnet heen om haar te troosten. 'Maar we kunnen onze emoties ons oordeel niet laten vertroebelen. We moeten dit slim aanpakken.'

'Juist,' mompel ik en veeg een verdwaalde traan weg met de rug van mijn hand. 'We hergroeperen, bedenken een plan en raken haar waar het het meeste pijn doet.'

'Malcolm had gewild dat we doorgingen,' zegt Garnet, terwijl ze dapper probeert te klinken ondanks de tranen die nog steeds over haar wangen stromen. 'Hij geloofde in onze zaak en we zijn het aan hem verplicht om die tot een goed einde te brengen.'

'Verdomd juist,' antwoord ik en dwing mezelf om rechtop te gaan staan ondanks het verpletterende gewicht van het verdriet dat op me drukt. 'Diana mag dan denken dat ze heeft gewonnen, maar dan heeft ze het mis. We zullen Malcolm wreken en niets – zelfs de dood niet – zal ons in de weg staan.'

Wraak kolkt in mijn binnenste, een venijnige storm van emoties die me dreigt te verteren. Ik kan Diana hier niet mee weg laten komen. Malcolm verdient beter.

'Pas op,' waarschuw ik de anderen terwijl ik mijn psychische energie oproep in een wervelende draaikolk om me heen. 'Ik ga achter Diana aan.'

'Artemis, je moet je eerst voorbereiden!' schreeuwt Declan, maar ik luister niet. De woede die door me heen raast, is alle voorbereiding die ik nodig heb. Of dat denk ik tenminste.

Mijn mentale aanval knalt tegen een onzichtbare muur. Diana's verdediging is sterk, sterker dan ik had verwacht. Het is alsof ik een bakstenen muur met een tandenstoker probeer te doorboren. Een koude, spottende stem echoot in mijn hoofd: 'O, Artemis, dacht je echt dat het zo makkelijk zou zijn?'

'Rot op uit mijn hoofd, trut!' Mijn hartslag versnelt, mijn zicht wordt wazig van woede.

'Wat een vurig taalgebruik voor iemand die niet eens haar eigen vriend kon beschermen.' Haar woorden snijden als messen en ik klem mijn tanden op elkaar. 'Weet je, Malcolm werd een te grote bedreiging voor de nalatenschap van mijn vader. Zijn wetenschappelijke gaven werden veel te sterk. Dat kunnen we nu eenmaal niet hebben, of wel?'

'De nalatenschap van je vader is een smet op de mensheid,' sis ik, mijn vuisten zo stijf gebald dat mijn knokkels wit worden.

'Misschien,' geeft Diana toe, haar stem druipend van minachting. 'Maar het was noodzakelijk. Zie je, ik ben het hoogtepunt van zijn levenswerk, het ultieme paranormale wezen. En met mensen als Malcolm in de buurt, tja, dan zou die status bedreigd kunnen worden.'

'Malcolm had echter over één ding gelijk,' grom ik. 'Ethiek betekent niets voor jou of je familie.'

'Ethiek is voor de zwakken,' smaalt ze. 'En het zal die lieve Malcolm er zeker niet mee terugbrengen.'

'Artemis, stop!' Garnets dringende kreet bereikt me door de waas van woede, en ik dwing mezelf om de mentale verbinding te verbreken.

'Zei ze iets nuttigs?' vraagt Declan, zijn stem gespannen van bezorgdheid.

'Alleen dat ze een harteloos monster is dat Malcolm heeft vermoord omdat hij een te grote bedreiging vormde,' antwoord ik bitter. 'Maar dat wisten we al.'

'Laten we ons richten op wat we nu kunnen doen,' dringt Garnet aan en legt een hand op mijn arm. 'We moeten dit slim aanpakken.'

'Goed.' Ik haal diep adem en duw de woede voor nu naar beneden. 'Maar let op mijn woorden: Diana gaat eraan, al is het het laatste wat ik doe.'

Schuldgevoel klauwt aan mijn ingewanden als een dol dier terwijl ik naar de plek staar waar Malcolms lichaam had gelegen. De lucht in onze schuilplaats is zwaar van wanhoop en verstikt me bij elke ademteug. Ik probeer me te concentreren, maar mijn gedachten zijn een wervelwind van woede en verdriet.

'Artemis,' zegt Declan met een gespannen stem. 'We moeten de strategie bespreken.'

'Juist,' mompel ik en dwing mezelf om weg te kijken van de kwellende herinnering aan ons verlies. Ik kijk de kamer rond, mijn ogen vallen op elk lid van ons gebroken team. Ze zitten allemaal in hun eigen persoonlijke hel op dit moment, verzonken in hun verdriet en worstelend om het hoofd boven water te houden.

'Laten we ons gewoon... richten op wat hierna komt,' zeg ik zachtjes en richt mijn blik op mijn gebalde vuisten. 'Diana stopt niet voordat ze ons allemaal heeft vernietigd. Laten we er dus voor zorgen dat dat niet gebeurt.'

'Prima,' zegt Garnet, haar stem ijzig. 'Maar doe niet alsof jij Malcolm niet in de vuurlinie hebt geplaatst, Artemis.'

'Geloof me,' antwoord ik, mijn stem nauwelijks een fluistering. 'Ik heb niemand nodig om me daaraan te herinneren.'

Er valt een ongemakkelijke stilte terwijl we allemaal worstelen om verenigd te blijven in ons verdriet en onze woede. De spanning is voelbaar, een donkere onweerswolk die boven ons hangt.

'Artemis,' zegt Declan zacht en legt zijn hand op mijn schouder. 'Je kunt jezelf hier niet de schuld van geven. We kenden allemaal de risico's toen we dit pad insloegen. Malcolm was degene die ons in het allereerste begin heeft gerekruteerd, weet je nog? Toen hij contact met je opnam om je in te huren? Hij wist waar hij aan begon.'

'Verdomme, Declan,' breng ik met een smoorstem uit, terwijl de tranen in mijn ooghoeken branden. 'Hoe maken we dit goed? Hoe zetten we dit recht?'

'We vinden Diana,' antwoordt hij, zijn stem vol vastberadenheid. 'En we laten haar boeten.'

*

Een rilling loopt over mijn rug terwijl ik kijk naar de kleine groep flakkerende kaarsen die griezelige schaduwen werpen op ons geïmproviseerde altaar voor Malcolm. Elke vlam een herinnering aan het licht dat hij in ons leven bracht, nu voorgoed gedoofd. Ik slik moeizaam en probeer de brok in mijn keel weg te duwen.

'Oké,' zegt Garnet zacht, met een gebroken stem. 'Laten we beginnen.'

We delen om de beurt herinneringen aan Malcolm terwijl we de snuisterijen en aandenkens vasthouden die we rond de kaarsen hebben verzameld. Het is een zielige poging tot een herdenking, maar het is alles wat we onder deze erbarmelijke omstandigheden kunnen doen.

'Malcolm was... briljant,' zeg ik aarzelend en wring mijn handen. 'Ik herinner me nog dat hij me voor het eerst zijn lab liet zien. Hij was zo opgewonden over de doorbraken die hij maakte, de levens die hij redde. En hij had zo'n... scherp gevoel voor humor.' Een bittere lach ontsnapt me. 'Hij kon zelfs de ergste situaties draaglijk laten lijken.'

'Zijn intelligentie werd alleen geëvenaard door zijn vriendelijkheid,' voegt Declan toe, zijn stem gespannen. 'Hij gaf niet om erkenning of lofbetuigingen. Het enige wat voor hem telde was anderen helpen, de wereld een betere plek maken.'

'Malcolm zag het potentieel in ons allemaal,' mompelt Garnet en veegt de tranen weg met de rug van haar hand. 'Hij geloofde in ons, zelfs als wij niet in onszelf geloofden.'

De stilte valt als een verstikkende deken over ons. Het gewicht van het verdriet is zwaar op onze schouders. Ik kan het niet helpen te denken dat als we sterker, slimmer, sneller waren geweest... Malcolm er misschien nog zou zijn.

'Verdomme,' mompel ik binnensmonds en bal mijn vuisten. 'We moeten iets doen. We kunnen zijn dood niet voor niets laten zijn.'

'Artemis,' zegt Garnet zacht en raakt mijn arm aan. 'We weten allemaal dat jij ook pijn hebt. Maar we moeten nu meer dan ooit bij elkaar blijven. Voor Malcolm.'

'Juist,' zeg ik met opeengeklemde kaken en dwing mezelf mijn vuisten te ontspannen. 'Voor Malcolm.'

Als één man doven we de kaarsen, waardoor de kamer in duisternis wordt gehuld. De schaduwen lijken ons volledig op te slokken, een grimmige herinnering aan de strijd die voor ons ligt. We zijn misschien gebroken en rouwend, maar onze vastberadenheid is nog nooit zo sterk geweest. Als er al iets is, dan heeft Malcolms dood onze vastberadenheid alleen maar aangewakkerd om Diana voor het gerecht te brengen en een einde te maken aan haar verknipte schrikbewind.

'Ga wat rusten,' zeg ik tegen de anderen, mijn stem nauwelijks hoorbaar. 'Morgen beginnen we met het plannen van onze volgende zet.'

De stilte die volgt is oorverdovend, gevuld met onuitgesproken spijt en beloftes. En terwijl ik mijn ogen sluit, doe ik mezelf een stille belofte.

Ik zal dit rechtzetten, Malcolm. Dat zweer ik.

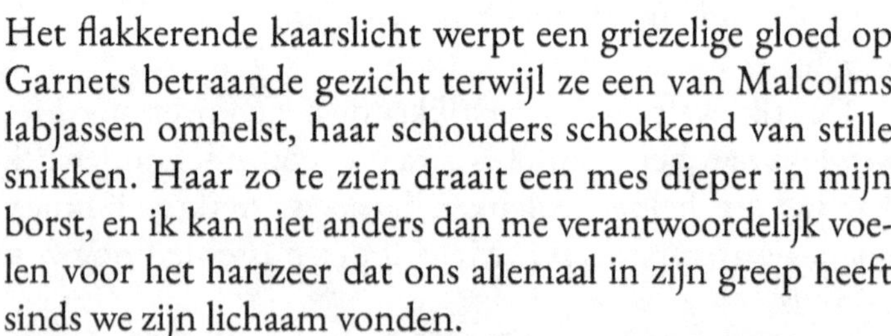

Het flakkerende kaarslicht werpt een griezelige gloed op Garnets betraande gezicht terwijl ze een van Malcolms labjassen omhelst, haar schouders schokkend van stille snikken. Haar zo te zien draait een mes dieper in mijn borst, en ik kan niet anders dan me verantwoordelijk voelen voor het hartzeer dat ons allemaal in zijn greep heeft sinds we zijn lichaam vonden.

'Hé,' zeg ik zacht en ga naast haar op de koude betonnen vloer van onze schuilplaats zitten. 'Garnet, kijk me aan.'

Langzaam tilt ze haar hoofd op, haar roodomrande ogen doorzoeken de mijne, en het kost me alles om niet te bezwijken onder het gewicht van haar verdriet. Maar dat heb ik de laatste tijd te veel gedaan; bezwijken wanneer anderen me het hardst nodig hebben.

'Malcolm zou niet willen dat je jezelf de schuld geeft,' zeg ik tegen haar, hoewel ik weet dat het nogal ironisch klinkt uit mijn mond. 'Hij hield van je, Garnet. En hij wist precies hoeveel jij van hem hield.'

'Houd,' corrigeert ze me, haar stem breekt. 'Ik houd nog steeds van hem, Artemis. En het voelt alsof ik verdrink in deze pijn, en er niets is wat ik kan doen om het te stoppen.'

'Luister, ik snap het,' zeg ik en slik moeizaam tegen de brok die zich in mijn keel vormt. 'Maar we kunnen Diana niet laten winnen door ons door haar uit elkaar te laten drijven. Samen staan we sterker, en Malcolm zou willen dat we blijven vechten.'

'Artemis,' zegt ze, haar blik vernauwend. 'Hoe kun je daar zo zeker van zijn?'

'Omdat ik hem ook kende,' antwoord ik, mijn stem wankel. 'Misschien niet zo goed als jij, maar goed genoeg om te weten dat hij in ons geloofde. Hij geloofde in onze zaak. En nu is het aan ons om ervoor te zorgen dat zijn offer niet voor niets is geweest.'

Een zware stilte valt tussen ons, alleen onderbroken door het verre gehuil van de wind buiten. De lucht is zwaar van onuitgesproken gedachten, een giftig mengsel van schuld, verdriet en woede dat ons beiden dreigt te verstikken.

'God, ik wil haar laten boeten,' fluistert Garnet en balt haar vuisten zo stijf dat haar knokkels wit worden. 'Ik wil dat ze elke greintje pijn voelt die ze ons heeft aangedaan. Hem.'

'Geloof me, dat wil ik ook,' zeg ik, mijn stem vervuld van een giftige vastberadenheid. 'Maar eerst moeten we dit slim aanpakken. We hebben Diana al eens onderschat en kijk waar dat ons heeft gebracht.'

'Artemis,' mompelt Garnet, haar ogen op de mijne gericht. 'Beloof me iets.'

'Alles.'

'Beloof me dat je niet alleen achter haar aan gaat.' Ze aarzelt even voordat ze toevoegt: 'We doen dit samen, weet je nog?'

'Natuurlijk,' zeg ik en dwing een glimlach op mijn gezicht ondanks de storm van emoties die in me woedt. 'Samen.'

Terwijl ik opsta en wegloop, mijn hart zwaar van de last van Malcolms dood, kan ik niet anders dan nadenken over de belofte die ik zojuist heb gedaan – en of ik me eraan zal kunnen houden.

Diana heeft ons zoveel afgenomen: onze veiligheid, onze vrede, en nu, een van ons. En hoezeer ik ook samen met mijn team wil vechten, er is een deel van mij dat weet dat ik haar misschien alleen onder ogen moet komen, hoeveel ik ook voor de gevolgen vrees.

'Gerechtigheid zal geschieden, Malcolm,' fluister ik in de duisternis, mijn vastberadenheid brandend als een vuur in mijn borst. 'Daar zal ik verdomme voor zorgen.'

Hoofdstuk Eenentwintig

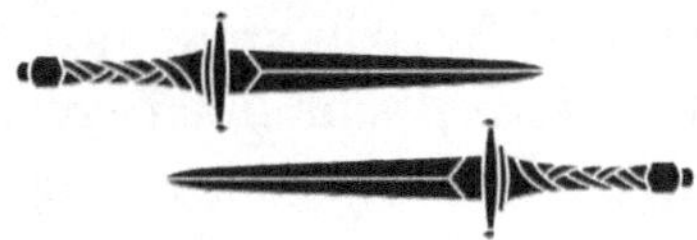

Genoeg is genoeg', mompel ik in mezelf terwijl ik door mijn geïmproviseerde schuilplaats ijsbeer, de woede kolkend onder mijn huid. Mijn verlangen om Diana Foxberry te stoppen overmant me en mijn gedachten slaan op hol met mogelijkheden. Adrenaline stroomt door mijn aderen terwijl er een nieuw plan in mijn hoofd vorm krijgt.

'Declan', roep ik, mijn stem vastberaden ondanks de chaos in mij. 'Ik denk dat ik weet waar Diana hierna zou kunnen opduiken.'

'Waar?' vraagt hij, zijn nieuwsgierigheid gewekt.

'Het gerucht gaat dat er dit weekend een spraakmakend evenement plaatsvindt', zeg ik, terwijl ik rusteloos met mijn vingers op de tafel tik. 'Blijkbaar is het een veiling van zeldzame paranormale artefacten. Ik durf te wedden dat ze er zal zijn. Ze wil meer macht, toch? Die zullen haar dat geven, zonder dat ze op meer paranormale wezens hoeft te jagen die zich er inmiddels zeer van bewust zijn dat er op hen gejaagd wordt.'

'Artemis, dat is...' aarzelt Declan, waarschijnlijk afwegend of hij met me in discussie moet gaan. Hij weet wel beter dan te proberen me van gedachten te doen veranderen als ik zo ben.

'Perfect, ik weet het.' Ik onderbreek hem voordat hij iets anders kan zeggen. 'Dus dit is wat ik dacht: ik infiltreer het evenement, houd Diana in de gaten en schakel haar voor eens en altijd uit.'

'Klinkt riskant', mompelt hij, maar ik kan zien dat hij al aan boord is.

'Is het dat niet altijd?' grap ik, grijnzend om de uitdaging die voor me ligt. Maar diep vanbinnen weet ik dat het meer is dan alleen een spelletje. Het is persoonlijk.

De volgende paar dagen besteed ik aan de voorbereiding op het evenement, waarbij ik aan mijn dekmantel werk. Ik zal me voordoen als een rijke verzamelaar die geïnteresseerd is in de aankoop van een van de zeldzame artefacten. Wie wil er nou niet een praatje aanknopen met zo iemand?

'Artemis Blackwell, de miljardair-erfgename', grinnik ik in mezelf terwijl ik mijn tekst oefen voor een stoffige oude spiegel. Het is belachelijk, maar het gaat werken. Het moet.

Terwijl ik aan mijn dekmantel werk, verzamel ik zo veel mogelijk informatie over het evenement. De gastenlijst is een ware 'wie is wie' van de paranormale high society, wat het nog waarschijnlijker maakt dat Diana er zal zijn. Ze zal staan te popelen om iedereen die ze denkt aan te kunnen in een hinderlaag te lokken en hun vermogens te stelen.

'Artemis, weet je dit zeker?' vraagt Declan, zijn hazelnootkleurige ogen vol bezorgdheid. Hij leunt tegen de deuropening van onze schuilplaats, met zijn armen over elkaar.

'Natuurlijk weet ik het zeker', snauw ik terug, terwijl ik voor de spiegel een laatste laag lippenstift aanbreng. 'Ik bereid me al weken voor op dit moment. Als Diana daar zal zijn, moet ik er ook zijn.'

'Een valse identiteit gebruiken en zo'n spraakmakend evenement infiltreren is riskant', waarschuwt Declan me, zijn stem gespannen. 'Er zijn zo veel dingen die fout kunnen gaan. En wat als Diana niet eens komt opdagen?'

'Kijk, Declan', zeg ik en rol met mijn ogen terwijl ik me naar hem omdraai. 'Ik doe dit omdat het de beste manier is om haar te overrompelen. Ik kan prima voor mezelf zorgen, dank je wel.' Mijn toon druipt van het sarcasme, maar ik kan er niets aan doen. Het laatste wat ik nu kan gebruiken, is zijn twijfel.

'Artemis, laat je obsessie om wraak te nemen op Diana je oordeel niet vertroebelen', werpt hij scherp tegen. 'Je bent een slimme vrouw, maar je kunt ook impulsief zijn. We moeten hier samen aan werken, niet roekeloos handelen.'

'Goed', puf ik en draai me van hem af. 'Maar ik weet wat ik doe, Declan. Vertrouw me hier maar op.'

Declan zucht zwaar, duidelijk niet overtuigd. Maar hij dringt niet verder aan. In plaats daarvan kijkt hij toe hoe ik in een paar zwarte naaldhakken stap en mijn outfit compleet maak. 'Wees... wees gewoon voorzichtig, oké?' zegt hij zacht, zijn woorden doorspekt met oprechte bezorgdheid.

'Ben ik altijd', antwoord ik nonchalant, hoewel mijn hart als een drilboor in mijn borstkas tekeergaat. Ik kom misschien zelfverzekerd over, maar de waarheid is dat ik doodsbang ben. Er is geen garantie dat dit plan zal werken. Maar ik moet het proberen.

'Veel geluk, Artemis', zegt Declan, zijn stem nauwelijks een fluistering als ik langs hem de deur uitloop.

'Bedankt', mompel ik, mijn adem stokt in mijn keel. 'Die zal ik nodig hebben.'

Terwijl ik de nacht in stap, de neonlichten van de stad weerkaatsend op mijn bleke huid, voel ik een rilling van spanning over mijn rug lopen. Dit is het. Het moment waar ik op heb gewacht: mijn kans om Diana voor eens en altijd een halt toe te roepen.

Mijn hart racet als ik onder mijn valse identiteit het evenement binnenga en me mentaal voorbereid op wat komen gaat. Ondanks Declans zorgen weet ik dat ik door moet zetten. Ik laat mijn angst, of wie dan ook, me niet in de weg staan.

'Proost, op weer een avond doen alsof ik iemand ben die ik niet ben', mompel ik in mijn hand terwijl ik mijn champagneglas tegen dat van een onzichtbare partner klink. De decadente balzaal is gevuld met gasten die tot in de puntjes verzorgd zijn en ik kan het niet helpen dat ik me een wolf in schaapskleren voel in mijn designer- jurk en zorgvuldig opgebouwde dekmantel.

'Kan ik u nog iets te drinken aanbieden?' vraagt een ober me, zijn dienblad vol met verschillende glazen al- cohol.

'Nog zo eentje, alstublieft', antwoord ik en geef hem mijn lege glas. Hij knikt en loopt verder, waardoor ik de kamer verder kan afspeuren naar een teken van Diana. Mijn blik flitst van het ene gezicht naar het andere, op zoek naar dat kenmerkende korte, rosse haar, die koude groene ogen die je ziel kunnen doorboren.

'Pardon', onderbreekt een man mijn gedachten door op mijn schouder te tikken. 'Hebben wij elkaar al eens ontmoet?'

'Onwaarschijnlijk', zeg ik afwerend en richt mijn aandacht weer op de menigte. Het is niet dat ik een beetje flirterige aandacht niet waardeer, maar vanavond is nauwelijks de tijd of de plaats ervoor.

'Juist, sorry', mompelt hij, duidelijk mijn desinter- esse aanvoelend. Hij neemt afscheid en ik slaak een geïrriteerde zucht terwijl ik me weer op mijn missie concentreer. Waar is ze in hemelsnaam?

Net als ik me begin af te vragen of ik achter een spook aanjaag, is ze daar: Diana zelf, die de kamer binnen kuiert met een zelfvertrouwen dat mijn bloed doet stollen. Een bittere cocktail van angst en woede wervelt in me op als ik zie hoe ze zich moeiteloos onder de menigte mengt.

'Natuurlijk kom je opdagen', grom ik, mijn vingers jeuken aan mijn zij, smachtend naar mijn pistool of mes. Maar ik weet wel beter dan hier een scène te schoppen. Ik moet dit voorzichtig spelen, wachten op het juiste moment om haar te confronteren.

'Zei je iets?' vraagt een stem achter me en ik draai me om en zie een elegante vrouw die me argwanend aankijkt.

'Ik praatte in mezelf', geef ik toe met een geforceerde glimlach. 'Een slechte gewoonte.'

'Ah, ik begrijp het', zegt ze, haar ogen blijven nog even op me rusten voordat ze wegdrijft in de menigte.

Ik kan het gevoel niet van me afschudden dat ik in de gaten wordt gehouden terwijl ik Diana volg door de massa mensen, mijn hakken tikkend op de marmeren vloer. Ze heeft me nog niet opgemerkt, maar ik weet dat het slechts een kwestie van tijd is voordat ze dat wel doet. En als dat moment komt, zal ik er klaar voor zijn.

Ik haal diep adem en zet me schrap voor de komende confrontatie. Diana's rug is naar me toegekeerd, maar ik weet dat ze mijn aanwezigheid net zo intens kan voelen als ik de hare voel. Het is nu of nooit.

'Lang niet gezien, Diana', zeg ik, mijn stem druipend van sarcasme terwijl ik haar van achteren nader. Ze draait zich om, haar groene ogen worden groot van verbazing voordat ze vernauwen tot een boze blik.

'Artemis, wat een... aangename verrassing', sneert ze, haar lippen krullen op in een verwrongen grijns. 'Ik had niet gedacht dat ik vanavond het genoegen van jouw gezelschap zou hebben.'

'Geloof me, het genoegen is geheel aan mijn kant', kaats ik terug, worstelend om mijn woede in bedwang te houden. 'Vertel me nu eens wat je hier doet. Het is vast niet alleen voor de hors d'oeuvres.'

Diana lacht, een koud, hol geluid dat een rilling over mijn ruggengraat stuurt. 'Je was altijd al zo volhardend, Artemis. Maar ik ben bang dat ik mijn plannen dit keer niet met je zal delen.'

'Jammer dan', zeg ik, mijn vingers spannen zich aan mijn zijde. 'Want ik ga niet weg voordat ik antwoorden krijg.'

'Is dat zo?' vraagt ze met een opgetrokken wenkbrauw. 'Dan zullen we dit maar op de harde manier moeten doen.'

In een flits duikt Diana op me af, haar vuist raakt mijn kaak voordat ik zelfs maar kan knipperen. De kracht van de klap doet me achterover struikelen, de smaak van ijzer vult mijn mond. Pijn vlamt op in mijn wangen, maar ik klem mijn tanden op elkaar en storm naar voren, terugslaand met een stoot van mijn eigen.

'Artemis, wat ben je in hemelsnaam aan het doen?!' knettert Declans stem in mijn oortje, maar ik negeer hem, te geconcentreerd op het gevecht om te reageren.

Het geluid van verbrijzeld glas en paniekerige kreten vult de lucht terwijl Diana de daaropvolgende chaos behendig in haar voordeel gebruikt. Ze duikt achter een omgevallen vitrine, net buiten mijn bereik, de grijns op haar lippen doet mijn huid kruipen.

'Echt, Artemis?' spot ze, haar stem nauwelijks hoorbaar boven de kakofonie van doodsbange stemmen. 'Onze kleine vete openbaar maken? Heel... dramatisch.'

'Hou je mond', sis ik door samengeklemde tanden, de kamer afzoekend naar haar volgende zet. De gasten op het evenement rennen als verschrikte muizen alle kanten op in hun wanhopige pogingen om aan het bloedbad te ontsnappen.

'Artemis!' klinkt Declans stem in mijn oortje, een mengeling van bezorgdheid en frustratie. 'Ik zei toch dat dit een slecht idee was! Je moet daar weg!'

'Kan nu niet bepaald weggaan, hè?' antwoord ik, mijn focus gericht op Diana terwijl ze door de paniekerige menigte glipt, hen gebruikend als afleiding en schild tegen mijn aanvallen. Slinkse trut.

'Let op je rug', waarschuwt hij en ik weet dat hij de situatie van een afstand in de gaten houdt, me waarschijnlijk vervloekend omdat ik niet naar hem heb geluisterd.

'Doe ik altijd', mompel ik, terwijl ik achter Diana aan storm als ze tussen een ouder echtpaar door schiet dat probeert te ontsnappen. Ze gillen en klampen zich aan elkaar vast, maar ik heb geen tijd voor excuses of geruststellingen. Daar is later tijd voor, als er een later is.

'Artemis, verdomme, luister naar me!' Declans stem wordt steeds urgenter. 'Je brengt iedereen in gevaar!'

'Zeg dat maar tegen haar', snauw ik, tandenknarsend, terwijl ik ternauwernood een botsing met een ober ontwijk die een dienblad met champagneglazen draagt. De glazen kletteren op de grond en spatten in een miljoen stukjes uiteen.

'Genoeg!' Een keelklank brul echoot door de kamer en ik kom abrupt tot stilstand, mijn adem stokt in mijn keel terwijl ik toekijk hoe Declan zich in het strijdgewoel stort. Hij verandert midden in zijn sprong in zijn jaguarvorm, een waas van geelbruine vacht en golvende spieren.

'Declan, nee!' schreeuw ik, maar het is te laat, hij stormt al op Diana af met een felheid die ik nog nooit eerder heb gezien. De menigte schreeuwt nog harder, hun angst schiet de lucht in bij het zien van een enorme kat die door de kamer raast.

'Artemis!' Zijn stem is een grom in mijn gedachten en rukt me uit mijn schok. 'Ik haal je hier nu weg!'

'Wacht, we kunnen niet zomaar...' Maar mijn protest is aan dovemansoren gericht als Declans krachtige kaken zich om mijn arm sluiten en me wegrukken van de chaos. Zijn greep is verrassend zacht, ondanks de haast van onze ontsnapping.

'Vertrouw me,' dringt hij aan, zijn mentale stem gespannen. 'We moeten gaan.'

Terwijl we in de schaduwen verdwijnen en de puinhoop van gebroken glas, gemorst bloed en doodsbange mensen achter ons laten, voel ik onwillekeurig een koude knoop van angst in mijn maag vormen. Diana is ons opnieuw door de vingers geglipt, en deze keer weet ze dat we achter haar aan komen.

*

Met een laatste schok barsten Declan en ik het gebouw uit, de nachtlucht in. Mijn longen happen gretig naar de koude zuurstof terwijl we de steeg in strompelen, de chaos van binnen nu gedempt door bakstenen muren.

'Verdomme, Artemis!' gromt Declan, terwijl hij mijn arm loslaat en terug verandert in zijn menselijke gedaante, zijn kleren aan flarden en met bloed besmeurd. 'Waar was je in hemelsnaam mee bezig?'

'Fijn jou ook te zien,' snauw ik, terwijl ik over mijn zere arm wrijf waar zijn jaguartanden me hadden vastgegrepen. 'Ik was me er niet van bewust dat ik jouw toestemming nodig had om op onze gemeenschappelijke vijand te jagen.'

'Toestemming?' Hij schampert. 'Dit gaat niet over toestemming – het gaat erom dat je niet blindelings het gevaar in rent zonder plan!'

'Geloof het of niet, ik had wel een plan,' kaats ik terug, mijn stem druipend van het sarcasme. 'Maar het spijt me als mijn persoonlijke vendetta tegen Diana jouw planning in de war schopte.'

'Artemis, dit gaat niet over planningen of vendetta's.' Zijn stem wordt zachter, maar de woede brandt nog steeds in zijn ogen. 'Het gaat erom jou in leven te houden.'

'Nieuwtje, Declan: ik heb jou niet nodig om me te beschermen,' snauw ik, terwijl ik mijn schild optrek. 'Ik heb het tot nu toe alleen gered.'

'Echt? Want vanuit mijn oogpunt leek het er meer op dat je op het punt stond aan stukken gescheurd te worden.' Hij haalt een hand door zijn warrige haar, de frustratie op zijn gezicht gegrift. 'Je kunt je emoties niet zo de overhand laten nemen, Artemis. Het vertroebelt je oordeel.'

'Oké.' Ik klem mijn tanden op elkaar en dwing mezelf om even mijn trots in te slikken. 'Je hebt gelijk, goed? Ik heb het verpest. Maar wat gebeurd is, is gebeurd. We moeten ons concentreren op het vinden van Diana.'

'Laten we jou eerst oplappen.' Hij wijst naar het bloed dat door mijn kleren sijpelt, en ik realiseer me dat ik in het heetst van de strijd de pijn niet eens had opgemerkt. 'Diana kan wachten.'

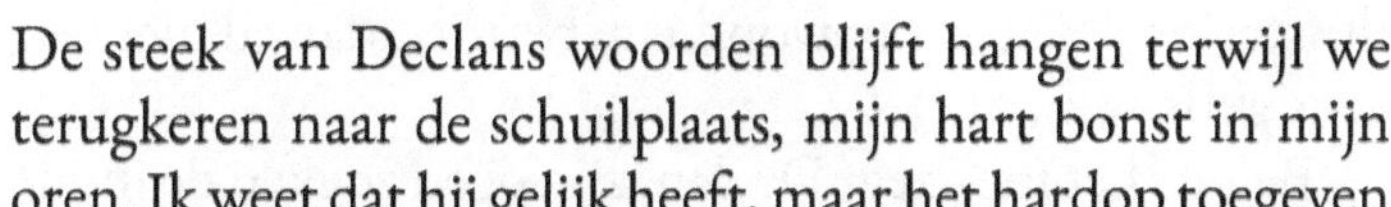

De steek van Declans woorden blijft hangen terwijl we terugkeren naar de schuilplaats, mijn hart bonst in mijn oren. Ik weet dat hij gelijk heeft, maar het hardop toegeven is een bittere pil om te slikken.

'Artemis,' begint Declan, zijn stem gespannen. 'Je moet toegeven dat je je oordeel vanavond door je obsessie met Diana hebt laten vertroebelen.'

'Mijn oordeel vertroebeld?' Mijn toon is scherp, defensief. 'Ik probeerde iedereen tegen haar te beschermen!'

'Door jezelf en anderen in gevaar te brengen? Dat is niemand beschermen.' Hij slaat zijn armen over elkaar, zijn hazelnootbruine ogen boren zich in de mijne. 'Je kunt niet zo doorgaan, Artemis. Het is roekeloos.'

'Roekeloos?' snauw ik, en dan dringt het gewicht van zijn woorden tot me door. De chaos van het evenement speelt zich opnieuw af in mijn gedachten, samen met de angst op de gezichten van onschuldigen. Ik voel mijn borstkas samenspannen. 'Misschien heb je gelijk,' geef ik zachtjes toe, terwijl de vechtlust uit me wegvloeit.

'Kijk, ik begrijp dat je gerechtigheid wilt voor wat ze heeft gedaan,' zegt Declan, zijn stem een fractie zachter. 'Voor Malcolm. Maar we kunnen onze emoties niet de overhand laten krijgen. We moeten slim zijn in hoe we dit aanpakken.'

Er vormt zich een brok in mijn keel en ik slik moeizaam, vechtend tegen de tranen. 'Ik kan gewoon niet... kan haar er niet mee weg laten komen, Declan.'

'Dat laten we ook niet gebeuren,' verzekert hij me, zijn ogen vol vastberadenheid. 'Maar we moeten voorzichtig zijn. We kunnen ons niet zo door haar laten manipuleren.'

Ik knik, mijn handen trillen terwijl ik diep ademhaal, in een poging de controle over mijn emoties terug te krijgen. 'Je hebt gelijk,' zeg ik, mijn stem nauwelijks een fluistering. 'Wat er vanavond is gebeurd... dat zal niet nog eens gebeuren.'

'Beloof het me,' zegt Declan, zijn ogen zoeken de mijne af op enig spoor van twijfel.

'Ik beloof het.' De woorden voelen zwaar op mijn tong, maar ik pers ze eruit, mezelf dwingend erin te geloven.

'Goed,' antwoordt hij, en hij knijpt geruststellend in mijn schouder voordat hij hem loslaat. 'Laten we je nu oplappen en onze volgende zet bepalen – samen.'

⬥

Het bonzen in mijn hoofd is onophoudelijk, alsof een roedel drilboren er zijn intrek heeft genomen. We trekken ons terug in onze schuilplaats en ik moet mijn wonden en gekrenkte ego verzorgen.

'Ga zitten,' beveelt Declan, en gebaart naar een gammele stoel bij een geïmproviseerde tafel. Ik mopper maar gehoorzaam, en krimp ineen als ik me op de zitting laat zakken.

'Hier, laat me die snee eens zien.' Zijn stem is nu zachter, bezorgdheid schittert in zijn hazelnootbruine ogen. Ik kantel mijn hoofd naar achteren en toon de snee op mijn wang. Hij is niet diep, maar het prikt als de hel. Diana's afscheidscadeautje, neem ik aan.

'Godverdomme,' mompel ik binnensmonds terwijl Declan met een vochtige doek op de wond dept. Hij werkt in stilte, zijn met stoppels bedekte kaak gespannen van concentratie.

'Artemis, we moeten voorzichtiger zijn,' zegt hij zachtjes. 'We kunnen ons geen blunders zoals vanavond meer veroorloven.'

'Bedankt voor de herinnering,' snauw ik, en trek me terug van zijn aanraking.

'Hé, ik zeg alleen maar...' laat hij de zin open, en houdt zijn handen overgevend omhoog. 'We doen dit samen, weet je nog?'

'Juist. Samen.' Mijn stem is zwaar van sarcasme, maar diep vanbinnen weet ik dat hij gelijk heeft. We moeten slimmer werken, niet harder.

'Laat me dat voor je verbinden,' biedt hij aan, en reikt naar de rol verband op de tafel. Ik knik en laat hem mijn verwonding verzorgen. De warmte van zijn vingers op mijn huid stuurt een rilling door mijn ruggengraat, ondanks de kilte van het pakhuis.

'Bedankt,' mompel ik, niet in staat zijn blik te vangen. Hij knikt, en begrijpt de onuitgesproken verontschuldiging in mijn woorden.

'Artemis, we komen hier wel uit,' verzekert hij me, zijn stem vol vastberadenheid. 'We hebben alleen een beter plan nodig.'

'Juist,' antwoord ik, en wrijf over mijn slapen in een poging het gebonk in mijn hoofd te verlichten. 'Een plan waarbij ik niet als een stier in een porseleinkast naar binnen storm.'

'Precies.' Hij grijnst, zich er terdege van bewust hoezeer ik het haat om toe te geven dat ik fout zit.

'Oké, aan het werk.' Ik duw mezelf overeind, en negeer het protest van mijn gehavende lichaam. We mogen dan gekneusd en bebloed zijn, maar we zijn nog lang niet gebroken – en samen zullen we verdomme zorgen dat Diana boet voor haar misdaden.

Nadat Declan klaar is met het verbinden van mijn wonden, staat hij op en laat me alleen achter in de schemerige hoek van onze schuilplaats. Ik staar naar de flikkerende schaduwen op de muur en zie hoe ze dansen op een ritme dat alleen zij kunnen horen. Mijn gedachten razen door duizend ideeën, de een nog verraderlijker dan de ander.

'Verdorie, Diana,' mompel ik binnensmonds, mijn vingers ballend tot vuisten. Haar gezicht spookt door elke hoek van mijn geest, een constante, spottende herinnering aan de verwoesting die ze in haar kielzog heeft achtergelaten. De drang naar wraak brandt als zuur in mijn aderen, maar voor een keer duw ik die opzij. Geen roekeloze beslissingen meer. Ik speel haar niet meer in de kaart.

'Denk na, Artemis, denk na,' mompel ik, terwijl ik de rommelige kamer afspeur naar inspiratie. Mijn ogen vallen op een kaart van de stad, de straten gemarkeerd met verschillende symbolen – potentiële schuilplaatsen voor Diana, gebieden waar ze is gezien, plaatsen die we al hebben doorzocht. Het is een ontmoedigende puzzel, en we missen nog zoveel stukjes.

'Oké,' zeg ik tegen mezelf, en dwing de bitterheid die me dreigt te verstikken terug. 'Tijd om dit slim aan te pakken.' Ik sta op uit mijn stoel, mijn spieren protesteren bij elke beweging, en loop naar de kaart. Ik volg de markeringen met mijn vinger, in een poging om patronen of verbanden te ontdekken die we misschien over het hoofd hebben gezien.

'Artemis,' roept Declan van de andere kant van de kamer, en onderbreekt mijn gedachten. Hij staat bij ons geïmproviseerde wapenrek, zijn hazelnootbruine ogen vol bezorgdheid. 'Beloof me iets.'

'Wat?' snauw ik, gefrustreerd door de onderbreking, maar er zit geen echt venijn in mijn woorden. Declan prikt dwars door mijn sarcasme en vijandigheid heen.

'Beloof me dat je je persoonlijke gevoelens voor Diana niet opnieuw je oordeel laat vertroebelen,' zegt hij, zijn stem ferm maar zacht. 'We moeten dit slimmer aanpakken.'

'Best,' mopper ik, wetende dat hij gelijk heeft. Mijn wraakzucht heeft me verblind, waardoor we allebei kwetsbaar zijn geworden. 'Ik beloof het. Geen domme beslissingen meer, gevoed door mijn haat voor haar.'

'Goed,' antwoordt hij, en knikt goedkeurend.

'Hé, jij komt er ook niet zomaar mee weg,' kaats ik terug, een speelse grijns trekt aan mijn lippen. 'Niet meer proberen mijn hachje te redden als ik het verpest.'

'Dat kan ik niet beloven,' zegt hij met een grijns. 'Dat is een beetje mijn ding.'

'Zucht, best,' zeg ik, en rol met mijn ogen, maar vanbinnen ben ik dankbaar voor zijn onvoorwaardelijke steun. We mogen dan kibbelen en ruziën, maar uiteindelijk zijn we een team – aan elkaar verbonden door onze gedeelde missie en onze onmiskenbare band.

'Oké,' zeg ik, en wend me weer tot de kaart, mijn vastberadenheid versterkt. 'Laten we onze volgende zet bepalen. Samen.'

'Afgesproken,' stemt Declan in, en komt naast me bij de kaart staan. We buigen ons eroverheen, op zoek naar aanwijzingen die we hebben gemist, vastbesloten om Diana voor eens en voor altijd uit te schakelen – maar deze keer zullen we het slim, voorzichtig en berekend doen. Geen roekeloze stormlopen op het gevaar af. Haar niet meer in de kaart spelen.

'Klaar voor?' vraag ik, en kijk opzij naar Declan. Hij knikt, een vastberaden glans in zijn ogen.

'Klaar voor.'

'Laten we dit doen.'

Hoofdstuk Tweeëntwintig

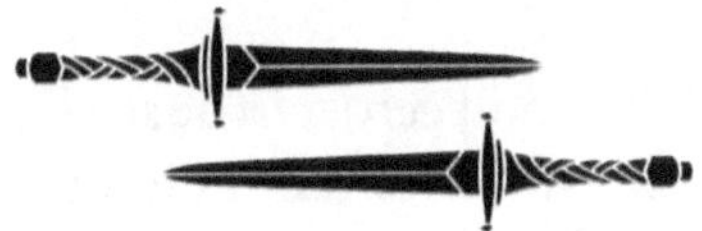

Athina's vingers vliegen over het toetsenbord, haar voorhoofd gefronst in concentratie. De gloed van het computerscherm verlicht haar witte haar, waardoor het lijkt alsof ze een halo draagt. Ik leun met gekruiste armen tegen de muur en kijk hoe ze haar magie bedrijft.

'Ik heb het,' zegt ze triomfantelijk, haar ogen fonkelend van opwinding. 'Ik heb een manier gevonden om de controlechips te neutraliseren die Diana op de hybriden gebruikt.'

'Echt waar?' Ik kan het ongeloof in mijn stem niet onderdrukken. Het is al weken geleden dat we op zoek gingen naar een oplossing – iets om ons een voorsprong te geven in dit eindeloze kat-en-muisspel. Athina werpt me een boze blik toe, duidelijk beledigd door mijn gebrek aan vertrouwen.

'Natuurlijk,' antwoordt ze, het sarcasme druipt van elk woord. 'Het heeft me alleen talloze slapeloze nachten gekost en genoeg cafeïne om een klein dorp mee om te leggen, maar ja, echt waar.'

'Oké, oké.' Ik houd mijn handen op in overgave. 'Ik wilde niet aan je twijfelen. Hoe werkt het?'

'Simpel,' legt Athina uit, terwijl ze haar stoel omdraait om me aan te kijken. 'Ik heb een programma gemaakt dat een signaal naar de chips stuurt, waardoor ze effectief worden uitgeschakeld. Geen hersenspoeling meer, geen poppenspeler Diana meer.'

Ik trek een wenkbrauw op. 'En je weet zeker dat dit werkt?'

'Artemis, heb ik je ooit eerder in de steek gelaten?' vraagt ze, gespeeld gekwetst. Ik rol met mijn ogen om haar theatrale gedrag, maar kan de grijns die zich over mijn gezicht verspreidt niet bedwingen.

'Goed, ik vertrouw je. Maar wat nu? We moeten dit programma verspreiden, toch?'

'Precies,' knikt Athina, haar uitdrukking wordt weer serieus. 'We moeten het in de controlekamers van de stad installeren. Zodra het in hun systeem zit, zal het zich als een lopend vuurtje verspreiden en elke chip uitschakelen.'

'Klinkt als een plan,' stem ik in, mijn hart bonst van verwachting. Dit zou de doorbraak kunnen zijn waar we op hebben gewacht – de sleutel om eindelijk een einde te maken aan Diana's schrikbewind en ervoor te zorgen dat haar couppoging niet kan slagen.

'Laten we dan aan het werk gaan,' zegt Athina, vastberadenheid stralend in haar warme bruine ogen. 'We hebben geen moment te verliezen.'

'Oké.' Ik haal diep adem en zet me schrap voor de missie die voor me ligt. Als er één ding is dat ik heb geleerd, is het dat de overwinning nooit vanzelf komt. Maar met Athina's genialiteit aan onze kant en het vuur van de opstand dat in ons brandt, maken we misschien wel een kans tegen de duisternis die in de schaduwen op de loer ligt.

*

'Oké, team. Kom erbij,' roep ik, terwijl ik iedereen wenk om naar me toe te komen in de schemerige ruimte die we als onze geïmproviseerde commandopost gebruiken.

'Laten we meteen ter zake komen,' kondigt Athina aan terwijl ze naar het midden van de kamer loopt, haar ogen gericht op het grote scherm achter haar. 'Ik heb een manier gevonden om de controlechips te neutraliseren die Diana gebruikt om de hybriden te manipuleren.'

'Meen je dat?' hapt Nadia naar adem, haar ogen groot van een mengeling van hoop en ongeloof.

'Doodserieus,' antwoordt Athina met een vastberaden stem. Ze tikt een paar toetsen aan op het toetsenbord en de details van haar bevindingen flitsen op het scherm. De lucht knettert van de energie, de spanning golft door de kamer.

'Wacht even,' onderbreekt Declan haar, zijn wenkbrauwen fronsen zich van argwaan. 'Je zegt dat we Diana kunnen stoppen zonder geweld te gebruiken?'

'Precies,' bevestigt Athina, en een vleugje trots sluipt haar stem binnen. 'Mijn programma zal de controlechips onbruikbaar maken, waardoor de hybriden bevrijd worden van haar controle.'

'Klinkt te mooi om waar te zijn,' mompel ik met mijn armen over elkaar. Ik wil mijn hoop niet te hoog laten oplopen, om die later weer de grond in geboord te zien worden.

'Vertrouw me, Artemis,' dringt Athina aan, haar blik in de mijne verankerd. 'Dit is de doorbraak waar we op hebben gewacht.'

De anderen beginnen instemmend te mompelen, hun opwinding is voelbaar. Maar toch knaagt er iets aan me, een ongemakkelijk gevoel dat weigert weg te gaan.

'Goed,' geef ik toe, eindelijk zwichtend. 'Maar we moeten ons richten op een grootschalige, gelijktijdige verspreiding, voordat Diana erachter komt wat we van plan zijn en het virus begint te activeren. We kunnen ons geen enkele misstap veroorloven.'

'Akkoord,' knikt Athina, met een vastberaden uitdrukking op haar gezicht. 'We zullen moeten samenwerken en onze unieke vaardigheden en krachten moeten gebruiken om het succes van dit plan te verzekeren.'

'Oké,' zeg ik, terwijl ik het gewicht van de verantwoordelijkheid op mijn schouders voel neerdalen. 'Laten we beginnen.'

Terwijl we ons verdiepen in de finesses van Athina's plan, kan ik niet anders dan me verbazen over haar genialiteit. Toch weet ik dat de overwinning nog lang niet zeker is. De weg die voor ons ligt, zal verraderlijk zijn, vol gevaar en onzekerheid.

Maar als ik de kamer rondkijk en de felle vastberadenheid op de gezichten van mijn vrienden en bondgenoten zie, kan ik niet anders dan een vonk van hoop voelen. Samen zijn we sterker dan welke vijand dan ook – zelfs een die zo geducht is als Diana.

En met elke stap die we zetten om de hybriden van haar controle te bevrijden, wordt die vonk van hoop helderder en voedt ze onze vastberadenheid om tot het bittere einde te vechten.

'Oké, laten we uitzoeken hoe we dit programma in de controlekamers van de stad krijgen,' zeg ik, mijn handen in mijn zij terwijl ik ons geïmproviseerde operatiecentrum overzie. Kaarten en blauwdrukken van verschillende gebouwen liggen over de tafel verspreid, het bewijs van onze nachtelijke planningssessies.

'Elke controlekamer wordt zwaar bewaakt, dus we hebben een gecoördineerde aanpak nodig,' legt Athina uit, haar stem kalm maar gezaghebbend. 'We splitsen ons op in teams. Terwijl sommigen van ons voor afleiding zorgen, zullen de anderen de controlekamers infiltreren en het programma installeren.'

'Klinkt simpel genoeg,' merkt Nadia op, haar ogen vernauwen zich in concentratie. 'Maar zo makkelijk is het nooit, of wel?'

'Natuurlijk niet,' antwoordt Declan, terwijl hij met zijn ogen rolt. 'Niets is ooit simpel bij ons.'

'Laten we ons op de taak concentreren,' snauw ik, hun gekibbel de kop indrukkend. 'Athina, wat voor verdediging kunnen we verwachten?'

'Naast de gebruikelijke bewakers en bewakingscamera's kunnen er ook magische barrières zijn,' antwoordt ze, met haar vingers op de tafel trommelend. 'We moeten overal op voorbereid zijn.'

'Geweldig, precies wat ik wilde horen,' mompel ik binnensmonds. Mijn hart racet, maar ik duw mijn angst opzij. We hebben geen tijd voor angst – er staan levens op het spel.

'Declan, jij en ik zullen de infiltratie voor onze rekening nemen,' kondig ik aan, me schrap zettend voor de uitdaging. 'Onze vaardigheden geven ons de beste kans om onopgemerkt binnen te komen.'

'Vind ik prima,' stemt hij in, terwijl hij zijn knokkels kraakt. 'Ik sta te popelen om mijn schaduwsprongvaardigheden te testen op iets uitdagenders.'

'Ondertussen zullen Nadia en de anderen ondersteuning bieden,' gaat Athina verder. 'Zij zullen hun vaardigheden gebruiken om de bewakers af te leiden en eventuele magische verdedigingswerken uit te schakelen.'

'Begrepen,' knikt Nadia, met een serieuze uitdrukking. 'We zullen er alles aan doen om dit te laten slagen.'

'Oké, team,' zeg ik en klap in mijn handen. 'Laten we ons klaarmaken.'

In de daaropvolgende uren scherpen we allemaal onze vaardigheden aan en maken we ons vertrouwd met onze

specifieke rollen in het plan. Athina neemt het infil-
tratieproces door met Declan en mij, terwijl Nadia haar
telekinese oefent en met gemak voorwerpen door de
kamer beweegt.

Terwijl ik mijn vrienden zie voorbereiden, zwelt een
mengeling van trots en angst in me op. We hebben al
zo veel meegemaakt, zo veel doorstaan – maar de strijd
is nog lang niet voorbij. Diana zal niet zonder slag of
stoot opgeven, en de wetenschap dat ze daarbuiten op
ons wacht, bezorgt me rillingen over mijn rug.

'Focus, Artemis,' fluister ik tegen mezelf en schud
mijn onbehagen van me af. 'Je kunt dit.'

'Gaat het?' vraagt Declan, met een bezorgde blik op
zijn gezicht.

'Prima,' antwoord ik en forceer een magere glimlach.
'Ik wil hier gewoon... zo snel mogelijk vanaf zijn.'

'Ik ook,' zegt hij en slaat me op de schouder. 'Maar
we kunnen dit. We zijn een verdomd goed team.'

'Zeker weten,' beaam ik, mijn vastberadenheid versterkt door zijn woorden. 'Laten we hier voor eens en
altijd een einde aan maken.'

Met onze vaardigheden aangescherpt en onze rollen
duidelijk in ons hoofd, verzamelen we ons nog een laatste keer rond de tafel, de vastberadenheid brandend in
onze ogen. Er is geen weg meer terug – het lot van
talloze levens ligt in onze handen.

'Klaar?' vraag ik, mijn stem gespannen van verwachting.

'Altijd klaar,' grijnst Declan, zijn ogen glinsteren van
zelfvertrouwen. Nadia knikt, haar gezicht verraadt geen
spoor van de voetbalmoeder die ze ooit was.

'Laten we dit doen,' zeg ik, en we komen in actie.

Declan neemt de leiding, zijn schaduwsprong-
vaardigheid stelt hem in staat om als een fluistering in het
donker door de kieren in de verdediging van de stad te glip-

pen. Hij beweegt zo vloeiend dat het bijna verontrustend is. Maar ik kan de effectiviteit ervan niet ontkennen.

'Kust is veilig,' fluistert hij door onze oortjes, en ik voel de spanning een heel klein beetje uit mijn spieren wegvloeien. 'Artemis, jij bent aan de beurt.'

'Werd tijd ook,' mompel ik binnensmonds terwijl ik de eerste barrière nader – een groep bewakers wier gedachten rijp zijn om over te nemen. Mijn ogen fixeren zich op elk van hen, mijn gedachtebesturing wikkelt zich als rookranken om hun gedachten en dooft elke argwaan of weerstand.

'Doorlopen, mensen,' beveel ik hen, mijn stem koud en ferm. 'Hier valt niets te zien.' Hun lege uitdrukkingen vertellen me dat ze het lokaas hebben geslikt.

'Mooi gedaan,' mompelt Nadia voordat ze haar telekinese op de zware deur richt die ons pad blokkeert. Haar voorhoofd fronst zich terwijl ze zich concentreert en de deur kreunt van protest voordat hij langzaam openzwaait.

'Uitslover,' plaag ik haar, maar er zit geen echte venijnigheid achter mijn woorden. Zonder haar vaardigheden zouden we hier niet zijn, en ik ben haar onnoemelijk dankbaar voor haar hulp.

'Oké, team,' zeg ik, mijn hart bonst in mijn borst als we de eerste controlekamer binnenstappen. 'Laten we Athina trots maken.'

We splitsen ons op en werken snel en stil aan de installatie van Athina's programma.

'Klaar,' fluistert Declan, en ik onderdruk een zucht van verlichting als ik mijn eigen installatie voltooi. 'Geen alarmen. We zitten goed.'

'Ga zo door,' spoor ik hen aan, wetende dat we nog een lange weg te gaan hebben. Maar deze kleine overwinning ontsteekt een vuur in mij en voedt mijn vastberadenheid om voor eens en voor altijd een einde te maken aan Diana's schrikbewind.

'Laten we gaan,' zeg ik en leid hen de controlekamer uit, de schaduwen weer in. De strijd is misschien nog lang niet voorbij, maar zolang we samenwerken, is er niets dat we niet kunnen overwinnen. En met elke stap die we zetten, glipt Diana's controle verder door haar vingers.

*

'Oké, team,' zeg ik, terwijl ik de zwak verlichte tunnel overzie die naar de volgende controlekamer leidt. 'Eén gehad, nog meer te gaan. Laten we deze vaart erin houden.'

'Eitje,' grijnst Declan, zijn zelfvertrouwen is aanstekelijk.

'Sst,' sist Nadia, haar instincten op scherp voor mogelijke dreigingen. Onze schaduwen lijken langs de muren te dansen terwijl we verdergaan, een beklijvende herinnering aan het feit dat, ondanks ons aanvankelijke succes, het gevaar nog steeds om elke hoek op de loer ligt.

'De volgende controlekamer zou net om deze hoek moeten zijn,' fluistert Nadia, haar blik geklonken op de kaart die Athina had gegeven.

'Laten we dan aan de slag gaan,' zeg ik, mijn vastberadenheid wordt alleen maar sterker. We zijn misschien gekneusd en gehavend, maar we zijn te ver gekomen om nu op te geven. Het is tijd om Diana te laten zien wat we in huis hebben.

'Klaar of niet,' mompel ik, 'hier komen we.'

Het zwakke licht werpt griezelige schaduwen op de muren als we de volgende controlekamer binnenkomen. Ik sprint naar de eerste server en duw de USB-stick in een poort; meer hoef ik niet te doen. De schermen flitsen met regels code, terwijl Athina's programma zich een weg baant in het systeem. Nadia staat bij de deur, haar ogen tot spleetjes geknepen van concentratie terwijl ze haar telekinese gebruikt om de deur potdicht te houden.

'Bijna,' mompelt Declan, zweetdruppels parelen op zijn voorhoofd terwijl hij zelf ook een drive installeert. De spanning in de kamer is om te snijden, maar we hebben geen andere keus dan te vertrouwen op onze vaardigheden — en op elkaar.

'Klaar,' kondigt Declan aan, een triomfantelijke grijns verspreidt zich over zijn gezicht.

'Goed werk,' zeg ik en klop hem op de schouder. 'Nadia, alles goed met jou?'

'Jep,' antwoordt ze en laat de deur met een opgeluchte zucht los. 'Dat is er weer een.'

'Laten we dan verdergaan,' zeg ik, terwijl de vastberadenheid in me opborrelt. We zijn misschien moe, maar elke chip die we uitschakelen, brengt ons een stap dichter bij de overwinning.

We banen ons een weg door de stad en glippen elke controlekamer binnen als geesten. Athina's programma werkt als een tierelier; de ooit zo dreigende hersenchips zijn nu onschadelijk, nu elke chip binnen het bereik van de controlekamers permanent deactiveert. De wetenschap dat we Diana te slim af zijn, voedt onze vastberadenheid en maakt onze uitputting tot een vage herinnering.

'De laatste,' zegt Declan, zijn stem getint met trots en ongeloof. Ik knik en voel een glimlach om mijn mondhoeken trekken.

'Laten we dit afmaken,' zeg ik, en samen duiken we de laatste controlekamer in, klaar om de beslissende klap uit te delen.

'Artemis,' roept Nadia, haar stem zacht en vol ontzag. 'Kijk hier eens naar.' Ze wijst naar een scherm dat het aantal chips toont dat is beïnvloed door Athina's programma. De teller loopt met elke seconde hoger op, onze inspanningen verspreiden zich als een onstuitbare golf door de stad.

'Wauw,' adem ik, mijn hart zwelt van hoop. 'Het lukt ons echt.'

'Reken maar van wel,' verklaart Declan, zijn ogen vlammen van vastberadenheid. 'Laten we dit afronden en hier wegwezen.'

We werken in perfecte harmonie samen, installeren Athina's programma voor de laatste keer en kijken toe hoe de laatste hersenchips onder onze controle vallen. Als we terug de zwak verlichte gang instappen, kan ik niet anders dan een gevoel van euforie door me heen voelen stromen.

'Het is ons gelukt,' fluistert Nadia, haar glimlach stralend. 'Het is ons echt gelukt.'

'Zeker weten,' stem ik in, mijn borstkas voelt strak van trots en opluchting. 'Laten we ons nu hergroeperen met Athina en onze volgende stap bepalen.'

'Klinkt goed,' zegt Declan, zijn hand rust op mijn schouder. Op dat moment zijn we meer dan alleen een team — we zijn een familie, verenigd tegen de duisternis.

En niets zal ons in de weg staan.

*

Op het moment dat we onze basis weer binnenstappen, is de spanning bijna voelbaar. We verzamelen ons rond Athina's werkstation, waar ze een live-feed van Diana's schuilplaats heeft opgeroepen. Ik voel de spanning aan me knagen als een uitgehongerd beest, wanhopig op zoek naar een teken dat ons plan heeft gewerkt.

'Werkt het?' vraagt Nadia, haar stem nauwelijks meer dan een fluistering.

'Geef het een seconde,' antwoordt Athina, haar vingers vliegen over het toetsenbord terwijl ze door de verschillende beveiligingsfeeds navigeert.

'Het voelt als een verdomde eeuwigheid,' mompelt Declan onder zijn adem, zijn armen strak over zijn borst gekruist.

'Geduld, mijn vriend,' zeg ik, en kan de drang niet weerstaan om hem een beetje te plagen. 'Ik weet dat dat niet je sterkste punt is.'

'Ha-ha, heel grappig,' moppert hij, maar er zit geen echte boosheid in zijn woorden. We zijn allemaal te gespannen voor geplaag.

En dan, plotseling, is ze daar — Diana Foxberry zelf, ijsberend in haar hol als een opgesloten dier. Haar groene ogen staan wild en haar korte, rosse haar lijkt te knetteren van de elektriciteit van haar woede. Het is zowel angstaanjagend als opwindend om haar zo van streek te zien.

'Het lijkt erop dat iemand niet blij is,' merk ik op, een duivelse grijns verschijnt op mijn gezicht.

'Kijk zelf maar,' zegt Athina en vergroot de videofeed zodat we kunnen horen wat er gaande is. Diana's stem schalt uit de luidsprekers, schril en woedend.

'Iemand knoeit met mijn hersenchips!' snauwt Diana, terwijl ze met haar vuist op een nabijgelegen tafel slaat. Het geluid galmt door de kamer, waardoor we allemaal ineenkrimpen. 'Zoek uit wie dit doet en breng ze naar me toe!'

'Uw wens is ons bevel,' mompel ik sarcastisch, terwijl ik toekijk hoe haar onderdanen zich haasten om haar bevelen op te volgen.

'Het lijkt erop dat onze kleine operatie een succes was,' zegt Athina, haar stem vol voldoening. 'Ze verliest de controle.'

'Reken maar van wel,' stem ik in, mijn vastberadenheid brandt feller dan ooit. 'En we zijn nog niet klaar.'

'Houd haar in de gaten,' adviseert Declan als hij zich bij ons voegt aan het werkstation. 'Ik wil elke beweging weten die ze maakt.'

'Natuurlijk,' antwoordt Athina, haar vingers vliegen weer over het toetsenbord.

'Eens zien hoe ze het vindt om voor de verandering eens aan de andere kant te staan,' zeg ik, genietend van de gedachte om de rollen eindelijk om te draaien met Diana Foxberry.

'Dat is haar verdiende loon,' voegt Nadia toe met een duivelse grijns, en we delen allemaal een moment van triomfantelijke kameraadschap.

Maar zelfs terwijl we deze kleine overwinning vieren, kan ik het gevoel niet van me afschudden dat Diana zich niet zonder slag of stoot gewonnen zal geven. Ze is sluw, vindingrijk en volkomen meedogenloos. Dit is nog maar het begin van onze strijd, maar nu hebben we tenminste een vechtkans.

Het scherm flikkert met Diana's furie, haar woede is zelfs door de digitale barrière heen voelbaar. Een rilling loopt over mijn rug bij de gedachte haar weer rechtstreeks te moeten trotseren, maar ik weet dat het onvermijdelijk is. We hebben een flinke klap uitgedeeld en dat zal ze niet zomaar laten gaan. Nee, ze zal achter ons aan komen, vol in de aanval.

'Artemis,' zegt Declan, zijn stem laag en stabiel. 'Blijf scherp. Ze zal op bloed uit zijn.'

'Is dat niet perfect?' antwoord ik, het sarcasme druipt van elk woord. 'Ik heb altijd al een rooie achter me aan willen hebben.'

'Heel grappig,' mengt Athina zich erin, met haar ogen rollend. 'Maar we moeten voorzichtig zijn. Ze zal dit niet zomaar laten gaan.'

'Juist,' zeg ik zuchtend. 'Ze is als een kakkerlak — koppig moeilijk te doden.'

'Laten we op onze hoede blijven,' stelt Nadia voor, haar telekinetische energie knettert rond haar vingertoppen. 'We kunnen ons nu geen verrassingen veroorloven.'

'Akkoord,' knik ik en scan de kamer, terwijl ik de gezichten van mijn team — mijn familie — in me opneem. Ieder van hen heeft zijn eigen unieke vaardigheden, zijn eigen littekens van eerdere gevechten. Maar ze zijn ook sterk, veerkrachtig en klaar om elke hel die Diana op ons afstuurt het hoofd te bieden.

'Wat ze ook van plan is,' zeg ik tegen hen, mijn stem ferm en resoluut, 'we zullen er klaar voor zijn.'

'Reken maar van wel,' voegt Declan toe, zijn schaduwsprong-vaardigheid werpt donkere, kronkelende ranken over de vloer.

'Laten we even een minuutje nemen om te waarderen wat we hebben bereikt,' stelt Athina voor, haar vingers tikken op het toetsenbord. 'Maar dan moeten we gefocust blijven. Ze komt achter ons aan.'

'Gezellig hoor, zo'n spelbreker,' mopper ik inwendig, maar ik weet dat ze gelijk heeft. Het ligt niet in Diana's aard om zich om te rollen en haar nederlaag toe te geven. Ze zal uit zijn op bloed, en daar moeten we op voorbereid zijn.

'Oké, mensen,' zeg ik, terwijl ik in mijn handen klap en een glimlach op mijn gezicht forceer. 'We hebben Diana Foxberry officieel woest gemaakt, dus laten we uitzoeken wat haar volgende zet zal zijn.'

'Kunnen we niet gewoon even een minuutje van onze overwinning genieten?' vraagt Declan, een grijns speelt om de hoek van zijn mond.

'Goed dan,' antwoord ik, met mijn ogen rollend, maar stiekem dankbaar voor het tijdelijke uitstel. 'Athina, haal die fles champagne tevoorschijn die je hebt opgepot.'

'Alleen omdat het een speciale gelegenheid is,' geeft Athina toe, terwijl ze in een kast rommelt en met een zwier een stoffige oude fles tevoorschijn haalt.

'Geweldig,' zeg ik en wrijf in mijn handen. 'Plop dat ding open en laten we proosten op het betaald zetten van Diana.'

'Op het terugnemen van de controle van Diana en het beschermen van de hybriden,' voegt Declan toe terwijl Athina de fles behendig ontkurkt, waardoor een straal bruisende vloeistof door de kamer spuit. 'Moge dit het begin van het einde zijn van haar verwrongen heerschappij.'

'Proost!' beaamt Nadia, terwijl ze met haar telekinese geïmproviseerde glazen naar ons toe laat zweven voordat we allemaal een slok van de verrassend goede champagne nemen.

'Oké,' zeg ik, terwijl ik mijn glas neerzet en mijn mond afveeg aan de rug van mijn hand. 'Nu we ons pleziertje hebben gehad, laten we weer serieus worden. We weten dat Diana een tegenaanval zal doen — enig idee wat ze hierna zal proberen?'

'Als ik haar een beetje ken, zal ze het persoonlijk willen maken,' peinst Declan. 'Misschien achter iemand aan gaan die ons dierbaar is.'

'Of ze zal proberen de controle over de hybriden terug te krijgen,' suggereert Nadia, haar voorhoofd gefronst in gedachten.

'Wat het ook is,' mengt Athina zich erin, 'we moeten ervan uitgaan dat het groots zal zijn. Ze stopt niet voordat ze alles van ons heeft afgenomen.'

'Dan counteren we elke zet die ze doet,' zeg ik, mijn stem staalhard van vastberadenheid. 'We blijven haar een stap voor en laten haar nooit de overhand terugkrijgen.'

'Akkoord,' zegt Declan, zijn ogen donker van vastberadenheid.

'Wat er ook voor nodig is,' voegt Nadia toe, haar telekinese laat de lege champagneglazen in de lucht dansen.

'Zeker weten,' denk ik bij mezelf, terwijl ik me mentaal voorbereid op de komende gevechten. De strijd is misschien nog lang niet voorbij, maar deze kleine overwinning heeft ons een voorproefje gegeven van wat er mogelijk is. We zijn nu sterker dan ooit tevoren, en wat Diana ook op ons afvuurt, we zullen klaar zijn om haar uit te schakelen — voor eens en voor altijd.

Hoofdstuk Drieëntwintig

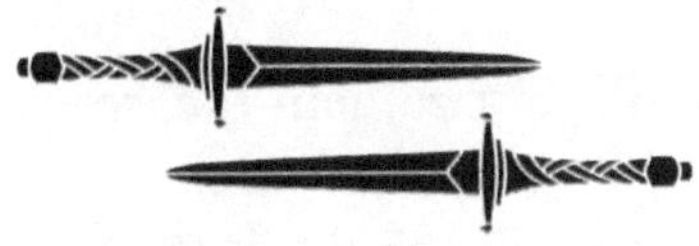

DE IJZIGE WIND SLAAT in mijn gezicht terwijl ik naar de bewakingsbeelden kijk en zie hoe de mislukte poging tot wereldheerschappij van Diana Foxberry ontrafelt als een goedkope trui. Haar controle over de chips is weg, foetsie. En man, wat ziet ze er kwaad uit.

'Verdomme!', snauwt ze, haar stem zo schril en woedend dat ik het zelfs vanaf mijn hoge uitkijkpost door de nacht kan horen echoën. 'Waarom ga je niet gewoon eindelijk eens dood?'

Met haar rosse haar in de war en haar groene ogen wild van frustratie, is Diana het toonbeeld van losgeslagen. Maar dit is niet dezelfde vrouw die ooit een van de topagenten van het Bureau voor Paranormale Zaken was. Nee, dit is een monster, geboren uit bitterheid en een jeugd besmet door verknipte experimenten.

Terwijl ik haar grillige bewegingen observeer, moet ik huiveren bij de gedachte hoe dicht we erbij waren om slechts pionnen in haar zieke spelletje te zijn. Nu haar vader er niet meer is en haar plannen in duigen liggen, is het niet te voorspellen wat ze nu zal doen.

'Kijk haar nou', mompel ik in mezelf. 'Als een dier in het nauw.'

En dan zie ik het: de wanhoop in haar handelingen als ze beneden een wandelend stel opmerkt. Zonder aarzelen springt ze naar beneden, haar eens zo gracieuze bewegingen nu schokkerig en ongecoördineerd.

'Hé!', schreeuwt de man, zijn bravoure snel vervagend als Diana zijn arm grijpt en haar nagels in zijn vlees graaft. 'Blijf van me af!'

'Hou je mond!', bijt ze hem toe, terwijl ze hem met verrassende kracht naar zich toe trekt.

'Laat hem met rust!', smeekt de vrouw, met tranen die over haar gezicht stromen.

'Sorry, schat', grijnst Diana. 'Ik heb een opkikkertje nodig.'

Met die woorden sleept ze de man weg en laat de vrouw snikkend achter op de stoep. Ik vloek binnensmonds, mijn hart bonst in mijn borst. Ik moet iets doen, en snel.

'Artemis', fluister ik tegen mezelf. 'Kop erbij houden.'

Maar hoe stop je een monster als je niet weet welke wapens ze nog in haar arsenaal heeft? Diana is onvoorspelbaar, wanhopig, en terwijl ik toekijk hoe ze nog een onschuldige omstander ontvoert, kan ik me niet aan het gevoel onttrekken dat dit slechts het begin is van welk verknipte eindspel ze ook gepland heeft.

'Ugh, nog een', mompel ik terwijl ik Diana op het bewakingsbeeld zie, waar ze zich op een arme sukkel stort die toevallig op de verkeerde plaats op het verkeerde moment was. 'Serieus? Dit begint vervelend te worden.'

'Artemis', waarschuwt Declan, zijn stem gespannen. 'Concentreer je. We moeten een patroon vinden.'

'Patroon?', hoonde ik. 'Ze is doorgedraaid, Dec. Ze grijpt gewoon iedereen die ze te pakken kan krijgen. Gewone mensen nu. Ze kan geen gaven van hen stelen; die hebben ze niet.'

'Misschien', geeft hij toe, bedachtzaam over zijn kin wrijvend. 'Maar er moet een reden voor zijn. Een methode achter haar waanzin, zogezegd.'

'Prima', zucht ik, terwijl ik mijn houding aanpas en het scherm bestudeer. 'Laten we eens kijken wat onze gekke wetenschapper van plan is.'

We kijken in stilte hoe Diana van slachtoffer naar slachtoffer fladdert, haar bewegingen grillig en wanhopig. Elke keer als ze iemand grijpt, lijken haar ogen feller te gloeien, haar uitdrukking manischer te worden.

'Wacht', zeg ik plotseling, mijn gedachten racen. 'Ik denk dat ik het doorheb.'

'Wat heb je door?', vraagt Declan, dichter naar het scherm leunend.

'Kijk naar haar ogen', instrueer ik, wijzend naar de onnatuurlijke glans in Diana's blik. 'Elke keer als ze iemand meeneemt, lichten ze op als een verdomde kerstboom. Wat als ze niet zomaar mensen pakt voor de lol? Wat als ze hun levenskracht aftapt?'

Declans voorhoofd fronst zich, zijn ogen schieten heen en weer tussen het scherm en mij. 'Dat zou kunnen. Maar waarom?'

'Ik zou het net zomin weten als jij, vriend', antwoord ik, terwijl ik een hand door mijn haar haal. 'Maar we moeten haar stoppen voordat ze deze stad leegzuigt.'

Declan krabt aan zijn stoppelbaard, een frons groeit op zijn gezicht. 'Hoe graag ik er ook op af wil stormen om hier een einde aan te maken, we moeten wachten en zien wat haar volgende zet is.'

Ik bal mijn vuisten en voel de bekende drang om iets te doen, alles behalve stilzitten en wachten. 'Declan, dat meen je niet. Dit lijkt helemaal niet op jou. Bovendien hebben we nu de perfecte kans om toe te slaan.'

'Artemis', zucht hij, zijn slapen masserend alsof ik hem hoofdpijn bezorg. 'We hebben geen idee wat ze van plan is of hoe krachtig ze is geworden. We hebben meer informatie nodig voordat we onze zet doen. Dat is alleen maar logisch.'

'Logisch?', snoof ik, ijsberend door de kamer als een gekooid dier. 'Diana tapt de levenskracht af van onschuldige mensen, Declan. Voor hetzelfde geld staat ze op het punt om de halve stad op te blazen. We kunnen het ons niet veroorloven om te wachten.'

'Artemis heeft een punt', mengt Athina zich in het gesprek, terwijl ze nerveus haar handen wringt. 'Hoe langer we wachten, hoe gevaarlijker ze wordt.'

'Precies', zeg ik, en ik sla met mijn hand op de tafel. 'We hebben geen tijd voor voorzichtigheid als er levens op het spel staan. We moeten handelen, en we moeten nu handelen.'

Een gespannen stilte hangt in de kamer, ieder van ons draagt zijn mening als een harnas. Ik kan het wantrouwen praktisch uit Declans poriën voelen sijpelen terwijl hij naar me staart, onwillig om zijn voorzichtige aanpak los te laten.

'Artemis, we moeten hier goed over nadenken', zegt hij, zijn stem strak en beheerst. 'We kunnen niet zomaar zonder plan een gevecht met haar aangaan.'

'Elke seconde die we verspillen aan plannen, is een seconde die Diana heeft om meer onschuldige levens af te tappen', werp ik tegen, mijn handen tot vuisten gebald langs mijn zijden. De woede borrelt onder mijn huid, heet en klaar om uit te barsten.

'Hoor jezelf nou!', snauwt Declan, en hij slaat met zijn handpalm op de tafel. 'Je laat je emoties je oordeel vertroebelen!'

'Kalmeer allebei', komt Athina tussenbeide, en ze stapt tussen ons in. Haar ogen schieten heen en weer, in een poging de vrede te bewaren. 'Ruziemaken lost niets op. We moeten een middenweg vinden.'

'Middenweg?', hoonde ik, mijn borstkas verkrampt van gefrustreerde woede. De metalige smaak van gal blijft in mijn keel hangen als ik me voorstel hoe Diana levenskracht uit haar slachtoffers zuigt. 'Er is geen middenweg als er mensen sterven, Athina.'

'Laten we dan de koppen bij elkaar steken en een beter plan bedenken', stelt Nadia voor. Haar zachtgesproken woorden doorbreken de spanning. 'Een plan dat rekening houdt met zowel voorzichtigheid als urgentie.'

'Goed', zegt Declan met opeengeklemde kaken, met tegenzin akkoord gaand. 'Maar we doen dit samen. Geen geheimen, niet op eigen houtje gaan.'

'Afgesproken', zeg ik, en ik kijk hem recht in de ogen. De belofte smaakt bitter op mijn tong, maar ik slik het door omwille van het team.

Terwijl we ons rond de tafel verzamelen en onze middelen en kennis bundelen, is er iets dat achter in mijn hoofd knaagt. Een voorgevoel, een fluistering van intuïtie. Ik concentreer me op de kaart die over de tafel is uitgespreid, mijn ogen worden getrokken naar een bepaald gebied aan de rand van de stad.

'Wacht eens even', mompel ik, mijn vinger volgt de omtrek van een verlaten pakhuis. 'Wat als dit het is? Wat als dit de plek is waar ze zich schuilhoudt?'

'Weet je het zeker?', vraagt Garnet, haar voorhoofd gefronst in concentratie terwijl ze de kaart bestudeert.

'Zeker weten', antwoord ik, overtuiging stroomt als elektriciteit door me heen. 'Noem het een onderbuikgevoel.'

'Artemis zou weleens iets op het spoor kunnen zijn', stemt Athina in, haar blik gefixeerd op het pakhuis. 'Het is afgelegen, van het net af en groot genoeg voor alle apparatuur die ze nodig zou hebben.'

'Oké', geeft Declan met tegenzin toe. 'We gaan het bekijken. Maar we gaan voorzichtig te werk, begrepen?'

'Begrepen', zeg ik, en ik knik instemmend. De spanning tussen ons is nog steeds voelbaar, maar voor nu hebben we een gemeenschappelijk doel: Diana vinden en een einde maken aan haar schrikbewind.

Nu onze aanpak vaststaat, trekken we onze uitrusting aan en bereiden ons voor op wat komen gaat. Terwijl we samen staan, verenigd ondanks onze meningsverschillen, weet ik één ding zeker: we zullen Diana ten val brengen, wat het ook kost.

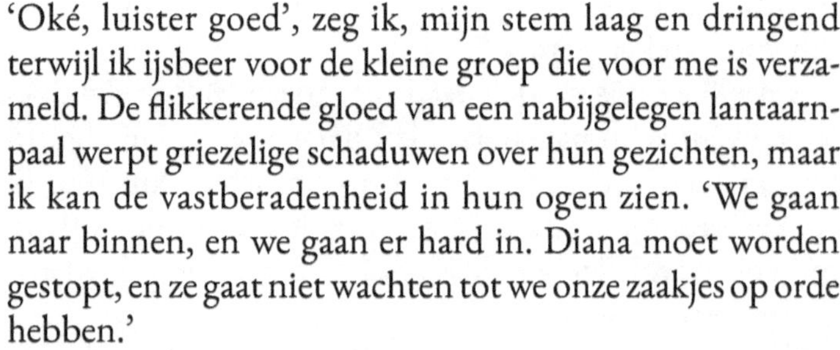

'Oké, luister goed', zeg ik, mijn stem laag en dringend terwijl ik ijsbeer voor de kleine groep die voor me is verzameld. De flikkerende gloed van een nabijgelegen lantaarnpaal werpt griezelige schaduwen over hun gezichten, maar ik kan de vastberadenheid in hun ogen zien. 'We gaan naar binnen, en we gaan er hard in. Diana moet worden gestopt, en ze gaat niet wachten tot we onze zaakjes op orde hebben.'

'Artemis, weet je dit zeker?', vraagt Declan, zijn hazelnootkleurige ogen gevuld met bezorgdheid. 'We hadden afgesproken dat we voorzichtig te werk zouden gaan.'

'Voorzichtigheid heeft ons niet ver gebracht, of wel?', werp ik tegen, mijn hand gaat instinctief naar het litteken op mijn linkerwang. Het dient als een constante herinnering aan wat hier op het spel staat. 'We hebben geen tijd om te treuzelen, Declan. We moeten handelen, en wel nu.'

'Artemis heeft gelijk', spreekt Nadia, haar blik staalhard en vastberaden. 'Als we niet snel iets doen, verliezen we onze kans om Diana voorgoed te stoppen.'

'Prima.' Declan zucht en wrijft over zijn slapen alsof hij een opkomende hoofdpijn probeert af te weren. 'Beloof me gewoon dat je geen onnodige risico's neemt, oké?'

'Padvinderseer', antwoord ik, mijn toon druipt van het sarcasme terwijl ik drie vingers ophoud in een schijngroet.

'Welke verkenners waren dat ook alweer?' grijnst Garnet, duidelijk geamuseerd door mijn capriolen.

'Hou je mond, Garnet,' snauw ik, hoewel ik niet anders kan dan een vleugje dankbaarheid voelen voor het spanning doorbrekende geplaag. 'Oké, we gaan. En onthoud, mensen, dit gaat volledig buiten de boeken om.'

Ik leid ons bonte gezelschap door de verduisterde straten, onze voetstappen gedempt door het vochtige plaveisel. Elk lid van ons team beweegt zich heimelijk en precies, hun vaardigheden aangescherpt door talloze missies en gevechten. Hoewel het paranormale serum door mijn aderen stroomt, is het de kameraadschap van deze ploeg die me echt kracht geeft.

'Artemis,' fluistert Declan, zijn stem een lage grom terwijl hij naast me in zijn jaguarvorm verschijnt. 'Dit is krankzinnig, zelfs voor jouw doen.'

'Kijk, ik weet dat je je zorgen maakt,' geef ik toe, mijn hart bezwaard door het gewicht van mijn beslissing. 'Maar ik kan niet gewoon toekijken hoe Diana doorgaat met het ontvoeren van onschuldige mensen. 'Bovendien hebben we een kans om voorgoed een einde te maken aan haar schrikbewind. We zijn het verplicht aan de mensen die ze heeft geschaad en aan onzelf.'

Declan verandert terug in zijn menselijke gedaante, de bezorgdheid op zijn gezicht gegrift. 'Ik snap het, Artemis, echt waar. Maar als er iets misgaat...'

'Dan neem ik de volledige verantwoordelijkheid op me,' onderbreek ik hem, mijn stem vastberaden en vol overtuiging. 'Maar we moeten het proberen, Declan. Dit is misschien onze enige kans.'

Hij zucht en haalt een hand door zijn warrige bruine haar. 'Oké,' geeft hij met tegenzin toe. 'Maar... wees voorzichtig, oké?'

'Dat ben ik altijd,' antwoord ik met een halve glimlach, in een poging hem gerust te stellen.

We gaan verder, vastberadenheid stroomt door onze aderen terwijl we het verlaten pakhuis naderen dat als Diana's basis dient. De lucht is zwaar van de spanning en ieder van ons is zich scherp bewust van de mogelijke gevolgen van onze daden.

'Onthoud, iedereen,' zeg ik, mijn stem amper meer dan een fluistering. 'Niemand gaat alleen naar binnen. We blijven bij elkaar en letten op elkaar.'

'Begrepen, baas,' antwoordt Garnet, instemmend knikkend.

Terwijl we ons voorbereiden om Diana's schuilplaats te infiltreren, kan ik niet anders dan een mengeling van angst en opwinding voelen. We staan op het punt te beginnen aan een missie die alles kan veranderen, maar tegen welke prijs? Zal onze ongeoorloofde aanval eindelijk een einde maken aan Diana's gruwelijke daden, of zal het alleen maar dienen als een katalysator voor nog grotere vernietiging?

De maan werpt griezelige schaduwen op de afbrokkelende bakstenen muren van het pakhuis als we door een verroeste zijdeur glippen. De geur van vocht en verval dringt mijn neusgaten binnen en ik onderdruk de neiging om te kokhalzen. Heerlijk.

'Denk aan het plan,' fluister ik, en ik krimp ineen bij het geluid dat in de duisternis weerklinkt. 'Snel en stil. Erop en eronder.'

We navigeren in stilte door het labyrint van stoffige kratten en machines, elke voetstap berekend en precies. Ik voel me als een panter die op zijn prooi sluipt, of misschien meer als een muis die op haar tenen rond een hongerige kat loopt. Hoe dan ook, er is niet genoeg kaas in dit scenario.

'Artemis, hierheen,' gebaart Garnet naar een open deuropening, haar stem nauwelijks hoorbaar. Ik knik en volg haar, mijn hart bonst tegen mijn ribbenkast.

Als we de schemerig verlichte kamer binnenstappen, zie ik Diana's silhouet voorovergebogen over een tafel in het midden. Mijn hart gaat tekeer als ik me realiseer dat dit het is: het moment van de waarheid.

'Blijf staan, Diana,' schreeuw ik, mijn stem weerkaatst tegen de muren. 'Je bent gearresteerd.'

Ze draait zich langzaam om, een sluwe glimlach krult haar lippen. 'O, Artemis. Ik heb op je gewacht.'

Ik voel de adrenaline door mijn aderen pompen als ze opstaat, haar ogen flitsen met een buitenaardse kracht. Ik weet dat ik bang zou moeten zijn, maar ik kan alleen maar denken aan de onschuldige levens die ze heeft genomen.

'Je gaat boeten voor wat je hebt gedaan,' zeg ik, mijn stem laag en beheerst ondanks de angst die mijn borstkas samenknijpt.

Diana lacht alleen maar, haar ogen flitsen met een kwaadaardig licht. 'Denk je dat je me kunt tegenhouden? Ik sta boven jullie kleinzielige sterfelijke beslommeringen.'

Ik haal diep adem en gebaar naar de anderen dat ze achter me moeten blijven. Dit gevecht gaat tussen mij en Diana; ik wil niet dat een van hen gewond raakt.

Hoewel mijn instinct me ingeeft een wapen te trekken, onderdruk ik het. Ik ben nu het wapen. Ik heb geen geweren of messen meer nodig.

Ik hef mijn handen voor me op en ontsteek mijn blauwe vuur.

'Jij hebt me geschapen, Diana, jij en die zieke klootzak van een vader van je. En dat was je grootste fout, want ik ga voor eens en altijd een einde aan je maken.'

Haar gezicht vertrekt, haar kaak zakt open en die vampiertanden worden langer over haar onderlip.

'Jij was de obsessie van mijn vader,' sist ze. 'Hij was gefascineerd door dat verdomde blauwe vuur van je, hoe uniek het is. Hoe je meerdere krachten kreeg in plaats van slechts één of twee.'

'Wacht.' Ik staar haar vol verbazing aan. 'Ben je serieus... jaloers dat je vader meer geïnteresseerd was in het experimenteren op mij dan op jou?'

'Het doet er niet toe!' Ze stampt met haar voet als een verwend kind. 'Hij gaf me uiteindelijk het grootste geschenk, en nu zal ik je kostbare blauwe vuur en al het andere dat je hebt afpakken!'

Ze is angstaanjagend snel als ze naar voren springt en ik kan haar eerste aanval maar net ontwijken.

Ik schiet opzij en grijns als Diana's hand met een gewelddadige klap op de grond slaat. Ik draai me om en sla mijn vuist in haar gezicht, waardoor ze een paar meter achteruit vliegt. 'Dat krijg je ervan als je met mij fokt, teef.'

'O, daar ga je voor boeten,' gromt ze, haar ogen flitsen van woede. 'Ik laat je boeten voor elke seconde van mijn pijn en lijden.'

'Echt waar?' Ik trek een wenkbrauw op en stap op haar af. 'Want vanuit mijn oogpunt zie jij eruit als degene die op het punt staat te boeten.'

Ze stort zich op me, maar ik ben er klaar voor. Ik grijp haar pols en draai, waardoor ik haar op de grond gooi. Ze rolt net op tijd weg en ik maak een salto over haar heen. Voordat ik mijn evenwicht kan hervinden, staat ze alweer op haar voeten. Ze schopt me hard in de rug en ik val voorover met een onvrijwillige kreet.

'Jij kleine teef!' Ik rol op mijn zij om haar aan te kijken en krabbel overeind.

Ze valt weer aan, haar vuisten raken mijn ribbenkast terwijl ze de ene klap na de andere uitdeelt. Ik deins achteruit, naar adem snakkend terwijl ze tegen me op botst. De volgende paar momenten zijn een waas terwijl we worstelen en vechten, en ieder van ons probeert de overhand te krijgen.

We crashen door een reeks kratten en ze krijgt de overhand. Ze drukt mijn handen boven mijn hoofd vast terwijl ze boven me hurkt.

'Je hebt gelijk over één ding,' sist ze in mijn gezicht. 'Ik had je nooit die eerste injectie moeten geven. Ik had je toen gewoon moeten vermoorden.'

'Zij en ik allebei,' gromt een diepe stem, en een enorme, harige gedaante stort zich van opzij op Diana, waardoor ze van me af wordt geslingerd.

Declan.

Natuurlijk zou hij zich buiten het gevecht houden.

De jaguar hapt en snauwt, en haalt lange klauwen over Diana's gezicht, maar de bloederige wonden helen bijna onmiddellijk en ik schud mijn hoofd. Zo zullen we een vampier niet doden.

'Hoofd of hart, Dec!' schreeuw ik, terwijl Diana de jaguar wegwerpt met een golf van bovenmenselijke kracht. De grote kat jankt als hij door het wrak van de kratten wordt geslingerd.

Ik gooi blauw vuur om Diana af te leiden terwijl ze achter Declan aangaat, en ze draait zich met een sis naar me om... en duikt dan weg als een scherp stuk metaal langs haar suist, op een baan die haar hoofd er wel af had kunnen halen als ze niet was weggedoken.

Nadia heeft zich in de strijd gemengd.

De krachtige telekineet loopt de kamer in, haar handen in de zakken van haar capribroek.

'Jij,' sist Diana, en ik zie dat haar ogen niet langer groen zijn, maar bloedrood gloeien. 'Dat had mijn kracht moeten zijn!'

'Nou, je hebt geprobeerd het af te pakken, maar we krijgen niet altijd wat we willen,' zegt Nadia, en ze schudt haar hoofd alsof ze een ondeugend kind berispt. 'Zeker niet als we geen "alsjeblieft" zeggen.'

Ik wil glimlachen, maar dan denk ik aan het feit dat het ene onderwerp waar Nadia absoluut nooit over praat, is wat er met haar kinderen is gebeurd.

'Artemis,' fluistert een stem achter me, en terwijl Diana bezig is een hagelbui van obstakels die Nadia naar haar gooit af te weren, kijk ik achterom en zie Garnet achter me gehurkt.

'Ga weg,' sis ik naar haar. 'Het is hier te gevaarlijk voor jou!' Garnet is volledig mens, zonder verbeteringen. Ze zou buiten moeten zijn bij Athina en de andere menselijke leden van de Obsidiaan Cirkel. Ze zijn geen partij voor Diana.

'Hier.' Garnet houdt iets naar me op. Een stuk van een van de kratten, een stuk hout dat is afgebroken tot een gekartelde scherf zo lang als mijn onderarm.

Een staak.

'Voor Malcolm,' fluistert Garnet, haar ogen branden van de vurige behoefte aan wraak voor haar vermoorde geliefde, en ik knik.

'Ik pak hem.' Ik reik uit om de staak van haar aan te nemen.

Ik weet dat het fysiek onmogelijk is, maar ik zweer dat ik die staak warm voel worden in mijn hand, en ik weet dat hij geladen is met Garnets verschrikkelijke verlangen naar bloedwraak. Ik weet dan dat ik een wapen vasthoud dat is gesmeed in het vuur van het allerergste soort verdriet en woede.

'Kom op dan, Artemis,' snauwt Diana, en ik merk dat ze net zo verrast is als ik door de aanwezigheid van de Obsidiaan Cirkel, en door Garnets staak. 'Ga je met me vechten, of blijven jullie allemaal alleen maar staan gapen?'

'O, je wilt vechten, teef?' Garnet stapt naar voren, haar handen tot vuisten gebald. 'Dan krijg je een gevecht.'

Diana's scharlakenrode ogen worden groter en ze lacht. 'O, de mens wil dansen? Dan zul je dansen, mijn liefje.'

Ze stort zich op Garnet, maar Declan onderschept haar weer; de jaguar botst tegen Diana en ze tuimelen opzij. Nadia rent naar voren en grijpt Garnets hand, en sleept haar naar de deur.

'Breng haar hier weg!' schreeuw ik, en ik zie Nadia's knik. Ze zal ervoor zorgen dat de mensen veilig uit de buurt van dit gevecht zijn.

Want dit wordt een puinhoop.

Hoofdstuk Vierentwintig

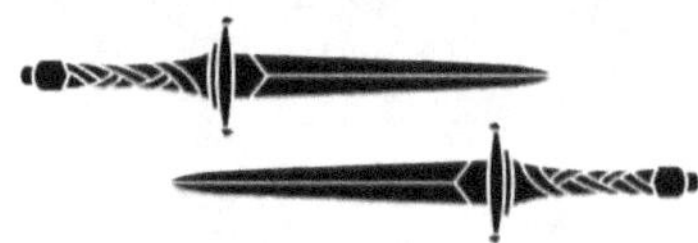

Ik klem de staak in de ene hand en roep met de andere mijn blauwe vuur op, terwijl ik behoedzaam cirkel terwijl Diana en Declans jaguar over de vloer worstelen.

'Geef het op, Diana!', schreeuw ik. 'Je gaat niet winnen! Je zombiechips zijn geneutraliseerd en de paranormale wezens zijn op je voorbereid. Je coup kan onmogelijk slagen!'

Ze schreeuwt van woede en slingert Declan van zich af. Hij verandert midden in de lucht en stort als mens op de vloer, versuft maar al bezig overeind te krabbelen.

'Je hebt geen idee waartoe ik in staat ben', gromt Diana, die met een sadistische grijns op haar gezicht op me af komt. 'Je denkt dat je gewonnen hebt, met je virus-etende hackje? Ik was je de hele tijd vijf stappen voor. Ik heb overal in de stad psychische bommen geplaatst.'

Ik verstijf. *Bommen?*

Diana lacht, een ijzingwekkende schaterlach. 'Ik kan die mensen dan misschien niet meer in gehoorzame zombies veranderen met mijn chipvirus, maar ik had een reserveplan. De chips zitten nog steeds in hun hersenen... en ze hebben een failsafe. De psychische bommen gaan af, en elk van die chips zal gewoon', ze knipt met haar vingers, 'ontploffen.'

'Je vermoordt ze allemaal!', hijg ik vol afgrijzen.

'O nee.' Diana's grijns is puur kwaad. 'Dat zou zonde zijn. Nee, de ontploffing is kleinschalig. Maar de chips zijn geïmplanteerd in dat deel van de hersenen dat de impulsbeheersing regelt. Iedereen met zo'n ding zal plotseling toe willen geven aan elke duistere impuls die ze ooit hebben gehad. Verkrachting. Moord. Chaos.'

Ik staar haar aan, niet in staat te geloven wat ik hoor. 'Ik heb wat kwaadaardige zooi van jou en je gestoorde psychopaat van een vader gezien en gehoord, maar dit slaat echt alles. Wat hebben al die onschuldige mensen jou ooit aangedaan?' Kwaad op deze schaal is gewoonweg onvoorstelbaar.

'Wat ze ooit hebben gedaan?', lacht Diana opnieuw, en het is een verschrikkelijk geluid. 'Wat ze ooit hebben gedaan? Ze hebben me niets aangedaan, dom meisje. Ze waren er gewoon. Ik zag ze hun levens leiden, zo verkeerd, zo zwak, zo volkomen zinloos. Hun levens hebben alleen betekenis omdat ik ze die heb gegeven.'

'Je bent zo gestoord', fluister ik, en ze lacht alleen maar weer.

'De vraag is, Artemis, ben jij dat? Want het menselijk ras staat op het punt gestoord te worden, en jij staat er middenin.' Ze houdt iets omhoog in haar hand. Een ontsteker, en haar duim zweeft boven de knop. 'Kaboem.'

'Nee!', schreeuw ik en spring instinctief naar voren, wetende dat ik te langzaam zal zijn. Haar duim daalt al...

...en de ontsteker vliegt door de kamer om veilig te landen in Nadia's uitgestoken hand.

'Wegwezen hiermee!', roep ik en slinger blauw vuur naar Diana. We kunnen niet riskeren dat ze die ontsteker weer in handen krijgt.

Declan grijpt Nadia vast en stapt in een schaduw, en weg zijn ze. Nu zijn het alleen Diana en ik, en ik ga haar niet de kans geven de overhand te krijgen. Ik beuk op haar in, zowel met mijn lichaam als met mijn geest tegelijk, een telepathische één-twee stoot terwijl ik een vuist vol blauw vuur in haar gezicht sla.

Diana gilt als de napalmachtige vlam haar verbrandt – zelfs een vampier zal dat voelen – en deinst achteruit, in een poging te ontsnappen.

Recht in de staak in Garnets handen.

◦

Diana stikt en valt op haar knieën, maar ze is nog steeds gevaarlijk. Ik heb nog nooit tegenover een vampier gestaan, maar ik weet wel dat ze er lang over doen om te sterven, zelfs met een staak door het hart.

'Achteruit!', schreeuw ik naar Garnet, die de staak loslaat en wegschuifelt, buiten het bereik van Diana's maaiende armen.

Declan stapt uit de schaduwen en komt naast me staan. We kijken toe hoe Diana op de grond stort, terwijl het bloed uit haar mond stroomt.

'Het is nog niet voorbij', rochelt ze, haar grijns met slagtanden een bloederige rictus terwijl ze de woorden uitspuugt. 'Dwazen.'

'Het *is* voorbij, Diana', spreek ik haar tegen. 'Eindelijk.'

Ze lacht, en een sluipend gevoel van afgrijzen doet de haren in mijn nek overeind staan.

'Artemis', zegt Declan, met twijfel in zijn stem. 'Wat als...'

'Er is geen wat als!', hoest Diana, en lacht dan weer. 'De bommen gaan nog steeds af. Om middernacht!'

Ik staar haar aan. Middernacht? Dat is... maar dat is niet mogelijk. Toch?

'Waar de hel heeft ze het over?', eist Declan. 'Het duurt nog zes uur tot middernacht!'

'Je gaat ons alles vertellen over deze psychische bommen', grom ik, mijn stem laag en dreigend. 'Hoeveel zijn er? Wat activeert ze? Hoe kunnen ze onschadelijk worden gemaakt?'

'Dat zou je wel willen weten, hè?', grijnst ze, terwijl er een stroom bloed over haar kin sijpelt. Met een misselijkmakende schok besef ik dat ze hiervan geniet – de chaos, de angst, de macht die ze over ons heeft zelfs nu ze stervende is.

'Genoeg spelletjes, Diana', snauw ik, mijn geduld raakt op. 'Er staan mensenlevens op het spel.'

'Is dat niet juist de bedoeling?', sneert ze, haar blik glijdt naar Declan. 'Hoe meer vernietiging, hoe beter, toch? Ik bedoel, je kunt geen fatsoenlijk eindspel hebben zonder wat nevenschade.'

De rauwe haat in haar stem bezorgt me koude rillingen, en ik zie Declan zichtbaar ineenkrimpen bij haar woorden. Maar er is geen tijd om erover na te denken – we moeten een stad redden.

Diana's stervende lach galmt door het pakhuis en raspt langs mijn oren als nagels op een schoolbord. 'Ach, schatje', hoont ze, haar stem druipend van venijn, 'je denkt echt dat je dit zielige stadje kunt redden? De bommen staan op het punt om te ontploffen, en jij en je zootje ongeregeld kunnen er niets aan doen om het te stoppen.'

Ik moet weten waar die bommen zijn, en er is maar één manier om aan die informatie te komen. Ik haal diep adem en ontketen mijn telepathie, diep in Diana's geest duikend terwijl haar levenskracht wegebt. Haar psychische grip verzwakt, waardoor ik diep kan doordringen. Om de locatie van de bommen te vinden. Ze allemaal te onthouden in een wanhopige poging om er zoveel mogelijk te redden. Ze vecht terug, tot het bittere einde, maar ik ben te sterk. Ik duik nog dieper, op zoek naar een manier om het aftellen te stoppen, maar besef met een misselijkmakende steek in mijn maag dat die er niet is. Ze heeft dit opzettelijk ontworpen als een laatste fuck-you, een verpletterende, onomkeerbare klap voor het menselijk ras dat ze zo veracht.

En dan is ze weg.

Haar ogen zijn nog open, maar er is geen licht meer in, geen leven. Ik zou opgelucht moeten zijn, maar in plaats daarvan voel ik alleen maar afgrijzen.

Ik zit op mijn knieën, maar ik kan me niet herinneren dat ik ben gevallen. Ik grijp naar mijn hoofd, een schreeuw ontsnapt aan mijn lippen. Ik voelde haar sterven, voelde de lichten uitgaan met een misselijkmakende finaliteit, een kwellende psychische klap. Niet alleen dat, maar ik heb te veel informatie te snel opgenomen en mijn hoofd voelt alsof het open wil barsten.

'Artemis!', Declan grijpt mijn arm, en ik schreeuw opnieuw als zijn stem pijn doet aan mijn oren.

'Dat is—veel—te hard!', weet ik uit te hijgen. De pijn neemt af, maar langzaam, en er is nog steeds een verpletterende druk in mijn hoofd.

'Het spijt me.' Declans stem is gedempt, bijna onhoorbaar, en als ik naar hem opkijk zie ik het verdriet en de ellende in zijn ogen. 'Het spijt me zo.'

Ik slaag erin te knikken, en dan kijk ik weg. Ik kan de schuld in zijn ogen niet verdragen.

'We moeten hier weg', zeg ik, en mijn stem is bijna onhoorbaar. Ik duw mezelf overeind, en de wereld zwemt voor mijn ogen. *Ik ga niet flauwvallen*, zeg ik tegen mezelf. *Ik ga niet flauwvallen. Ik moet ze allemaal redden.*

Garnet komt aan mijn andere zijde staan en schuift haar schouder onder mijn arm. Nadia komt ons bij de deur tegemoet, haar gezicht bleek, de ontsteker zorgvuldig in haar handen gewiegd.

'Is het voorbij?', ze tuurt langs ons heen, naar Diana's lichaam, dat in een plas bloed ligt.

'Ja, en nee.' Declan spreekt zachtjes. 'We moeten naar Athina en de computers. Nu.'

Nadia zegt verder niets, grijpt alleen Declans andere arm vast, en hij stapt met ons allemaal een schaduw in en er weer uit in onze schuilplaats.

'Artemis!', Athina springt op. 'Je comms vielen uit... wat is er gebeurd?'

Ik moet gaan zitten, precies op de vloer waar ik sta, omdat mijn benen me gewoon niet meer willen dragen. Garnet praat Athina snel bij terwijl Declan naast me neerhurkt en een deken om mijn schouders legt.

'Locatie van de bommen', kraak ik. 'Ik heb alleen... ik heb een minuutje nodig. Het zijn er veel. Ik moet het in mijn hoofd ordenen.'

'Goed.' Hij legt een hand op mijn schouder en ik grijp die vast als een reddingslijn, om mezelf aan de werkelijkheid te ankeren terwijl ik probeer orde te scheppen in de chaos in mijn hoofd die niet van mij is.

Mijn gedachten racen terwijl ik verwoed elke strategie en aanpak overweeg die ik kan bedenken, wanhopig op zoek naar een manier om de stad te redden. Het gewicht van de verantwoordelijkheid rust als een loden mantel op mijn schouders, verstikkend maar onmogelijk af te werpen.

'Oké,' zeg ik eindelijk, als het lawaai in mijn hoofd eindelijk is gekalmeerd tot een niveau dat niet meer zo explosief pijnlijk is. 'Ik weet waar de bommen zijn, maar ik weet niet hoe ik ze onschadelijk kan maken zonder ze te laten afgaan.'

'Hoeveel?' vraagt Athina praktisch. 'Misschien kunnen we de expertise van de explosievenopruimingsdienst g ebruiken... hen naar de bommen leiden en ze die laten ontmantelen.'

Ik schud mijn hoofd en heb er meteen spijt van. 'Te veel. Meer dan honderd.'

Nadia hapt scherp naar adem. 'Honderd! En ze gaan om middernacht af!'

'Dat lukt ons niet,' fluistert Garnet, terwijl ze bijna ineenkrimpt. 'We zullen er niet eens een paar kunnen pakken. We zijn verloren.'

'Stop,' zegt Declan scherp. 'We zijn nog niet klaar. Ik kan naar de locaties schaduwlopen, als Artemis ze voor me kan aanwijzen.'

Plotseling bloeit er hoop op. 'En dan?' Ik heb nog steeds moeite om helder na te denken, maar ik weet dat mijn team dit kan oplossen. We moeten er alleen een oplossing voor vinden. Samen.

'Ik kan ze in bedwang houden, telekinetisch,' zegt Nadia aarzelend. 'Zelfs als ze afgaan, in een soort krachtbubbel. Zoals ik die avond deed toen de auto van Diana ontplofte.'

'Ja!' Declan staat op en begint heen en weer te ijsberen. 'En dan kan ik de bommen met schaduwlopen naar een veilige plek brengen. Zoals... ze in de oceaan laten vallen. Ik heb alleen de schaduw van een wolk nodig...'

Het is wankel, maar het is het enige plan dat we hebben.

'Waar beginnen we, Artemis?' Athina's stem klinkt zacht als ze met haar laptop voor me knielt en een kaart van de stad tevoorschijn haalt. 'Waar is de bom die de meeste schade zou aanrichten, de meeste mensen zou treffen?'

Ik knijp pijnlijk met mijn ogen tegen het felle scherm, voordat ik met een trillende vinger wijs. 'Daar.'

Het is in een woontoren, omringd door andere. Duizenden mensen binnen de explosieradius. En hoewel de bom misschien niet genoeg fysieke schade aanricht om ze allemaal te verwonden, zouden er honderden met de chips zijn, genoeg om een absolute chaos te veroorzaken voordat ze in toom gehouden konden worden.

Als ze al in toom gehouden konden worden.

'We moeten gaan, Artemis.' Declans sterke handen helpen me overeind. 'Ik weet dat het pijn doet.' Hij drukt een zachte kus tegen mijn slaap.

'Ik kan het,' zeg ik met opeengeklemde tanden. 'Garnet, Athina, waarschuwen jullie de autoriteiten, voor het geval we niet alle bommen op tijd te pakken krijgen. Ze moeten voorbereid zijn op mensen die amok gaan maken.'

'Dat regelen wij.' Garnet knijpt kort in mijn hand. 'Gaan jullie drie maar. Verspil geen tijd.'

'We klaren de klus.' Nadia's kalme zelfvertrouwen, haar moederlijke energie, beurt me op terwijl ze Declans andere arm vastgrijpt. 'Oké, Artemis. Geef hem de eerste locatie.'

Ik heb mijn telepathische gave vanavond al tot het uiterste gedreven, zozeer dat het een kreun van inspanning kost om de eerste locatie in Declans gedachten te plaatsen. Hij knijpt in mijn hand, stapt de schaduw in en plotseling bevinden we ons in de enorme woontoren.

Diana heeft elk van deze bommen persoonlijk geplaatst. Bij haar was het altijd persoonlijk, gewoon een gigantische, godverdomde persoonlijke wrok die ze koesterde. Ze vertrouwde niemand behalve haar vader, en nu hij weg was, wilde ze niet het risico lopen dat een van haar handlangers van gedachten zou veranderen. Dus ik weet de precieze locatie van elke bom, en met Nadia naast ons, vertragen gesloten deuren en dichtgelaste panelen ons geen moment. Binnen enkele ogenblikken staren we naar een wirwar van draden rond een bedrieglijk onschuldig uitziend grijs kastje.

'Op de een of andere manier dacht ik dat er een knipperend rood licht of een aftelklok zou zijn,' mompelt Nadia, maar ze strekt haar handen uit en een soort glinsterend krachtveld komt tussen hen tot leven. Een krachtveld met scherpe randen, dat door draden snijdt als een heet mes door boter.

'Laat hem vallen zodra we beginnen te vallen,' zegt Declan, en plotseling *vallen* we, met oceaangolven die langzaam onder ons rollen.

Een ogenblik later staan we weer in de schuilplaats. Athina en Garnet draaien zich naar ons om, hun lippen half geopend om vragen te stellen waar geen tijd voor is. Ik haal snel adem en plaats de volgende locatie rechtstreeks in Declans gedachten.

'Eén gehad,' roept Nadia, net voordat we door een andere schaduw flitsen en in een andere woontoren landen.

Deze is anders, kleiner en ouder. Er hangt een muffe geur in de lucht en de muren hebben vlekken van waterschade. De bom is achter een muur verborgen en het kost ons kostbare minuten om hem te vinden. Nadia's krachtveld gloeit helder en stabiel terwijl ze eraan werkt hem onschadelijk te maken, en ik tel in mijn hoofd de seconden af.

'Klaar,' zegt ze, en dit keer verspillen we geen tijd met woorden. We zijn weer aan het schaduwlopen en ik zoek verwoed naar de volgende locatie.

Zo gaat het uren door. We zijn een gesmeerde machine, die met precisie en doelgerichtheid beweegt, maar het voelt alsof de tijd als zand door onze vingers glipt. We stoppen niet voor pauzes, voor eten of water of zelfs om te overleggen met Athina en Garnet. Die luxe van tijd hebben we niet.

'Hoeveel nog?' vraagt Declan met opeengeklemde tanden. Hij is doordrenkt van het zweet door de inspanning van al deze schaduwsprongen en ziet er bijna net zo moe uit als ik me voel. Nadia verlept ook, maar niemand van ons zal stoppen. Dat kunnen we niet.

'Ik heb een kaart nodig,' mompel ik. We hebben een paar minuten nodig, om alles af te vinken wat we hebben gedaan.

'Oké,' zegt Declan, en we zijn terug in de schuilplaats.

Athina en Garnet hebben een kaart van de stad op het grote scherm, een uitslag van rode stippen die aangeven waar we al geweest zijn.

Een zweetdruppel glijdt over mijn voorhoofd terwijl ik naar de duizelingwekkende kaart staar. De neonspelden doorboren hem als een zwerm boze vuurvliegjes, elk een psychische bom die we hebben gestopt, maar op de kaart in mijn hoofd zijn er nog te veel die we nog niet hebben gehad. Mijn hart bonst tegen mijn borstkas; het gewicht van de verantwoordelijkheid drukt op me als een ton bakstenen.

'Artemis,' roept Athina, haar stem gespannen en bezorgd als ze naast me komt staan. 'Je moet even pauzeren.'

'Pauzeren?' Ik proest het uit en kijk haar boos aan. 'Er is geen tijd voor pauzes als we het hete-aardappelspel spelen met een stad vol bommen.' Ik bal mijn vuisten, mijn nagels graven in mijn handpalmen terwijl de druk toeneemt.

'Hé, we doen allemaal ons best hier,' mengt Nadia zich erin, haar stem trilt lichtjes van haar eigen uitputting. 'We zullen ze vinden. Dat moeten we.'

'Ons best is niet goed genoeg!' snauw ik, mijn stem gaat de hoogte in. 'Hoeveel mensen gaan er nog sterven omdat we niet snel genoeg kunnen zijn?'

'Artemis,' zegt Declan zacht, zijn ogen vol bezorgdheid als ze de mijne ontmoeten. 'We kunnen niet iedereen redden, maar we doen er alles aan wat we kunnen.'

'Alles is niet genoeg,' grom ik, de bittere smaak van falen hangt zwaar in mijn mond. Een sprankje twijfel sluipt naar binnen en wikkelt zijn koude tentakels om mijn hart. Is dit hoe het eindigt? Met een stad in puin en wij machteloos om het te stoppen?

'Artemis, kom op,' smeekt Garnet. 'We hebben je nodig.'

'Mij nodig?' Ik hoest een lachje, mijn zicht wordt wazig van boze tranen. 'Wat heb je aan mij als ik die verdomde dingen niet eens op tijd kan vinden?' Ik veeg woedend langs mijn ogen en weiger mijn tranen te laten vallen.

'Zonder jou zouden we niet eens van deze bommen afweten, Artemis,' herinnert Declan me, zijn stem vastberaden maar zacht. 'Jij bent de reden dat we nog een vechtkans hebben.'

'Waarom voelt het dan alsof we aan het verliezen zijn?' fluister ik, mijn schouders hangen verslagen. Mijn geest voelt net zo verbrijzeld als de straten van de stad buiten zullen zijn als we deze bommen niet kunnen stoppen.

'Omdat je maar een mens bent,' antwoordt hij rustig en legt een hand op mijn schouder. 'En dat zijn wij ook. Maar we vechten tot onze laatste ademtocht als het moet.'

'Laatste ademtocht...' mompel ik, de woorden dringen tot me door als een reddingslijn die in een stormachtige zee wordt geworpen. Misschien is dit niet het einde. Misschien is er nog hoop.

Garnet duwt een flesje water in mijn hand en een eiwitreep in mijn zak. Ik slaag erin een dankbare glimlach voor haar op te brengen terwijl ik de dop van het water draai en een enorme slok neem, mijn ogen strak op de kaart gericht.

'Hoeveel tijd hebben we nog?' vraag ik, terwijl ik in mijn hoofd het aantal overgebleven explosieven bereken.

'Vijftig minuten,' zegt Athina aarzelend. 'De autoriteiten zijn in hoge staat van paraatheid voor problemen die om middernacht beginnen.'

'Hopelijk hebben we ze niet nodig.' Ik neem nog een slok water. 'Er zijn nog zestien bommen over. We hebben misschien nog tijd.'

'We zullen tijd hebben.' Declans stem klinkt krachtiger, en ik kijk opzij om te zien hoe hij het laatste van zijn eigen water opdrinkt.

'Blijf geconcentreerd, Artemis,' zegt Athina, zijn stem stabiel en geruststellend. 'Je kunt dit.'

'Ja.' Ik kijk naar een ander scherm, naar de nieuwsfeed met de nieuwsbalk die eronder doorloopt en de bomdreiging beschrijft. De ernstige gezichten van de nieuwslezers, de beelden van de mensen die Central Square op stromen, hun gezichten naar de nachtelijke hemel gekeerd, onzeker waar de dreiging precies vandaan zou kunnen komen.

'Laat maar komen,' fluister ik, mijn ogen vlammen van vastberadenheid. 'Ik breek deze stad steen voor steen af als dat nodig is om deze mensen te redden.'

Want ze verdienen beter dan dat hun leven wordt uitgedoofd door een psychopaat die voor god speelt. En ik ga er verdomme voor zorgen dat ze dat krijgen.

HOOFDSTUK VIJFENTWINTIG

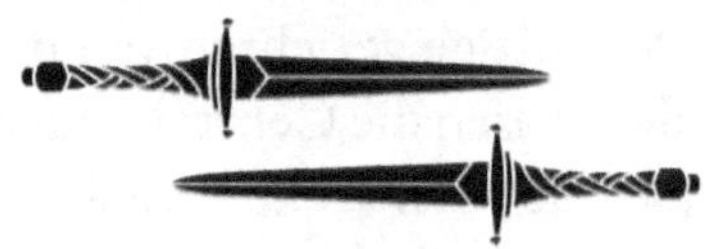

HET AANTAL BOMMEN LIJKT eindeloos en ik ben maar één persoon met beperkte krachten. Hoe kan ik ooit iedereen op tijd redden?

'Jongens, we hebben bijna geen tijd meer,' zeg ik bezorgd, terwijl angst en frustratie in me woeden. 'We moeten sneller zijn!'

'Artemis, je doet het geweldig,' zegt Declan zacht. 'Ga gewoon door, één apparaat tegelijk.'

Ik pers er een sombere glimlach uit en dwing mezelf om me uitsluitend op de taak die voor me ligt te concentreren. De inwoners van de stad zijn afhankelijk van mij - ik mag hen absoluut niet teleurstellen.

'Artemis Blackwell, die de dag weer eens redt,' fluister ik vastberaden, in een race tegen de genadeloze, tikkende klok. De stad is een doolhof van gevaar en mogelijke dood geworden, maar met elke kleine overwinning wordt de immense druk op mijn schouders iets lichter.

Met elke bom die we veilig in de diepten van de oceaan laten zakken, wordt honderden onschuldige levens een gruwelijk lot bespaard. Elke geslaagde ontmanteling voelt als een ziel die van de verdoemenis is gered. En met elk nieuw leven dat wordt gered, wordt mijn ijzeren vastberadenheid alleen maar sterker. Deze stad rekent volledig op ons, en ik zal niet wankelen.

De tijd vervaagt terwijl we door de uitgestrekte stad racen. In mijn uitgeputte geest vervaagt de grens tussen succes en een catastrofale mislukking met elke minuut die verstrijkt.

'Hoeveel nog?' schreeuwt Nadia boven de loeiende wind uit, terwijl ze nog een dodelijk apparaat in de kolkende golven beneden laat zinken.

Ik kraak mijn hersens en worstel om Diana's gestolen herinneringen te koppelen aan de stadskaart die bezaaid is met neonmarkeringen.

'Ik denk... nog maar één,' besef ik met duizelingwekkende opluchting. Hij is in een drukke nachtclub, die elke avond bruist van de hectische energie. Honderden nietsvermoedende mensen die dansen en drinken, van wie er elk moment iemand in een psychopaat kan veranderen als we falen.

'Nog drie minuten,' bevestigt Nadia somber als we de ingang van de steeg van de club naderen. 'Geen tijd te verliezen.'

Ik knik, mijn pols gaat als een razende tekeer terwijl we naar binnen stappen. De donderende bas beukt onophoudelijk in mijn borst, terwijl verblindende stroboscooplichten door de opeengepakte menigte flitsen. Bezweette, glibberige lichamen dringen van alle kanten op, de vochtige lucht zwaar van hitte en feromonen. Het is pure chaos, een aanslag op alle zintuigen.

We vechten ons een weg door de krioelende menigte, wanhopig om de laatste bom te vinden en te ontmantelen voordat de tijd om is. Maar met de oorverdovende muziek en desoriënterende lichten is het onmogelijk om helder te focussen. Ik voel paniek opkomen bij elke kostbare seconde die wegtikt.

Dit is onze enige kans om een ramp af te wenden - ik mag deze onschuldige mensen niet teleurstellen. Diana's verknipte nalatenschap eindigt nu, door mijn hand als het moet. Ik klem mijn tanden op elkaar en dwing mezelf alle afleidingen te negeren en me uitsluitend te concentreren op het vinden van het apparaat.

Ik grijp Nadia's hand, haar slanke vingers trillen in mijn greep terwijl we ons dringend door de dicht opeengepakte menigte duwen. De tijd lijkt tergend langzaam te gaan terwijl we naar de dodelijke bom racen, mijn hart bonkt als een razende in mijn borst. Parels van nerveus zweet bevochtigen mijn voorhoofd, mijn adem komt in steeds kortere en snellere teugen naarmate de overweldigende druk toeneemt.

'Gevonden!' Declans verre schreeuw is nauwelijks hoorbaar boven de onophoudelijke, beukende muziek die ons overspoelt. Ik haast me naar hem toe, mijn hartslag schiet de hoogte in als ik het onheilspellende apparaat zie - onschuldig genesteld tussen de bedrading en apparatuur in de verhoogde dj-booth.

'Hé, wat denk je wel dat je aan het doen bent?' buldert een norse stem beschuldigend en een potige uitsmijter grijpt agressief naar Nadia terwijl ze wanhopig naar de bom reikt.

Een diepe uitputting vertroebelt mijn paniekerige gedachten, maar ik probeer met het laatste restje van mijn telepathische vermogen de belemmerende man een zwakke maar cruciale psychische duw naar achteren te geven. We zijn nu zo tergend dichtbij - gestopt worden door juist een van de mensen die we proberen te redden, zou een bitter ironisch einde zijn.

Maar Declan heeft nog wat krachtreserves over. Terwijl de vlezige hand van de brede uitsmijter zich als een bankschroef om Nadia's slanke arm sluit, scheurt een oorverdovend jaguar-gebrul op de een of andere manier door de lucht, dat zelfs de oorverdovende muziek even overstemt. Voordat ik volledig kan reageren, schiet Declans massieve, borstelige katachtige gedaante als een waas voorbij, met dreigend ontblote tanden naar de verbijsterde uitsmijter.

'Ik heb hem!' gilt Nadia uit volle borst, het glinsterende, knetterende krachtveld schittert al beschermend tussen haar uitgestrekte handen. Ik grijp haar andere arm stevig vast met één hand, terwijl ik mijn andere hand diep in Declans ruwe vacht laat zinken.

'Declan, haal ons hier onmiddellijk weg!' schreeuw ik dringend naar hem. Onze tijd is helemaal om.

Door een wonder voorzien de grillige stroboscooplichten Declan van net genoeg flikkerende schaduwen om te gebruiken. Hij beweegt snel en plotseling tuimelen we met z'n drieën weer snel naar beneden, richting het rusteloze, hongerige zeewater.

Nadia laat de dodelijk tikkende bom los, maar op hetzelfde moment dat ze dat doet, slaat de klok middernacht.

Een volkomen verblindend licht omhult ons als de schokgolf met een enorme fysieke kracht genadeloos tegen mijn lichaam beukt. De oorverdovende ontploffing laat ons allemaal onmiddellijk stuurloos door de lucht tollen en rukt ons met geweld uit elkaar. Ik schrap me hulpeloos, slechts enkele seconden voordat mijn lichaam met een misselijkmakende, botbrekende klap tegen de kolkende, ijskoude golven slaat.

Mijn oren suizen schel, mijn zicht is vreselijk wazig terwijl ik wanhopig worstel om weer aan de oppervlakte te komen. Het lukt me eindelijk door te breken, happend en proestend naar adem terwijl ik verwoed watertrappel en met elke laatste vezel van mijn kracht vecht om mijn loden hoofd boven de kolkende golven te houden. Ik zie nergens een teken van de anderen in de inktzwarte duisternis om me heen.

'Nadia!' probeer ik te schreeuwen, maar mijn rauwe stem komt als een onhoorbaar gekras boven het geluid van de bulderende oceaan uit. Ik speur tevergeefs het schuimende water af op zoek naar een glimp van haar. 'Declan!'

Een enorme golf slaat plotseling recht over me heen en ik word weer diep onder water gestort, mijn gehavende lichaam als een slappe lappenpop hevig heen en weer geslingerd in de ruwe en genadeloze zee. Pure paniek maakt zich van me meester als ik voel dat ik verder naar beneden word getrokken door de krachtige stroming, het zware gewicht van mijn doorweekte kleren me onverbiddelijk de diepte in sleurt.

Ik weet niet eens meer zeker of dat echt de laatste bom was. Mijn geest voelt verward, uitgeput - ik kan nauwelijks twee coherente gedachten op een rij zetten. Op dit moment wil ik gewoon wanhopig overleven. Ik schop zwakjes met mijn loden benen, worstelnd met elke molecuul van kracht om te proberen los te breken uit de ijzeren greep van het water. De ijskoude kou bijt diep in mijn gevoelloze huid, maar ik negeer het en blijf met een vastberaden focus doorgaan.

Eindelijk zie ik een eenzame figuur vlakbij wild om zich heen slaan in het kolkende water. Het is Nadia! Haar gezicht is vertrokken in duidelijke pijn en paniek terwijl ze hevig spartelt en met alles wat ze heeft vecht om op de een of andere manier haar eigen hoofd boven de meedogenloze golven te houden. Aangedreven door pure adrenaline zwem ik nu met onhandige slagen naar haar toe, mijn trillende armen branden hevig van de monumentale inspanning.

'Nadia, hou vol!' probeer ik te roepen, mijn verwoeste stem komt als een onhoorbaar gekraak boven het oorverdovende gebulder van de oceaan uit. 'Ik kom eraan!'

Ik bereik haar eindelijk, pak haar slanke arm in een doodsgreep en trek haar gehavende lichaam naar me toe. Ze hoest meer water op en hapt wanhopig naar kostbare lucht terwijl ik me met het laatste restje van mijn tanende kracht aan haar vastklamp.

'Ik heb je nu,' fluister ik schor, nauwelijks hoorbaar boven de woede van de oceaan. 'We gaan dit overleven.' Mijn vermoeide armen en benen doen vreselijk pijn terwijl ik vecht tegen de meedogenloze golven, mijn longen schreeuwen om protest, wanhopig op zoek naar nog één teug lucht.

Waar is Declan in hemelsnaam? Hij was nog in zijn jaguarvorm toen de explosie plaatsvond. Had hij terug kunnen veranderen? Kunnen jaguars überhaupt goed zwemmen? Ik heb geen idee, en de implicaties van zijn aanhoudende afwezigheid maken me doodsbang terwijl ik vecht om zowel mezelf als Nadia ternauwernood drijvend te houden.

Net als ik zeker weet dat het voor ons voorbij is, wikkelt een sterke arm zich plotseling om mijn middel en trekt me moeiteloos hoger in het water. Ik hap naar adem en proest, hoest meer bijtend zout water op terwijl ik me stevig vastklamp aan de arm die me omhoog houdt.

'Artemis...' raspt een goddank bekende stem, en ik kijk op in Declans uitgeputte maar intens opgeluchte gezicht boven me.

'Declan...' fluister ik zwak terug, bijna snikkend van dankbaarheid.

Een overweldigende golf van opluchting stroomt door me heen en ik laat mezelf dankbaar even in zijn standvastige kracht leunen, meer dan dankbaar voor zijn aanwezigheid.

'Ik heb jullie allebei nu,' zegt hij, zijn norse stem vol warmte en troost. Ik voel hoe hij ook Nadia vastpakt en ons dicht tegen zich aan houdt. 'Hou gewoon vol.'

Mijn wazige ogen vallen eindelijk dicht van totale uitputting als de vertrouwde, schokkende sensatie van de schaduwreis over me heen rolt en we plotseling met z'n drieën zwakjes op de vloer van onze schuilplaats tuimelen in een enorme golf van ijskoud oceaanwater.

Een bekende stem roept plotseling mijn naam en ik knipper wazig op naar Athina's bezorgde gezicht dat boven me hangt. Haar geliefde trekken zijn als een aureool afgetekend tegen het felle licht achter haar terwijl ze zich vooroverbuigt, het toonbeeld van moederlijke bezorgdheid.

'Hebben we het gedaan?' mompel ik vaag, worstelend om door de mentale mist heen te focussen. 'Ik geloof dat ik ze allemaal heb ontmanteld...'

'Dat heb je,' verzekert ze me kordaat. 'Geen meldingen van explosies of problemen. De stad is stil en rustig. Iedereen is vannacht volkomen veilig, dankzij jullie drie dappere helden.'

Ik slaak een diepe, trillende zucht, mijn hele lichaam schudt nog steeds oncontroleerbaar met een explosief mengsel van adrenaline en diepe uitputting. Het is eindelijk voorbij. Op de een of andere manier zijn we erin geslaagd, tegen alle verwachtingen in. Talloze onschuldige levens zijn gered door onze inspanningen.

Ik kijk langzaam naar Declan en Nadia in de buurt, beiden even doorweekt en gehavend als ik, maar onmiskenbaar in leven. We hebben deze monumentale taak samen volbracht, door gecombineerd teamwerk en de weigering om ooit de hoop op te geven.

Maar nu de adrenaline snel begint af te nemen, beginnen golven van pijn en ongemak zich in mijn pijnlijke lichaam te manifesteren. Mijn trage geest voelt vertroebeld door een ondoordringbare mist van overweldigende vermoeidheid. Ik worstel zwakjes om zelfs maar rechtop te gaan zitten.

'We hebben het gedaan,' raspt Nadia, haar stem bijna verdwenen. 'We hebben de hele stad van de ondergang gered.'

'We vormen echt een onverslaanbaar team,' fluister ik schor terug, een kleine maar dankbare glimlach trekt aan mijn gebarsten lippen.

Declan grijnst warm naar me terug, zijn ogen stralen met die unieke intensiteit die alleen voortkomt uit het samen overleven van een huiveringwekkende bijna-doodervaring.

'Zeker weten,' bevestigt hij, zijn eigen stem ruw maar zelfverzekerd. Nadia knikt eenvoudigweg zwakjes met haar hoofd in oprechte instemming.

Athina helpt ons drieën voorzichtig op onze onvaste voeten, haar uitdrukking verzacht tot een van pure, open bewondering en diepe genegenheid terwijl ze over haar gehavende jonge pupillen uitkijkt.

'Jullie zijn allemaal echte helden,' zegt ze oprecht, haar stem dik van emotie. Ik voel een overweldigende golf van warmte opbloeien en zich verspreiden door mijn vermoeide borst bij haar woorden.

Maar onze overwinning vanavond is onmiskenbaar bitterzoet. We hebben zo ontzettend veel verloren op deze nachtmerrieachtige weg - zoveel onschuldige levens die wreed werden afgebroken, zoveel anderen die onherroepelijk beschadigd zijn. En wij, de weinige overlevenden, zullen voor altijd de zware last en littekens van die vreselijke verliezen met ons meedragen.

Terwijl we langzaam naar de geïmproviseerde ziekenboeg beginnen te schuifelen, voel ik een diepe uitputting die me volledig begint te overmannen. Mijn ledematen voelen onmogelijk zwaar, mijn geest is vertroebeld door een ondoordringbare mist van overweldigende vermoeidheid.

'Hé,' zegt Declan zachtjes, zijn brede hand rust troostend op mijn ineengezakte schouder. 'Gaat het een beetje?'

Ik schud zwakjes mijn hoofd, mijn wazige ogen beginnen dicht te vallen terwijl ik zwaar tegen zijn stevige gestalte leun voor ondersteuning. 'Niet echt. Ik ben nu gewoon zo ontzettend moe...'

Hij slaat onmiddellijk een sterke, vaste arm om me heen en draagt het grootste deel van mijn gewicht met gemak terwijl we verder schuifelen. Garnet komt aan mijn andere kant staan en duikt haar schouder zachtjes onder mijn arm om verdere hulp en balans te bieden.

'Je hebt het goed gedaan,' zegt ze, haar stem zacht. 'Jullie allemaal.'

Ik knik alleen maar, veel te uitgeput om ook maar een woord als antwoord te kunnen opbrengen. Athina blijft om ons heen bedrijvig, controleert en behandelt verwondingen, en drukt medicijnen in onze handen om ons eindelijk te helpen rusten.

Terwijl ik eindelijk op het gammele veldbed ga liggen, voel ik de zware deken van uitputting me al snel meesleuren in zijn donkere omhelzing. Maar zelfs als ik wegzak in een broodnodige slaap, kan ik het niet helpen me bezorgd af te vragen - welke vreselijke beproevingen en tegenslagen wachten ons hierna?

Dit is de eindeloze cyclus van onze dagen - we riskeren constant ons eigen leven om te proberen talloze anderen te redden, terwijl we gedwongen worden ons ongezien in de schaduwen te verbergen, niet in staat om openlijk enige eer op te strijken voor onze onbaatzuchtige daden.

Ik veronderstel dat dat gewoon de noodzakelijke aard is van het vitale werk dat we op ons hebben genomen. Wij alleen zijn degenen die bereid zijn deze gevaarlijke klussen te klaren die niemand anders kan of zelfs maar zal proberen. Wij zijn de stille bewakers die de onwetende wereld veilig houden voor bovennatuurlijke dreigingen, zelfs als geen levende ziel ooit van onze opofferingen zal weten.

Ik kijk om me heen naar mijn vermoeide maar loyale team - deze eclectische groep dappere zielen die door beproevingen en bloedvergieten een band hebben gesmeed die veel hechter is dan vriendschap - ze zijn nu mijn familie in alles behalve bloed. En ik weet met de grootst mogelijke zekerheid dat ik deze eindeloze, gevaarlijke missies nooit met iemand anders zou willen ondernemen. Ik zou mijn leven toevertrouwen aan deze mensen, en alleen aan hen.

'We hebben het gedaan,' fluister ik zachtjes opnieuw, meer tegen mezelf dan tegen de anderen. Een stille geruststelling en viering van het opnieuw overwinnen van het onmogelijke, hoe vluchtig onze zwaarbevochten overwinning ook mag blijken te zijn.

En terwijl ik mijn wazige ogen eindelijk volledig laat sluiten en snel wegzak in een diepe en droomloze slaap van totale uitputting, weet ik zonder twijfel dat morgen onvermijdelijk een nieuwe dag van nauwelijks voorstelbare gevaren brengt. Weer een cyclus van meedogenloos vechten tegen de duisternis, worstelen om de onschuldigen te beschermen, en op de een of andere manier een manier vinden om levens te redden ondanks de vaak verschrikkelijke kosten.

Want dat is wie we nu zijn, en wat we altijd voorbestemd waren te doen. We kiezen ervoor de naamloze, onbezongen helden te zijn van wie de wereld nooit zal weten dat ze hebben bestaan. En hoewel onbekendheid onze last is, mag het geen excuus worden om te falen. We volharden voor het grotere goed, voor de veiligheid en het leven van die hulpeloze onschuldigen die zichzelf niet kunnen verdedigen tegen het opkomende tij van bovennatuurlijke dreigingen.

Terwijl ik zachtjes wegzak in zoete vergetelheid, voel ik de gestage warmte van Declans eeltige hand die de mijne nog steeds vasthoudt in onuitgesproken kameraadschap en troost. En ik weet in mijn ziel dat ik hierin, net als met alles wat nog komen gaat, echt niet alleen ben. We hebben elkaar, en dat is het enige wat telt. Morgen worden we wakker en doen we het allemaal opnieuw, want het enige dat ik zeker weet is dat er altijd een andere Diana Foxberry zal zijn, een andere machtswellustige maniak die denkt dat andere mensen slechts speeltjes zijn in hun machtsspel.

In de diepten van mijn geest weet ik dat dit slechts één zwaarbevochten veldslag was in een oorlog die misschien nooit zal eindigen. Nog veel meer beproevingen wachten ons op dit pad, talloze levens die nog gered moeten worden en moeilijke offers die nog gebracht moeten worden. Het is een verpletterend gewicht van verantwoordelijkheid dat ik gewillig draag, maar niet zonder kosten.

Maar voor nu laat ik mijn vermoeide lichaam en ziel volledig wegzakken in het comfort van een broodnodige slaap, troost puttend uit het feit dat mijn team standvastig aan mijn zijde blijft. Samen zijn we veel sterker dan alleen en verenigd zullen we elke onzekere toekomst die ons te wachten staat het hoofd bieden. Daar twijfel ik niet aan.

EPILOOG

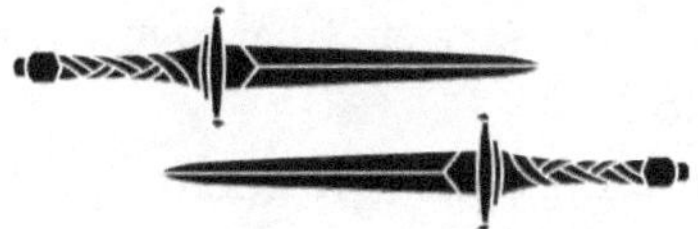

HET ROKERIGE OCHTENDLICHT FILTERT door de ruïnes van het oude pakhuis en werpt griezelige schaduwen op het gebroken glas en het verwrongen metaal. Mijn adem vormt wolkjes in de vochtige lucht terwijl ik om me heen kijk naar wat er over is van ons team.

'Ik kan niet zeggen dat ik Diana zal missen,' mompel ik in mezelf en schop tegen een losliggend stuk puin. We zijn bevrijd uit haar manipulatieve greep, maar tegen welke prijs? Wat nu?

'Artemis.' Declans norse stem haalt me uit mijn gedachten. Ik draai me om en zie dat zijn ogen vol onzekerheid staan. 'Wat moeten we doen? Foxberry Corp Labs en het Bureau zijn weg, maar dat betekent niet dat alles zomaar rozengeur en maneschijn is voor paranormale wezens.'

'Natuurlijk niet,' snauw ik, mijn geduld raakt op. Ik kijk naar de anderen die ineengedoken bij elkaar staan – bang, verloren en onzeker. Zuchtend wrijf ik over mijn slapen. 'Luister, we kunnen niet iedereen redden. Maar we kunnen het proberen, toch?'

Declan haalt een hand door zijn warrige haar, de frustratie staat op zijn gezicht geschreven. 'Ja, maar hoe dan? Er is nog steeds zoveel angst en haat daarbuiten.'

'Breaking news: paranormale wezens worden niet bepaald met open armen ontvangen,' kaats ik terug, het sarcasme druipt van elk woord. 'Het is niet alsof mensen bekendstaan om hun begrip en liefde voor dingen die ze niet snappen.'

'Hé!' schreeuwt Garnet, haar ogen flitsen. 'We zijn niet allemaal zo!'

'Oké, niet alle mensen zijn slecht,' geef ik toe. 'Maar laten we eerlijk zijn, de meesten van hen zouden er geen twee keer over nadenken om zich tegen ons te keren als ze wisten wat we echt zijn.'

'Artemis heeft gelijk,' zegt Nadia met een sombere blik. 'We moeten onze plek in deze wereld vinden. Het zal niet makkelijk worden.'

'Niets wat de moeite waard is, is ooit makkelijk,' grom ik, terwijl ik weer tegen een stuk puin schop. 'Maar we hebben elkaar, en dat moet toch iets betekenen.'

'Amen,' mompelt Declan, instemmend knikkend.

We staan daar allemaal in stilte en overpeinzen de kille realiteit die voor ons ligt. De weg die voor ons ligt is lang en verraderlijk, vol ontberingen en hartzeer. Maar als ik naar mijn geïmproviseerde familie kijk, kan ik niet anders dan een klein sprankje hoop voelen.

'Oké, we kunnen de wereld niet van de ene op de andere dag veranderen,' zeg ik, mijn stem gespannen van vastberadenheid. 'Maar misschien kunnen we een deuk in een pakje boter slaan. We kunnen beginnen met mensen te laten zien dat paranormale wezens niet die enge, gevaarlijke monsters zijn waarvoor ze ons aanzien.'

'Juist,' stemt Declan in, zijn hazelnootkleurige ogen serieus maar hoopvol. 'We moeten een manier vinden om met hen in contact te komen, ze laten zien dat we uiteindelijk niet zo verschillend zijn.'

'Compassie en begrip,' vult Nadia aan. 'Dat is de sleutel. We moeten ervoor zorgen dat ze ons als individuen zien, niet alleen als... wezens.'

'Oké, laten we dat doen,' verklaar ik, mijn hart zwelt van vastberadenheid. 'Laten we wat meningen veranderen en ze laten zien dat wij hier niet de vijand zijn.'

'Waar beginnen we?' vraagt Declan, terwijl hij over zijn stoppelige kin krabt.

'Reizen,' stel ik voor, terwijl ik me de open weg en de eindeloze mogelijkheden voorstel. 'We kunnen verschillende steden en kleine dorpen bezoeken, overal waar paranormale wezens hulp of begrip nodig hebben. We kunnen per persoon een verschil maken.'

'Klinkt als een plan,' antwoordt Declan, een vleugje van een glimlach speelt om zijn lippen. 'Ben je er klaar voor, Artemis?'

'Absoluut,' zeg ik, mijn ogen branden van vastberadenheid. 'Laten we op pad gaan en een verschil gaan maken.'

'Op een nieuwe missie,' zegt Athina, en ze heft een denkbeeldige toost.

'Moge onze reis verandering en hoop brengen,' voegt Garnet er plechtig aan toe.

'Zeker weten,' beaam ik, en voel een golf van opwinding bij de gedachte aan wat ons te wachten staat. De toekomst is onzeker, vol gevaar en wantrouwen, maar dat zal ons niet tegenhouden. We zijn vastbesloten om de wereld te veranderen voor paranormale wezens en mensen, één gesprek per keer.

'Maak je borst maar nat, wereld,' zegt Declan met een grijns, zijn ogen fonkelen van verwachting. 'Artemis Blackwell en Declan Reed komen naar een stad bij jou in de buurt.'

'God sta ons allen bij,' mompel ik in mezelf en kan een eigen glimlach niet onderdrukken.

Nadia lacht. 'Ik wens jullie twee het allerbeste. Jullie weten me te vinden als jullie me nodig hebben, maar op dit moment heb ik belangrijkere mensen om me zorgen over te maken. Ik ga naar huis, naar mijn kinderen.'

Ik draai me geschokt naar haar toe, mijn mond valt open van verbazing. 'Wacht. Je kinderen? Ik dacht... je praat nooit over ze...'

Ze steekt haar handen in de zakken van haar capribroek en haalt haar schouders op. Ze slaagt erin om tegelijkertijd de meest gewone en de gevaarlijkste vrouw te zijn die ik ken. 'Ik wil niet dat ze hierin verzeild raken. Ze weten niet eens dat ik... ben wat ik ben.'

Ik lach ongelovig. 'Te gek. Je zit echt vol verrassingen!'

'Moet jij nodig zeggen!' Ze strekt haar armen uit om me te omhelzen, en ik omhels haar stevig terug.

'Bedankt voor alles,' fluister ik. 'We hadden het absoluut niet zonder jou gekund.'

'O, ik denk dat je wel een manier had gevonden. Maar zoals ik al zei. Je weet me te vinden. Beloof me alleen één ding.'

'Alleen als het redelijk is,' kaats ik terug en trek een wenkbrauw op.

'Beloof me dat je voorzichtig zult zijn,' zegt ze, haar stem breekt een heel klein beetje.

'Voorzichtig is mijn tweede naam,' verzeker ik haar, hoewel we allemaal weten dat dat verre van de waarheid is. Toch waardeer ik het sentiment.

'Goed genoeg voor mij,' zegt Nadia, en we wisselen een veelbetekenende blik. In deze wereld, waar gevaar om elke hoek loert en wantrouwen net onder de oppervlakte suddert, komen we maar tot op zekere hoogte met voorzichtig zijn. Maar we nemen wat we kunnen krijgen.

'Oké, team,' kondigt Declan aan en klapt in zijn handen. 'Laten we aan het werk gaan. We hebben een lange weg voor de boeg en genoeg meningen om te veranderen.'

'Op het verspreiden van empathie,' zeg ik en hef mijn eigen onzichtbare toast. 'Eén bovennatuurlijke confrontatie per keer.'

De gouden draden van de dageraad weven zich door het stadsbeeld terwijl Declan en ik aan de rand van een dak staan en uitkijken over ons volgende avontuur. De wereld lijkt te glinsteren van mogelijkheden, kleuren die in elkaar overvloeien als een hoopvolle droom die wacht om gerealiseerd te worden.

'Artemis,' roept Declan van achter me, zijn stem heeft een warme en opgewonden ondertoon als hij naast me aan de rand van het gebouw komt staan. 'Klaar voor het volgende hoofdstuk?'

'Ja,' adem ik, en voel de waarheid van zijn woorden tot in mijn botten. 'Een nieuw hoofdstuk, of meer een heel nieuw boek.'

'Precies.' Declan geeft me die tergend charmante grijns. 'En wie kan het beter schrijven dan wij?'

'Alsjeblieft,' schamper ik en rol met mijn ogen. 'Pomp je ego niet nog verder op; het zou zomaar kunnen barsten.'

'Hé,' grinnikt hij en geeft me een speels duwtje. 'Ik geef jou ook de eer, hoor.'

'De eer waarvoor? Dat ik je keer op keer uit de problemen sleep?' kaats ik terug, en kan een grijns niet onderdrukken.

'Onder andere,' antwoordt hij, zijn blik wordt weer serieus. 'Klaar hiervoor, Artemis?'

'Meer dan ooit,' zeg ik, de vastberadenheid stroomt door mijn aderen. 'Laten we de wereld veranderen, één paranormaal wezen per keer.'

'Dat is het plan,' beaamt hij en leunt naast me tegen de reling. 'Bedenk je eens – nu Diana's schrikbewind voorbij is, is er eindelijk een kans op vrede.'

'Vrede,' herhaal ik en laat het woord in mijn gedachten rondtollen als een knikker in een doolhof. Het lijkt nog niet helemaal echt, maar ik kan niet anders dan een gevoel van troost voelen bij het idee. 'Werd tijd, vind je niet?'

'Absoluut te laat,' grinnikt Declan wrang. 'Maar het zal niet gemakkelijk zijn, weet je.'

'Gemakkelijk is nooit mijn stijl geweest,' kaats ik terug en veeg een zilveren haarlok uit mijn gezicht. 'Bovendien, als er één ding is dat ik heb geleerd, is het dat we een kracht zijn om rekening mee te houden als we samen-werken.'

'Zeker weten,' zegt hij, zijn uitdrukking nu serieus. 'We hebben veel te doen, Artemis. Oude wonden helen, bruggen bouwen, bewijzen dat paranormale wezens niet de monsters zijn waarvoor mensen ons aanzien.'

'Laat ze ons maar proberen te stoppen,' zeg ik, mijn stem is zacht en fel. Het vuur in mij brandt feller dan ooit tevoren, alsof het iedereen uitdaagt om ons op onze zoektocht tegen te houden.

'Precies,' knikt Declan, zijn ogen vol vastberadenheid. 'Samen gaan we de wereld veranderen.'

Ik knik en voel het gewicht van onze missie op mijn schouders neerdalen. Maar het is geen verpletterende last; in plaats daarvan voelt het als een mantel die ik voorbestemd was te dragen. 'Weet je, ik had nooit gedacht dat ik in deze positie terecht zou komen. Vecht-en voor vrede tussen paranormale wezens en mensen, proberen de wereld te laten zien dat we niet allemaal monsters zijn.'

'Ik ook niet,' beaamt Declan, zijn ogen worden even zacht voordat ze weer scherp worden. 'Maar ik zou dit met niemand anders willen doen.'

'Hetzelfde geldt voor mij,' zeg ik, en voel een warmte door me heen stromen die niets te maken heeft met de zon die eindelijk vanachter de wolken tevoorschijn komt. 'We zullen elk obstakel samen trotseren, net zoals we altijd hebben gedaan.'

'Over obstakels gesproken,' voegt Declan eraan toe en trekt een wenkbrauw op. 'We moeten waarschijnlijk plannen gaan maken voor onze kleine tour door het land. Er zijn daarbuiten genoeg paranormale wezens die onze hulp nodig hebben, en we kunnen niet veel goed doen door hier gewoon wat rond te hangen.'

'Klopt,' zeg ik en voel het vuur van vastberadenheid weer in me opvlammen. 'Laten we aan het werk gaan.'

Terwijl we samen van het dak stappen, zwelt mijn hart van hoop en overtuiging. De wind fluit langs mijn oren en draagt gefluister met zich mee van een toekomst waarin paranormale wezens niet langer gevreesd, maar omarmd worden. Een wereld waar mensen en paranormale wezens zij aan zij lopen, verenigd door begrip en empathie.

Het is een droom die zo ver weg lijkt, als een flikkerende ster aan de nachtelijke hemel. Maar met elke stap die we zetten, wordt hij sterker, helderder, tastbaarder.

'Pas maar op, wereld,' fluister ik en bal mijn vuisten. 'Hier komen we, of je er nu klaar voor bent of niet.'

En terwijl de zon opkomt in dit nieuwe tijdperk, kijken Declan en ik niet achterom. We hebben een missie te volbrengen, een lotsbestemming te vormen. De toekomst is aan ons om te schrijven, en we zullen niet stoppen tot harmonie en begrip de norm zijn geworden.

Samen springen we in het onbekende, onze harten vlammen van hoop op een betere morgen.

EINDE

(dit keer echt)
(nou ja, misschien niet voor Nadia. Ik denk eigenlijk dat
de stoere telekinetische voetbalmoeder in capribroek haar
eigen verhaal verdient, maar dat is een verhaal voor een
andere keer)
Ik hoop dat je net zoveel van de **Chimera-trilogie** hebt
genoten als ik van het schrijven!
Zoek naar het **De Gevallen Engel – tweeluik**, nu verkri-
jgbaar!

ANDERE BOEKEN VAN CARYSSA COLE

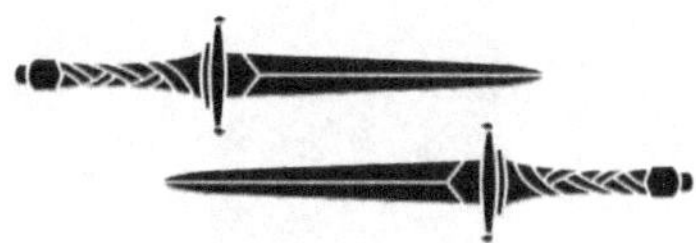

De Chimera-trilogie

Duistere Genesis
Onnatuurlijke Selectie
Ontspoorde Evolutie

De Gevallen Engel – tweeluik

Gevallen Engel
Opstandige Engel

De opkomst van Atlantis

Een troon van koraal en beenderen
Een hof van getijden en stormen

Een kroon van maalstromen en herinneringen

Op zichzelf staande romans

Zwarte vleugels in de sneeuw: Een ingesneeuwde paranormale kerstromance

De leerling van de alchemist: Een romantasy vol hofintriges, dodelijk gif en verboden magie

Teveel Magie voor Eén Man (exclusief voor nieuwsbriefabonnees)

Ontdek alle publicaties van Shenanigans Press op onze websitehttps://www.shenaniganspress.com/nl!

Of volg ons op sociale media; we zijn te vinden op Facebook en Instagram.

En vergeet je niet in te schrijven voor onze nieuwsbrief om op de hoogte te blijven van nieuwe uitgaven, acties, winacties en meer!

www.ingramcontent.com/pod-product-compliance
Lightning Source LLC
Chambersburg PA
CBHW030554170726
48283CB00002B/320